JN090361

読者の仕事

私を創る

山瀬ひとみ
Yamase Hiromi

幻戯書房

目次

カバー装画　今道松久「コンチェルティーノ」

読者の仕事

私を創る

I 「本を読む女」であること

私は自分の読んだ本で出来ている

私は自分の読んだ本で出来ている
私は読んで・書いて・考える
私は誰でもない者
滅んでいく者である

サバンナの赤茶けた大地に底籠る
死の会話
ライオンとインパラの言葉なき交渉
通り過ぎるだけか、狩られるその時か
獲物たちのあざやかな弧を描く跳躍は
束の間の
虚空への逃走か

いのちの限りの闘いか

生きたい、死ぬ前に
いつまで見逃してもらえるだろう
原爆の夜も、東日本大震災の夜も
満天の星が輝いていた
それは闇深い沈黙からの使者たち
声のあげられなくなる日が来てからでは遅い

愚かしさから愚かしさに転落しながら
ここで跳べ
私を飼いならすものたちの
列を出よ
私は神とも世の中とも折り合えない
私はこの世を素通りしない
何と闘うかが私を創る
ありったけの勇気を奮い立たせよ

これは運命との根比べ

幕が下りるまで
立ち向かう
猛然と負け続ける
終わりのその時の
このいのち尽きる時の
敗北からしか見えない何かを
身を焼き尽くすまで
問いつづける

本の中に閉じ込められた魂の血しぶきを浴びながら
清潔に笑みこぼれて広がる花野から
腐臭と汚辱にまみれた屍から
甘露を
最も気高い詩、最も痛切な真実を
つかみたい

今までの書物がまだ思い至っていないもの
このようにして在ったという
名もなき者の戦記
私の惨敗の果実
生き延びるのではなく
いつか誰かに私の不在を届けるために
私自身の生きている言葉を
紙の墓標に彫りつづける

今日も私は
読んで・書いて・考える
思索の大海に濾過される一滴の涙となり
人目に触れず、ひとり静かなものへ
彼方に
私の行くべき処に

一、私と山瀬ひとみの対話１　はじめに

私　「山瀬ひとみ」はこれから何について書こうとしているのですか。

山瀬　これは「私」が「山瀬ひとみ」を通して自分を語る創作なんです。読者として生きてきた「私」を「山瀬ひとみ」が書く物語です。ですが、私小説や自伝というかたちでは書きつくせないし書きたくないと思いました。自分が今まで書いたことのない新しいものを書きたいんです。

私　自分を語る創作ということですが、この「私」と「山瀬ひとみ」の対話を含めて、いわゆる自分史のような書き方をしないということでしょうか。

山瀬　もともと対談を読むのは好きでした。声に出して話す言葉には、文章を書くときの言葉より親身な人肌の温かみを感じますし、正装でかしこまらない自由さがあります。それに会話というのは共同作業ですからどうなるか展開が読めない。予定調和になりません。対話者どうし共感することも、火花の散ることもあります。個性も人間関係も浮かび上がりますし、脱線したり互いの本音が剝き出しになることもありますから読んでいて面白いのです。

もちろん、文字にしてしまうと、おしゃべりよりは書き言葉の要素が強くなりますが、それでも最初から結論に向けて書いていく文章とは全然違います。対話には瞬発力と集中力が必要です。

話し手と聞き手が入れ替わり、互いに刺戟しながらの相乗作用が思いがけない方向に導いてくれたりするものです。対話の醍醐味は話題を完結させることではなく、過程を大切に愉しむところにあります。良い対話は、答えを出すというより問いを深めていくもの。数学でいう式をいくつも立てるような感じで、果てしなく続けられる。

虚構の「山瀬ひとみ」と母体である現実の「私」との対話という方法も取り入れることで自分は何者か探していきたい。山瀬ひとみとして書いている文章だけでなく、「山瀬ひとみ」を抱えて生きている「私」も対話で共演して、共創して、まだ知らない自分の姿が見えてくるのではないかと願いました。望みがなくても挑戦するというのは山瀬ひとみの信条なのです。

私 山瀬ひとみは今までふつうの小説を書いてきたのだから、私小説にしなくても、ふつうの小説という書き方もあるのでは……。

山瀬 小説という作り話では恥ずかしいほど作者が剥き出しになるのは事実です。ミラン・クンデラが書いていたように、登場人物は実現しなかった自分自身の可能性だから……。でも今回は、別のかたちで「私」の真実に近づくものを書きたいと思ったんです。

「私」について考えたとき、まず明らかなのは「本を読む女」として生きてきたということです。本を読むのに男も女も関係ないと言われそうですが、じつは「本を読む女」というのは「母」とか「妻」とか「娼婦」のような女のカテゴリーの一つだと思っています。「山瀬ひとみ」は「本を読む女」からしか生まれませんでした。

この自分を語る創作では、「読んで・書いて・考え」ながら生きてきた「私」を「山瀬ひとみ」のあらゆる試みを使って発見し表現したいと願っています。市井の読者として生きてきた自分を書くために選んだ様式（スタイル）です。

「私」は小説という文学様式ももちろん深く愛しているけれど、評論やエッセイや戯曲や詩や書評、歴史書や古典の数々、ノンフィクション、辞書や事典、新聞の社説や雑誌のコラム、手紙やメールやプロフィールや日記や年譜まで含めて、プロのものでも素人のものでも、よく書かれたものはすべて大好きで、数行程度しか理解できない哲学書でも数学の本でも外国語の本でも眺めているだけでわくわくして楽しくなります。そのくらい読むことが好きで悦びで幅広く自由に行き来してきました。

今回「山瀬ひとみ」がストーリーのある「本を読む女」の「小説」を書いてしまうと、それはシンプルなメロディラインの自伝になってしまうでしょう。成功する、しないはわかりませんが、自分の読書経験と同じように色々なスタイルを重ねることで、弦楽器や金管や木管楽器、打楽器も響く交響曲にしたいのです。複雑な人生の在り方に近づきたいのです。

私　つまり、自由に文章表現を渡り歩こうとしている……。色々なジャンルのごった煮にして、それぞれの音の交響する文章世界になるように、指揮者として自分に迫ろうという試みということですね。

山瀬　ごった煮とはちょっとイジワルな言い方ですがその通りです。小説とかエッセイとかかっちり決めないで、流動的な何か、自分の時間とか息づかいのようなものを創作の中に吹き込みたいのです。何かが生成し続けるものを書きたいのです。

書き始めるときにはいつも一行先に何が起きるかわかりません。書いてみなければ何がでてくるかわからない。闇の中に一歩踏み出す気持ちです。人間の生と同じようにこの創作は筋書が決まって動いたりしません。人生の問題はたいてい未解決のまま「死」で強制終了されます。人生は決して完成しない断片の集積、つまり「過程」そのものといえませんか。

この創作では文芸の様々なジャンル、詩やエッセイや小説や評論やこの対話なども入れて、断片を重ねて、それらが渾然一体となり、一つの自伝小説(オートフィクション)のようなものになる。貝殻や石のモザイクで描かれた一枚の自画像になったり、寄木細工の小さな文箱になればうれしい……。読書は、山瀬ひとみの言葉で表現すると「古今東西の愛の諸相(かたち)についての自分自身の深い体験」となるものです。ですから、愛してやまない作品の文章を引用することも大切にしたいんです。世界に溢れている文章から「選ぶ」ということも一つの、自分独自の創作だから……。それに愛する文章を語ることは自分を描くことでもあるでしょ。山瀬ひとみはとにかく引用が大好きなんです。それにここでは世の中に知られていない作品を採り上げて紹介したい願いもあるのです。

優れた作品の力を借りて、極上の絹糸を混ぜた織物みたいに文芸の綴れ織りを織るわけです。その中に、もし、今まで見たことのない「私」の何かが立ちあがったら本望だと思います。理想はこの創作を一つの生命体にすることです。出来る出来ないはこの際考えず……。嗤われそうですが、創作しながら自分も他人も知らない真実の自分に出会いたいと願っています。

私　山瀬ひとみが今回の創作で選んだ様式（スタイル）についてはわかったようなわからないような……。「私」の読んできた数々の素晴らしい作品の足元に及ばないのは当然としても、恥ずかしくない挑戦をしてほしいものですね。

ところで山瀬ひとみは「私」を「本を読む女」と表現していますが、「本を読む女」とは具体的にどういう女のことかしら。

山瀬　私の考える「本を読む女」に近いのは、ウリツカヤの『ソーネチカ』に描かれたヒロインでしょうか。最初にこの小説のことから書きたいと思います。

二、本を読む女　ウリツカヤ『ソーネチカ』

現代ロシアの女流作家リュドミラ・ウリツカヤの出世作でもあるこの作品は、女が読むと他人事ではない身につまされる話の一つです。

『ソーネチカ』（沼野恭子訳　新潮クレストブックス　二〇〇二）の筋を少し詳しく説明します。

この物語の冒頭は《赤ちゃんなのか子供なのかわからないような幼いときから、ソーネチカは本の虫だった》の一文から始まります。《七歳のときから二七歳になるまで、まる二〇年間というもの、ソーネチカはほぼのべつまくなしに読書して》きました。

この「本の虫」の不器量な少女は、やがて図書館専門学校を卒業し、図書館で働いているときに、ある反体制的な芸術家ロベルトに見初められて結婚します。スターリン時代でしたから、彼女は夫の流刑地を転々としながら娘ターニャを産み育て、貧しさの中にも静かに満ち足りた日々を過ごしていました。

歳月が流れ、ロベルトは世界的な芸術家として尊敬を受けるようになります。ソーネチカは身を粉にして働き、理想のわが家も建て幸せでした。やがて成長したターニャが惚れこんで連れてきた友人、孤児の美少女ヤーシャを家に引き取り、ソーネチカは実の娘のように愛しんで育てます。ある日急用があって訪ねた夫のアトリエで、ヤーシャを丸ごと吸い込んでしまったような「雪の女王」と題された夫の絵を見て、ヤーシャが夫の愛人となっていることに気づきます。

しかし、彼女は取り乱したり絶望したりしませんでした。切々と哀しみましたが、十七年間続いた幸福な結婚生活をふり返り、今まで自分はなんて幸せだったのだろうと感謝し、夫のためにヤーシャが現れたことをこう喜ぶのです。《あの人のそばに、若くて、きれいで、やさしくて、上品なあの子がいてくれたら、こんないいことはない。優れているところも非凡なところも、あの人と釣り合ってるもの。人生ってなんてうまくできてるんだろう、老年にさしかかったあの人にこんな奇跡がおとずれて、あの人のなかの一番大事なもの、絵の仕事にもう一度立ち戻らせてくれたなんて》

娘ターニャも、父とヤーシャの関係に気づきます。ターニャはヤーシャに腹を立て、そのまま家を出て恋人のもとへ走り二度と実家に帰ることはありませんでした。ペテルブルグに住むターニャを訪ねた帰路、《列車のなかでソーネチカは眠ることができず、ずっと考えていた。娘も夫も、なんて素敵な人生を送っているんだろう、ふたりともみずみずしい若さがはじけんばかり……、わたしだけ、もう何もかもおしまいだなんて、ほんとに残念、でもいろんなことがあって、なんて幸せだったろう……》。

ヤーシャの虜となったロベルトはとうとう家を出てアトリエでヤーシャと暮らしはじめました。それでも週に一度はヤーシャと共に、妻ソーネチカの一人住むアパートを訪れ三人家族として穏やかな時を過ごします。ロベルトの創作活動ははかどり、ヤーシャの肉体の持つ強烈な魅力はロベルトを過激な愛の行為にかりたてます。そしてロベルトはある日ヤーシャとの愛の行為の最中に死ぬのです。

ソーネチカはヤーシャとともにロベルトの葬儀を執り行い、葬儀会場の遺作展では《ロベルト・ヴィクトロヴィチだって、これほど上手に展示できはしなかっただろう》というほど見事に夫の絵を並べました。参列者の一人がソーネチカとヤーシャを見てこう言います。《なんて美しいんだ……レアとラケルのようだ……。ぜんぜん知らなかったな、これほどレアが美しいなんて……》

ロベルトの死後もソーネチカは心をこめてヤーシャの面倒をみます。《神様は、年老いた夫、大事なロベルトに、これほど人生を豊かにしてくれる美女、これほど人生の慰めとなってくれる女性を与えてくれたんだ――》

その後何年かしてヤーシャは若くてハンサムで金持ちのフランス人とおとぎ話のような結婚をしました。ソーネチカは鼻の下に髭のはえているような肥った老婦人となって、小さなアパートで一人、大好きな本を読みながら過ごし、ロベルトが死んでからの長い孤独な人生を生きるのです。この物語は次の文章で終わります。

具合が悪くなってきた。パーキンソン病がはじまっているらしい。本を手にすると、本がぶるぶる震えてしまう。

春になると、ヴォストリャコフスコエ墓地に行き、夫の墓前に白い花を植えるのだが、一度として根づいたことはない。

夜ごと、梨の形をした鼻にスイス製の軽量メガネをかけて、ソーネチカは、甘く心地よい読書の深遠に、ブーニンの暗い並木道に、ツルゲーネフの春の水に、心を注ぐのだった。

私はほーっと深く息を吐いて静かにこの本を閉じました。

ソーネチカ、ロベルト、ヤーシャ、そして三人の元を去ったターニャの四人は修羅場になって当然の関係ですが、誰ひとり不幸になりません。ソーネチカは人生最大の試練の手ひどい裏切りと上手に和解しました。

ソーネチカはロベルトとヤーシャの関係に気づいたとき、自分の人生が《何もかもおしまい》になったと思い、ロベルトを諦め、自分のこれからの人生も諦めています。裏切ったロベルトとヤーシャを責めませんでした。彼女は今まで充分幸せだったことを感謝し、夫に愛されるという幸福は二度と追わない。ロベルトの幸福を願い、彼の新しい恋を喜びます。

昨今の夫婦事情であれば、慰謝料をとって熟年離婚するのが当然の事例でありましょうが、徹底して無私なのです。わが身に起きたことを静かに受け入れただけでした。夫を断念して自分のこれまでの日常を淡々と続ける、彼女にはそれ以外の選択はなかった。ただ自分の愛の翼をさらに大きく広げて、ロベルトを、ヤーシャを、自由にしました。彼女は謙虚さと聡明さをもち、愛することに徹して自分の人生の平安を守り抜くことができたのです。世間の好奇の目をものともせず二人のために心をこめて家事をし、ただ読書を慰めに自分の人生を充足させることができました。

最後にソーネチカの獲得した「読書」と共にある静謐な生活、彼女が幸福と呼ぶしかない境涯は、しかし、私にとっては悲しみの極まる世界でした。物語に通奏低音のように流れるこの癒し難いものは、ソーネチカ自身が感じている以上に、私の感じたものでした。ソーネチカがたとえ自分の人生に満足していたとしても、それはあまりに都合のよすぎる女の人生ではないか、それでよかったのだろうかと、読者である私は胸が疼くのです。

この作品はソーネチカのような無私の愛が主題でしょうか。そう読む読者のほうが多いのかもしれませんが、私はそう読めませんでした。ここでは読者の自由を行使することを許していただき、私がこの作品をどう「読んで・考える」か書いてみたいと思います。

私は、『ソーネチカ』を愛についての、女についての、寓話だと読みます。描かれているのは男と女の典型的な愛の顚末であり、女が「本を読む女」になる理由です。ほろ苦い大人のおとぎ話なのです。

ソーネチカ、ロベルト、ヤーシャ、ターニャの四人は、それぞれ何かの役割を象徴する人間として造形されていると考えました。ソーネチカは、「本を読む女」で「母」、ロベルトは「男」「芸術家」、ヤーシャは「娼婦」、ターニャは三者の否定、三者からの自由、そう考えて読み解いてみたいと思います。この作品では「本を読む女」も「娼婦」も不幸にならないし「娼婦」に翻弄された「男」でさえ深く傷つくことなく終わる。作者は、現実にはあり得ない展開で終わらせる。

ロベルトという「男」が「娼婦」ヤーシャに出逢い、ふつうの女＝「母になる」ソーネチカの元を去る。ソーネチカの人生は「娼婦」に対峙して敗北するふつうの女に待ち受ける愛の終わりであり、そこからもし幸福になりたいなら、もし愛を貫くなら、諦めるという方法しかない。この寓話は、妻が夫への愛を全うした祝福の体裁を借りつつ、「娼婦」になれない女の愛のかたちの基本形が「諦念」「断念」であることを教えています。

さらにもう一つの教訓は、そういう女の人生にとって「本」は大きな支えになるというものです。作者ウリツカヤは、妻としても母としても愛に破れるソーネチカを、あえて「本を読む女」にしました。それは、裏切られる女の人生を救済する一つの道ともいえましょう。

もちろんこれは私という読者の読みとるものです。しかしながら、このシンプルな、ふしぎな味わいの作品の根底には、女である作者の、「男」のうつろう愛や棄てられる「女」への洞察がないはずはありません。極論すればこの寓話は、「男」をはさんでの「本を読む女」と「娼婦」の物語です。作者はこの関係を、被害と加害という対立的な捉え方をせずに、一種の人生讃歌にしているとすらいえるでしょうし、だからこそこの物語は私を惹きつけたのです。

女のあり方を考えるとき「本を読む女」と「娼婦」ほど好対照のものはないと思います。「本を読む女」について語るには、「娼婦」についての私の考えを書けばほぼ足りると言っても過言ではありません。

ここで「娼婦」という場合は職業としての娼婦ではなく、ヤーシャのような「娼婦性」を色濃くもつ女という、もう少し広義の意味で使います（さらにここで「男」と「女」の関係性をいう場合は、恋人や夫婦である男女関係に限ったことです）。「娼婦」は世間で忌み嫌われ蔑まれているかもしれませんが、私は、「娼婦」という表現を女への最上級の賛辞として使い、大事なキーワードと位置づけます。

それはたぶん私が世の中の少数派に属し、偏った人間観の持ち主らしいということもありますが、何よりロレンス・ダレルの影響が大きいのです。『アレキサンドリア・カルテット』の世界に耽溺するきっかけとなった第一部『ジュスティーヌ』を読んで以来、「娼婦」は私のなかで特別な、ある意味理想といってもよい女の在り方になりました。《ほんとうの娼婦というものに男はひかれるのよ……ジュスティーヌのような。そういう女だけが男を傷つけることができるの》（高松雄一訳　河出書房世界文学全集　一九六四）という言葉に、大学生だった私は痺れました。当時、同級生の、この言葉を体現する愛らしい「娼婦」と彼女の取り巻きの多くの男子学生たちを見知っていたこともありましょう。

人格の高低、能力の有無、天才か凡人かに関係なく、男は女の中の娼婦性に強く惹かれる。なぜなら男は性関係なしには女と本質的に関わることができないからではないか。男の愛は性を通して初めて花開くのではないか。貞淑な女を恋人にもつ男でも、貞淑さの中に一瞬垣間見える娼婦性を愛するのだと思うのです。人間の「からだ」は、雑念にみちた「心」より遙かにピュアで、私は男と最も深く交われるのは「娼婦」であるという、根深い「娼婦コンプレックス」に今も捉われています。

私の考える「娼婦」とは何か、それは先ず、出産経験の有無にかかわらず「母」にならない女でなくてはなりません。生物的な母親でなくても、たとえばマザー・テレサのような「母」はいますし、子どもが何人いても、子どもを愛していても、自分の人生に介入させない「娼婦」がいます。

この作品の中でもソーネチカとターニャは「母」になりましたが、多くの男と関係してきたヤーシャは「母」にならない女として描かれる。子どもより「男」、男の恋の相手となることが「娼婦」には優先されます。「娼婦」は何より「男」の性愛の受け手として世界に存在するものです。「男」をその身体性で享受する「女」です。

昔、ある男の作家が、仕事かセックス以外に女と逢う意味はないと書いているのを読み、多くの男の本音だろうと思いました。「娼婦」とは、逢った瞬間にあなたと寝てもいいという、男の究極の目的に対しての、言葉を超えた何かのサインを与えることができる女ともいえます。これは職業としての娼婦の媚態とはまったくちがうものです。

ソーネチカのようなふつうの女は、男との性愛をへて「母」になります。そして男だけでなく子に深く関わり愛するようになる。さらに言うとふつうの女の性的絶頂はセックスではなくおそらく「母」になることです。出産で子どもを産み落とし抱きしめた瞬間、あるいは子どもに母乳を与えた瞬間に経験するものです。《授乳はソーネチカに快楽をもたらしてくれた》とウリツカヤも書いています。この性的絶頂は男には到底経験できないものなので、男は突然愛の眼差しを自分以外の他者に向ける女を見て、それがわが子であっても、疎外されたように戸惑うに違いありません。

子の介在しない、男だけに向けられる「娼婦」の性的ファッシネーションは努力で獲得できるものではなく、美貌と同じように天から与えられるギフトです。「母」をやめられない女は、ですから「娼婦」の元にいく「男」を止めることはできない。夫の性的関心を失ったソーネチカは、ロベルトを断念し、送り出すことによって、つまり身を退くことでしか愛を完結できなかったのです。

次に、「娼婦」とは「男」に優越感という極上の快楽を与える資質をもつ「女」だといえます。ロベルトはヤーシャについてこう思っていました。

ロベルト・ヴィクトロヴィチのほうは、ヤーシャの色あせない頬、初々しい顔の皮膚、細い眉の下の白い産毛にあいかわらず見入って、若い肌がいかに貴重であるかを思い、美しい新妻の「完璧な形」について、ロシアの生んだただひとりの天才プーシキンが「賢さは与えられなかった」と言ったことを思いだしていた。

プーシキンは完璧な美貌の、賢さのない妻のために勝目のない決闘で死んだわけですが、プーシキンと同じくロベルトにとっても、賢さの欠如は欠点ではなく、ヤーシャという「娼婦」の強烈な性的魅力の一部でした。

グレアム・グリーンの名作『情事の終わり』（田中西二郎訳　新潮文庫　一九五九）の中に、主人公ベンドリックスのこんな告白があります。《美しい女は、それも美しいだけでなく聡明でもあればなおのこと、何か深い劣等感をわたしのうちに呼びおこすのである》《とにかく精神的にか肉体的にか、なんらかの優越感なしには性的欲望を感じることが困難なことを、わたしはつねに経験してきた》

この記述は作者グレアム・グリーンそのひとの率直な述懐に見えます。男が女に対してこのような劣等感を抱くことがあり、男の劣等感を喚起することが女の性的魅力を減じるとは、若い時分の私には想像もつかないことでした。

瀬戸内寂聴の『奇縁まんだら』（日本経済新聞出版社　二〇〇九）の中で、オペラ歌手の藤原義江が別れた妻、あきについて語っています。《あんないい女はいなかったよ。いろいろ女とはつき合ったがね。最高だった。美貌だし、頭はいいし、カンが鋭くてね。どんな外国の社交界に出しても恥しくなかった。光ってたよ。オペラの仕事もよく手伝ってくれた》と、さんざん褒めたあと、瀬戸内寂聴にどうしてそんな素晴らしい妻と別れたのか訊かれます。彼は《男は、あんまり上等の女は重荷なのよ。女は少しぼんやりした、素直なのがいい》と答えました。

藤原義江ほどの美男で美声のオペラスターにとっても、聡明で美しいあきは、居心地のよくない重たい女だったのでした。男は優れた人間性や勇気や才能や叡智によっても女に愛されますが、女がもし立派な、上等な人間であれば、尊敬されはしても逆に男の性的欲望を減じてしまうことがある。つまり男の優越感を満たすことは女の性的魅力の根幹なのです。

グレアム・グリーンや藤原義江は成功した芸術家ですが、他のタイプの男でも大きな違いはないでしょう。あるテレビ番組で、新宿かどこかのナンバーワンホストが、「女の色気とは何だと思いますか」と問われて「男を立てること」と答えていました。世間をみれば、夫が妻に強い劣等感を感じている夫婦は、たしかに上手くいかないことが多い。

どこか男に蔑まれる部分があること、男より劣っていることが男の性愛の焔をかきたてる。苦悩や忍耐や努力の結果その魂の磨かれていくことで男に敬遠されるとしたら、このような不条理に対して女の側に打つ手はありません。女の人間的深化も進化も、それだけでは男の愛を受ける理由にはならない。女は男に優ってはならないことが、男女関係を不幸にも、滑稽にもしています。男が女より上位にいるという差別関係が完全になくなる日がもし実現するとしたら、おそらく今のようなかたちの恋愛は存在しないでしょう。

私の考える男の人生は、絶えず競争のなかで勝つことを求められています。動物の世界をみても、他の雄に勝たなければ雌に相手にされず、子孫を残すことは出来ません。人間社会でもその動物の原則は大きく変わらず、学歴や社会的地位や収入等でも厳しくランク付けされ続ける。勝ち負けに苛まれる人生は、さぞ大変なことだろうと思います。

そういう男たちが闘わずに勝利できる場所、一緒にいて憩える女を求めるのは必然でありましょう。「娼婦」においてはさまざまな欠点とされるもの、たとえば嘘も放埒も、怠惰や浪費や無知や悪趣味といったものさえ魅力に逆転するふしぎが働く。男の性的快楽とは優越感の完遂のことで、自分が勝った、女を征服したという実感を伴うものです。それは女に愛されていると感じることより直截な喜びなのかもしれません。男がもし勝つために生きている存在だとしたら、せめて女には負けたくないと願う。女を蔑み打ち負かしたいという根深い欲望によって、レイプという手近な勝利の得られる卑怯な犯罪も世界からなくなることはありません。

「娼婦」は、男の優越感をかきたて心地よく勝たせてくれる点においても、男を魅了し続ける。自分のような男にも、無心に愛らしく身を任せてくれそうな、降参してくれそうな広義の「娼婦」であることが、男の最大の関心を引き寄せ、男の渇望する女性的なるものになることで、男から愛されるための必須条件らしい。そういう神業がしぜんに出来てしまう、女の中の女、無敵の女が「娼婦」になる。たいていの「本を読む女」は男を悦楽のうちに勝たせる「娼婦」の魅力に遠く及びません。

そして娼婦最大の属性は、裏切りです。男の恋する女への入り口は性であり、この扉が開かなければ何も始まらないでしょう。この扉を通過したあとに、愛に至るか至らないかが決まります。たいていの女はこの入り口を貝のように閉じていて滅多に開きませんが、「娼婦」はこの入り口を常に開放している。「娼婦」は広く「男」のもの、みんなのものであって、特定の誰かのものにはならない。自分にすら身をゆだねてくれる女は、他の男にも降参するのが当然でしょう。たとえそうとわかっていても、危険と隣り合わせであることのほうがより一層官能的だから、多くの男は髪の毛一筋ほどの可能性に賭ける。

男と女の大きな違いの一つに、賭けの好き嫌いがあると思っています。女は負けて損したくない気持ちのほうが強いのですが、男は勝つ想定が優る。ギャンブルに無関心であっても、良くも悪くもリスクテイカーの場合が多い。それは「男」の器の大きさでもあり最大の弱点ともいえる。「娼婦」との関係は甘美な賭けです。一歩間違えると身を滅ぼすものであるところに、無上の快楽がある。錯覚でもいい、愛に至るかもしれないセックスに男は夢中になる。賭けがほとんど負けで終わるように、裏切りを予感するからこそ取り逃がしそうな獲物を追いかけ、ますます「娼婦」の深みにはまってしまう。

そういう「娼婦」に身を捧げたときの男の愛ほど誠のものはないことは認めざるを得ません。愛とは、おそらく自分を裏切り傷つける者に対して向けられる時に輝きを見せるものです。だからこそ、ふつうの女の、男への絶望と涙の敵（かたき）をとってくれるのは皮肉にも「娼婦」となります。

「娼婦」が自分だけを愛し続けてくれるという不可能を求めた自業自得としても、男が心底傷つくのは「娼婦」に裏切られたときです。「娼婦」には男の人生丸ごと奪う凄みがある。

あまりに有名な『マノン・レスコー』や『失われた時を求めて』や『ロリータ』も『カルメン』も『痴人の愛』も男の「娼婦」愛についての見事な教科書でした。


『ソーネチカ』は妻の立場から「娼婦」と関わる物語であることが作品の強い個性となっています。男の作家であればほとんどの場合、ヤーシャの官能美と性的関係を描くほうに関心があり、ソーネチカは背景の登場人物の一人にしてしまうでしょう。

夫がほんものの「娼婦」と出会うことは、妻にとっては飛行機事故に遭ったような災難で悲劇です。成すすべもなく妻の愛は敗北する。妻の愛はなんと無力なものか。『ソーネチカ』は、そんな男と女の関係性への、私の根深い絶望に最後のひと押しをしてくれる作品でもあります。

世間には仲良く愛しあい、共に年老いた幸せな夫婦もあり、貞節な夫もたしかにいます。でも、それはたまたま夫がその結婚生活途上においてほんものの「娼婦」に出逢わなかった幸運の結果ではないかと、私は疑っているのです。「娼婦」になれる女は滅多にいません。しあわせな夫婦で終われるかどうかは運次第なのです。

ロベルトの立場になったとき、大抵の男は妻を裏切って若い女との性愛をとる。妻を愛していても、魅力的な女との恋（性）の誘惑に勝てない。性への執着は不可避な男の本能だから。妻の愛情はあれば有り難い。しかし、妻との無害で無難なセックスほどつまらないものはない。今この瞬間に極上の性の歓びを与えてくれる女を渇望してやまない男のなんと多いことか。この小説が突きつけているのは、ヤーシャのような「娼婦」との今此処の性的一致の絶頂でこそ、男は生きている実感を、生命力を得るという冷厳な事実です。

男は本質的にすべてロベルトだと思うのは私の歪んだ見方かもしれませんが、この偏見の何割かをおそらく作者ウリツカヤも共有しています。女との性を介しての、共に生き共に死ぬ瞬間の恍惚は、元気に長生きしてほしいと願ってくれる妻の日常の「愛」を遙かに凌駕する。ソーネチカはそれを知っていました。ヤーシャの若く透き通るように白い肌や美しい容姿。知性や道徳の枷のない純な娼婦性によってこそ、老いたロベルトは男としても画家としても甦ることができたのです。《老年にさしかかったあの人にこんな奇跡がおとずれて、あの人のなかの一番大事なもの、絵の仕事にもう一度立ち戻らせてくれた》ことは妻の愛では不可能な、まさに「娼婦」のもたらす奇蹟でした。

男が糟糠の妻から若い愛人に乗り換える話は、古今東西変わることのない典型的男女関係です。アメリカには「トロフィーワイフ」という言葉がありますし、日本でも人生二回結婚説を提唱していた男性作曲家がいました。一度目は子どもを産み育てるための結婚、二度目は愛のための結婚という説明を聞いて、開いた口が塞がらなかったことがあります。二回結婚しないまでも、子どもを産み育てた果てに性的魅力の感じられなくなった古女房をお払い箱にし、ずっと若くて新鮮で魅力的な女と恋をして、死ぬまで思う存分セックスを楽しみたいというのが多くの男の密かな願望なのでしょう。女房と畳は新しいほどいい、という手垢のついた諺もありました。

その意味でロベルトは好運な男でした。妻との安定した家庭の上に、仕事にも恋愛にも成功しました。老いの身に烈しすぎる愛の行為の中での腹上死は、妻には最悪の死別でも本人には悪くない死に方です。

ヤーシャがロベルトを好きなのは、彼が宝石や服を買ってくれたり、性の歓びを教えてくれるからであって、愛とはまるで違うものです。ロベルトが半身不随になれば介護はしませんし、彼が困窮すれば去ってしまうでしょう。性愛は人生の良いとこ取りの期間限定のエネルギーでしかない。ロベルトにもおそらくそれはわかっていたでしょうけれど、彼は妻に愛されて献身的に世話される老後より、若いヤーシャとの危ういけれど新鮮なセックスを求めたのです。愛の欠落も「娼婦」ヤーシャの魅力の一部でした。

この作品の中で、ロベルトは決して妻に薄情な男として描かれていません。彼は不器量なソーネチカの美質を見抜いたから結婚したのですし、ヤーシャと暮らし始めてもソーネチカを棄てることはしませんでした。いくら「いいのよ」と言われても、毎週一度必ずヤーシャと共に妻の元を訪ね、妻を一人にしません。妻を大事にしていないわけではないのです。妻は性の相手の「女」として意味がなくても、娘同然の美少女に手を出しても受け入れてくれる、こころ優しい「家族」でした。世界的な芸術家であっても、ロベルトはふつうの「男」であり、ソーネチカの黙許のもとに欲望のまま生きました。

作中のヤーシャからは、母親のように愛してくれるソーネチカに対して罪悪感というものがまるで感じられません。ロベルトを最初に誘ったのはヤーシャです。「娼婦」はどこまでも自分本位の欲求に生き、常識や道徳には汚されないのです。孤児として育ち、美貌で男を利用して生き延びてきたヤーシャは、ソーネチカによって初めて家庭の幸福を知りますが、それも今此処の好き嫌いの感覚なのか、何についても深く考えない。ロベルトが倒れたときにもすぐソーネチカに知らせましたし、人の出入りの中で見られて恥ずかしいシーツをそっとバッグの中に隠したのはソーネチカでした。ヤーシャはロベルト亡きあともソーネチカの元を離れず娘として世話をしてもらいます。

そんなロベルトの幸福、ヤーシャの幸福は、ソーネチカを踏みつけにしたものに見えますが、実は彼女に深く依存することによって成り立っています。彼女なしには得られない華やかな日々だったのかもしれません。この寓話で、唯一ソーネチカから離れていったのは実の娘ターニャで、彼女の生きかたは母親の「諦念」と正反対のものです。ターニャが腹を立てたのはヤーシャが父を奪い、母を裏切ったからというより、彼女が秘密を打ち明けなかったこと、自分を親友と遇していなかったことへの怒りによるものでした。実際ヤーシャはターニャにほとんど関心がなかったのです。

ターニャは三人を見限り完全に独立しました。何人もの男と離別を繰り返しながら、イスラエルに移住し、スイスの国連で素晴らしい職を得て子どもと共にたくましく生きていきます。ソーネチカのアンチテーゼということが出来るでしょう。彼女はロベルトのような芸術家やソーネチカのような古風な良妻賢母でも「本を読む女」でもなく、ヤーシャのような男相手の「娼婦」にもならない。誰の犠牲にもならず誰も犠牲にしない。わがままなくらい真っすぐに自分の幸福を追求し、精神的にも経済的にも自立した人生を摑みました。この作品の中で一番現代的な女性です。

作者ウリツカヤがソーネチカを「本を読む女」に造形した理由を推測するために、ソーネチカがもし本を読まない女であったらと考えてみます。心優しい彼女は、同じように夫とヤーシャを許したでしょうが、「本を読む女」のソーネチカほど一貫して幸福感に包まれることはなかったと思います。男に愛されることが「娼婦」の生活能力であり人生戦略だとしたら、ソーネチカにはどのような方法が可能か。彼女独特の人生戦略は「本を読む」ことでした。

ソーネチカが長い読書生活によって獲得したものは、芸術への敬愛と、もう一つは他人軸でものごとを見る視座でありましょう。ソーネチカはこの二つを手にしていたことで被害者にならずに生きていけました。世間からの好奇や同情の目を無視できた。決して「かわいそうな私」とは思わなかった。自分は「幸せ」だと思い続けた。

ソーネチカは娯楽としての本ではなく、プーシキンやツルゲーネフなどの文芸作品を読みこんできました。そのことは彼女の芸術全般への目を開いたでしょう。芸術の優れた鑑賞者は、ジャンルにかかわらず才能への直観があり、良し悪しの判断が出来ます。彼女は夫としてのロベルトを愛していましたが、それ以上に芸術家として敬愛していました。彼の絵の真価を理解したからです。彼女は夫を一人の芸術家として俯瞰する視点を持ち、ヤーシャが彼の絵にもたらす豊かな恵みも理解出来ました。夫は裏切っても、ロベルト・ヴィクトロヴィチの作品は彼女を裏切らなかった。ソーネチカはおそらくそのことにも救われました。

ソーネチカはヤーシャという「娼婦」には金輪際勝てませんが、唯一ロベルトの作品の目利きという点において他の誰にも優っています。葬儀会場の遺作展での展示は《ロベルト・ヴィクトロヴィチだって、これほど上手に展示できはしなかっただろう》というほどの力量を持っていたのでした。ヤーシャはロベルトの身体を享受し、ソーネチカはロベルトの作品を「本を読む」ように愛したのです。

ソーネチカは平凡な女でしたが、非凡なものの見方ができました。幸福な人間は自分が幸福であることをそれほど意識していないことが多いのですが、ソーネチカはいつも自分がたまたま幸福であることを自覚していました。

この、女の幸せはいつ失ってもおかしくない、というひそかな覚悟が心の奥底に息づいていた——だれかの間違いか不注意かなにかでたまたま自分の身にふりかかった幸せだと感じていたのである。

これは本を読むことの一つの効用です。ソーネチカが、終始一貫持っていたこの他人軸の視座は、自分軸で生きる「娼婦」にはめったにみられません。ソーネチカは自分にないものを客観的に見ていましたから、ロベルトとの結婚生活の幸福が束の間であることを「覚悟」していました。彼女は自分に、才能も美貌も与えられていないことを承知していて《天上のものを妬もうなどとは思いもよらなかった》慎ましい謙虚さがありました。そのため、ロベルトに裏切られた時も、来るべきものが来たと受けとめることが可能でした。ヤーシャを愛でる夫の、男の、視座をもつことも出来た。彼女は、これまでの十七年間の結婚生活の幸せを本を読むように振り返り、二度と戻らないその幸せを追うことなく、文学を人生の同伴者として生きていくのです。

しかしこの寓話は「本を読む女」に欠落しているものを描くことも忘れていません。それは実の娘ターニャの母親にたいする態度によく表れています。

子ども時代のターニャはソーネチカが躍起となっても「本を読む女」になることを拒否しました。彼女は本に興味がありませんでした。世界はもっと面白いものにあふれています。ターニャは常に積極果敢に行動する娘です。毎日同じことを繰り返す生活をしている母には関心がなかった。

ロベルトもターニャも《ふたりして、われこそは選り抜きの主知主義の代表だと任じており、食べ物だ、家事だといった「低俗」なことはみなソーネチカに押しつけていた》のです。ロベルトはそれでも《ソーネチカの家事はものをつくりだす行為に似ていてつくづく芸術的だし、とても理性的で美しい、と感じていた》のですが、ターニャは母親をこのような目でみたことはありません。

父とヤーシャの関係を知ったときも、ですから驚くほどソーネチカに同情しない。ふつうの娘なら、父と友人に怒り、母を助けようと動くでしょう。母の境遇を一顧だにしない言動のなかに、彼女の「本を読む女」である母親への軽蔑を感じるのは私だけでしょうか。母には父のような才能はなく、ターニャが憧れるヤーシャの優美な美しさもない。働きづめで本を読んでばかりの、人生を素晴らしい方向に切り拓く力のない女でした。

ソーネチカが家を出たターニャをはるばる訪ねて、歓迎されることなく帰路についた時の《娘も夫も、なんて素敵な人生を送っているんだろう、ふたりともみずみずしい若さがはじけんばかり……、わたしだけ、もう何もかもおしまいだなんて、ほんとに残念、でもいろんなことがあって、なんて幸せだったろう……》という想いは「本を読む女」のある特徴を示していると思います。

身も蓋もない言い方ですが、「素敵な人生」を送っている女は、娯楽として読書することはしても、おそらくソーネチカのような「本を読む女」にはなりません。ターニャは、自分が価値あると感じるもの、素敵だと思う何ものも、母親の中に見いだせなかった。共感できなかった。現実と関係のない作り話を夢中で読む母を理解しなかった。ターニャは現実を行動で変えようとしない受け身の姿勢、不甲斐なさを「本を読む女」に見出していたのではないかと想像するのです。

ソーネチカは七歳からずっと「本を読む女」でしたが、じつは没頭して本を読まない、読めない時期がありました。ロベルトとの結婚生活が始まってから終わったことを知るまでの、彼女が幸福を感じていた期間と重なります。つまり彼女の人生が素敵だった時期です。《ソーネチカの過去は、見も知らぬ人たちが本に書いたさまざまな虚構（フィクション）を養分にしてできあがっており、作り物の魅力でいろどられていた》のですが、結婚後は変化が起きていました。

ところで、ソーネチカはそれまで、本の世界をくっきり生き生きと感じとってきたのだが、その能力が少しずつ鈍ってきて、どういうわけか衰えてしまい、やがてとつぜん、本のページのこちら側で実際に起こるごくくだらない出来事——自家製のネズミ捕りにネズミがひっかかったとか、すっかり枯れて干からびていた枝をコップに入れておいたら葉っぱが出てきたとか、ロベルト・ヴィクトロヴィチがたまたま中国茶を手に入れたといった出来事——のほうが、本のなかの他人の初恋よりも、他人の死よりも重要になり、地獄におりていくなどといった、若夫婦の文学趣味がぴったり一致するような極端な場面よりも大事な意味を持つようになってしまった。

もちろんソーネチカは本を読み続けてはいました。《名人芸のような朗読》でターニャをなんとか本好きにしようとして失敗したり、ロシア文学を冷たく批判するロベルトとそれを擁護するソーネチカで「家庭会議」をしたり……。しかし、それ以上に彼女は流刑者の家族が《ごくふつうの人間らしい生活》をするために《二ヵ所で仕事をかけ持ちし、夜はミシンで縫い物をして、夫に内緒で金を貯めて》という生活を続けました。彼女は《みるみるうちに醜く老けこんでしまった》ものの、《毎朝が、自分にはもったいないような「幸せ色」に染めあげられており、あまりに眩しすぎて、いつまでたっても慣れることができないほど》幸福を感じていたのです。

ソーネチカが再び以前の「本を読む女」に戻ったのは、思いがけぬ出来事がきっかけでした。苦労の末やっと手に入れた家の取り壊しと立ち退きについての政府からの突然の通告書にショックを受けたソーネチカは、仕事の邪魔をしてはいけないと決して足を踏み入れたことのなかったロベルトのアトリエを訪ねます。そこでロベルトの描いた絵「雪の女王」を見た瞬間、ロベルトとヤーシャの関係に気づきました。ロベルトともソーネチカに気づかれたことを悟ります。

ソーネチカは、黙ってしばらくすわっていたが、やがて、悲しい通告書をテーブルの上に置いて、アトリエをあとにした。玄関ポーチのところで、ソーネチカは胸をつかれて立ち止まった。あたり一面、雪が積もっているはずだと思っていたのに、外は、さまざまな色合いの緑色をした五月の草木が、あちこちでこんもり、うっそうと生い茂っていて、市街電車の長いトリルの音にまで緑の色がこだましている。

ソーネチカは自分の家へ、自分の愛する幸せな家へ向かったが、その家は、なぜだか解体して丸太んぼうにしてしまわなければいけないという。涙が皺だらけの長い頬を伝ったが、たちまち乾いて、かさかさの唇で彼女はつぶやいた。

「とっくの昔に起こってもおかしくなかった、とっくの昔に……。ずっとわかっていたんだもの、こんなこと、ありえないって……こんなこと、あるはずなかったんだ……」

そして家に帰るまでのこの一〇分のあいだに、ソーネチカは、十七年続いた幸福な結婚生活がこれで幕をとじたということをはっきり理解し、もう今となっては自分には何もないということを悟った。

ソーネチカはありありと自分の結婚生活の幸福とその終焉を見て、ロベルトの人生から消えていく時がきたことを知るのです。彼女の愛はもう無用となり夫の恋の傍観者にしかなれない。ひとり家に戻ったソーネチカは何をしたのでしょう。

すっかり空っぽになり、軽くなったソーネチカは、澄んだ耳鳴りを聞きながら自分の部屋

> にはいり、本棚に近づいて、あてずっぽうに本を抜き、真ん中あたりを開いて横になった。それは、プーシキンの短編「百姓娘になりすました令嬢」だった。耳たぶにまで白粉（おしろい）をぬって、家庭教師の老嬢（ミス）ジャクソンよりも濃く眉墨をひいた令嬢リーザが、ちょうど食卓にやってきた場面で、アレクセイ・ベレストフは、遊び人で物思わしげな青年という役どころを演じている。「百姓娘になりすました令嬢」を何ページか読み、プーシキンの研ぎすまされた言葉やこの上なく気品あふれる表現を味わっているうちに、ソーネチカは静かな幸福感に満たされてきた。

結婚前の「本を読む女」のソーネチカは、恋した相手から殴られ周囲の嗤いものになる手ひどい失恋を経験していましたが、すべてがあの時のように振出しに戻ったのです。失意のソーネチカが手にした、自分の現実と正反対のこの若者たちの恋物語は、「空っぽ」になった彼女を幸福に誘（いざな）う道しるべとなりました。

私はこの場面に作者の強い訴えを感じます。ソーネチカにとっても作者ウリツカヤにとっても「本を読む」ことは、何もなくなってしまった人間の最後の砦でした。本さえあればすべてに耐えられる。それは誰にも、どんな悲劇的な出来事にも冒されることのない独立した人間の自由の行使、敗者の矜持なのでした。ソーネチカは、ロベルトを断念し、自分に唯一残された本の世界に返り咲くのです。

棄てられたあとの彼女は初めてその本領を発揮し、自分の惨めな現実と折り合い、幸せ色に塗り変えました。「本を読む女」で在り続けることで、自分の人生の面倒をきちんとみることが出来ました。上手に自分の機嫌をとりながら、愛すべき小品のような彼女の人生を続けました。悲しみを抱えながらも、自由にものを考え自分の意志で生きる、静かに強い人間であれた。意図したわけではなく、ずっと本を読んできた流れのなかで自然にそのようになったと思います。

この作品の湛えている、ソーネチカの静謐な世界が浮き彫りにするものは、「本を読む女」の愛の本質的孤独です。愛は彼女の中で自己完結する以外の道はありません。彼女の実人生にロベルトはもういない。心寒い世界です。それでも、彼女は痛ましい孤独に壊される手前で踏みとどまる。

逆説的かもしれませんが、「娼婦」の真の理解者は「本を読む女」でありましょう。ソーネチカは「娼婦」ヤーシャを憎むどころか慈しみ続けた。それは許すこととは違う。彼女は被害者ではありません。強いていえば読者という観察者です。ソーネチカは「娼婦」が「男」に与える喜びが世界に不可欠な何かであることを、長い読書生活で学んでいた。ですから、いつかどこかの本で読んだ不幸がわが身にふりかかる現実になっても、「娼婦」や「娼婦」を愛する「男」も、自分の素敵ではない人生も、受け入れる。そう考えると彼女の愛のかたちも納得できます。

「本を読む女」が男から選ばれ、愛の勝者になることは稀です。本を読むから選ばれないのか、選ばれないから本を読むのか。ニワトリが先か卵が先かの問題でしょうが、自分が魅力的な「娼婦」ではないことを知る女が「本を読む女」になりやすく、本を読み続ける精神構造によってさらに男の目に魅力的に映らなくなる相関もありましょう。

『ソーネチカ』を読んで感じるのは、私は到底ヤーシャ＝「娼婦」にはなれず、「本を読む女」のソーネチカにだったらなれるかもしれないが、そうはなりたくないということです。この物語のソーネチカの得た読書と共にある平安は、どこまでも諦めた幸福です。ターニャが母親に冷たかった理由もここにある。ソーネチカが幸福であったとしても、私は、ソーネチカのような幸福なら欲しくないと思いました。

私はソーネチカのような女にはならない、なるまい。最後まで妻の愛より娼婦のファッシネーションを選んだ夫の根元的不実に妥協しない女でありたい。それは愛の欠如といわれるかもしれないけれど人生に必要な苦しみで、諦めるのは死ぬときでいいと思いました。「本を読む女」に欠けているものは、まさにソーネチカに欠けていたもの、自分の身体性を活かす「娼婦」ヤーシャの衝動であり、ターニャの行動力であり、自由な感情の発露、「生命力」ではないかと思います。彼女はロベルトに「レア」の嘆きを伝えなかった。ソーネチカは勤勉でしたが、入力しても出力しない、受信しても発信しない本の読みかたで、生きかたでした。起きたことを肯定するために読書に逃げたとすらいえる。

読書は実人生の格闘と共になければ、私には意味がありません。人は本の海ではなく、生身の人間の海の中で溺れそうになりながら、死ぬまで誰かと手をとりあって生きるべきでありましょう。人を真実幸せにするのは人です。本に埋もれてはならない。ただ読むだけでは何かが決定的に足りない。「娼婦」は過去や未来という虚構ではなく、男と今此処の生を謳歌して生きられる。私はそのことに強い「娼婦コンプレックス」を抱えながら、ソーネチカのような観察者ではなく、自分の実人生をもっと揺り動かして生きたいとあがいています。自分が本を読み続けて生きてきたからこそ、切実にそう願うのです。

ソーネチカは本と共に幸福であろうとした「本を読む女」でした。それは彼女の選んだ善意にみちた静かな人生です。しかし、「本を読む女」が全員ソーネチカの悟ったような幸福感を得る必要は少しもないと思うのです。私はソーネチカのように、本を安全な友だちにはしたくない。

本を読む幸福と同じ重さで、本を読む不幸も存在しています。自分の現実が不幸だから本を読むというのも一面の真実ですし、本を読むことで、見ないですんだかもしれない数々の不幸を味わう経験も、私はしてきました。それでも本を読むことをやめないのは、人間には自分の狭い世界を超えて思い知らねばならない何か、見極めるべき何かがあるということ。そして優れた作品には、描かれている不幸な状況を「生きる価値ある不幸」に昇華する働きが必ずあるからです。描かれている状況が解決することはなくても、そこに何一つ救済を見出せなくても、敗北しかなくても、その不幸が生きた甲斐ある不幸に変わる時、打ち震えるような魂の感動がある。生きることの真の輝きがある。

私にとって本を読むことは、作者と作品の「生きるに値する不幸」と共振しながら、実人生で出逢うひとと共に、深く学び・生きようとする営みです。『ソーネチカ』は私に初めて「本を読む女」についてこのように考えさせてくれた意味でも、得難い、有り難い作品なのでした。

三、私と山瀬ひとみの対話2　読者の仕事

私　「私」はソーネチカのように本を読むことを愛しているかもしれませんが、実際に自分程度の読書量ではとても読書家とはいえないと思っています。桐箪笥にまで着物と一緒に本をいれているくらい家中本は溢れていますが、床が抜ける心配はまだありませんし、何千、何万冊もの蔵書を持っていて、毎日息をするように本を読んでいる博覧強記の人種にはとても及びません。大したことのないただの読書好きにすぎません。書いてあることの半分、いえ百分の一もわからない本なんてたくさんある。それでもなぜ山瀬ひとみは「私」を「本を読む女」の範疇にいれてしまうのかしら。

山瀬　「本を読む女」は自分の人生を創る土台に読書がある女のことだと思います。本を魂の糧

としている女です。わかりやすく言うと、生きる最後の拠り所がソーネチカのように、男ではなく「読書」なんです。さらに言うと「虚構」の世界のほうが「実人生」に優先する女ともいえるでしょう。

そうやって、「読書」が呼吸するように生きるための必然である女は、読書量にかかわらず「本を読む女」になると思っています。もちろん量は重要ですが、自分の能力を超えて読んでいくのは無理でそれはしかたないと開き直ったらいいと思います。肝要なのは多く読むことより、自分の人生に同伴する本があって、その自分にとってかけがえのない一冊を深く考えながら何度も読み続けることです。

ショウペンハウエルの『読書について』(斎藤忍随訳　岩波文庫　一九六〇)はとても辛辣な指摘に満ちていて面白いので時々読み返しています。《読書は、他人にものを考えてもらうことである》《ほとんどまる一日を多読に費やす勤勉な人間は、しだいに自分でものを考える力を失って行く。つねに乗り物を使えば、ついには歩くことを忘れる。しかしこれこそ大多数の学者の実情である。彼らは多読の結果、愚者となった人間である》《絶えず読むだけで、読んだことを後でさらに考えてみなければ、精神の中に根をおろすこともなく、多くは失われてしまう》。その通りだと思います。

知識を蓄積するのではなく、自分の頭で考えて読む、自分の言葉をツルハシにして、本の鉱脈を掘り出していくことが重要でしょう。読むことが内容を受け取るだけなら多読は無意味と、ま、言い訳しておきます。読書はそれが自分の「経験」になって初めてほんとうの読書といえると思う。たいへんな読書量なのに、ショウペンハウエルのいう「多読の結果の愚者」、自分独自の思想を創らない「知識人もどき」や「専門バカ」は世間に案外多いものです。

思考する読書こそが著者の魂の同伴者になることです。その過程で考えたことは大したことである必要はないのです。大したことが出てくるくらいなら、「私」はシェークスピアになれますから……。凡人は、たとえば人を殺してはいけないみたいな当たり前のことでもよいと思います。ただ、それが他人の言葉の受け売りでなく、自分が心魂に徹して考え抜いた結果であることが肝要です。本は、映画や舞台よりもっと思索的にかかわることの可能な媒体であるところに大きな魅力も特徴もあります。

私　なるほど。でも「私」は「本を読む女」の要素があるだけで、その言葉に色づけされたくありません。「本を読む女」についての山瀬ひとみの個人的見解についてはわかりましたが、「私」と謙虚なソーネチカの大きな違いは、「私」は本を読んできたあげく、「山瀬ひとみ」という厄介な「書く女」を抱えるようになったことでしょう。おこがましい言い方が許されるならソーネチカではなく、作者ウリツカヤに近い立ち位置です。

山瀬　「本を読む女」はジュリエットやアンナ・カレーニナのような脚光を浴びる主役を客席から見上げる側にいる。

「本を読む女」が、自分を、自分の人生の主役であると実感するためには、自分で書く方法しかないでしょう。「本を読む女」は「書く女」になることで成仏できると思います。それは紫式部や蜻蛉日記の作者の時代から変わらない。それしか自分を救えないと思うのです。「私」が「書く女」の「山瀬ひとみ」を抱えていることは、だから当然の成りゆきともいえます。

「本を読む女」が「本を読む男」と大きく違うところは何かというと、歴史的に長い間、女は男よりたくさんの本を読むことを世間から期待されていなかった事実にあります。女に学問はいらないとされていた時代がありましたし、世界には未だにそういう国が少なくない。

私 以前のわが家の引越しの際に、業者に「ご主人は学者さんですか」と訊かれたことがあります。世間では本を読む、とくに多くの蔵書があるのは男で、学者という常識があるんですね。

山瀬 「本を読む女」であることは、「変人枠」の「少数派」の女となることともいえます。「本を読む女」は基本的に男の枠づけした世界から抜け出ている。でも意識してそうなるのではなくて、生まれ持った定めのようなものです。「娼婦」だって定めです。「本を読む女」も「娼婦」も、どちらもなろうと思ってなるものではない。

私 末路哀れとまでは言いませんが、「本を読む女」はソーネチカのように男に棄てられることは必至、女の「負け組」に入る。でも本があるからなんとか生きられるということなのかしら。

山瀬 ソーネチカは自分では何も書かなかったけれど、ウリツカヤは「本を読む女」が必ずしも負け組にはならないことを書いたともいえます。

私 私はウリツカヤのようには書く能力のないソーネチカ＝「本を読む女」なわけです。瀬戸内寂聴が、秘書を雇うときに文学少女は役に立たないから選ばないと言ってましたけれど、その通りで「本を読む女」は現実生活において何の役にも立たない。

山瀬 その意見にぐうの音もなく賛成しますね。でも、本を読むことで「読者の仕事」をしていると考えたらどうでしょう。

「読者の仕事」は生計を立てるための世間で認められる職業にはならないけれど、母親が子どもを育てるような愛の仕事のひとつだと思います。産むだけが母の仕事ではなく、育てるのがさらに大切な仕事です。生物的に妊娠出産することは神の領域のことですが、育てることは人間に託された最重要な使命です。子育ては人間を人間たらしめるために不可欠な、価値ある仕事だと思っていますが、「読者の仕事」も、生み落とされた名作を育てる仕事といえます。「読者の仕事」があればこそ、価値ある本が生きながらえることができるんです。

古典が現代にまで伝えられているのは、無数の読者が作品の是非を決めてきた「読者の仕事」の成果でしょう。ひとはそれぞれ身勝手な読み方をするものですが、作品の良し悪しについての意見は不思議と一致します。読者なしに存在できる名作は一つもありません。

ある本を身近に置いて長く愛読してそれについて書いて・考えることまで含めたものが「読者の仕事」だと思います。読むことには必ず「書いて」「考える」ことが伴う。そこで芽生えたものを自分の思想として育てていくことが大切なんです。読むことから書くことで、ひとは初めてものを良く考え、思想を創ることができます。山瀬ひとみはその一連の流れを「読者の仕事」と呼びたいのです。
ソーネチカは「書く」というかたちで「読者の仕事」はしませんでしたが、彼女がその人生で一度だけ能力を発揮したことがあります。夫ロベルトの葬儀を取り仕切って、葬儀会場に夫の作品を完璧に並べて来場者から感嘆される「遺作展」をしました。《どこに何をかけるか采配を振るったが、彼女より見事にこなせる者はおそらくいなかったろう》とウリツカヤは書いています。ヤーシャには到底なし得ないこと、ソーネチカだから出来た仕事です。どう観せるかは美術館でも難作業のはずです。配置によっては絵を殺しかねません。ソーネチカは本を読むようにロベルトの絵画を読み、最高の目利きとなり、素晴らしい「読者の仕事」をしたんです。書かないソーネチカの一世一代の「創作」がロベルトの葬儀だったんです。

私　つまり「読者の仕事」は、本を通して、人やものや思想のうちから自分が愛すべきものを見極めることですか。ソーネチカはロベルトの作品について「読者の仕事」が出来た。良い「読者の仕事」をするためには、何より作品を愛する鑑賞者で、自由にものを考える人間で、世間に流されず真実を見出そうとする意志が不可欠なのかもしれませんね。

山瀬　死なない仕事をした文学者は、一人の例外もなく優れた「読者の仕事」をしています。ある作品や作家と出逢い、美しい衝突を遂げて、自らの文学世界を築いていきました。名作はいつも「読者の仕事」から生まれるんです。「読者の仕事」は、美術や音楽や演劇、映画、哲学のみならず、医学や科学、政治や経済のあらゆる分野になくてはならない大切なものです。

発信された仕事は価値のわかる受け手があって初めて完成されます。観客のいない芝居やコンサートに何の意味があるでしょう。本だって読者なしでは紙の束にすぎない。作品を見定める享受者の能力が低い社会では、当然天才も存在できないことになってしまいます。そういう社会はどんなに文明が発達していても頽廃していき、いずれ亡びてしまうでしょう。今の便利や快楽や利益追求の世の中が進んでいったとき、私たちと同時代の天才の叡智と愛の仕事が生き残ることが出来るか、じつはとても心配しています。

私　ピーター・シェーファーの戯曲『アマデウス』の中のサリエリに当たる人間、つまり凡庸な作曲家と天才モーツァルトの仕事を識別できる同時代の「読者」が一定数いる社会が必要だという考えですね。「私」のような理系オンチばかりでアインシュタインの相対性理論を正しく理解できる人間がいなかったら、科学はどうなったかと想像すればわかりやすいみたいな。

山瀬　天才の仕事を正しく理解、評価するには彼らに角逐する能力が必要です。凡人の「私」や「山瀬ひとみ」に可能なことは、評価ではなくて天才の仕事と共生すること、ひたすら寄り添い、愛し続けること。「読者の仕事」を極めることです。母親の知性や才能の多寡が子への愛に無関係なように、ただ作品を丸ごと愛すればいい。「山瀬ひとみ」がこの創作で書きたいものは、天才の仕事を支える大勢の凡俗の読者の一人としての「私」の歩みでもあると思います。何をどう読んで、どう考えてきたか、それについて書くということはそのまま自分の人生を創ることに他ならないのです。

私　書くことが自分の頭で考えることになり自分の思想を創ることになるとしても、やっぱり凡人が駄文を書くことに大した意味はないように思うんですが……。自分の思想なんて独善と紙一重でしょうに。シシュフォスのように虚しい試みではありませんか。

山瀬　本来人間には誰にでも書いて伝えたい何かがあるはずなんです。書かれたいと願っている何かが自分の中に在る限り書くしかない。ひとはどうせ死ぬんだから生きてもしかたないとは思わないでしょう。ひとは肉体が生きている限り精一杯生きるのが定めで、死ぬまで生き続ける。死はいのちの終わりという意味では避けられない敗北ですが、それなら生きないまま死ぬほうが効率的、生まれてこないのがコスパが一番いいなんて、そんなバカな話はありません。成功するか否かではなく、自分の生きる場所を創ることに挑戦するかしないかの問題です。何もしないこと、闘わないことこそ罪悪です。

もし凡人に書く意味がないなら、現存している世界中の詩人や作家は書くのをやめるかしら。マリア・カラスやパバロッティになれないから歌わないオペラ歌手、ダ・ヴィンチやレンブラントになれないから描かない画家はいないのと同じです。書きたいひとは書くのをやめないし、やめる必要もない。自分の力の及ぶ限りの最高峰をめざすのみです。

文学史は名もなく消えた物書きたちの死屍累々の上に流れています。その中には政治体制や戦争などさまざまの悲運で「読者の仕事」に恵まれなかったために殲滅された名作、力作、問題作だって無数にあるにちがいありません。大河の底に沈んだり隠れている大小さまざまな石もすべてが結局大河の流れをつくっているのですから、その流れに沈殿する小石であることは無駄ではないし無力でも無意味でもないと思います。歴史に名を残す英雄だけが世界を作ったのではないように、天才を支える側の、名もなき人間のひとりとしての矜持をもたなくてはいけない。「山瀬ひとみ」にとって、書くことは自分の人生を創ること、そして自分の書きたい何かがどうしても書けないことが「生きる」ことなのです、たぶん……。まともな人生って、死ぬまで失敗し続ける道のりかもしれないと思いませんか。

また読者の側から考えても、文学的な名作ではなくても読む価値のある本は世界に無数に存在しています。そういう一冊も「読者の仕事」がみつけることです。

例えば今たまたま本棚で目についた一冊、ミープ・ヒースの『思い出のアンネ・フランク』はどうでしょう。芸術としての文学とはいえなくても、ナチズムの吹き荒れたあの恐怖の時代に、アンネ・フランク一家はじめ、多くのユダヤ人を守ろうとした勇気ある市井の人間たちの記録は歴史の証言として感動的です。この一冊があるだけでも、人間に絶望しなくてすむほどで、読み継がれていくでしょう。

ある人間がこれを書かずに死ねないと切実に願って書いたもので、読む価値のない文章は一つもないと思っています。それは必ずひとの心を打ちます。天才の仕事はこれを書かずに死ねないという覚悟の上に天与の才能が加わっての奇跡ですが、そこに至らなくても、凡人でも、常に自分が書かずには死んでも死にきれない何かを誠を尽くして書けばいい。書いたものの未来は「読者の仕事」が決めることです。読者がいる限り、書かれたものは生き続けます。

次に採り上げる二冊は、無名の書き手によるものですが山瀬ひとみには大切な作品です。こういう作品に描かれた愛のかたちについて書いておくことも、山瀬ひとみらしい「読者の仕事」と思ってくだされば幸せです。

四、母の愛のかたち　『トロイメライ』

「母」を描いた文学には「はずれ」がないというと言い過ぎかもしれませんが、「母」は子にとっての一つの「究極」の何かだと思います。女が身も心も最も美しくなれるのは子どもの母になった時で（これは生物的な母の意味ではなく広義の意味の母と受け取ってほしいのですが）断じて男の妻や恋人になった時ではありません。

母の愛について語るとき、私はいつも二人の母親を想います。

一人はもうずいぶん前に観たテレビニュースの特集で出会った母です。アメリカの番組でした。まだ若い母親ががんになり余命の宣告を受けています。

彼女の名前は忘れてしまいましたが、仮に彼女をエミリーと呼びます。もう長くないことを知らされたエミリーは自分の死に向けての準備をはじめました。身辺整理を完璧にすませ、まだ赤ん坊の娘のために、母親がどのような人間であったかを遺しておこうとします。さまざまなこと、恋のアドバイスや料理のレシピなどまで書き遺すだけでなく、将来の娘に語りかけるため抗がん剤で髪の毛のなくなった姿の笑顔でビデオ映像まで遺します。たとえばメイクするときにはファンデーションは首にまで塗ったほうがいいなどと。

夫には自分の死後に再婚することを認めるといい、揃っていない書類はもう死亡証明と埋葬許可証くらいと淡々と告白します。もし私が同じ立場なら闘病に精一杯で、動揺したまま見苦しいさまをさらしてしまうでしょう。まだ幼い娘をおいて死ななければならない心残り、口惜しさや悲しみにもかかわらず、淡々と死の準備に臨む若いエミリーの姿は毅然としていて、思わず涙を誘われました。

エミリーのそんな日常生活の中には、定期的な医師の診察も欠かせません。ある日、彼女はいつものように夫に付き添われて診断を受けます。意外なことに、医師はエミリーに病状が良くなっていると伝えます。余命が延びたのです。その瞬間、予期せぬことが起きました。エミリーの隣にいた夫が突然感極まったように泣きだしたのです。人前で、カメラの前で、アメリカ人の男が涙を見せることはとても珍しいことでしょう。

その涙を見て私は気づきました。この世で愛する者が死にゆくのを見ているほど苦しいことはありません。エミリーの死の準備に協力している夫はエミリーより辛いのです。眠れぬほど苦しい日々を過ごしているのはむしろ夫のほうであることに愕然としました。慰めにはなりませんが、若くして病魔に襲われたエミリーには愛するものに先立たれる悲しみだけは免れています。

遺された夫の人生はこれからも続きます。エミリー亡きあと長く苦しい悲嘆の日々が待っているのです。私は幼い娘を抱えた夫の、エミリーに死なれた後の人生を思うとぞっとしました。再婚していいと言われても、どうやったらエミリーの面影をふりはらって新しい相手を愛し、新しい幸福な愛を生きることができるでしょうか。

若くて死ななければならないエミリーは、勇気をもって死に立ち向かっています。病苦に耐えるだけで精一杯のエミリーに、遺される家族のその後まで想像する余裕がないのは当然です。エミリーは自分の人生を立派に完結させるしかなく、夫は夫だけの悲しみを抱えて生き続けるしかありません。

私はエミリーの番組を観ながら、もう一人の母親を思い出していました。若くて、三十六歳で、死ななければならなかった彼女のしたことは、よく考えてみればエミリーと正反対のことでした。そのもう一人の母とは、私の母の実母、つまり顔を知らない祖母にあたるひとです。

私の母の書いた『トロイメライ』[*1]という小説があります。これは小さな文学賞の佳作を受賞しているものですが、当然世間に知られているものではありません。この小説を取り上げるのは、ここに描かれる埋もれていた「母の愛のかたち」を遺しておきたいと願うからです。おそらく私の母はこれを書かずには死ねないと思っていたでしょう。この小説の中に書かれた私の母と祖母の「母と娘」の物語について書くのを許していただきたいと思います。

『トロイメライ』はフィクションですが、語り手「紀子」=母、「八重」=亡き祖母と思って読んでいただければ間違いはありません。どのような母娘であったか、作中の文章を引用します。

生母の八重が紀子を産んだのは三十一歳の時であった。生来病弱で、その歳で紀子を身籠もって、医師は産むことは自殺行為にひとしいと大反対であった。しかし医師の反対も、家族の反対も、親族の反対も、断固としてはねのけ、産むことを選んだ八重の心中は、遺されたものには永遠にとき明かせぬ謎だ。体の弱さに反比例するような精神の強さを持ち合わせていたのだろう。

幼い日の追憶の中で、紀子は母に抱かれた記憶が全くない。また、母とたわむれた記憶もない。眼をつぶり、当時の母をふり返ると、大抵はベッドの上に正座したまま、紀子と相対していた。勿論いかめしい顔で向っていた訳ではなく、口元に微笑は浮べていたが、決して両手を拡げて迎え入れようという笑顔ではなかった。一定線以上絶対に近づけないぞ、というような、よそよそしい笑顔であった。幼い紀子は敏感にそれを感じとっていた。自分もベッドの横に置かれた椅子にきちんと座り、両手を膝の上に揃えて、母の質問によそよそしく、はい、はい、と返事をし、聞かれるままに幼稚園であった事などをたどたどしく、だが一生懸命に答えていた。どういう訳か、その光景をよく覚えている。

母と同じ部屋で寝た記憶も全くなかった。物心つく頃から紀子の隣には、いつもばあやのおしずさんが寝ていた。言葉数の極端に少ない人で、近隣の人の中には彼女を耳が不自由だと思い込んでいた人もあったときいた。おしずさんは紀子が生まれた時、祖父の郷里の長崎からやって来た人だ。

今、人に話しても大抵は信じてもらえないが、紀子は当時、幼児性の不眠症に陥っていた。子供心にも眠らないのはよくない事だと思ったらしく、寝たふりはしてみせたが、どうしても寝付けない夜が多かった。朝なかなか起きられなかったのはそのせいだ。どこかに神経の高ぶりがあったのだろう。

おしずさんは、紀子よりずっと遅く床に入るが、いつも横になった途端に鼾がきこえはじめる。紀子はやっと寝たふりを止め、幾度も寝返りながら、ベッドよりは一段低い畳に寝床をとっている、おしずさんの寝姿を眺めたり、ガラス窓を通して射し込む月光に誘われ、ベッドの上から伸び上ってその月を覗き込んだりもした。また月の光を受け、木の葉の影が夜風にゆれて踊るさまが面白く、それをつかまえようとして畳の上をぴょんぴょんはねたりもした。

家族の誰も、紀子が夜中に起きていることを知らなかったが、母だけは気がついていた。ある時母の前に呼び出されて、それを咎められてしまった。考えてみれば、母もまた眠れぬ夜を過ごしていたのだろう。

それ以来おしずさんは、紀子が寝つく迄、決してベッドの傍を離れようとはしなかった。紀子の蒲団を叩きながら、子守歌のようなものを歌い続けてくれた。

父は多忙で家にいることの方が少なかった。大阪に赴任した父が、わざわざ大阪郊外の箕面にその居を構えたのは、静かで緑豊かな自然が、母の患いに適していると思ったからに違いない。下の姉とは七歳、上の姉とは九歳離れていた。彼女達はまるで、小さい紀子を相手にはしてくれなかった。

他に貞子というねえやさんがいたが、これはもうお手伝いさんとは思えぬ程こわい人だった。姉達も登校してしまった日中、紀子は桜並木の広い道をはさんだ向う側にある野原で、大抵は一人で遊んでいた。野原はその並木通りから、石段を十二、三段程あがった上だ。時々おしずさんが覗きに来ることはあったが、そんな一人の世界の中で、紀子は初めて自由に伸び伸びと手足を伸ばし、常日頃家の中で感じていた何かの圧迫感から解き放たれたような心地がしていた。

野原の高さは家の二階より少し高い位置にあった。家を見下すと、二階のベッドに横たわる母の姿が見えた。時折寝返りを打つのだろうか、その影が大きく左右にゆれた。

野原の上にいた自分が、あのグルーミーな幼年時代のたった一つの明るい場面だったような印象が今でも紀子の心の中にある。

紅葉の頃、一度おしずさんに連れられて、瀧を見に行ったことがある。今日、ガイドブックによると、瀧迄は駅前の登り口から二キロとあって驚いた。四歳の紀子には渓流を横に見ながらのあの道のりが、二十キロにも思えたからだ。勿論おしずさんは、殆ど紀子を背負ったままで、紅葉の美しい場所に来ると紀子をおろし、細い丸太の柵に寄りかかってひとときじっと、河面に向って垂れ下がり部厚く葉が重なりあった紅葉を見つめていた。

どうどうと流れ落ちる瀧の轟音が恐ろしく、紀子はしっかりとおしずさんの肩にしがみついたものだ。真っ赤な中に、幾枚かの黄葉があったこと、渓流沿いに紅葉の天ぷらを売る店が続き、中にあねさんかぶりの若いおかみさんが大声で呼びかけていたことなども、鮮やかな記憶の中にある。河の両岸に突出た岩のような大石や、石にぶつかっては砕ける白い波頭などを、ずっと後になって夢の中で見たこともあった。

後年、母の友人がもっていた母の歌集の中に、渓流や紅葉や瀧や河鹿を歌った幾首かを見出して、不思議に思った。紀子の記憶のはじまる頃、母は既に病床の人で、あの時代母が瀧に行ったことがとても信じられないからだ。制作年月がなかったから、あるいはそれ以前に此の地を訪ねた折に作ったものかも知れない。ずっと後年、上の姉から聞いたのだが、あの頃、極端に食の細かった紀子が大きなお弁当を全部平らげたといって、母が大変に喜んでいたそうだ。

しかしお弁当を食べた記憶は紀子には全くない。ただ帰宅した時、母から見たことを話せと言われて困惑し、体をくねくねゆすって、ひどく叱られたことだけはよく覚えている。いい加減に観察してはいけないと、まだ五歳にならない子供に叩き込む積もりだったのだろうか。

記憶の外に押し出そうと努力した結果かも知れないが、母の思い出はおおむね霧の中といった感じだ。

「紀子のお母さまは、どんなお顔をしていらしたの?」

ある時、親友の礼子からきかれてびっくりした。

「えーとねぇ、えーとねぇ」

しばらく口ごもって、今はじめてのように、その人をまぶたの中に思い浮かべてみた。結核の人にありがちなのだろうか、長いまつげや、うるんだような大きな眼だけが浮かんでくる。どんな鼻をしていたのか、どんな口元をしていたのか、どんな髪型をしていたのか、一生懸命思い出そうとするのだが、ただ白っぽいという印象だけしかない。きっと青白かったのだろう。

小さい姉の慶子も、大きい姉の博子も、竹久夢二の絵がひどく好きだ。原因はどうやら母にあったらしい。大きい姉の短歌の中に、

年若くみまかりし母その母の「大正」に遇う夢二の画集

というのがあって、やっと理解出来た。

しかし紀子の母に対する記憶は、まちがっても夢二の絵のように、のどかなものではない。

その大きな黒い瞳に出会うと、思わず背筋をピンと伸ばし、次は何を叱られるのだろうと、恐怖に近い緊張感がはしるのだった。

母のベッドの傍らで、そっと両手を差し出しても、母は決してそれを握り返したり、微笑んだりはしてくれなかった。幼い子供はそんなことに本当は、深く傷ついてしまうものだ。いつしか紀子は、母の傍へは寄りつかなくなっていた。傍へ行ってはいけないと言われた記憶が一度もないので、多分開放性の結核ではなかったのだろう。母と同じように紀子も病気ばかりしていた。変に甘ずっぱい水薬の味や、誰もいないのを見計らってその水薬を二階の窓からそっとまき散らした事などよく覚えている。眼の前で口の中につっ込まれたオブラートの味も今では懐かしい。

風前の灯のような母体から産み落とされた子供は、また、辛うじて命を保っている幼児だったのかも知れない。

いつの頃であったか、深夜ふと、すすり泣く母の声をきいたような気がする。不思議にそれが気になって、記憶の外に押し出した母のそのことだけは、時折ふっと甦えることがあった。あの「強い人」である母の涙というものが信じられず、幾度も疑ってはみた。総ては霧のなかである。

しかし、母の思い出の中で、二つの事だけは、鮮やかに残っている。

ある日母は、紀子をわざわざ二階に呼んで、

「さあ、野原で遊んでいらっしゃいね」

と命令するように言った。

「ハイ」

と答えて、靴を履きいつものように石段を上って野原へ行った。三月も終りの頃で、東京よりは暖かい大阪のこの地方では、タンポポやハルジオンやレンゲ草などが、野原一面に咲き乱れ、その花にあつまるモンシロチョウやベニシジミなどが、草々の上をとび交っていた。

寒い冬の後のこんな野原の中にいると、紀子はなぜか、しあわせがこみ上げてくるのだった。見下すと、大通りの桜並木も満開で、駅迄続く長い道が、美しい白いトンネルになって見えた。思わず喚声をあげて見とれていると、その白いトンネルの下を突然、黒い箱型の車が一台、のろのろとこちらに向って坂を上ってくるのが見えた。まだ車は珍しかった時代である。身を乗り出して見ていると、その大きな車は家の前でガタンと音を立てて停止した。車の後ろはガラス窓になっていた。何か不安な思いが、五歳になったばかりの紀子を襲った。予感は当たったのだ。白い服を着た男が二人、担架を持って家の中に消えていった。夢中で野原を駆け降りようとして、紀子はふと、

「野原で遊んでいらっしゃいね」

と言ったあの母の、強い口調を思い出していた。あわてて踏みとどまり、野原の端に駈け寄った。じっと覗いていると、程なく母を載せたその担架が戻ってきた。上半分がガラス窓にな

った扉を左右に開くと、白い服の男達が母を車の上に運び上げた。割烹着姿の貞子さんが大きな風呂敷包みを一つ抱えて、すぐその後に続いた。二人の男が扉を閉じると、母の頭と白い顔がわずかに覗き、ラクダ色の上掛けが首のあたりまで掛けられているのが見えた。二人の男達は、前の席に戻り、車はまたガタンと音をたてて静かに滑り出した。

白いトンネルの下を見えかくれしながら、黒い車は静かに遠去かっていった。

紀子はしゃくり上げながら、身を乗り出し、いつ迄もいつ迄も車の去った後を見つめていた。

紀子が母を見た、それが最後であった。

母が亡くなったのは、その年の六月の初めであった。深夜、騒然たる気配に眼ざめ、紀子はそのことを知った。姉達は声をあげて泣いていたが、紀子はただぼんやりとして、そんな二人を眺めていた。珍しく父がいて、紀子をしっかり抱きしめてくれた。

朝になり、祖母が着せてくれた黒いビロードの洋服を着て、紀子は祖母と共に座敷にいった。母は顔に白い布をかけ、胸に短剣を置いて静かに横たわっていた。

「紀ちゃん、お母さまとお別れなさいね」

そう言って祖母は母の顔から白い布を取りはずした。おそるおそる上眼づかいに母を見ると、意外なことに母は微笑を浮べていた。その微笑は、日頃母が紀子に見せていた、あのシニカルな、片方がやや上ったものではなく、心の底からのしあわせにみち溢れたような微笑であった。

「お母さまはどうして笑っていらっしゃるの」

紀子は祖母にではなく、その時紀子と並んで座っていた、喪服姿の女の人に夢中で尋ねた。

「お母さまはね、亡くなる前お医者さまから笑うような注射をしてお貰いになったのですよ」

とその人は答えた。

あの白いトンネルの下を見えかくれしながら遠去かっていった黒い車を見送ってから、どうしようもなく幼い心を、くらい悲しい思いに誘い込んでいたものが、その瞬間パッとふきとび、紀子は何故か春の陽光に照らされているような明るい思いにみたされたのだった。急にはしゃぎ始めた幼い紀子の姿は、なお一層人々の涙を誘っていた。何も知らずに、と人々は思ったらしいのだが、紀子には紀子で、こんな事情があったのだ。


三十年経ったある日、何気なくこの話をしたら、二人の姉達は椅子からころげ落ちそうな程に驚いてしまった。

「お母さまはあの時、笑ってなんかいらっしゃらなかったわよ」

二人は口々にそう言った。

「子供心にも美しい死に顔と思ったことは覚えているけれど、決して微笑んでなどいらっしゃらなかったわよ」

と大きい姉が言った。

「私は水を含ませたあの筆で、何べんもお母さまのお口をふいてさし上げたからよく覚えているけれど、自然に閉じておられただけだったわよ」

と小さい姉も言った。

「紀子ちゃん、それじゃあ聞くけど、貴女が尋ねたというその女の人は、いったい誰なの？」

姉達に口々に聞かれて、紀子は困ってしまった。自分の隣りに座っていたあの黒い喪服の人の顔を、どうしても思い出すことが出来ないからだ。

早朝のあの場に居合わせた人は、東京からやって来た二人の伯母達、そして伯父達、その人達の顔は紀子もよく知っていた。

大きい姉はその場で、伯母達に電話をしてくれた。誰の言うことも同じであった。

長患いの後とは思えぬ、安らかな死に顔だったが、決して微笑んではいなかった。あの時見知らぬ人は誰もいなかった。

あの微笑は、母の孤独がひどくこたえていた幼い心が、強く願った夢だったろうか。それとも、真底からの笑顔を決して幼い娘に見せることのなかった母が、黄泉の国から紀子に送ってくれた、心からなる微笑であったのだろうか。

父は母の死後、三年目に新しい妻を迎えた。それは紀子達にとっては、新しい母の誕生であった。

父達が新婚旅行から帰ってくる五月のその日、八歳になった紀子は嬉しくて嬉しくて、朝からそわそわのしどうしであった。落着きがないと叱った担任の田島先生に、

「今日　新しいお母さまがお家に来るの」

と、思わず大声で叫んでしまった。

「藤沢さんよかったわねえ」

と、田島先生も、今怒ったことをすっかり忘れて、大声で答えてくれた。

私立のその学園は、箕面の山のふもとにあった。二時に授業が終ると、紀子はスキップをしながら坂道をかけ下りていった。とめるのを忘れたランドセルの蓋が、スキップする度に、パタンパタンと背中で鳴った。あの晴れ上った五月の午後のことを、紀子は生涯忘れることはないだろう。

新しい母はそんな紀子を、両手を拡げて迎え入れてくれた。手を差し出せば、その両手をしっかりと握り、にこにこと微笑み返してもくれた。

紀子は毎日、新しい母に会いたい一心で、坂道を駈け下りた。病身だった青白い頬は、みるみる赤味がさし、新しい母のもとで紀子はすくすくとしあわせに育っていった。

紀子は自分の記憶の中から生母を抹殺し、この新しい母を我が母と、深く思いさだめていった。

数年後のある日、紀子は父に頼まれて庭先の書庫に本を探しにいった。あれこれ探している

うちに、本のすき間から一枚のタブロイド版の新聞がポロリと足もとに落ちた。拾い上げながら見ると、それは亡くなった母の母校府立S高女の同窓会新聞だった。読むともなしに眼を通していると、思いがけず母の死を悼む友人の一文があった。在学中、歌祭りにも優勝した母の思い出を、幾首かの母の歌をまじえて書いたものだが、その人は最後に母の辞世の一首を書き記していた。「大いなる文を抱きて死なんと思う」と。あきらかに短歌であったろうが、紀子はどうしてもその上の十七文字を思い出せないでいた。下の句の衝撃が余りに大きくて上の句を覚えるゆとりがなかったのかもしれない。

それにしても、母の心は死に際しても、子供達の上に及ぶことがなかったのかと、暗い書庫の中で紀子はひとり涙をこぼしてしまった。

母は本当に不思議な人であった。母が亡くなった朝、家中の者が必死に母の写真を探したのに、母とは似ても似つかぬような無器量に写った一枚を残して、沢山あった母の写真は跡形もなく姿を消していた。そして夥しかったというその作品集、短歌も文も、女学生の頃の成績物も、また人から貰った書簡の類までも完全に消え去っていた。

入院する少し前のある日、母は、貞子さんもおしずさんも紀子も外に出したことがあった。写真のないのに気づいた時、貞子さんもおしずさんも共に、その日庭のあじさいの木の脇に多量の何かを焼いたらしい跡があったことを思いだしたという。

当時ベッドの上に起き上ることさえ容易でなかったあの母が、どうやって二階から階段を降り、焼くものを束ね、またそれを運び、なおその多量の灰を、一体どこに処分したのか、今となっては永遠の謎であった。それを成し遂げようとする強い思いだけが、不可能を可能にしたのであろう。

この小説に描かれたように、母＝紀子にとって実母は、顔立ちも思いだせないほどにガラスの壁の向こう側の存在でした。紀子の母は自分の生の痕跡を、とくに自分の美しい思い出となるものを、写真ですらすべて処分して死にました。しかも徹底したことに、紀子の母は幼い娘紀子に「母に愛された」という記憶をいっさい残しませんでした。

紀子は自分は母親に愛されない子どもであった、継母こそ自分のほんものの母だと思い定めて成長したのです。でも、姉妹の中でなぜ自分だけが愛されなかったのか、実母はほんとうに自分を愛してくれなかったのか、出産は危険であったのになぜ自分を産んだのか、継母に愛されながらも、紀子は胸の中に凍えるような疑問を抱えて成人し結婚し母ともなったのでした。

『トロイメライ』は、自分も母親となった紀子が娘のピアノ教師立花先生と出逢うことによって、実母のこの謎に迫る小説です。「立花先生の瞳の底に沈んでいる暗い影が、三十年余り、殆んどふり返えることもなかった母を思い出させたのは不思議であった」と書かれていますが、立花梓は天与の才能に恵まれたピアニストで、ある不幸な愛のために市井のピアノ教師として生きていました。

　ここではこれ以上『トロイメライ』のストーリーを詳しく書きません。それより、私が母から直接聞いた実母志能（しの）の、エミリーとは正反対だった死に支度について書き記します。

　色々な事実については、母が成人した頃にやっと親族から聞かされたことでした。

　志能は、自分の母親（つまり私には曾祖母にあたるひとです）に遺言を残したそうです。自分の死後は、決して夫と子どもたちの家庭に出入りしないでほしい、孫に会いたくてもあきらめてほしい、そうしないと夫の再婚相手となるひとがやりにくい。絶対にこの約束を守ってほしいと頼んで、この必死の遺言は守られました。

　志能の告別式には入院先であった阪大病院の主治医が出席していたことも母は聞かされました。その主治医は「医者はふつう患者さんの葬儀には出席しないのですが、あまりに立派なご最期でしたので参列させていただきました」と語ったそうです。母の姉たちの通っていた箕面学園という私立学校に、大北先生という大病院のお嬢さんでクローデット・コルベールにそっくりの音楽教師がいました。生前の志能と深い親交があったらしく、志能の死後しばらくして、遺された三人のお嬢さん達を育てさせてくださいと後妻の申し出があったという話も聞きました。若く美しい彼女の申し出を母の父親が受けなかった理由は、おそらく三人の子持ち相手は気の毒に思ったのでしょうが、よくわかりません。

母の姉は、志能のこんな言葉を幼心に意味もわからず強烈に憶えていました。偶然耳にした両親の会話の断片でした。志能は夫勝治郎、姉妹にとってこの上もなくやさしかった父親に「あなたを信じていましたが、愛してはいませんでした」と言っていたのです。

そして『トロイメライ』に描かれたように、自分に関係するものを、とくに周囲から少しでも優れていると思われていたもの、自分の短歌の数々、自分の描いた絵など、何一つ遺さず焼き捨てました。似ても似つかぬ醜く写った遺影用の一枚を遺して、竹久夢二の絵に似ているといわれていた美しい面立ちの写真までも全部灰にしました。自分の佳い記憶は何一つ遺してはならないと決意したかのようでした。志能の死への準備は、遺された家族に何かを遺すことではなく、家族の記憶から完全に消えること、忘れられることだったとしか言いようがありません。

母が志能のこの謎の行動の理由についての答えを得たのは、志能の死後何十年も経って、すでに中年になってからのことでありました。母の実母への想いを聞きながら、白々と夜が明けていった日のことを、私は生涯忘れないでしょう。私に語ってくれた母の推測は次のようなものです。

上の娘二人、つまり母の姉二人を産み育てている時期は、まだ発病もせず自分が死ぬと思っていなかった志能は、家族を愛するふつうの幸せな妻で母でした。大変仲の良い夫婦であったと、母は親戚から聞いていました。

しかし発病して周囲の強い反対を押し切って末娘を産むと決めたとき、志能は自分が長く生きられない母親であることも覚悟しました。早産で生まれた娘＝紀子＝私の母は、志能の体質を受け継いで生来病弱で医者からは十歳までは生きられないだろうと宣告されてしまいます。この末娘を生き延びさせるには、医療だけでは不十分で、何より夫の再婚相手となる継母に心から愛され養育される道しかない、いつまでも自分を慕って継母に懐かない子どもでは愛されないだろう。そう見切った志能は、末娘の記憶にのこらない母親となり、末娘が自分ではなく継母を慕うように、末娘が継母に充分愛されるように育てることを決めたのです。夫が早く再婚するために、娘たちが新しい母を心から受け入れられるように、自分のことはすべて忘れてほしいというのが志能の願いで、彼女は強い決意と愛情でそれを誰にも固く秘してやり遂げたのです。

実母の愛を疑い悩み続けた母がついにこの結論に思い至ったとき、臨終の日の志能の「しあわせにみち溢れたような微笑」の意味がすとんと胸におちました。志能の微笑は末娘への贈り物だったのです。自分の命とひきかえに生んだ、どんなにか抱きしめたかったろう小さな娘に、志能はほんとうは愛していたことを微笑みというかたちで伝えたのです。他の人間には見えないものが見えたのは、決して幼いこどもの夢や幻視のさせたことではないことを母は確信しました。この世にそのような霊的なはたらきのあることを完全に否定できる人間がいるでしょうか。

ひとは言葉で愛を知るのではありません。愛しているという言葉がどんなに嘘偽りを含むか、それを知らずに生きられる人間がいないのと同じことです。真実の愛は言葉を超えた胸から胸へ伝えるしかない何かなのです。この志能の笑顔が子ども時代の母の支えであったことは間違いありません。

母は志能が命がけで自分を愛してくれていたことをもはや微塵も疑うことがなくなりました。母は、継母を迎える日の、嬉しくてスキップするたびにランドセルの蓋がカタンカタンなる音を思い出しては、実母志能が天国でどんなに喜んでいたかと思うのです。志能は娘のこの喜びの時を迎えるために、あのように娘の記憶から消えていきました。

母は『トロイメライ』という小説を書いて、自分の母親の愛のかたちを書かずにはいられなかったのだと思います。志能の死の真相を解き明かすことは、母の人生そのものであったといってもよいのかもしれません。この小説に描かれた死にゆくものからの愛、何も語らず、何も遺さず、愛する家族の記憶からも完全に消えようとする、自分の生の痕跡をことごとく消去することを懼(おそ)れない、これ以上の徹底した死への道のりを私は知りません。

最後の最後にも三十六歳の若き母志能は、幼い娘に生々しい永訣の悲しみの記憶を遺すまいとしました。その武家の末裔というしかない覚悟の見事さ潔さは、信じがたいほどの愛のかたちでした。「遊んでいらっしゃいね」と涙ひとつみせず、ついに一度も抱きしめることもなく終わった、いたいけな娘の背中を見送りながら、志能は胸が張り裂けるようであったと思うのは私だけでしょうか。

白い桜のトンネルの下を去っていく黒い車を見送りながらしゃくりあげていた幼い日の母を想

うと私は涙を禁じ得ません。五歳であっても母にはそれが永遠の別れだと分かったのです。志能がせめて娘のこの涙を受けとめて旅立ってくれていたことを、祈らずにはいられません。

最後に誤解のないように書いておきたいのは、祖母志能のほうがエミリーより立派であったと言うつもりは全くないことです。エミリーは真摯に娘に愛を伝え遺しました。エミリーはエミリーのやり方で、娘への深い愛をこめて死の準備をしました。これは西洋の「愛している」と日常的に言い合う土壌においての愛の伝えかたであったのでありましょう。西洋の文化には佳きものを遺すという絶対的な意志があります。

成長したエミリーの娘は母の愛を知ってどんなに胸打たれたことか。こういう直截な愛の遺産のほうが理解されやすく、むしろ娘には幸せなものかもしれないと思います。私の母は志能の顔すら記憶に取り戻すことはできず、沈黙の奥底に隠された愛を知るまでに何十年もかかりました。しかも志能の覚悟の死に支度にもかかわらず、私の母が継母に愛されたのは、十年後に継母に自分の血をわけた子どもができるまでの間でした。この十年が母の健康を取り戻すには充分な時間であったのはせめてもの救いです。

三姉妹の家庭教師として雇われたのち後妻となった継母は、もちろん悪いひとではなかったのですが、自分のお腹をいためたわが子のほうが先妻の遺児の三姉妹より比較にならず可愛かったのです。継母は自分の子どもが出来た瞬間から財産を血を分けたわが子だけに相続させるため周到に準備しました。散々な仕打ちの結果、母たち三姉妹に父親の遺産を放棄させることに成功し、自分の子どもにすべてを相続させたことなども、ある意味美しいばかりでない母性愛の一面といえるでしょう。

たとえ自分の人生も命も捧げて愛しても、愛の対象の誰かを現実的に幸せにできるとは限らないことは愛のふしぎです。愛は、日常生活の幸福や不幸の尺度とは別次元のものでした。ただそこに在るかけがえのない何かなのでしょう。

志能は愛を胸の奥深く秘して隠し続けました。そういう人間でありました。決して愛を表さなかった。日本人の私は時々こう想います。言葉にした愛の誓いはほとんどが裏切りに終わるしかなく、語られることのなかった愛こそが真実生き続けるのではないかと。愛は静かな沈黙の中に在るものと考えると、世界のいたるところに見棄てられている悲惨や苦難に神が沈黙している理由の一端が理解できるように思うのです。

世界がじつはこのような語られぬ、秘められた、耐え忍ぶ愛に支えられていることに思い至るとき、私は自分の人間理解の浅さ、愛の薄さを日々思い知らされるしかありません。

＊1 『トロイメライ』 ラジオたんぱ開局35周年記念ドラマ大賞佳作。「関西文学」一九八七年四、五、六月号に辻村安希子名義で連載。のちにペンネームを源田朝子に変更した。源田朝子として『朱鷺草』(文芸社)『絶えざる微笑』(フランス堂)などを出版している。

五、弱者の仕事　『いのちの遺産』

「母」について語ったあとは、社会的にいわゆる「弱者」と呼ばれている人々について、正確には「弱者」にまつわる愛のかたちについて書かなくてはならないと思います。そう思い至った理由は、障害者に限らず、生活保護受給者、ホームレス、難民などの「弱者」を自己責任と攻撃する論調や、少数者に向けるヘイトスピーチが声高になってきている昨今の世相を、深く憂慮するからです。

二〇一六年相模原の知的障害者施設津久井やまゆり園で、侵入した男が入所者十九人を殺害し二十六人を負傷させた凄惨を極める事件のあったことは生々しい記憶です。犯人は「障害者は不幸を生むだけ」「障害者はまわりを不幸にするからいないほうがいい」「障害者は世の中のお荷物、世の中からいなくなるべきだ」「安楽死させる法制が必要なのに国が認めてくれない」という、ナチスさながらの優生思想の持ち主でした。

この犯人を生み出すような思想はいつでもどこにでもあります。歴史から戦争がなくならないように、強制収容所が絶滅しないように、しぶとく蔓延る差別という人類の宿痾です。「弱者」は常に流動的な差別関係において生じます。男にとって女、親にとって子、教師にとって生徒、雇用主と使用人、健常者と病人、介護者と被介護者等々、状況によってたやすく入れ替わる。そして、弱者を叩くのは別の弱者である場合がほとんどです。弱いものが自分の弱さに耐えられずに、優越感を得ようと自分より弱いものを鬱憤のはけ口とする構図ほど醜悪なものはないでしょう。この弱肉弱食の世界が広がるほど悪しき強者は高笑いします。奴隷どうしが争えば、王は安泰でいられる。彼らの理想的な支配環境が出来あがるからです。

先の事件の差別犯罪者への糾弾が世間に沸騰したのは当然として、病人や障害者が健常者同様に生きる価値ある存在であることについての心魂に徹する説得力のある言説にはあまり出会いませんでした。「役立たずは死ね」と言い放つ憎悪にみちた単純な言葉がわかりやすいのに比べ、その邪悪な主張に反論するには、何十倍もの長い文章が必要だからでしょう。間違ったことを言うのは手短で強烈な罵倒の連呼ですみますが、正しいことを伝えるのは至難の技です。神の前に、あるいはヒューマニティーの基に、ありとあらゆる命が平等に大切であるという真理は、真理であるゆえに決して言葉では、まして単純な文言などでは伝えられません。それは言葉を超える何かだからです。

私はふつうの市民として、犯人のような優生思想を絶対に認めない立場の一人であるので、犯人が「他人の金を使うだけで、迷惑をかけるだけの世の中のお荷物」と断じる人びとが、そうではない理由を、力及ばずとしても考えてみたいと思います。

ここに『いのちの遺産』（神山復生病院　一九九九）という一般には流通していない一冊の私家版があります。二百数十頁ほどの文庫本で、副題に「神山(こうやま)復生病院創立110年」とあるように、日本で初めてのハンセン病専門病院の創立からの歴史をまとめたものです。同窓会の社会福祉活動のバザーで、たしか五百円で購入しました。謂わば義理で買った、素人の文集のようなこの一冊を何気なく読み始め、震えるような感動とともに読み終えました。

初読から三十年近く経っても、本棚にこの一冊のための場所を定めていて、時々その本の背表紙が目に入ると、思わず頭を下げています。本にお辞儀をするというのもおかしな話ですが、気高いとか崇高な、といった形容でしか語れない人間にたいして、私なりのささやかな挨拶なのです。

優れた聖職者が世間から忘れられるのはなぜでしょうか。愛はそれが大いなるものであればあるほど無私であり、この世に痕跡をのこさない秘儀なのです。愛の成就は愛する主体が名もなき者のまま、あとはかなく消えて愛だけが残ることとも言えます。

だからこそイエスの愛に生きた聖職者たちが、ハンセン病差別の根深かった時代の日本で「役立たずの不幸なお荷物」であった患者のために何を為したか、そのことをただただ知ってほしい。私は、私たち人間は今も昔もそして未来も大きな過ちの中に、世界というひどい場所にいることを悲しみ、それにもかかわらず希望もあることを信じてほしいのです。この本の中には犯人の歪んだ人間観を完膚なきまでに否定する一つの答えがあります。

ハンセン病、いわゆるらい病は、有史以前から存在していました。現在のように完治可能な特効薬の出来るまで、気の遠くなるほど長い年月、人類にもっとも忌み恐れられた病気の一つでした。身体が膿み爛れ、鼻や唇が欠け、手足の指も損なわれ、失明し、目を背けたくなるような外見と病状の果てに死に至る伝染病でした。らい病は「伝染力」の非常に弱い疾病です。空気感染しませんし、患者に触れただけで罹患するものでもありません。遺伝もしません。しかしながら当時は親兄弟の縁まで切られる悲惨な死病でした。

聖書の記述を読んでもよくわかります。天刑病とされ、この病に犯された人々の肉体的精神的苦悶は言語に絶するものがありました。イエスこそ初めて、らい病で苦しむ人々に救いの手をさしのべた存在（神）なのです。

日本では、光明皇后や日蓮がこの病気に恩情的であったくらいで、らい病患者は、強い偏見の中、世間から見捨てられ、ほとんどが物乞いをしてただ死を待つのみという状況でした。

ハンセン病が克服された後に生まれた私のような世代には、この病気がなかなかわからないので、『いのちの遺産』の中の患者大川正隆さんの手記から、病状を想像してみたいと思います。

手も足も普段の三倍はあろうか、と思えるぐらい重たく腫れ、頭部から顔面もぱんぱんに腫れた。顔面の腫れはきつく、口を開け指で瞼を上下に引っ張らねば、見える様にならなかったが、それが悪く、前にも増して腫れ上る結果になった。その腫瘍も化膿し、腫れが引いた時やや安堵した。しかし、膿の匂いは口の中にも広がった。口の中の腫瘍も破れたのである。頭から顔を包帯するのにも、頬や唇に包帯はできないので、ガーゼに軟膏を塗り、唇形に切ったものを唇に貼り、又顔は、眼だけを開けて被った。手は爪の下が黄色に膿み、爪は、右手親指の爪半分を残して切り落した。腕から肩へと腫瘍ができて破れ、足は甲の所から足裏部にかけて、やはり腫瘍ができ、腐って破れたから、裸同然の姿で治療を受けた。傷に付着したガーゼを交換する時、痛さに涙をポロポロ落した。厳寒に傷の手当は寒く、寒さも傷にしみた。治療は約一時間かかった。症状は驚く程早く悪化したが、腫瘍が腐り切ると熱が下がり、新しい皮膚がケロイド状にできて、包帯が除かれた。私よりはるかに症状の重い人が一五、六名はいた様に思う。死んでいった人の中には、一〇代、二〇代の人が多かった。

この記述を読んでいて、ため息が出るのは私だけではないでしょう。ハンセン病は末期においては、咽頭が冒され呼吸困難に陥ることも多いといいます。はたで見るのも耐えられないほどの七転八倒の苦しみの末、治療の施しようもなく窒息死に至ります。

しかしながら、無惨に身体の損壊されてゆく病苦そのもの以上に患者を絶望させたのは、今まで息子や娘として、夫や妻として、父や母として、兄や妹として、家庭の中で愛し愛されて当たり前であった日常が、ふつうの社会生活が、すべて喪われてしまうことだったでしょう。その心の痛みのほうが、比較にならず残酷だったかもしれません。

ある日を境に、自分に落度もないのに病気になり、強烈に差別される立場に突き落とされます。周囲に蛇蝎の如く嫌われ、恐れられ、あげく友情も恋も職業も失い、自分のもっとも信頼していた家族から棄てられ、故郷を放逐され、災いの家族に及ばないよう自分の名前すら棄てさせられるのです。この冷酷無比な、徹底した病魔による収奪は耐えがたいものであったに違いありません。

松本清張の『砂の器』は、この病になった父親が、息子と一緒に故郷を追い出され、物乞いの果てに行き倒れになったことから始まる悲しい犯罪の物語でした。最近のテレビや映画では、差別的表現とされてこのあたりがぼかされています。しかし、この病気への筆舌に尽くしがたい差別が厳然と存在していたことへの国民あげての無関心が、病人を見殺しにする罪であったことを決して忘れてはなりません。この作品には患者の子であった犯人だけでなく、差別を黙過し続けた私たち日本人という目に見えない共犯者がありました。

宮本常一の名著『忘れられた日本人』（岩波文庫　一九八四）の「土佐寺川夜話」の章にこのような一節があります。

…この道がまた大変な道で、あるかなきかの細道を急崖をのぼったり、橋のない川を渡ったりして木深い谷を奥へ奥へといきました。

その原始林の中で、私は一人の老婆に逢いました。たしかに女だったのです。しかし一見してはそれが男か女かわかりませんでした。顔はまるでコブコブになっており、髪はあるかないか、手には指らしいものがないのです。ぼろぼろといっていいような着物を着、肩から腋に風呂敷包を襷にかけておりました。大変なレプラ患者なのです。全くハッとしました。細い道一本です。よけようもありませんでした。私は道に立ったままでした。すると相手はこれから伊予の某という所までどの位あるだろうとききました。私は土地のことは不案内なので、陸地測量部の地図を出して見ましたがよくわかりませんから分らないと答えました。そのうち少し気持もおちついて来たので「婆さんはどこから来た」ときくと、阿波から来たと言います。どうしてここまで来たのだと尋ねると、しるべを頼って行くのだとのことです。「こういう業病で、人の歩くまともな道はあるけず、人里も通ることができないのでこうした山道ばかり歩いて来たのだ」と聞きとりにくいカスレ声で申します。老婆の話では、自分のような業病の者が四国には多くて、そういう者のみの通る山道があるとのことです。私は胸の痛む思いがしました。

このような気の毒な患者たちは、一部のやさしい人間の施しで生き延びていたのではありましょうが、所詮は行き倒れの最期でした。そこに救済の道を開いた人間がありました。

『いのちの遺産』の記述に導かれながら、神山復生病院の誕生からの歩みについて簡単に述べていきましょう。

日本で初めてのハンセン病患者のための病院設立は、日本人によるものではなく、異国からの修道士によるものでした。明治六年（一八七三）来日して、日本各地で伝道していテストウィド神父は、明治二十年（一八八七）呻きながら自殺しようとしていた三十歳くらいの婦人を助けます。

彼女は重いハンセン病を患ってすでに失明していました。夫に棄てられ、水辺の板の上のボロにくるまって、一日一杯のご飯だけを与えられる生活の果てにいのちを断とうとしたのでした。テストウィド神父は彼女の看病をしながら、充分な世話してくれる病院を必死にさがしましたが、公立の病院も私立の病院も彼女を拒絶しました。そこで神父自らが、彼女のように路頭に迷う患者たちの世話をし、心の支えとなることを決意します。大変な苦難を経て明治二十二年（一八八九）五月二十二日御殿場市神山に神山復生病院を開設しました。

特効薬プロミンが日本で生産されるようになる一九四八年に先立つこと六十年あまり前のことです。当時のハンセン病は完治する希望のない悲劇的な伝染病でした。

国は、神山復生病院設立から二十年後の明治四十二年に「らい予防法」を制定しました。少数の国立療養所に当時五万人ともいわれた患者を順次強制的に収容しようというものです。

同じ病院ではあったでしょうが、神山復生病院とは設立の目的に天地の差があります。日本にも患者のために献身的な慈愛深い人々はいましたけれど、明治政府の「らい予防法」の目的は、あくまで患者を社会から排除し、周囲に伝染を防ぐことにあり、患者のためのものではありませんでした。患者に断種や堕胎を強いるなど、牢獄に閉じ込めるに等しい扱いをもたらすものでした。

《らい予防法がぼくたちにとってつらかったのは、それがぼくたち患者の面倒を見ようという法律ではなく、社会から、らいの患者をなくそうという法律だったということです。個人的に誰の罪であったとは言いません。「時代の誤り」だったと思います》という在院者の証言からも明らかなように、らい予防法は全体主義に後押しされた、明らかな民族浄化政策でした。

テストウィド神父は病院設立の許可を当時のカトリック教区の司教に得るにあたり、自分もこの病に罹患して死ぬことの許しも願っていました。

ハワイ州モロカイ島の、ハンセン病患者のためにつくしたことで有名なダミアン神父は（死後列聖されています）長年自分の手で患者の世話を続け、この病気でいのちを落としました。テストウィド神父はダミアン神父の死の二年前から交流がありましたから、彼がハンセン病に罹患したことは当然承知していました。ハンセン病患者の病院をつくり患者のために働くことは、すなわち自身にもダミアン神父と同じ運命の待ち受けることは覚悟していたということです。

テストウィド神父は司教への手紙で、患者たちの身体の損なわれていることにショックを受けたことを隠さず詳細に綴り、それでも「私の愛する患者たち」と共に生き、共に死ぬ道を選びたい決意を伝えました。

ハンセン病に罹患することは、ある意味死ぬことより恐ろしいでしょう。長い激越な病の苦しみを経なければならないからです。テストウィド神父の、未来を病魔に委ねる凄まじい覚悟を前にして、自分がいかに愛薄き人間であるかを思い知らされます。ハンセン病が完治する今日でさえ、私はハンセン病の患者と握手をしたら、伝染しないとわかっていても後でこっそり隠れて手を洗うかもしれない神経質で非科学的で偽善にみちた人間、差別心から抜けられない恥ずべき俗物だからです。「らい予防法」も多かれ少なかれ私に似た人間集団の制定した恥辱の法律です。「神の法」はこの「人間の法」を嘆くでしょう。

テストウィド神父のその後の病院設立に向けての行動は、困難につぐ困難の茨の道でした。外国人である神父が病院を設立するためには、日本の法律手続きをクリアし、資金を集め土地を捜し、建物を建て、働く人を見つける必要がありました。何事にも言えますが、ゼロから一にすることは、一から二や三にすることより遥かに険しい道です。無から有を生じさせることは偉大なことです。

医学の進んだ現在の日本でさえ、伝染性疾患専門病院を建てるとなれば近隣の理解を得るのは難しいことです。まして当時のらい病は単なる病気以上の禁忌、恐怖現象であったわけですから、土地を見つけることは困難を極めました。しかし、テストウィド神父は、あらゆる障碍を乗り越えます。ついに静岡県御殿場の神山に七千坪の土地を購入出来たことは奇跡のようでした。

多額の寄付を集め、日本人信者や医師の協力も得て、二階建て家屋に二十人の患者を収容し、ようやく病院が動きだしました。しかし、次々に壁にぶつかります。陸の孤島のような病院の敷地から、街道に出る道の通行権を地主から拒否されたこと。重症患者が多かったので患者が亡くなれば墓地に埋葬する必要がありましたが、共同墓地への埋葬を猛烈に拒絶されたこと等々……。らい病患者は、死んでからでさえ差別されていました。その尽きることのないトラブルに立ち向かいながら、設立わずか二年後、テストウィド神父は病に倒れます。香港での療養を命じられ「必ず皆の元に帰ってきます」と言い残して旅立ちましたが、不帰の客となりました。死因は胃癌。四十二歳の刀折れ、矢尽きるような若い死でした。

それでも一度動きはじめたミッションは頓挫することはありませんでした。テストウィド神父の志を継いで病院は続いていきます。ヴィグルー神父、ベルトラン神父、ドルワール・ド・レゼー神父、岩下壮一神父……。神山復生病院にとくに関わりの深かった五人の神父たちの名を前にする時、私は畏敬の念に打たれます。彼らの献身の結果の、過労死とも戦死ともいえる生涯に対して、感謝というなまぬるい言葉など簡単に口に出せないのです。

東京大司教オズーフがテストウィド神父の後任のヴィグルー神父にあてた書簡には、こう書いてありました。《彼等の衣食住の経費を同様に貧乏なミッションが、貴師に与えることができないのは申し上げるまでもない。貴師はその資金をテストウィド神父が求めた同じところに、すなわち摂理の金庫の中に求めるより他に途はないのである。お気の毒ではあるが、貴師は親愛なるライ者諸君のため、かれらと同じく乞食をしていただきたい》[*1]

その時代の宣教師たちは質素で厳格な生活をし、彼らの口にあわなかっただろう米と漬物だけを食べ、患者たちのために尽くしました。テストウィド神父を引き継いだヴィグルー神父は、患者数を急激に増加させましたが、野心的な聖職者にありがちの、受洗者を得ることをミッションの目的にはしませんでした。患者に信仰を強制せず、病院を心が浄化高揚される祈りの場所と考えた人です。ヴィグルー神父は病気によりフランスに帰国しました。

三代目、フランス人ベルトラン神父は亡くなるまで二十年にわたり粉骨砕身、獅子奮迅の仕事ぶりで、この病院の基礎を固めました。患者たちは小さな村のようなものを形成し、自分たちのものは自分たちで生産するという自給自足の生活をしていました。神父は患者のために演劇、バンド、オーケストラなど文化的な娯楽を奨め、外気に当たることが効果的な治療であると考えられていたので、戸外の活動も奨励されました。

しかし、患者が同じ河川から水をひいているという村人からの苦情は絶えません。井戸を掘るものの、なかなか成功しない問題があり、他にも病院の購入していた土地を日本人に不正に転売されたり、敷地の名称や境界線の裁判沙汰がありました。神父は自分が外国人であること、ハンセン病院長であることの世間からの反感を、その一身に背負ったのです。

当然のことですが、気の毒な立場の患者が、すべて正義の人とは限りません。質（たち）の悪い患者が入所して神父の生命が危険にさらされたり、他の患者を煽動しての、神父が搾取しているという事実無根の告発までありました。

当時、ハンセン病の擁護者として著名なラウル・フォルロー氏が、それまで訪問した世界中のハンセン病院の中で神山復生病院が最も称賛すべきすばらしい病院であると感動していたにもかかわらず、一部の荒れた患者たちからの悪意の攻撃に、ベルトラン神父は《悲しみから立ち直ることはなかった》とあります。

自分がハンセン病に罹患して死ぬ覚悟で患者に尽くしても、なお当の患者たちから背かれてしまうのですから、ベルトラン神父の絶望は深かったと推測されます。神父はそれでも最後まで患者のために懸命に働き、多くの苦難に耐えましたが、細菌感染のため結局五十歳の壁を超えることなく亡くなりました。故国の土に還ることもなく神山の地に患者と共に眠っています。

後継のドルワール・ド・レゼー神父はフランスの貴族出身で、七十歳から亡くなる八十二歳まで院長となります。この時にもまだ病院の水の問題は解決されずに、神父は井戸を掘って給水する試みを何度も何度も行いました。そして騙されたり失敗したりを繰返します。ド・レゼー神父の人となりを伝えるのは、井深八重さんの文章が一番適切でしょう。

井深八重さんは誤診により患者として入所し、病気の疑いの晴れた後に神山復生病院の看護婦となる数奇な運命をたどった方で、ナイチンゲール賞はじめ数々の福祉関係の賞を受けています。

当時のハンセン病者は今日では到底見ることも出来ないような重症者の多い時代でしたが、そんな中で同胞さえ、親兄弟でさえ、捨ててかえりみないこのような病者のために、地位も名誉も学問、財宝などすべてを捨てて、この子等の為には如何なる苦難もいとわぬ迄に捧げ尽くされた宣教師達、そして今、眼のあたりに見るドルワール院長の人柄に私はすっかりうたれてしまいました。

信仰の故とは云いながら、故国を遠く、風俗習慣すべて異るこの見知らぬ国へ渡り、このような病者をわが子と呼び、御自身もその親ともなって尽して下さるそれらの偉業に対し、日本人としてだまっていてよいのだろうか、私はしみじみと考えました。何のとり得もない自分ではあっても、何か出来ることをしてすべての日本人に代ってこれらの大恩にはご恩返しをしなければならないと、前後を顧みずただこの一念に燃えたちました。もし許されるなら、このお年を召された院長のお手伝いをして病院のために働くことが出来れば本望であると心の中に考えておりました。

そんな事を考えていた矢先、ドルワール師は私を呼んでおっしゃるのに、『あなたは、どうも、この病気ではないように思う。それで、もう一度専門医の診察をうける必要があると思う。』ということで、当時、世界的にも有名であった皮フ科の大家、土肥慶蔵博士を紹介して下さいましたので上京、約一週間の精密検査をうけました。…中略…そして、結果は『異常なし』という診断とその証明書を頂いたのでした。ドルワール院長は非常に喜ばれ、おっしゃるのに『あなたがこの病気でないことがわかった以上、あなたをここにおあずかりすることは出来ません。あなたは、もう、子どもではないのですから、自分で将来の道をお考えなさい。もし、日本にいるのが嫌ならば、フランスへ行ってはどうか。私の姪が喜んであなたを迎えるでしょう。』とまで云って下さいました。然し、私の心は既に定っておりました、今自分がこの病気でないという証明書を得たからといって、今更、既に御老体の大恩人や、気の毒な病者たちに対して踵（きびす）をかえすことができましょうか。私は申しました。『もし許されるならばここに止って働きたい。』と。

母国に貴族としての恵まれた生活があったにもかかわらず、まだ貧しく遅れた国であった日本の最底辺、忌み嫌われたハンセン病患者のために生涯を捧げるドルワール・ド・レゼー神父の、近寄りがたい聖職者としてだけでない、人間味、温かみの伝わる一文です。そして、ド・レゼー神父に「打てば響く」生き方をなさったのが井深八重さんでした。私たちすべての日本人に代わり、神山復生病院に一生を捧げて「ご恩返し」をしてくださったわけです。花の盛りの二十二歳、当時にしては珍しい高い教育を受け、英語教師をしていた良家の娘が患者となり、誤診判明後は看護婦として、七十年にわたりハンセン病病院と患者に献身しました。一度奈落に落ちたと思われた人間が、かくも素晴らしくその人生を切り開いていったことに、深い感動を禁じ得ません。

この神山復生病院を語る際に、決して忘れてはならない名前が日本人の岩下壮一神父です。昔、「人間は一瞥でわかるものです」と私に教えてくれた先生がいました。たしかに遺された岩下神父の写真を見ただけで、美しい魂を感じられるのです。

岩下壮一は大実業家岩下清周の息子として生まれ、東京帝国大学を銀時計で卒業後、ヨーロッパ各地の大学への留学を経て、神学校で教鞭をとっていました。著作も多く、近代日本のすぐれた神学者、思想家でもあります。

昭和五年(一九三〇)、ド・レゼー神父が《天主教の神父の仕事の中で、癩病院の院長より下の役はありません》と言っていた病院長に就任したとき、周囲は大変驚き残念がりました。岩下神父には教会の中で出世栄達する道も、東大教授となって学者として大成する道も(完璧な英語とフランス語を話しドイツ語にも堪能で『神学大全』を当然のようにラテン語で読みこんでいた逸材でした)、さらに父の跡継ぎとして岩下家の事業を担う道も期待されていましたが、神山復生病院を援助していた父親の遺志を継いで初の邦人院長となったのです。

岩下神父は、《見殺しにするより他に途はない》患者の窒息していく断末魔を見送った夜をこのように書いています。

私は其晩プラトンも、アリストテレスも、カントもヘーゲルも皆ストーブの中にたゝき込んで焼いてしまひたかつた。考へてみるがいゝ、原罪がなくて癩病が説明できるのか。又霊の救ひばかりではなく、肉身の復活なくてこの現実が解決できるのか。生きた哲学は、現実を理解し得るものでなくてはならぬと哲人は云ふ。然らば凡てのイズムは検微鏡裡の一癩菌の前に悉く瓦壊するのである。私は始めて赤くきれいに染色された癩菌を鏡底に発見した時の歓喜と、之に対する不思議な親愛の情とを思ひ起す。その無限小の裡に、一切の人間のプライドを打破して余りあるものが潜んでゐるのだ。私はこの一黴菌の故に心より跪いて、「罪の許し、肉身のよみがへり、終わりなき生命を信じ奉る」と唱え得ることを神に感謝する。

（「御復活の祝日に際して」[*1]『聲』六六三号　カトリック中央出版社　一九三一）

神の視点から世界をみれば、人間は微細な癩菌一つさえ思いのままにすることはできません。それが岩下神父のよく云っていた「人間の分際」[*2]でした。

明治の上流階級出身であった神父は、病院のために多大の私財を投じると共に、東奔西走して寄付を集め、病院設備の改善、患者の生活向上、医療体制の充実に情熱を注ぎました。またこの病気に対する社会の理解を得るために原稿を書き、講演を行いました。

差別と偏見にさらされていた患者の、未感染の子どもたちを育て、学齢に達すると特設の小学校で教育を与えたことは、大きな功績でした。患者たちの野球チームを組織し、神学校の学生と交流試合を組むなど、患者と、生きることの喜びを共有しようとしました。患者たちから「神父さま」ではなく「おやじ」と親しみをこめて呼ばれていたことからも、その一端がうかがえます。

しかし、時代は戦争へと向かいつつありました。神山復生病院にとってどん底の時代であったかもしれません。まだハンセン病の特効薬は存在せず、やがて食糧も薬品も不足していきます。日本軍は大陸に侵略を進め、国家総動員法によって少年少女まで戦争に駆り出される中で、生活のほとんどを寄付に頼って生きる患者は国家にとっては迷惑で「役立たず」な存在でした。外国人排撃の機運が高まり、ミッションを締め出して、患者を国立の施設に入れるように政府から迫られると、岩下神父はこれを拒絶して患者を守り抜きました。

あの時代は一介の神父といえども、軍国主義の渦に呑み込まれることは避けられませんでした。岩下神父は当時の世界のカトリック教会がそうであったように反国家、反戦の立場をとらず、皇室には最大の敬意をもっていました。ただ神父にとって何より大切なのは時世ではなく目の前の一人一人の患者でした。

政府は大陸に宣教していた教会を政治利用しようという意図のもと、岩下神父に「華北宗教事情視察」の要請をします。しかし、岩下神父は政府のいうままに動くその危うさを思い、公式の立場で行くという要請を断り、個人として視察に出かけました。

岩下神父は、日本軍が大陸の教会や宣教師に対して行ったことを知り、衝撃をうけます。その一カ月のひどい経験に疲れ果て、重い病を得て帰国。肋膜炎に腹膜炎を併発、帰国後ひと月も経たず患者たちの祈り声の響く中、神山復生病院の二階の自室で静かに五十二歳の生涯を終えました。一九四〇年、大政翼賛会発足、日独伊三国同盟調印の年のことです。

ある年の初夏、機会がありまして、私は岩下家の墓所に詣りました。その墓所は富士山の裾野のS女子学院の敷地の一角にあります。S女子学院は岩下家が、所有していた二十一万坪もの広大な土地を修道会に寄付して出来た学校でした。岩下神父の両親とシスターであった妹と一緒に岩下壮一神父は眠っていました（岩下神父の墓は裾野のこの個人墓から東京府中カトリック墓地に移されたそうですが、ここにも墓がのこっています）。

墓所の正面には父岩下清周氏の銅像の乗った墓石がありその前に岩下神父の母、妹、岩下神父という家族三人の長方形の小さな石棺が横一列にならんでいます。右端に岩下壮一之墓と刻まれたものがあります。修道女の手向けた季節の白い紫陽花が目にしみるようでした。

この岩下家の墓所に佇んだとき、私は他の場所で経験したことのない厳粛に包まれました。鬱蒼とした木立に囲まれた、昼でも小暗いその場所は、全き静寂でした。清く洗われた心静かな場所でした。その静謐をみたしているものは、おそらく「祈り」です。「祈り」は形のないものですが、積み重ねられた祈りは、歳月の波にも流されずたしかにそこに在ったのです。気高い闘いの果てに歴史の中に消えていった聖職者たちの祈りが地層のように堆積しているのでした。

岩下神父の死後の太平洋戦争の戦禍は周知のとおりで、国民生活窮乏の中、食糧、薬品の不足、過労などにより、多くの患者が結核で亡くなりました。それでも何とか終戦を迎え、戦後一九四七年に、神山復生病院はクリスト・ロア宣教修道女会に引き継がれます。一九四八年には日本で特効薬のプロミンが生産されるようになり、翌年から神山復生病院で使われるようになりました。ハンセン病が治る病気になったことは劇的な変化でした。一九五三年「らい予防法」は改正され、患者の強制隔離から、入所勧奨というものになります（それでも、らい予防法が廃止されるのは、まだ四十年以上も先の一九九六年、平成八年のことですから、政治的な患者の差別は長く続きました）。

ハンセン病は過去のものとなりました。ハンセン病施設も今ではその役割が高齢患者の介護施設となり、いずれは不要のものとなるでしょう。それと共に患者たちの凄まじい苦難の歴史も、またその患者たちに人生を捧げ、共に立ち向かった人々のことも忘れられつつあります。

しかしながら『いのちの遺産』に描かれた神父と患者たちの記録は、単なる過去の不幸な出来事を超えて、今も私を奮い立たせてくれる力があります。神山復生病院とは如何なる場所であったか。在院していた患者、藤原登喜夫さんの証言を引用します。

十二歳の時から療養所に入って、九年くらい、療養所に生活して、ようやくそこが自分の居場所だと思えてきた頃、血を吐いた。それで、「自分の一生が終わってしまうのかなあ」と、その時感じた。そうすると、目が冴えて、神経が研ぎ澄まされて、眠れなくなる。「死んだらどうなるんだ」、ということが頭を離れない。このまま無になってしまうのか、自分の一生ってなんだったんだろうか、と。そんなとき、ふとまわりを見ると、司祭もシスターたちも、外国人も日本人も含めて、本当によく、献身的にわたしたちの看護をしてくれていることに気付いた。それも、ただ「かわいそうだ」という程度のことで出来るような看護じゃなかった。それが遡れば明治二十年から、代々ずっとそういう人たちがいるわけだ。そこまできて、「この人たちがそうさせているもの、そういう人たちを動かしているものは何だろう」と、考えたとき、「もしも命を取り留めることができたら、その職員を含めてシスターたち、そういう人たちが信仰しているものを、勉強してもいいんじゃないか」と、こう思ったわけだ。だから、クリスチャンになった一番のきっかけといえば、「カトリックの信者になる」ということを思ったわけじゃなかった。その人たちの行いを見て、「キリストの代理者」みたいな人を見たということだと思う。

知っているかどうか分からないけど、聖書というものも難解なものです。特にぼくたちが子供の時などは、外国語を話してはいけないと言われていた時代だったから、イエスやアダムのことを言われても、それはおとぎ話での話としか思われなかっただろう。それがそうじゃなくて、実際にわたしの面倒を看てくれた人たち、その人たちがすばらしかった。それによって、カトリックの洗礼を受けることが出来たと言うことだろう。

神山復生病院を訪れたある記者は、患者が幸福に見えたことに感銘を受けています。社会と絶縁せざるを得なかった患者が、共に苦しみ、共に生きて死んでくれる存在を知ったことで、心からの平安を感じていたのではないかと思います。神山復生病院は、ハンセン病という沈む船に一緒に乗ってくれる同伴者に出逢うことのかなう稀有の場所でした。

ひとがひとを愛しおおすことはほとんど不可能なことです。しかし、ごく稀に、ごくわずかの人間は愛を遂げることができます。神山復生病院は、そういう愛の奇跡の場所であったと言えます。人間が徹して無になった時に、初めて顕れる光明がありました。神山復生病院の場合は、世界のあらゆる場所に赴き、最底辺に喘ぎ苦しむ人々のために、いのち果てるまでただ黙々と仕えるキリスト教修道会のミッションたちが、愛の媒介者でした。

津久井やまゆり園で、ハンセン病患者たちのような「世の中のお荷物」への残虐な殺戮を繰り返した犯人は、自分の刃でじつはテストウィド神父、ヴィグルー神父、ベルトラン神父、ドルワール・ド・レゼー神父、岩下壮一神父、井深八重、そういう人間たちをも殺していたのです。それは人類が自分で自分の首を絞めることでなくて何でしょう。犯人の男の主張するところの「役立たず」の人間を殺すことは、世界を支えるほどの愛に生きる人間たちを殺すことです。彼は、愛が自分の手にしているすべてを棄て、もっとも弱い人間になることだと知らなかった。

ハンセン病患者は気の毒でかわいそうな存在、あるいは唾棄すべき厄介者と見られてきましたが、彼らは世界からある仕事を託された、選ばれた人間だということもできるのです。重度障害者たちも、ハンセン病の患者たちも、「役立たずのお荷物」どころか、彼らにしかできない仕事をしています。

世間の底に隠れて目に見えない「愛」を照らし、育み、輝かせるという「弱者」にしかできない仕事です。人間の愛と祈りを全身で受けとめるという仕事です。愛の仕事です。健常者の代わりに筆舌に尽くし難い苦難を背負ってくれた彼らは「愛」を創る人びとと言えます。彼らの存在がなければ、神父たちの中に在る「愛」がここまで花開いて輝くことはなかったでしょう。弱者は底知れぬまでの苦難と愛の受け手であることにおいて偉大な存在です。「弱者」の存在は地球から愛を亡ぼさないための天のはからいです。

愛には愛する対象が、つまり愛を受けとめる存在、愛の生きる場所が必要です。マザー・テレサはただ一つの仕事をした聖職者でした。目の前の一人の行き倒れた「役立たず」の人間を手厚く看病し「あなたは神に愛されている」ことを伝え続ける、それだけで多くの人間を救ってきました。そしてマザー・テレサは、彼らは神の姿であり、自分は彼らから、自分が与えた以上の多くのものを与えられたと語っています。神は人間の望むようなかたちで「役に立つ」ことなどあり得ないからこそ「神」なのです。弱者を役立たずと罵るとき、ひとは神を役立たずと侮蔑しているに等しいことに気づくかなくてはなりません。

患者と神父たち、彼らは、突き詰めれば、人間には愛することと愛されることしかないことを、それさえあれば充分であることを教えてくれます。何もかも失い、明け渡した人間でなければ、愛を全的に受容することはできませんし、彼らのために自分のいのち尽きるまでのすべての時間と力を投げ出す覚悟があって初めて、ひとが隣人を愛する不可能が可能になるのです。愛は、このような極限においてのみ見ることのできる神秘です。

人間はすべて、おしめを替えてもらう「役立たず」の赤ん坊として生まれ、おしめを替えてもらう「お荷物」の老人か病人として死んでいく。愛されるために生まれ、愛されながら死ぬ存在あってこそ愛のいのちは続いていく。この神の摂理を思うと粛然とします。役に立たない弱者たちが抹殺されるとき、世界からいっさいの愛が消えていくのです。

そして最後に、このような凶悪犯の命も犠牲者たちと同じように大切なことを書いておかなくては「神の法」の正義ではありません。こんな邪悪な人間は死刑にしてしまえという排除の論理は、結局この犯人の思想の根と同じだからです。この犯人を許すことは、私を含めたふつうの人間には容認できないもので、感情の限界を超えています。しかし、犯人が罪を心底悔い詫びたとき、神山復生病院を支えた人びとなら必ず彼を許すでしょう。彼はこの犯罪に至るまでの人生において「愛」を受け損ねた気の毒な、不幸な人間でした。彼の犯罪に至る動機には、自分より役に立たないのに周囲から愛されている障害者たちへの激しい嫉妬が根底にあったろうと私は想像するのです。彼が死罪に相当するほど「世の中のお荷物」となった自分を大いなるものの前に明け渡すとき、彼は初めて愛を受ける準備が出来るのです。犯人に、被害者と被害者を愛していた人びとに許しを乞うその日が来ることを祈るしかありませんし、世界には彼のためにさえ祈りつづけ、愛そうとする存在のあることを信じてほしいと願うのです。

人間はたとえばハンセン病、たとえば戦争、たとえば天災を前にすればほんとうに為す術もなく無力です。現実の前に敗北するしかないのです。それでも、すべてを喪っても、どんなに凶暴な力に打ちのめされても、破壊され得ないものがあることを、神山復生病院を通りすぎていった人々は教えてくれます。神父たちはこの世の価値観で患者を救うことは出来ませんでしたが、それ以上のものを、「聖なるもの」としか言いようのない何かを患者たちと分かち合ったのでありましょう。

ハンセン病は幸いにも克服されました。しかし、同じような災厄はエイズやエボラ出血熱、新型コロナウィルスなど世界のどこかで今も続いています。将来私やあなたが致命的感染症に倒れたり、あるいは戦争や強制収容所で苦しみ喘ぎただ死を待つとき、無惨な犠牲者、犬死にさせられる民衆の一人として、世界から見棄てられることに絶望してはならないのです。私にもあなたにも、最期まで寄り添ってくれる存在、悲しみ、祈り続けてくれる存在、決してひとを一人で死なせない存在はあります。

聖書の「人その友のためにいのちを棄つる。これより大いなる愛はなし」という言葉のままに生き、名もなく死んだ人たちは、今までにも無数に存在し、現在にも未来にも存在します。そしてその場所こそ愛の聖地でした。忘れられていく、名もなき聖地でした。

私は神山復生病院に顕現した「不屈の人間愛」を心から讃えたいと思います。そしていかなる栄誉栄達とも無縁のまま、神の道具となり歴史の底で忘れられた彼らミッション達に「よくぞ日本に来てくださいました」と、深く頭を垂れ、『いのちの遺産』という一冊の文庫本にも時々お辞儀をして暮らしています。これは、ハンセン病という災厄に苦しんだ人々の悲話ではなく、病をものともせず無上のいのちの至福に生きた患者と聖職者たち双方の、栄光への讃歌なのです。

＊1 輪倉一広「岩下壮一の思想形成と救癩」(『福井県立大学論集』第35号 二〇一〇・七)より転載
＊2 小坂井澄著『人間の分際 神父・岩下壮一』(聖母文庫 一九九六)参照

六、私と山瀬ひとみの対話3 名作を読むこと

私 私の読書流儀というと大げさですが、自分なりに読書の際の力点の置き方を三つに分けて

います。文体の魅力、つまり言葉の秘儀に酔う読書、次に、作品に描かれている人間や思想に共振して読む読書、最後はその両方を統合して輝いている圧倒的な名作群の読書です。

ですから芸術としての文学ではない『トロイメライ』や『いのちの遺産』のような、世の中に埋もれた小さな本も「私」の人生に不可欠な書物になるのです。良い本を一冊読むことは、世界にちりばめられた愛のかたちを見つける体験です。「読者の仕事」は名作を後世に伝えていくだけでなく、忘れられた愛の記録を大切に読み続けていくことでもあると考えています。

山瀬　たしかに、母親や聖職者の話には無私の愛の凄みを読む感動はありました。でも「読者の仕事」の王道はやはり古今東西の名作を読み続けることにあるでしょう。何事にも正攻法は一番で、名作を丁寧に繰り返し読み続けることこそ読書本来のあり方です。じつはビジネス本や啓発書やミステリーを読むのも趣味といえるほど好きなんですが、これはわかりやすい答えが書いてある近道の読書。あくまで気晴らしの範疇であって魂の仕事である「読者の仕事」の対象ではありません。

私　名作の基準はひとによって違うでしょう。山瀬ひとみの考える名作とはどういうものですか。

山瀬　ゲーテの有名な言葉に《文学作品は測り難ければ測り難いほど、知性で理解できなければ理解できないほど、それだけすぐれた作品になるということだ》（エッカーマン『ゲーテとの対話〔下〕』山下肇訳　岩波文庫　一九六九）があります。

文学という営みは、言葉によって世界の核心、真実とか神とか無とか美などと抽象的な言葉で呼ばれている「究極」の存在の一隅を掘り起こそうとすることではないかと考えていますが、人間の言葉では絶対にその究極には届きません。せいぜい現実の輪郭を描くだけです。本を読み続けてきて、自分も書いてみて痛感するのは言葉の限界です。言語は不完全な道具にすぎません。ゲーテは、言葉に出来ないものを伝えることに成功している作品こそ名作と言っているのではないかと思いますし、その意見に賛同しています。

私　たしかに、小説家は愛しあう人間なら描くことができますが、愛そのものは言葉で表せない。悪の正体は書けないけれど悪事や悪人なら描けます。言葉で神の存在を証明するのは不可能ですが、ドストエフスキーのように神は在るかないか死闘した天才はいます。言葉に出来ないものを書かずにいられないのは最初から矛盾しているのですが、言葉はもともと言葉を超えたものの存在を誰かに訴えるためにあるとしたら納得できます。

山瀬　名作であればあるほど言葉を超越した「何か」に届いているのですが、それは言葉に出来ない「何か」ですから語れない。作者であってもおそらく「答え」は手にしていない。名作は果てしない謎、つまり「問い」だけが続いていくのです。

作者が想定したようにしか読まれない、はっきり解決のある作品は、一度読んだらおしまいの読み物でしかないことが多いのです。本を読む面白さは、作者の意図を読者が良い意味で曲解することにあると思います。千人の読者が千通りの読み方をする。そのとき、作者も読者も予期していなかった全く新しいビジョンが生まれるのが読書の醍醐味です。

佳い作品ほどありとあらゆる読み方をされ続ける運命を甘受しなければならないでしょう。たしかなことは、名作は読者にどのように読まれても永遠につきない清泉だということです。何度読んでも、読み尽くせない。測り難く、理解できない。読み返すたびに「なぜ」とさらに新たな「問い」が深まることが名作の証しではないかと思っています。

私　名作とつきあうには一生かける覚悟が必要ですね。その長いつきあいを必要として大いに愉しめる人間が「読者」ということになりそう。音楽鑑賞と同じことです。好きな曲を一回聴けば充分なんてひとは、元々音楽と無縁なひとですし……。

バッハの「マタイ受難曲」を音楽における人類最高の達成と言う人は多いんですが、最初は「マタイ受難曲」をそこまでとは思えず、「ヨハネ受難曲」のほうが好きでした。でも私はバッハを毎日聴くほど愛好しているので、「マタイ受難曲」も聴き続けていました。この大曲に、自分の好みを超えた何かがあるはずと問い続けていたともいえます。そして百回以上聴いた頃でしょうか。ある日突然この曲の偉大さが天上から降ってきたんです。ひれ伏したくなる経験をしました。震撼しました。作品があまりに大きすぎて、聴いても聴いても核心に触れられないままの曲から、「究極」の存在をありありと感じたんです。

現代音楽の旗手武満徹が、この「マタイ受難曲」を仕事の前に、そして死の床でも繰り返し聴き続けていたというのは、もっともだと思いました。この音楽への深い共感とともに、彼にさえ聴き尽くせぬ「究極」の何かを繰り返し「問い」続けていたのだと。

この経験から、優れた芸術作品は一度や二度経験するだけでは分からないことも分からない、到底近づけないと知りました。簡単に分かるものは使い捨ての娯楽ですぐ飽きてしまう。

山瀬 名作が簡単に手に入るはずはありません。名作は、必ず作者が描いた以上の世界を内包しています。繰り返し読むことでその何かを見つけるのが読者の本懐なんです。

私 真の読書体験は、それまで自分の知らなかった何か、自分にとって必然の「問い」と出逢うことであると言えそうです……。

山瀬 必然の「問い」から自分の「答え」を考えぬくことが「読者の仕事」だと思います。そのためには書くという方法しか考えられません。書くことは、一つの「謎解き」なんです。「書く」ことは、「読む」ことで出逢った自分の「問い」に、「答え」、と言っても「答え」らしきものにしかなりませんが、それでも必死に自分の「答え」を創りだす行為だと思います。当然、この「答え」は解決にはならない。しかし、物語、自分の人生の物語にはなる。一つの「答え」はさらに深化して新たな「問い」を呼び起し、自分の物語を展開させていくのです。

究極の何かを問う言葉に近づいたと感じる瞬間こそ「山瀬ひとみ」は幸福です。もっとも、近づいたと感じるだけで、その何かを摑むことはついに不可能なのも知っています。本をどう「読んで・書いて・考える」かということは、自分自身を問い続ける旅でもあるでしょう。それは「私」と「山瀬ひとみ」の生きるための闘いでもありますけれど、勝利できる闘いではありません。おそらく諦めないことだけが自分に出来ることです。

私　読者にとって文芸の名作の与えてくれる幸福は何にも勝るものです。とにかく作品に体当たりして四つに組む、激しく衝突する覚悟で読み続けるしかないです。名作って奇蹟というか、神の業としか言いようがありません。

山瀬　次の章は気合を入れて、文芸の名作中の名作について「書く」ことで「読者の仕事」の本丸に向かいたいと思います。

数ある名作の中でも、自分の人生に同伴する本をどう選ぶか。「山瀬ひとみ」の場合はその本について書きたいか、書けるかが判断基準になります。海外文学であれば、翻訳を試みるということもいえます。どんなに稚拙な感想や批評や翻訳であっても、書かない限り「山瀬ひとみ」はその名作にとりつくことさえできませんから。

Ⅱ 「書く者」であること

なぜ書くのだろう

書かなければわたしは何者でもない。ひとのかたちの粘土のように固まり、干上がっていく水たまりのように時が過ぎ、空気にただよう粒子のように、呼吸するとりとめない意識でしかない。

書くことはわたしを創る。自分があらがっていること、憤っていること、傷んでいること、臆していること、狂っていること、情けないこと、酔っていること。自由を渇仰し、愛そうともがき、憎しみに千々に乱れ、信じながら疑い、嫉妬によごれ、後悔に苛まれ、恋の愚劣も、歓喜も、喪失の悲嘆も、平安も休息も、限りあるいのちの名残惜しさも、書かなければけっして私のものにならない。

胸深く埋もれた言葉をさがしつづけ、揺れながら、躊躇いながら、遂に一つの言葉を書き記す時、わたしは初めて、今・此処の自分になる。わたしがわたしであることの責任をとる。

愚かなら愚かなままを書く。もし小賢しいことを書いてしまったら、自分はこの程度の人間かと恥じる。それでも書かなければわたしは誰でもないもの。

書けば書くほど思い知る。自分がけっして山頂にたどりつけない登山をしていること。脱皮しようともがき続ける蛹（さなぎ）のままであること。書くことは放物線。一瞬の跳躍のあとに底なしに落ちていく過程。書けば書くほど遠ざかる。いつも書けなかったことの中に核心がある。書くことでわたしは初めて深く謙遜を知る。絶望にのみこまれないために、書けば書くほど尖った叛逆者になっていく。

わたしは切実に逢いたい。自分の奥の、未だ見ぬ自分に。書きながら、わたしはどこかにいるほんとうの自分と、途切れ途切れの無線交信を続けている。

いつかわたしは、自分の魂の色を見るような、自分の愛のかたちが見えるような、その深淵のような悲しみを、そんな何かを書けるだろうか。書くことはこんなわたしを浄めてくれるだろうか。わたしはわたしになれるだろうか。書いたものの中に存在できるだろうか。

七、絵空事への愛　秦恒平『慈子（あつこ）』

実をいえば、私が長い年月「読者の仕事」に最も集中してきた作家は秦恒平（はたこうへい）です。愛読者が高じて本一冊分の作家論まで書いてしまったくらいです。秦恒平を読み続けるきっかけとなった作品が『慈子（あつこ）』[*1]（筑摩書房　一九七二／湖（うみ）の本 9－10　一九八八）で、二冊の本がばらばらに壊れるまで読みました。

この作品をあざやかに印象づける個性は、慈子が、恋愛物語のヒロインである以上に、作中の言葉を借りると「絵空事の不壊（ふえ）の値」を現すものとして描かれているところにあると思います。ひとの愛の対象は必ずしもひとに限られるものではなく、生身の誰かへの愛と同じように、宇宙や数学の神秘、大自然の雄大さや動物を愛する人もいます。絵空事＝たとえば文芸が、音楽が、絵画が愛の対象であってもふしぎはないのです。聖職者の献身が深い人間愛に基づくものであるならば、芸術家のそれは、優れて人間的なもの、人間を人間足らしめているものである虚構＝「絵空事」への愛ではないでしょうか。

『慈子』は実在する京都泉涌寺（せんにゆうじ）の来迎院（らいごういん）を舞台に、主人公「私」当尾宏（とうの）と「慈子」という少女の長い年月にわたる秘められた愛を描いています。作品のあとがきにあるように作者が《美しい限りの小説を書こう》という心意気で書いた世にも美しい日本語で書かれた小説＝絵空事です。

水上勉が秦恒平のことを、谷崎潤一郎と松子夫人の隠し子かと編集者に耳打ちして訊ねたという逸話があります。もちろん隠し子ではありませんが、谷崎の文学的遺伝子を濃厚に継承していることは間違いないでしょう。自身の谷崎文学への姿勢を「谷崎愛」という言葉で表現し、谷崎潤一郎論を思う存分書きたくてまず小説家になったという文学者なのです。笠原伸夫も《秦恒平の世界は、鏡花、谷崎の美的血脈を受け継ぐ[*2]》と評しています。谷崎潤一郎と同じように、秦恒平は近代日本文学において伝統に正統にかかわり続けてきた作家、日本の古典を血肉として作品＝絵空事を生み出すタイプの作家といえます。

この章の中では、原作からの引用を多くしますが、それは秦恒平が受け継ぐ「美的血脈」の日本語の魅力や魔力を味わうことなしに、「絵空事」の、秦恒平にとってのかほどの価値と意味を理解できないからです。

『慈子』の静謐な絵画にも似た世界は次のようにはじまります。


正月は静かだった。心に触れてくるものがみな寂びしい色にみえた。今年こそはとも去年はとも思わず、年越えに降りやまぬ雪の景色を二階の窓から飽かず眺めた。時に妻がきて横に坐り、また娘がきて膝にのぼった。妻とは老父母のことを語り、娘には雪の積むさまをあれこれと話させた。

三日、雪はなおこまかに舞っていた。初詣での足も例年になく少いとニュースは伝えていた。東山の峯々ははだらに白を重ね、山の色が黝(くろ)ずんで透けてみえた。隣家の土蔵の大きな鬼瓦も厚ぼったく雪をかぶって、時おり眩(まぶ)しく迫ってくる。娘もはや雪に飽いたふうであった。私はすこし遅い祝い雑煮をすませ、東福寺へ出かけた。市電もがらんとしていた。

語り手「私」当尾宏と慈子の最初の出逢いは、「私」が泉涌寺近くの高校に通う二年生、慈子はまだ九歳の少女の時です。

十年前――。雨があがって、朝はまだ灰色がかった空にかすかに光が洩れ、ねぐら鳥が鳴きしきっていた。〝ひむがしに月のこりゐて天(あま)ぎらし丘の上に我は思惟すてかねつ〟と詠った丘の道を新しい校舎に背をむけて私は歩いていた。

昨日もきた。その前の日もきた。誰も来ない間に教室の戸をあけるのも、そのままの足で泉涌寺の厳(いか)めしい朝の静かさを踏み分けてみたいからだった。かたい玻璃の中を歩くように幾分あたりの様子に身がまえて私は歩いた。その緊張感が気に入っていた。

視界が木の際(ま)に急に開くと一面の敷砂利が雨の色を残したまま真白い海であった。金堂は真中に鎮まっていた。鎮まったという感じが、山深く祀られた皇室代々の御霊(ごりょう)に結びあって、宮ぶりの庫裡(くり)、方丈のたたずまいにも神仏習合のふしぎな雰囲気が流れていた。

金堂を一めぐりして、参道わきの小径を渓へ下りると来迎院がある。門のすぐ手前に、一間余の石橋が架かり、清らかな石のかたちを、青もみじが濃いあかるい翳で照らしはじめていた。橋の下はつねよりすこし水嵩がまして、散り乱れた桜が水の上や草深い渓あいをはなやかにみせていた。

遠い朱い椿の花に眼を凝らしていると瞼の内に悔いとも哀しみともつかぬものがきた。手近な青もみじを散切って浅い流れに落としてみた。静かだった。思い屈した私は口をとがらせ両腕を前方へ突っぱって、静かな空気を汲みあげるような恰好をした。

「何を、なさってるの――」

喫驚（びっくり）した。

来迎院の石段に立って十くらいの少女が私をみていた。少女はかすりの着物を朱いしぼりの帯でくくっていた。まだ花にならないつつじの生垣が門の奥に青々と満ちていて、娘を呼ぶ父親らしい声もきこえた。「はい」と答えた少女は、石橋の上の私から眼を放さなかった。あかるい眼だった。

少女の背後（うしろ）から私をみて、すこし朱らんだ顔で口をもぐもぐさせたのが朱雀光之（すじやく）先生だった。花鋏を右手に、丈長に咲きかけの石楠花（しやくなげ）が截（き）られていた。白がすりをゆっくり着流した人はやがて笑いながら私を手招いた。

慈子は母を早くに亡くした少女で、父親の朱雀光之先生とお利根さんと共に泉涌寺の中の来迎院に暮らしていました。この最初の出逢いの慈子の愛らしさは、『源氏物語』の光源氏と紫の上の出逢いが意識されていたでありましょう。先生の「光之」という名前にもそれがうかがえます。光源氏が「かかるところにおもふやうならむひとをすゑて住まばや」と、亡き母に譲られた二条院に母＝理想の女人に似た少女を住まわせ通いたいと願ったように、慈子は泉涌寺の中にひっそり隠れたように佇む来迎院で大切に守り育てられていました。

高校生の「私」は朱雀先生に誘われてから、来迎院に足しげく通うようになります。「私」は複雑な家庭環境で実父母を知らず育ち、養家のゴタゴタに鬱屈しています。しかし《来迎院へいってしまえばすべて世外のことになった。生まれる以前からの家のようであった》と思うようになります。

「私」にとっての慈子、来迎院の意味は次の文章に集約されるでしょう。

> 朱雀の人たちのことは決して話さなかった。親にも友だちにも知られない私一人の〝来迎院〟という意味は、幼いほどの判断のままにもただの独占欲とはまるで別の価値観を心に灼きつけていった。そうしなければ所詮は保ちきれない交わりとして、〝隠す〟というより〝守る〟という気もちで、先生やお利根さんのこと、朱雀慈子のことを固く秘した。来迎院の人たちはこのひたむきな姿勢を揺がそうとは決してしなかった。現実の煩いから離れて愛

だけを守るというのは絵空事なのである。絵空事には絵空事にしかない不壊（ふえ）の値のあることを先生が、慈子が、私におしえた。

《現実の煩いから離れて愛だけを守るというのは絵空事なのである。絵空事には絵空事にしかない不壊の値のあることを先生が、慈子が、私におしえた》を読んだとき、私は一閃の雷光に撃たれたようでした。私は初めて、自分も「絵空事の不壊の値」を信じることなしに生きられない人間のひとりであることを自覚したのです。

この小説の語りである「私」は早熟な高校生で、「絵空事の不壊の値」に自分の実人生と同じ、あるいはそれ以上の価値を見出しています。ですから、もし『慈子』を恋愛小説としてだけ読むと、この作品の肝心の部分を読み落としてしまうでしょう。「私」が来迎院の世界を誰にも秘して守り抜こうとしたのは、この関係が現実の圧倒的な力の前では壊れてしまう何か、絵空事でしか保てない何かだと本能的に知っていたからです。

「私」は慈子や朱雀先生、お利根さんと世間の常識では理解できない関係のままに、ふつうに大学を出て就職をし、慈子ではない女、迪子（みちこ）と結婚して娘までもうけています。「私」は現実の妻に「慈子」たちの存在さえ話したことはありません。「私」は現実の妻を愛しながら、九歳の頃から親しんできた来迎院の「慈子」も愛しているのです。

にまつわる特殊な二種類の女性との関係を描いた小説です。「妻」ではない特別な絵空事にして現実の垢にまみれさせたくないという、極めてエゴイスティックな欲求で二股をかけていることになります。どう言い訳しようとそれは世間によくある不倫です。そんなに当尾宏は身勝手な男でしょうか。

現実と絵空事の世界を行き来する「私」の生き方にある種の狡さを感じながら、読み進めているうちに読者はふしぎに「私」の選択を、そして当尾宏の実生活に決して関わろうとしない来迎院の三人の生き方をそれ以外にあり得ないものとして肯定してしまいます。「私」に不倫という不誠実の悪徳を感じなくなるのです。そこにこの作品の最も大切な秘密が隠されているのでしょう。秦恒平はこの作品は発表当初女性読者の大きな反発を招いたが、後でみんな読者として戻ってきてくれたと語っています。[*3]

「私」は自分の置かれた立場についてこう考えていました。

愛は関係を要求する。関係は愛の不安と不毛のあやかしにすぎない。それで愛が増すのではない。消滅することがみえにくくなるにすぎない。

〝結婚〟を愛の関係と呼んでも構わないが、愛さえあればどんな不足も補われるほど生易しい約束事ではない。身内の感情に根を支えられて、関係という名の拘束から関係を超えた和へ転じうる唯一の選びとったリアルな人間関係なのである。

私は気づいていた。

妻と慈子とが対い合い、結婚生活と〝来迎院〟とが対い合っている。妻と家庭とは現実であり、慈子と来迎院とは世離れている。身内の想いは環のどの部分にもいきわたっているが、世俗の波を押し分けるには結婚という約束に依らねばならず、無礙の世界に住むためにはむしろ世離れて美しくあらねばならない――。だが、いずれにしても愛が鍵なのではない。危うい調和、妻と慈子との中に立ちふさがり互いに盲いさせているだけで得られる調和というべきであった。

妻は慈子を知らないが、慈子は自分が妻でないことを知っている。妻を守る論理かと思ったものが、妻を誣うる論理であるのかもしれず、守る誣うるいずれにせよ、論理を喰い破るちからが動いてリアルな世界とイデアルな世界とが相侵すことになってしまえば破滅なのだ。そのちからは私にだけ襲うのでなく、慈子にも襲いかかるわけで、抑え難いものを抑えねばならぬ負担が妻には免れていて慈子に身一杯かかるのが、容易ならぬことであった。慈子の哀しみは妻の存在に触発されて深まり、この哀しみに執するかぎり日々に慈子は妻をかばっている私という壁を喰い破って妻の領分を侵さざるを得なくなる。生ずる紛争のことはまだいい。慈子その人が雪消えのように失われてしまうだろう。対決はなくとも慈子を世俗の〝関係〟に置き直せば、たとえ恋人とか愛人とかの呼び方ではあれ、慈子はもうあの〝来迎院〟の慈子ではあり難いのだ。

私は慈子とのたたかいの如きものを想像しなければならなかった。このたたかいには私だけが、慈子だけが克つということはない。二人が克ち抜くか、二人ながら消え失せるかしかない。

かわいそうな慈子です。それを知り過ぎるほど承知している「私」自身も自分をこう批判するのです。

体のいい誘惑者ではなかろうか――。身内らしいなつかしみを望むあの考え方が、謂わば女の気もちを釣る高等な哲学の匂いをさせた餌であるのかと自問する時、やはり私は切実に自分と抗わなければならなかった。自分とというのは、良心とという意味ではなかった。自分の存在の理由ということを考えていた。この抗いに勝機がつかめなければ、私は自分の手で自分を葬らねばならない。よく分らないが、こういう場合の私の誠実をはかる分銅は、妻ではなくて慈子だった。まさしく妻は私の妻であるが故に微塵もこのようなことと関わりはなかった。

慈子を女として抱き、そしてもっとしっかり抱きたいと想うようになった時、私の世界にはあやしい翳がさしていたといわねばならない。誰よりも何よりも、あの慈子への欲望を飾るための誘惑の哲学を私は大切に育ててきたのだろうか。当の慈子がもしそう私を告発することがあったら、劫火に焼かれて堕ちる私は醜悪なメフィストフェレスを演ずるばかりか、妻も慈子も、つまりリアルも、イデアルも元も子もなくなるのだった。

絵空事＝イデアルが、誘惑の哲学＝リアルに犯されないために「私」はどのようにたたかい、そしてこの不可能と思われるたたかいに克つことができるのかどうか、イデアルの世界を守れるのか、『慈子』はそれを深刻に問う小説です。
朱雀先生とは妻のような関係らしいと読者が察しているお利根さんの胸に迫る告白を読んだ時、私は、『慈子』が絵空事＝イデアルの世界なしに生きられない当尾宏という文学者の、魂の彷徨を描く芸術家小説であることに突然気づかされたのです。この作品の「絵空事」＝イデアルは宗教の高みにも似た「藝術」でした。

朱雀先生の病没後しばらくして、お利根さんは、慈子と宏に初めて慈子出生の秘密を語ります。朱雀光之は生まれてすぐに実母が亡くなったため、実母の兄にあたる、もと神祇職をつとめていた名門朱雀家の当主朱雀謙之（のりゆき）に引き取られて育ちました。その後朱雀謙之に諦めていた子ども、娘肇子（はつこ）が生まれ二人は仲睦まじい兄妹として育ちます。お利根さんこと淀屋利根は謙之の妻の姪にあたり三人はいとこ同士として親しく行き来してきました。光之が二十歳すぎた頃お利根さんが不用意に光之の出生の秘密について口走ったために、実の兄妹でないことを知った光之と肇子はやがて一線を超えてしまいます。肇子の妊娠を知った朱雀謙之は激怒し光之を畜生呼ばわりしまでして二人の仲を裂きました。勝浦で秘かに出産させ、肇子のために婿養子をとることを取り決めます。許されぬ二人の愛の結果生まれたのが慈子なのです。

そして次の部分が問題の場面です。


慈子さんのお誕生日は十月十六日です。けれどそんなお報せは表立ってはなく、父がそっと朱雀の方へ出かけるのを私も黙って見送っておりました。慈子さんのお名前はお母様がおつけになったのですが、後にうかがいましたら、一度だけのお父様からのお手紙に女の子なら慈子、男の子なら慈之とございましたとか、そのお話を私は二度目に勝浦へ参りましてお母様から直接にお聞きしたのです。

十月末でした。正しくは十月二十七日の晩のことでした。私たちは慈子さんを挟むようにして一つのお部屋で寝(やす)んだのです。遅くまで話し合って、翌る朝眼をさました時、お母様は隣室に新たにお床をのべ、着衣も新ため裾をきっちりとしばり、短剣を胸に突き立てたまま前かがみに、けれど端然とお果てになっていたのです。お胸と、かがまれた辺りのお床に血しぶきが散っていましたが、仰向けにして差上げると微笑まれたかと思うほどでした。慈子をお願いしますと書いてあっただけで、それは私の名宛てに細い鉛筆書きで、けれど叮嚀に認(したた)められていました。

お母様のご自殺は唐突でしたが、理由はありすぎるほどだったと申して宜敷いでしょう。

ご不幸なことでした。私は動顚して泣くことさえ忘れていました。けれど心のどこかでは肇子さんの行為を肯う動きを感じていました。

前夜に私へ頼みごとをなさったり泣かれたりほのめかしをなさったとは私は思わないのです。遠い潮騒に耳をすますふうに、時々は慈子さんの方をじっとみつめられるように、どこか真剣そうな寂びしそうなご様子はありましたが、お話しなさることは極く平静な口調で思い当たるふしもなかったのです。もしあるとすれば、こういうことをお母様はしみじみ仰言いました。あの方、お父様のことですが、あの方と自分とは兄妹でも従兄妹でもあり、また恋人同士で夫婦でさえあったのだけれども、今、こうして私たちの娘の顔をのぞき、遠く流れる潮の響きを聞いていると、こういういろんな現在での関係とはまるで違った遠い昔からの配慮というかはからいというか、血でも約束でもない結ばれの深さが感じられて、あふれそうな恋しさ慕わしさもその深みに戻って直接に感じる時、ああこの世のことなんか何だっていいんだ、自分は一番いいことをしてきたのだ、あの方とは絶対に一つなのだと信じないではおれない、と――。

私は運命ということを仰言るのだと思いました。けれど、運命という言葉に寄せてあんなに誇らしげでお嬉しそうな確信が語れるものでしょうか。私は今では慈子さんのお母様が死も怖れず、むしろ欣然としてどこか本来のお家へ帰っていかれたようなあの夜のご自殺の意味に思い当たるのです。いいえ、このことについては慈子さんが、それに宏さんもご自身でお考えになればいいので、私がまずく解釈すべきことではないのでしょう。お母様がどういうお覚悟でなくなり、お父様が何を考えられてその後を、殊にあの来迎院時代をお生きになったか、それは否応なしにお二人に先立たれてしまった私たちの自分の問題として考えつづけねばならぬことなのです。

私はとてもうまくは話せず、かんじんな部分をあまりに手短かに申し上げてしまいました。どういう次第で結局、お父様が私たちをお連れになって月輪（つきのわ）御陵のお役に赴任なさることになったか、それより先に、どうしてお父様と私とがご一緒に暮すことになって、なぜ正式に結婚もしなかったのか。お祖父様や私の父がそれにどう反応なさったかなどお知りになりたい筈です。けれど、もうそれらは本質的なことでなく、仮りに本質的なものにせよ、その現れを説明する言葉は来迎院の昔からずっとご一緒してきた私たちには分っているのではないのでしょうか——。お母様がなくなるとお父様はこの家へ移られ、私の意志で私も慈子さんをお連れしてここへ移り住みました。二、三年してまた東京へ戻りましたが、お父様は東京がお厭のようでした。私たちは駒込の小さなお家に住んでいたのです。慈子さんもそれは覚えていらっしゃるでしょう。

何も何ももはや説明などしたくない気もちです。お父様は私たちを心から愛して下さったのです。そしてお父様のお胸の中で私たちへの愛を支えていたのは、やはりお母様の仰言っていたあの深い遠いはからいなのでした——。

十月十六日に慈子が誕生し、十月二十七日に母親の肇子が自殺というこの場面を読んで、これはあり得ない状況であることがわかりました。生まれて間もない乳児と寝ていて、肇子は隣室で自害し、利根が朝まで気づかないということは考えられないことではありませんか。生後十日程度の赤ん坊はふつう数時間おきに泣くものです。一晩中泣いていることも珍しくないので、母親は授乳とおしめを替えることでほとんど眠れません。

《私たちは慈子さんを挟むようにして一つのお部屋で寝（やす）んだのです》が事実なら、二人は慈子の泣くたびに目覚めるはずです。泣く子どものそばで二人で静かに語らいあうことが可能とも思えません。ひっきりなしに邪魔されるのが新生児との生活なのです。慈子がたまたま寝ついて静かな数時間のうちに肇子が自殺したとしても、しばらくしてお腹がすいたと慈子はまた泣くのですから、利根は必ず目覚めて母親の肇子のいないことに気づくはずです。母乳で乳房が張ると時に下着を濡らすこともありますし、出産後の出血もまだ続いていることもあるのですから、肇子がそんな産後の身体状態で自裁するでしょうか。利根は赤ん坊が泣こうが喚こうが起きないような、図太い女のように描かれてはいませんし、慈子が夜中にまったく泣かない乳児であるとしたら、すべて産後とは思えない不自然な光景です。

秦恒平がこの不自然を意図的に書いたかどうかはわかりません。しかし、作者にとっての必然であったのでしょう。この場面を読んで、私は急速に慈子とその周囲の人びとの姿が遠のいていくのを感じました。慈子もお利根さんも肇子も、生身の肉体ではない。ということは朱雀先生も同じこと。すべて現実ではなかったのです。創作でした。来迎院の三人は、「私」当尾宏の創りだした美しい極みの絵空事であることの暗示される重要な場面だと思います。この場面を読むまで私は来迎院の三人がふつうの小説の登場人物と信じて読んでいました。

慈子たちが当尾宏の創作＝絵空事であるもう一つの示唆は、岩田磬子という存在でしょう。彼女こそふつうの登場人物、リアルの世界の人物です。彼女は亡き姉良子が高校時代に当尾宏を慕っていたことを書いているノートを当尾宏に渡し、自身も当尾宏を誘惑するのです。現実のふつうのしかたで誘ってくる岩田磬子という美女を、当尾宏は忌避します。これがリアルな汚れた不倫にしかならず、《遠い昔からの配慮というかはからいというか、血でも約束でもない結ばれの深さ》や、《絶対に一つなのだ》という絵空事の不壊の値＝イデアルと徹底的に無関係だからです。当尾宏という若い芸術家にはリアルな世界は本質的なものではありません。この小説を「貫く棒のごときもの」は「私」の絵空事への痛切な愛、芸術家の抱きこんでいるイデアルの世界、他界への渇望でした。

作者秦恒平は『慈子』についてこんなふうに述懐しています。

朱雀光之と肇子、そしてお利根さんたちの深い身内観、また肇子の亡くなったあとへ加わった慈子や「わたし」の来迎院という静寂な小世界の、徹して世離れた設定には、なにかしら此の世ならぬ時空への、身を絞るほどの憧れと、そうでないものへの徹底的な厭悪がはたらいていた。桶谷秀昭さんがこの作品や『畜生塚』をびっくりするほど評価されたのは、一つにはその背現実のリアリティのためであった。[*4]

作者が「来迎院」をこの小説の舞台に決めたのは、重要な意味があったのでした。ここしかなかったのです。「来迎」という言葉は浄土からの出迎えの意味ですが、「来迎」はこの作品のキーワードの一つでした。

朱雀光之は幼い頃から「来迎」という言葉に強い感銘をもち、泉涌寺に赴任する時、《これはもうお迎えを待つようなものだ》と語っていました。朱雀先生は来迎院という小世界を創り、すでに旅立っている肇子の来迎を静かに待ち続けたのです。朱雀先生、慈子、お利根さんの住むこの場所は、現実とは違う時空であることを読者はだんだんに納得しその世離れて美しい世界に惹きこまれていきます。来迎院での茶会は日本語で描かれた珠玉の茶会でしょう。

十月はじめ、月の明るそうな宵をえらんで、私は慈子と庭へ下り、石燈籠に灯を入れていった。まず庭正面の龕(がん)である。苔に包まれ笹に囲われて岩上にしんと場の定まった鉄四方(よほう)の龕は、四面に菊の御紋章を透かし、平屋根にまるみを帯びた寄せ棟風のふくらみのある丈二尺足らずのもので、小蠟燭を立てるとちろちろ赤い翳が苔の上に洩れた。龕のある植込みの向うにも小路が隠れていて足利時代の面白い八面仏の石幢があるが、その脇にそれよりもやや丈は低く幅の厚い石燈籠が千両の木やつつじの株に鎖じ込められている。裏へまわった二人はそれにも小さな灯を入れた。茶室の前には伽藍石でできた蹲踞がある。その傍の細長い燈石に四角く小窓をくりぬいた所へも風に倒れぬように静かな灯をともした。荒神堂の方から山肌が迫っていて、河骨の葉がきらきら月光に動く暗い池の向う側へまわると、鎌倉時代の仏石塔が二基前後して立っている、その池の端に近い燈籠へはお利根さんの用意してくれた燈皿に燈心を浮かべ、小さな焰を木の間の闇に輝かせた。

先生は沓ぬぎ石に素足をのせ、陣大将よろしくという恰好で肘を張って縁側に腰かけ、お利根さんは白麻の上に濃い青色の紙衣を羽織って端近に坐り、庭のあちこちに灯の入るのをながめていた。お利根さんが立って電気を消すと、折から山の端をかすめる円光に含翠庭の裏山はかえって闇に沈み、色づいてゆく時分の庭いっぱいの楓葉が波のように打ち重なる底の方から、ほうっと影を揺がす燈火がそこここへ濃まやかににじんだ。歩きまわった間こそ潜んでいた虫も、四人が一つに縁側に寄り添って息をしのばせるうちには、葉がくれ木がくれに響きあう優しい音をきかせはじめていた。

女二人が書院の奥へ入ったので甘えるように私は先生の横に坐った。

先生は姿勢を崩さないで、押し黙ったまま龕の方をみておられたが、ふと見上げると、先生の眼はさっきから閉じられたままであった。うっすらとひげの生えた頬から顎をみている内に、急に、名を呼ばれた。「お前、何になる気だね」と先生は低い声で訊かれた。黙って、答えられないでいると、ふっと身じろぎされて、「なに、いいのさ」と眼をあけて、笑われた。何やら私にはよく分らなかった。

ガラスの小鉢に白玉を盛って生砂糖をふりかけた簡素な月見の菓子を慈子は運んできた。つやつやぬれた真白な小団子の一つ一つに、もう月明りがきれいに光っていた。

……中略……

月明りだけではさすがに覚束なく、床前の書院中央に一つ燭台を置き、縁側には、昔はそんなものを持って夜警にまわったものか、振ればがらんと鳴る鉄鈴のちょうど握りの上が受皿になっていて蠟燭が立つという珍しい手燭が用意してあった。それらにも灯をともし、その頃稽古中だった和敬点という茶箱点前で、端近に結界を据えて慈子が次々と茶を点てたのである。この点前は箱の中へ茶碗を二枚重ねるのがすこし厭なのだが、小ぶりな萩の茶碗があって、それでさも美味そうに先生が庭に足を下ろした恰好のまま慈子の茶を喫まれた時、ちょうど額髪の辺りへ月かげが届いてきて、ああ絵のようだと生まれてはじめて本当に夢をみる心地がしていた。

茶の湯のたのしさが、あのような八方破れな演出の中で満喫できたことを私は久しく忘れなかった。

あの時、慈子は五年生だった。まだ手も小さかった。ふさふさした髪が小さく傾ぎ、ちょっと肩を張って、茶筅を振るあの湯水の響きも軽やかだった。帛紗が大きくみえた。南鐐の瓶の蓋に朱い帛紗をかけて湯を注ごうとする時には、絣の着物の小さい尻が白足袋からそっと離れて浮いた。「お湯でもいかがでございますか」と慈子は教えたとおりを深切に挨拶した。奥へ退るとすぐ茶巾茶筅を洗い、建水もよく拭っていた。銀瓶に水を足したあと、台紙に香合を載せて戻ってくると、落ちついて白檀を火に添えていた。それから、縁側へ出てきて私の傍へ坐った。
誰もが多くは喋らなかった。蹲踞の傍の灯が一番早くに絶えた。虫の音が繁くなっていた——。

繰り返し読んでいるうちに、私は作者秦恒平が描きたかったのは慈子以上に朱雀光之先生ではないかと思うようになりました。秦恒平は《漱石の「こころ」なしに来迎院の「先生」と「宏=私」は書けていなかったろう》《この作品を読み返していると、『こころ』の先生と私とに憧れをもったことが、我ながらよく分かります》と自作を語っています。[*5] 朱雀先生は『こころ』の先生の再来ともいえるでしょう。死なれた悲しみを抱えた「背現実」の知識人、芸術家でした。『こころ』の先生がそうしたように、朱雀先生は「私」、高校生の当尾宏を、来迎院という自身の創りだした「絵空事」の継承者として招き入れたのです。さらに言えば、当尾宏は朱雀先生の掌中の珠、最高の絵空事である「慈子」を託されたといえます。

宏さんが私たちの来迎院へひょっこりと来られた時、誰よりもあの先生が一番ご興奮なさったのですよ。私にはよく分りましたが、来迎院でのあの数年というものは、あれは、先生がもとめて意味を考えられ、むしろ創り出された生活だったといっていいのです。先生は本当によく、宏は、宏はと仰言ったものです。慈子さんや私以外の方が聞いたら、先生のそんな態度はちょっと物好きに思えたのではないでしょうか。慈子さんと宏さんとは、それは実のご兄妹も及ばないほどでしたもの、お父様のお心の中にはよほど特別なご満足もあったのでしょう、誰も何の詮索がましいこともいい出さないでいて、自然とお父様のあるご確信は固くなってゆきました。

お利根さんのこう語るように、当尾宏は出逢いの最初から朱雀先生にとって特別な存在として造形されています。朱雀先生と「私」＝当尾宏は合わせ鏡のように互いを映し合う分身です。魂の血族といえるでしょう。二人とも両親から《こぼれ落ちた》孤独な生い立ちでした。朱雀光之と肇子の関係は、「私」と慈子にそのまま繰り返されます。《遠い昔からの配慮というかはからい》で兄妹のように、やがて恋人や夫婦のように愛しあう関係になるのです。しかしそれだけではありません。

「兼好はなぜ徒然草を書く気になったんだろう」先生は独り言のように、さも私への課題のようにそう問われたのである――。

朱雀先生は『徒然草』を通して、来迎院だけでなく「文芸」というもう一つの「絵空事」の時空へ当尾宏を導くのです。朱雀先生は十六、七歳のときには「竹芝寺縁起」という美しい物語を書いていて、その一部が先生の孤独な心象風景として作中作のように挿入されています。朱雀先生は、文学者であろうとしたわけではなくても、広い意味での芸術家、つまり絵空事に徹した人間でした。朱雀先生は絵空事という「憑かれた」イデアル世界への案内人だったともいえます。当尾宏は朱雀先生と出逢うことなしに自分の本来生きる場所をこのようなかたちで経験することはありませんでした。

朱雀先生の心に潜んでいた徒然草に対する不思議を私はひきついだのである。徒然草を中に或る了解が先生と私たちにあり、また私と慈子とにあったようだ。さらに、この了解が多分私や慈子の知らぬ別の何ものかと先生との間にもあって、そこへ不思議に惹かれるらしいことに私は思い当たっていた。自分の徒然草考ないし兼好考が、先生のやや憑かれぎみに追われていた不思議の埒をまだ出ていないことを思わぬ訳にゆかなかった。

当尾宏は、慈子に促されながら兼好の『徒然草』執筆動機の論攷を完成させます。この小説内のそこだけを独立した文芸評論と読んでも優れて面白いものですが、もともと『慈子』の成り立ちは、母校の雑誌に送る論文「徒然草の執筆動機について」が先に仕上がってから構想がなされたものと、秦恒平は書いています。徒然草考はこの作品の核なのです。

朱雀先生は徒然草を《死なれたもののつれづれの文字だと思いこんで》いました。兼好は「斎王」に死なれたのです。それを明らかにしていく当尾宏の考察は秦恒平の『慈子』執筆の大きな動機でもあるでしょう。『慈子』は最初は『斎王譜』と題されていたことから考えても間違いないことです。

兼好はなぜ徒然草を書き初める気になったか――。これが朱雀光之先生の問いかけだった。ちょうど一年前、雪の墓参の頃から湧き水のように底白く光ってくるこの問いかけを私は自分自身の問いにしてきた。お利根さんの〝死なれた〟という傷嘆の声が物語めいた想像の糸をかすかに手繰らせたかと今も思う。〝いまはなき人なれば〟という声が兼好の魂を震わせたのであろうように、先生の生涯にも哀韻を調べたのであろう。第三十一段の雪の朝の女、三十二段の月明りの中の女、三十六段の仕丁をもとめて来た女、三十七段の慎みある女など明らかに兼好在俗時の一女性の断片像が強い個性的統一を得ている、と先生は考えられた。

徒然草の中に巧みに隠された法師兼好の人間的秘密は徒然草全篇の価値を勿論何ら損いはしない。徒然草を書こうと思い立った時の兼好、三十六、七歳の兼好は、まだまだ生々しい青年の気風と共にそれを枯淡なものにさせてゆこうとする諦観の深みをも兼ねはじめていたと考えていいだろう。やがて兼好は小野庄を手ばなす決意を固める。それは、ようやく〝従者の眼〟からもがき遁れた兼好の〝魂の眼〟が、最初に見出した意味深い決定であったかもしれない——。

〝斎王〟を徒然草の焦点ではないかと思い、朱雀先生の〝いまはなき人〟とはこの斎王に至る副人物であろうと推定していた時は、まだまだ先生の〝ただあれだけの感想〟を超えてゆけるものと私は自負していた。束の間の自信だった。先生には先生の〝斎王〟があり、斎王と〝いまはなき人〟とは一重ねだった。野宮の段に思い至っておられたかもしれないという気もちは少しずつ動かぬものとなっていた。私の徒然草考は先生の掌の上を飛行（ひぎょう）するばかりだった。それでも、良かった。だが、私の斎王は——、私の慈子は——。卑屈な苦痛は蝕む酸のように鈍色（にび）に胸の底へ沈んだ。

徒然草の舞台がそうであったように、来迎院という絵空事は「死なれたもの」の生きる場所でもありました。朱雀先生の言葉を通して、作者秦恒平は優れて独創的な死生観、死なれたものの救済を語ります。

朱雀先生は《畳目一つが実はこの世界と同じ巨きさと豊かさとをもった別の世界のように思えてくる》と言い、湯に入るとき、《湯の面にからだの一部、たとえば手首をくの字に折りまげたりして、そこを湯へ少しずつ沈めてゆく訳だ。すると湯肌の脂にはじかれながらついには豆粒ほどの陸地を露出するだけになる。これが私のみつけた新しい世界なんだ。ずっと沈めると危く陸地は呑みこまれようとする、しかしかすかに浮かせると汐はしるように引いてゆく。この汐のさしひきに内在するものを超越的なほど無量の時間だと私は感じた》と語ります。

この直観によって私は先ず人間の歴史そのものが一回きりのものなどである筈がなく、地球自体も勿論宇宙の歴史ですらたとえ二十億光年の何万倍もの寿命であろうと、それをさえ無にしてしまうほどの消長の繰りかえしがあったことを信じられるようになった。そこでだ、だとすると、今私たちが現実と呼びその故に真実だと考えている凡ゆる事柄が、仮りに真偽はおくとしても、あたかも無限をかすめる翳よりもはかない位のものではないかと思うことができるようになった。つまりリアリティなんてものは無い、すべて翳であり条件のついた現実である。直観だけがよくこの全てを洞察する。過去も未来も相対的で、生前死後などといってもまことに小さな、つまらない、あってもなくても良いようなものだ、そう思われてきたのだ。

夜空の星を仰ぐだけでこれ位の想像は拡がるといえばそれまでだが、それだけじゃない。

私の腕の上にたまたまできた世界、それを私は実在の具体的な世界と直観し得た途端に、こういう破壊的なほどの内包を有した無限世界が、時間のうねりの中で縦に持続するとともに、無限の場にあって無量数に併存していることを咄嗟に信じた。

おかしいか——。われわれの今の眼からみれば湯に浮かんだ世界などバカげた空想の産物に思える。けれど、その世界が真実在し、その世界からわれわれのこの世界を考えるとしたら同じようにバカげたものであろうじゃないか。だがわれわれは自分の存在を可能にしている自分たちの世界をバカげているとは考えていない。そして、われわれにとっては狭苦しい豆粒大の世界と想うものが、そこに住む人々にとっても狭苦しいのかどうかを考えるなら、元来これら世界の大小広狭など無に等しいことで、拘泥(こだわ)りようのないのが分る。

私は超現実的な話をしているようでも、その現実自体が本質的に非現実で翳の如きものだということを考えるべきなんだ。つまり、無限無量に世界が併存している。私たちが広大無辺と思っているこの地球太陽系宇宙そのものがどうして別の世界の誰かの入浴中に肌の上にぽっちり出現した一世界でないと断言できるだろうか。

そういう訳だから私はリアリティということを考えない。考えないというのがいいすぎなら拘泥らない。生死も考えない。すべてあるはからいに応じてこの無量の世界の中で生き代り生きしているのではないか。誰もその輪廻(りんね)を超えはしないし必要もない。

そこで私が考えもし、感じもするのはこうだ。人は世界から世界へ輪廻する。ある世界へ早くきて早く去る者も遅くきて早く去る者もいるが、所詮同じ世界から世界へと生まれ変ってゆく。そこで、例えば愛し合った二人の一方が余りに早く去り、残った方が愚図愚図していると、遅れてゆく者より一足早く先にいっていた者がまた次の世界へ出ていかねばならぬことも生じてしまう。それでは淋しいので、愛する人に死なれた者には何がなし早くあとを追ってまた一つ世界で一緒になりたいというふしぎな願いが備わっているのだ――。

無限の併存といったが、同じ場を重ねられず並び存することだろうか。そうでなく、私たちのこの現在と全く同時同所に別世界の現在が重なっているのかもしれない。私たちに分らないだけで、やはり無量の世界が今この部屋を同様に占めていないとはいえない。つまり、私たちだけが生きている訳でなく死んでいる訳でもない。謂わば絶対の生も死も実は永遠の翳（かげ）だ。それを直観すれば不安はない。

それでは何が必要なのか――。愛し合う身内がどのような結ばれに変っていようともこの永遠を通して共に生き、生き続けるべく、努め合うこと、だ――」

話し終って先生はにこっとされた。お利根さんを連れて奥に入っていかれた後姿をよく覚えている。先生もまたどこかに不遜な魂をもっておられたのであろうか――。

無限無量の世界を生き代わり生き代わりして、愛しあうものは永遠の中に共に生き続けようとする、この朱雀先生の思想は、究極の絵空事＝イデアルに達したものに思えるのです。それは限りなく美しく悲しい祈りでしょう。輪廻を超える必要はないと言い切るその思想は、最後の審判を教えるキリスト教の世界観となんと異なることか。繰り返しの永遠という思想、そういう愛の輪廻の語られることに私は静かに深い感動をおぼえるのです。西欧のキリスト教の愛のかたちに対峙し角逐し得る、日本独自の霊性に花咲く一つの愛のかたちではないでしょうか。

愛は、いかにすぐれた宗教や思想や芸術をもってしても決して解き明かし表現できるものではありません。それは人間の言語を超えた何かだからです。私たちの知っているのは愛しあうものたちであって「愛」そのものではありません。世界には、ただ愛しあう人間たちのさまざまな愛のかたちがあるだけで、私には私の、あなたにはあなたの甚だ不完全な愛の経験があるだけです。そう考えると、キリスト教の愛のかたちと「無限無量の世界」の輪廻を繰り返し共に永遠を生き続けようとする愛のかたちも決して共存不可能なものではない、いえ今この瞬間も重なるように並存していると信じられるのです。

来迎院というものがなかったら私はもっと自分を分り易く顧ることができただろう。それあるばかりに私のリアルな世界はどんどん狭まりやつれ、イデアルな世界、〝来迎院の世界〟は涯てもなく拡って、しかも他人の目にはこの豊かな慕わしい世界は無いに等しいのである。この寂びしみとも幻ともつかぬ憑かれた幸せを私は本当に自分から望んだのか、お利根さんがいっていたように来迎院という小世界を借りて朱雀先生が創り出された幻惑の呪縛に今も私がはまりこんでいるのか――、それが分りかねるのである。

当尾宏はこう自問自答しますが、その答えは明らかでしょう。朱雀先生と同じく当尾宏自身も「憑かれた幸せ」に生きざるを得ない人間＝芸術家でした。当尾宏の慈子への愛は、作者秦恒平の文芸への愛にも等しいものです。現実の妻をどんな愛していても、この豊かに慕わしい絵空事の時空を創らずにはどうしても生きられない、そんな憑かれた作家の彷徨を描いた芸術家小説が、『慈子』なのです。『慈子』は秦恒平の『トニオ・クレエゲル』といってもよいでしょう。

この作品は、マトリョーシカのような幾重もの入れ子構造になっています。まず大枠の作者秦恒平の小説という絵空事があります。その中に主人公「私」＝当尾宏が語り手となる絵空事（イデアル）と現実（リアル）が描かれる。当尾宏は現実生活の中で二つの絵空事を追いかけます。その一つが来迎院の朱雀先生、慈子、お利根さんであり、もう一つが『徒然草』執筆の動機「斎王」に迫る論攷です。さらにその絵空事の中の来迎院は朱雀先生の創作した小世界であり、『徒然草』は吉田兼好の創作した文芸でした。

この小説の結末は衝撃的です。慈子という絵空事＝イデアルと当尾宏の現実の妻子＝リアルが不意に鉢合わせしてしまいます。

高島屋のぞいてくるつもりさと朝の電話を切った時も、「そうなの」と言葉すくなだった。慈子の眼は私をさがしていた。ハンドバッグが不安げに揺れ、胸へあてている手がとても白く美しい。呼ぼうとして、はっと口のなかで慈子という名が凍えて消えた。もうみつけたのかもしれない、慈子は一度人かげに隠れながら動いていた。表情と胸騒ぎとがきしって裂けた。頬から寒く、はっきりそれが分った。潰れたうめきが咽喉に絡んだ。身を翻(ひるがえ)して、走った。足がすくんでいた。

「ひどいわ――」

私はそう聞いた。慈子は、あかくなって、低声でもう一度可愛く同じことをいった。急に私を見失った娘が大声で呼んでいた。パパ――と叫びながら娘はかけてきて手を把(と)った。慈子は掌(て)で口を抑え、みるみる血の気を失っていった。女面(おんなめん)の前から妻がゆっくり振り向こうとしていた。

『慈子』はイデアルとリアル、この二つの世界が突然衝突してしまえば何が起きるのかの、酷(むご)く恐ろしい結末を描いています。芸術家の生き難さはイデアルな世界がリアルな世界をどんどん浸食していくことですが、当尾宏のような絵空事に憑かれた人間にも、家庭のリアルな日常の幸福はあります。最後の場面が、当尾宏の現実の婚約記念日であり、妻子を連れてデパートの京都展に行くといういかにもありふれた日常生活、しかしそれこそが家庭のしあわせの場面であることは重要です。リアルの中にイデアルが介入するのが常態である当尾宏が、最後に皮肉にもイデアルの中にリアルが侵入する場面に遭遇してしまいます。

この結末を絵空事の、イデアルの崩壊と読むか、リアルな愁嘆場の始まりと読むかは読者の手に委ねられています。後者として読む読者もいますし、そう読んでも正しいでしょう。しかし、私は絵空事の化身である慈子は、当尾宏の現実の妻や子の前に一瞬で幻のようにかき消えてしまう、イデアルな来迎院の世界は砕け散ると読んでいます。その瞬間、慈子＝絵空事＝芸術は実生活の圧倒的な力の前に消滅するのです。目に見えないイデアルな世界の宿命でした。

物語の最初に朱雀先生はすでに亡きひとであることが描かれ、後半で、お利根さんも後を追って自死していること、そして当尾宏と慈子の間に生まれるはずだった子ども直前に流産していること、登場人物に次々に死なれていくことは、来迎院という絵空事に終幕の近づいていることの予兆でした。

来迎院の世界にただ一人遺されていた絵空事のヒロイン慈子の終わりかたは、この小説の構造的美観の上からも、この最後の場面のようにイデアルの崩壊として書かれるしかなかったと思います。絵空事の創作者である当尾宏は、ここでとうとう慈子に死なれました。死なせてしまいました。来迎院という絵空事のすべてに一気に幕を下ろさざるを得なかったのです。

この瞬間、当尾宏にとっての斎王「慈子」は「いまはなき人なれば」となってしまいました。吉田兼好のように、当尾宏＝秦恒平の「死なれたもの」としての「哀韻を調べた」生が、この結末から始まるのです。『徒然草』と同じく『慈子』もまた《死なれたもののつれづれの文字》でした。この結末は、それでもリアルの勝利を意味するものではありません。むしろイデアルの円環、愛の輪廻がここからはじまることを示していると思うのです。『慈子』の物語（ロマンス）は、この結末を起点として、動機として、書き始められた「悲哀の仕事」と読むことができます。

喪った慈子を生き返らせるために、慈子と共に生き死にする輪廻に入るために、当尾宏＝秦恒平が創りだした絵空事が小説『慈子』なのです。これは如何なる外的現実よりも真実の存在である慈子＝絵空事への愛が書かせた物語なのです。絵空事への、絵空事ではない深い愛に胸を衝かれる作品なのです。

秦恒平は私小説や歴史小説や評論やエッセイ、戯曲、短歌等幅広いジャンルにわたる文学作品を書いていますが、恋愛を扱った小説においては常に妻ともう一人の女が相対して登場します。これは不倫という形をしながら、「人間が内在的に持っている二つの世界の問題」を描くものであり、絵空事の価値を妻ではない女が担わされていると読むことができるでしょう。その意味で秦恒平の恋愛小説はすべて絵空事に憑かれた芸術家を描く小説であるといえます。

慈子なるものは、作家秦恒平の作品の中に生き代わり生き代わりしていきます。秦恒平の二十七歳の作品『畜生塚』の町子の甦りが、この慈子であり、慈子が『みごもりの湖』のヒロイン槙子、菊子、『冬祭り』の冬子、法子となって転生していくのです。まるで朱雀先生の言葉さながら絵空事＝イデアルは完結しないまま当尾宏＝秦恒平と共生しながら輪廻していくのです。

朱雀先生の《無限の併存といったが、同じ場を重ねられず並び存することだろうか。そうでなく、私たちのこの現在と全く同時同所に別世界の現在が重なっているのかもしれない》と語った言葉は、『慈子』という物語世界に別の秦恒平の創作が、生者や死者の物語が、読者の涙すら、無限に多層となって重なることも示唆していないでしょうか。さらに大切なことは、これはパズルのように緻密に計画された結果ではなく、『慈子』という物語独自のいのちの法則によって動き出したものなのです。これは優れた芸術作品にのみ顕現する力、不壊の値です。《此の世ならぬ時空への、身を絞るほどの憧れ》、非在のものへの恋慕、あまりに深い愛ゆえにそこに辿りつきたいという祈り、それらはすべて、絵空事に託すほかない真実在への悲願でありましょう。『慈子』から三十一年後の秦恒平の述懐[*6]を読んでください。

だが、わたしには、わたしの書いた幾つもの小説は、「作品」ではなかった。文学のために書いたモノではなかった。

どんなにか、慈子を「わたし」は、宏は、愛していただろう。いや、今もだ。時の勢いで、わたしはあれから随分馬齢を重ねてきた。あの頃のあれほどの愛や感動の炎を、もう、わたしはかきたてる力を喪っているに違いない。「お利根さんの話」にいまも耳を傾けながら、わたし身の傍に慈子をありあり感じ、わたしは、しばらくの間泣いていた。こういう変な作者はあまり世間にないだろう。わたしにはそれは一作品なんかでなく、わたしの命の燃える場所だった。其処でわたしは生きた。ほんとうに生きた。

秦恒平にとっての「絵空事の不壊の値」とは何か。『慈子』について秦恒平は「作品の後に」で次のように書いていています。

……『慈子』をもし書かずにいたら自分はどうなっていただろうと、しみじみ思う。作家としても、客愁になやむ一人生の旅人としても、である。「慈子」をえて初めて真実何を求めて生きているかに気づいた。まだ絵空事（イデアル）の不壊（ふえ）の値のいくばくかを、私は知らない。知れば知った瞬間、生活者（リアル）の私は爆発してしまうかも知れないと、覚悟して私はこれを底知れぬ闇に言い置くのである。

《生活者（リアル）の私は爆発してしまう》というのは、おそらく当尾宏＝秦恒平がリアルな世界に戻る理由を喪い二度と外的現実には戻らないと決めて、絵空事の、他界からの来迎に至福のうちに飛び込んでいくこと、つまり現世での死を意味しているのでしょう。幸い秦恒平は完璧な絵空事にはまだ到達できないと思っているために書き続けているので、読者にはありがたいことです。

時代も国境も超えて、死者をも含む内なる他界を抱えこんで生きる芸術家という人生は、はじめから愛の不可能を生きています。その絵空事に憑かれた生の代償として、死なない仕事という栄光はあるのでしょうけれど、事の始まりから喪われているもの＝絵空事への愛ほど悲運な愛のかたちを私は他に知りません。

＊1 『慈子』は他にインターネット上の日本ペンクラブ電子文藝館でも読むことができる。

＊2 笠原伸夫「秦恒平における美の原質」（「ちくま」一九七五年十一月号所収）
《自然主義によって封が切られた近代日本文学の流れのなかで、伝統文化を汲みあげようとする傾向は、旧来ほとんど傍流のものとして位置づけられて来た。鏡花、谷崎の史的位相は、かの有名な三派鼎立説ふうの見解ではどうにも処置のつかないものでありつづけた。いまここで大仰な文学史論を展開するつもりはないが、鏡花、谷崎の系譜が、近代文学の流れのなかで無視されてはならない、という点だけは指摘しておくべきだろう。その部分を削ぎ落すことによってもたらされるのは、想像力の涸れはてた、痩せ馬の行列である危険が充分あるからだ。同様に戦後文学史のなかでも伝統文化への正統なかかわりは不当に無視されつづけて来た。されば秦恒平の世界は、鏡花、谷崎の美的血脈を受け継ぐものとして特異な地歩を築きつつあり、戦後文学史への反措定としての意味をもっているようにも思われる。》

＊3 秦恒平ホームページ「私語の刻」二〇〇二年十二月十四、十五日
《日吉ヶ丘高校にいた最大の収穫は、間違いなく「来迎院」でいつもさぼっていたこと。それが『慈子』になった。こんなところへ、好きな人を置いて通いたいと。光源氏が母に譲られた二条院の邸に手を入れ、「かかるところにおもふやうならむひとをすゑて住まばや」と切望したのを、もう身に切なく覚えていたのだろう。読み直して百パーセントいい気分というのではなく、むごい小説であると胸も痛くした。この小説で、一度は女性の読者をうしない、しかもまた女性の読者を多く得た。男性の読者もえた。もう少し易しいツクリにしていたらと言われたけれど、それの出来ないのがわたしの本領か。》

＊4　同　二〇〇二年十二月十三日
＊5　同　二〇〇二年十二月二十三日
《漱石の『こころ』なしに来迎院の「先生」と「宏＝私」は書けていなかったろう。ヒロインが完全なフィクションであるのは当然としても、「あつこ」という命名にも容姿にも何かしら働いていたものが、あの頃に、あったろう。昭和四十年四月三十日に起稿して翌年の五月二日に初稿を上げている。四十六年十月十九日に四稿を、同年十二月三十日には五稿が成ったと記録がある。三十一年もまえに五稿もしていた。》
《この作品を読み返していると、『こころ』の先生と私とに憧れをもったことが、我ながらよく分かります。わたしの内心を裏切るように、ずいぶんいろんな点でこの作品はわたしをバラしている気がします。表現上も、あふれるようにわたしの才能（が有るとして）が出ています、よい才能もよろしくない才能も。》

八、私と山瀬ひとみの対話4　現実と想像の間（あわい）

私　山瀬ひとみの「絵空事への愛」を読んで、『慈子』の「私」に与えた影響の想像以上の大きさにあらためて驚いています。この作品と出逢わなかったら「山瀬ひとみ」という書く女は生まれていなかった気がするのです。今では虚構を生きる「山瀬ひとみ」の存在が現実の「私」と区別のつかないくらい大きくなってしまったことに当惑しています。

山瀬 ひとは誰でも現実の人生と想像の人生の両方を背負って生きているものでしょう。「私」と「山瀬ひとみ」は同じひとりの人間ですが、虚構と現実というまったく違う役割を生きています。厄介なのは、「私」と「山瀬ひとみ」を器用に棲み分けることができないこと。現実と幻の境目がないというのが現状です。

マーラーが一九〇九年にブルーノ・ヴァルターに宛てた手紙にこのようなことを書いていました。

芸術家はある二重生活という有罪判決を受けているのであって、悲しいかな、人生と夢とがひとたびひとつに合流すると——ひとつの世界の掟がもうひとつの世界で怖ろしい償いを求めざるを得ないのです。

（『マーラー書簡集』須永恒雄訳 法政大学出版局 二〇〇八）

まさに『慈子』における当尾宏のことですが、これは芸術家だけの葛藤ではないわけです。詩を読む人間も、詩人と同一種族と考えればわかりやすい。現実は想像の人生を一撃のもとに破壊出来るほどですが、想像の人生も現実を根底から毀(こわ)しかねない。

私 生身の肉体をもった「私」が基本で、その基本を生きる「私」は日常生活を生きる自分が偽りの姿であると感じて苦しかった。ほんとうの自分が生きる場所はどこだろうと思ってきました。現実と折りあえなくて、いつの間にか私は世間から孤立して孤独で変わり者の少数派になってしまった。もし傍目には私が世間の常識的幸せの中にいるように見えたとしても、それは自分の抱えるさまざまな不幸で贖ったものだと思うのです。

「私」は自分の奥底に居座り続ける得体の知れない化け物、濃い霧のようにまとわりつく鬱や悲しみの渦の中にいて、読書によって自分の幸福の時間を買いました。「読んで・書いて・考える」ことで、自分で自分を救おうとしてきました。「私」は自分の読んだ本で出来ているのです。「私」は自分の人生を生きぬく力を得るために、「山瀬ひとみ」となり、読んで読んで、何をも書き得ないことに耐えながら、考え続けて自分の言葉を見出す必要がありました。そうしなければ生きられなかった。

山瀬 「私」は「山瀬ひとみ」という想像の人生で必死に救われようとしている。ですから「山瀬ひとみ」は「私」に生きるに値する何かを与える存在ではないかと思うのです。

しかしながら、反対のことも言えます。「私」は「山瀬ひとみ」を抱えたばかりに現実の自分を見失いそうになる危険にさらされているのだと……。「本を読む女」の毒が「山瀬ひとみ」を産んだんです。

私 「私」はこれまで生活者として、まあまあ地道に歩んできたという自負がありますが、これ以上「山瀬ひとみ」との共生を続けていくと、ある日突然生活者としての自分が壊れるかもしれないと恐れているのです。日常を棄てて、別の世界に飛び込む衝動に身を滅ぼしそうな……。石原吉郎が『望郷と海』のなかで《耐えるとは、〈なにかあるもの〉に耐えることではない。〈なにもないこと〉に耐えることだ》と書いていましたが、自分が生活者として〈なにもないこと〉に耐えられないかもしれないと危惧するのです。

虚構の愛と死のほうが、〈なにもない〉、つまり平凡な日常茶飯の苦労と退屈を行き来する実生活より生きるに値するのではないかと気づいたことで、「私」は現実世界のなかに自分の確かな居場所を失ったのです。

「私」が「山瀬ひとみ」のように「読んで・書いて・考える」人間と共生しないで済む人間だったならば、現世的には間違いなく幸せだったでしょう。ですが、どうしても「山瀬ひとみ」なしに「私」は生きられないのです。「山瀬ひとみ」は「私」の真実を生きる場所になってしまったんです。

山瀬 「私」の抱えているディレンマは、まさに『慈子』の世界の俗物版といえるでしょうね。でも「山瀬ひとみ」は「当尾宏」ほどの絵空事は創れないのですから、幸運にもまだ菲才(ひさい)の凡庸な人生を保てるのです。「私」はたった一歩踏み出せば「山瀬ひとみ」の生きる場所に行ける。「山瀬ひとみ」のほうが生きやすいならいつでも行けばいい。でも、決して「山瀬ひとみ」であり続けてはいけないと自戒しています。必ず一歩戻り家庭人として社会人として実生活を懸命に生きる。両方を行き来する。虚実のバランスを保って生きることが基本なんです。ヤジロベエのように揺れながらも、起点に戻らなければ「私」も「山瀬ひとみ」もどちらも破滅しかありません。実生活のない人生はあり得ない。

読書は「究極」への多様なアプローチの一つにすぎません。本が大好きだからこそ思うんですが、読み書きに集中するためには人間関係含めた現実をきちんと生きる必要があります。実人生の土台あってこその「読者の仕事」です。

私　地に足のついた生活者であれという激励を「山瀬ひとみ」本人から受けるなんて……。『慈子』の世界はほんものの芸術家には許されるけれど、そうではない読者にとっては凶器で、狂気の世界になりかねない、そういうことでしょうか。

山瀬　尊敬する舞台人の坂東玉三郎が以前に、美は罪深いという意味の発言をしていましたが、破滅や死の気配のないもので美しいものなんてありますか。秦恒平の《美しい限りの小説》『慈子』も作中の言葉のように《憑かれた幸せ》であり、ある種「危険」な誘惑であるのは当然でしょう。ファム・ファタールという言葉は芸術の一つの悪魔的側面にも当てはまります。美に深く魅入られたら『ヴェニスに死す』になってしまうわけです。トーマス・マン本人は絵空事の中で美に殉じても、力強い生活者であり続けた。虚構というデーモンの魔力と闘いつつ、ぎりぎりの綱渡りであってもなお現実に踏みとどまりました。生活者であり続けたからこそ自分の文学を生き切ることが出来たともいえます。

死を迎える瞬間までは歯を食いしばって、苦しい現実のまま「なにもないこと」、つまり救い来たらずの生活に耐えることが、いのちを全うすることでしょう。揺れながらでも、生活者としての基盤をまもらなければ想像の世界も瓦解してしまいます。今生の魂にはどうしてもそれを容れる身体が必要なんです。

私　「私」には「山瀬ひとみ」が一体何者かわからない。「私」は実生活において身体も仕事も家族もあるけれど、「山瀬ひとみ」は見えない意識のような存在で、「私」をいつも凝視していて「私」の人生に介入しています。「山瀬ひとみ」を生み出したのは「私」の責任ですが、とにかく手に負えない存在になってしまった。

山瀬　「山瀬ひとみ」をなり得る最高の「山瀬ひとみ」にすべく「私」には力強い生活者であってほしいのです。そうすることで初めて「山瀬ひとみ」は「私」を、なり得る最高の「私」にすることができると、そう信じているのです。

たしかなことは、現実と虚構の両方の世界を自由に行き来できるひとだけが、両方の世界を真実豊かなものに出来るということでしょう。

私　なんだかわけ分からないわ。まったく。ああ言えばこう言うのが山瀬ひとみだと思いますね。

山瀬　秦恒平は生活者として日々奮闘する作家だからこそ、この世ならぬ『慈子』の時空が描けたのだと思います。そうでなければ、若くして芥川龍之介や太宰治のように「他界」に飛び込んでいても不思議ではありません。秦恒平の小説には『慈子』のようなロマンス系統の物語とノベル系統の私小説の両方があります。このタイプの違う作品を車の両輪のように読んでいく必要があります。

秦恒平の私小説は、この大きな作家の思想の成り立ちを理解するために読まなければならない作品群でしょう。『慈子』のような絵空事への愛に生きざるを得ない芸術家を生んだ根がノベル系統の私小説に描かれていると考えています。両方を読みこなしてやっとこの作家の世界が少し見えてくるのだと思います。

読者の仕事はたった一冊についても出来ますが、自分がこれはと思った文学者の作品を処女作から遺作まで時間軸に沿って読み続けることこそ「読者の仕事」の本筋です。一冊だけでは顔の一部分しか見えません。どんな名作にも必ずその文学者にとってやり残した課題がありますから、それを次の作品でどのように乗り越えているのか知ることで、作家の世界の全的（トータル）な共感に近づけます。読者に全集や年譜が必要なのは当然のことなのです。

私　彼の私小説群は、下世話な興味で読んでも「面白い」というと語弊があるかもしれませんが、とにかくその運命には驚くしかないですね。

四人の子持ちの寡婦が、下宿していた彦根高商の学生と恋に落ちて生まれた二人兄弟の弟のほうが秦恒平ですからびっくりです。この関係は現在であってもかなりスキャンダラスな出来事でしょう。ましてや戦前、昭和九年十年当時の家制度にかんじがらめの日本で、三十六歳の未亡人と、その長女と同い年であった十八歳の青年との関係が許されるはずがない。こういう夫婦でない関係で二人も子どもを作るなんて、不倫より許されなかったかもしれない。お母さんは魔女扱いされたに違いないと思うし実際にそうなんだけど……。最近でさえ長女と同い年の相手と結婚しているマクロン仏大統領夫人が、批判的報道でなくても大きな話題になったくらいですからね。

秦恒平は出自以外にもその後の自分の家庭事情だけを書いても、一生書く材料(ネタ)に困らないほどだと思う。実母も実兄も自殺していますので、ふつうの意味でも不幸のデパートでしょう。でも、私小説作家にはならなかった。『慈子』の世界も創りあげたことは彼の文学の大きな特徴ですね。

山瀬　秦恒平は多くの芸術家にみられるように、徹して家庭運のないひとだと思います。本人も書いていますが、I was born「生まれた」という受け身形の被害感情を伴う言葉にふさわしい出生事情でした。血縁とか肉親という言い方をしますが、「血」とか「肉」という言葉に秘められた凄まじい人間関係を、彼の私小説では「骨身」にしみて味わうことになります。悪夢にうなされると言っても過言ではありません。

秦恒平文学の根には、血縁に基づかない「魂の血族」への希求があります。秦恒平文学の女性像について考えるときに重要なのですが、秦恒平は愛する妻迪子以外の家族、つまり血縁のある女とは遂に深い縁を結ぶことなく生きているひとでしょう。烈しい人生を生きた生前の母親を受け入れることなく終わりましたし、実娘との確執を描いたものは物凄い。物凄いとしか言いようのない私小説になっています。当然母親に対しても、娘に対しても肉親の愛情は深いと思うのですが、生木を裂かれるように別れてきました。秦恒平はそういう血を分けた間柄の絆では幸福になれなかった。

私　二〇〇六年に肉腫で亡くなった孫娘についても言えるでしょう。十九歳の女の子が告知後一月も経たず精神的にも身体的にも酷い状況の中で亡くなってしまいました。『かくのごとき、死』に描かれていますが、あまりのことに読み終えて言葉を失ってため息しかなかった。

山瀬　秦恒平の私小説の最高傑作は『逆らひてこそ、父』だと思います。『かくのごとき、死』のずっと前に書かれているものですが、この作品こそが『かくのごとき、死』の惨劇の因果の因の部分なんです。この両方の作品は結局実娘夫婦との裁判沙汰を招いています。

私　「私」は『逆らひてこそ、父』は島尾敏雄の『死の棘』にも比肩する私小説と思います。どちらも読み始めたら狂気とサイコパスの世界が恐ろしすぎてやめられず、安眠できない。胃の具合も悪くなること請合いです。精神疾患は薬での治療改善が可能ですが、サイコパスというのは薬で治せるものではないから始末が悪い。周囲にいたら絶えず凶器を向けられているのと同じです。しかも、サイコパスに一度も巡りあわずに一生を終えられる人は少ないと思うからますます怖いんです。

山瀬　血縁関係と対照的に、秦恒平が養家である秦の両親と叔母をそのまま書いた作品、彼が純文章と云う『もらひ子』『早春』などはじつに気持ちのよいものです。養父は京都祇園近くのラジオ店主、養母は主婦、同居の養父の妹の叔母は「いかず後家」のお茶とお花の先生で、こちらも大人三人の争いの絶えないお世辞にも幸せとはいえない家族でした。本を読むことを「極道」と嫌っていた養父はじめ、養母も叔母も当然秦恒平とは人間の種類が違うひとたちですが、そういうふつうの市井の人間の日常、よそに女を作ったとかつかみあいの喧嘩したという営みが、非凡な筆によって文芸のいのちを得てしまっています。

三人が三人、いわゆる「キャラ立ち」している。苦笑しながらも好感を抱いてしまいます。秦恒平は「大恩ある」養家のひとたちを愛せなかったと書いていますが、こういう文章を残していることが育ての親たちへの何よりの愛の表現ではないかと思うのです。気持ちがなくてはこう書けません。許せる程度の欠点を抱えていて、そこそこの長所はあるふつうの人間への、養家の三人それぞれの、生の悲しみへの共感と温かいまなざしを感じます。期せずしてやりきれない凡俗の日々への愛惜の記録になっているともいえるでしょう。

秦恒平はこの決して馴染めなかったけれど逃げることもできない養家の日常から、「慈子」のような美しい絵空事のヒロインを創ることで、気が狂うことも自殺することもなく健全な社会人となって生き延びたんだと思います。自分の文学世界を一途に守りぬいて、文士として筆一本で自分の妻子を養いつつ、養家の三人も京都から東京の自宅にひきとりそれぞれ九十歳超えて天寿を全うするまで老いを支えて面倒みつづけました。山瀬ひとみが「力強い生活者」と評価するのはこの道のりです。

『慈子』のなかに《感動を純粋にする為には、事実より想像の方を大切にせねばならない》という言葉がありますが、秦恒平を読んでいると、芸術家は最後は絵空事で実人生を救うしかないことを痛感します。自分の傍に愛せる人間がいなければ絵空事の愛するひとを創ろう、幸福がなければ幸福を創出しよう、出版流通業界に純文学作家の居場所がなくなっていくなら〈湖（うみ）

の本〉[*1]という個人出版を始めよう、大きな意味での自分の現実を「絵空事」と共に切り拓き創造して、「秦恒平」という稀有の個性、そして文学者になったんです。

私　小林一茶の「世の中は地獄の上の花見かな」を借りていえば、秦恒平の私小説は耐え難い「地獄」で、それ以外の作品の「花見」の美しいことはまた格別ですね。秦恒平はじつに広く彩り豊かな「花見」の世界を持っている作家だと思う。

山瀬　地獄の現実あっての花見だから不屈なんです。秦恒平が「地獄」や「花見」の何を描いていても、そこには現実と想像の人生の両方を賭けて追求する、虚子の「去年今年貫く棒のごときもの」とでもいうべきテーマがあると思います。秦恒平の『死なれて・死なせて』は秦恒平の思想を語る上で絶対に落とせない作品でしょう。この作品は、「私」にも「山瀬ひとみ」にも人生の新しい視座を与えてくれた重要な作品です。

＊1　「湖（うみ）の本」　一九八六年に第一巻創刊。秦恒平の作家個人による出版活動であり、二〇二二年現在、一六〇巻まで発刊されている。作品の量と質、支える家族、何より購読する読者層の存在が長い年月の個人出版の継続を可能にした。参考までに第一巻「創刊の弁」を引用する。

創刊の弁　第一巻「定本・清経入水」巻頭に

友人であり多年の読者でもある石川の井口哲郎氏より、「帰去来」の印をおくられた。「帰りなんいざ、田園まさに蕪れなんとす、なんぞ帰らざる」と陶淵明は『帰去来辞』に志を述べた。「雲は無心にして以て岫を出で、鳥は飛ぶに倦んで還るを知る。」いまこそ、親しんだこの詩句に私は静かに聴きたい。

文学と出版の状況は、ますます非道い。良い方向へ厳しいのでなく、根から蕪れて風化と頽落をみずから急いで見える。

幸い私は、この十数年に都合六十冊を越す出版に恵まれてはきたが、また、かなりの版がもう絶えてもいる。その絶えかたも以前よりはやく、読んでいただく本が版元の都合一つで簡単に影をうしなう。数多くは売れないいわゆる純文学の作者はあえなく読者と繋がる道を塞がれてしまう。私は、「帰ろう」と思う。

もとより創作をさらにさらに重ね、機会をえて出版各社から本も出し、商業紙誌にも書いて行くことは従来と変りない。が、もともと私家版から私は歩き出した。今、私にどれほどの力があろうとも思えないが、望んでくださる読者のある限り、その作品が本がなくて読めない…という事だけは、著者の責任で、無くしたい。「帰去来」の思いを心根に据えて、ていねいにこの叢書を育てたい。

読者は作家にとって、貴重な命の滴である。その一滴一滴が、しかも、たちまちに大きな湖を成すことを信じて作家は創作している。作家と作品とは、そのような母なる「うみ」に育まれ生まれ出る。

本は、簡素でいいのである。版の絶えている作品の本文を正し、時には新作にも必要の場をひらき、そして紙型を手もとに本の常備をはかりたい。作者から直接に（出費を願って）読者へ、また、読者から直接に（作品を求めて）作者へ、もっぱら口コミを頼みに、可能な限り年に二、三冊。「創作」の自由と「読書」の意志とがそうして細くとも確かに守れるのなら、そこへ、私は「帰ろう」と思う。久しい読者との、さらには新たな読者との重ね重ね佳い出逢いを願わずにおれない。

昭和六十一年（１９８６年）桜桃忌に　　秦　恒平

九、「身内」という愛　秦恒平『死なれて・死なせて』

私小説をいくつも書いている秦恒平が、自身の出生の秘密という私小説的題材をあえてエッセイとして書いた理由を考えることは、『死なれて・死なせて』（弘文堂〈死の文化叢書〉一九九二／湖の本エッセイシリーズ16　一九九八）の核心に近づく上で重要な視点だと思います。

秦恒平はエッセイについてこのように書いています（『秦恒平選集　第二十二巻』湖の本版元　二〇一七）。

「エッセイ」とは最も微妙な狂気でしかも最も微妙な叡智である。旺盛で平静な観察・洞察と理解ないし会得・直観によって「言葉の藝術」になる。

また、ホームページ「私語の刻」[*1]の中で《「エッセンス」という意味で「言葉の本質の精華」をこそ「エッセイ」は表すのだと、表したい》（二〇一八年三月五日）《やはりエッセイがエッセイになる結び緒は「文章・文品（作品）」であろうと思う》（同一〇日）とも書いています。

私は秦恒平の読者として生きてきましたが、彼の小説以外の仕事、たとえば、重要な仕事であるエッセイがなければ、ここまでの愛読者にはならなかったでしょう。彼のエッセイは、文学者秦恒平の「エッセンス」の表現としての「言葉の藝術」であり、魅力の尽きない作品群なのです。

秦恒平自身、「作家」というよりも「文学者」として生きたい、自分は操觚者(そうこしゃ)でありうれば幸せと書いていていました。彼がいかなるオールマイティな文学者、詩的な知の巨人であるかについては、ハンナ・アーレントがヴァルター・ベンヤミンについて語った文章(『暗い時代の人々』安部齊訳 ちくま学芸文庫 二〇〇五)にならうと、うまく説明できそうです。

秦恒平は『慈子』『みごもりの湖』『墨牡丹』『親指のマリア』『逆らひてこそ、父』などの名作だけでも谷崎潤一郎や泉鏡花の系譜に連なる小説家ですが、その枠にはおさまらない文学者です。戯曲も書いています。文字通りの碩学ですが学者になろうとしたことはなく、『源氏物語』『枕草子』『閑吟集』など数々の古典についての著作、「谷崎愛」と公言する谷崎潤一郎についての『神と玩具との間』等の文芸評論、絵画ややきものについての美術評論、「女文化」という言葉を新しく造語して語る『女文化の終焉』『花と風』等の日本や中世文化論を大量に書いていますが、小林秀雄のような評論家の看板は掲げていません。生まれ育った京都についての『洛東巷談』『京のわる口』等の評論やエッセイは縦横無尽の京都学ともいうべき達成であり、岡倉天心の『茶の本』と一対の名著ともいわれる『茶ノ道廃ルベシ』の著作のある茶人としても、『少年』『光塵』『亂聲』の歌集もある歌人としても一流であるけれど、京都を飛び出し、茶人とも歌人とも名乗らない。『日本史との出会い』『中世を読む』等を書く大の歴史好きで、歴史にも文学史にも精通しているけれど歴史家ではない。やはり自身の造語である「からだ言葉」「こころ言葉」についての『からだ言葉の日本』『こころ言葉の日本』や『日本語にっぽん事情』などの優れた日本語論をものにしていて博士号取得を勧められたほどでも、言語学者ではない。彼の小説の多くは思想小説ともいえるものであるし、今からとりあげる『死なれて・死なせて』や『バグワンと私』のような思索の日々を書いていても思想家や宗教学者や哲学者とはいえません。また自身が「機械環境文藝」と名付けた電子空間を利用しての文藝活動の実践者で、ブログとは一線を画す日録「私語の刻」をホームページ上に一九九八年以来毎日書き続けています。さらに「日本ペンクラブ電子文藝館」を発案、創設し、初代館長として数多の名作を電子化し膨大なオンライン図書館を実現させるという超人的な編纂者としての仕事も成し遂げています。秦恒平は、文藝に関してほとんどのジャンルを越境しながら、偉大な才能をもつ天性の文章家として自由自在に書きつづけてきました。

彼の小説は詩と真実の美的空間の創造であり、評論やエッセイは彼の詩と真実の広大な思想世界の展開であるといえます。とくにエッセイという文藝のかたちは、彼の詩的な思索を思うままに表現する媒体として最もふさわしかったに違いありません。

『死なれて・死なせて』がエッセイとして書かれるべきだった必然は、それが彼の特異な生い立ちを物語ることではなく、その寒々とした環境の中で、彼がどう文学と関わったか、つまり実人生ではなく文学をとおしての「詩的」な軌跡を語ることが主眼であったからでありましょう。あとがきに《文学を「私」が「読む」という、その行為もまた私の場合「人生」であった》と書いているように、生まれながらに父母を喪失していた彼が、どのように文学と共に生き、どう自身の思想を育んできたかが描かれています。

秦恒平が《わたしの『死なれて 死なせて』は　わたしの生涯と文学とをひらく　重い鍵の一つ》（HP「私語の刻」二〇一九年六月三十日）と書いているように、このエッセイは秦恒平の全仕事を貫く思想を伝えるものであり、秦恒平文学の入門書であり、全作品の手引書で、秦恒平を語る際の必読書であると、私は考えています。

別の言い方をすると、秦恒平の文学者宣言ともいえますし、彼の創作の動機・詩的核心が明かされている作品です。秦恒平の愛と死についての思索を綴りながら、彼の生涯を貫く文藝への愛がどのように育まれていったかを語る《ある意味でこれは自伝のようなものとなり、また遺書ともなろう》作品です。

『死なれて・死なせて』の論旨には四本の柱があります。

一、ひとは「死なれて」「死なせて」生きる存在である。

二、悲哀の仕事

三、「身内」とは

四、「島」の思想

非常に乱暴な要約をすると、秦恒平は親に「生まれて」、親に「死なれて・死なせて」作家になり「悲哀の仕事」をしているのです。他者の死が残された生者の人生を創ることを、「死なれる」という受け身、「死なせる」という加害の両方の立場から考察する作品であり、そこから秦恒平の「身内」観、「島」の思想が「独創の所産、創出」されたのです。

『死なれて・死なせて』の冒頭はこのような文章からはじまります。

「死」という観念的な名詞にも、「死体」という即物的な名詞にも、この本では、あまり立ちどまるまい。それよりも、この二つの名詞のちょうど間に、あたかも生ける者のように佇んでいる「死者」に目をむけ、また目をむけている「生者」のことを、より多く深く考えてみたいと思う。もう少し関連づけていうならば、死者に「死なれた」生者について、さらには死者を「死なせた」生者について、考えてみたいのである。

……中略……

私は、だがこの本を、こういう、すこし固い語り口で装うことをなるべく避けたいと思う。目前のこれは、率直に、正直に書かれたほうがいいにきまっている痛切な主題である。われわれ凡人はなどという謙辞はつかわない、ふつう一般の人は、すこしの傷む心ももたずに、親しい、また愛している人の死を、目前に死なれ、ないし昨今に死なれた受け身を、思いも話しも出来るものでない。すこしばかり固い語り口になったにしても、それも自傷のいたみを懸命に堪えるためであろうが、私の願いは、この本を、ただ著者から与えられて読者は読むといっただけのものでは、無く、あらせたいのである。めいめいに自身の胸に抱いている、そしていつか抱かずには済まない、また抱かせずにも済ませえない「死なれる」という受け身や「死なせる」という加害の「痛苦」の意味を、めいめいに、しかも一緒に、考えてみたいのである。生きて克服するしかない「哀しみ・苦しみ」であればこそ、負けてしまうわけにいかない「たたかい」であればこそ、である。

感傷的に話そうとは、むろん、思わない。それより、率直にと心がけたい。他者のそれを代って述べる・代弁することの可能な「哀しみ」でも「苦しみ」でもない。自身で語るしかない。恥ずかしい隠しておきたいようなことも、だから、率直に言おうと思う。ある意味でこれは自伝のようなものとなり、また遺書ともなろうからである。

秦恒平自身が「死なせる」「死なせた」という確信に至る、出生とその後について書かれた文章を少し長くなりますが引用します。

私は、昭和十(一九三五)年に京都市内で生まれた。兄は前年に滋賀県の彦根市で生まれた。父の名をうけて彦根生まれの兄は恒彦、平安京生まれの私は恒平と名づけられ、京都市内のべつべつの家庭にあずけられて育った。私が兄を兄としてまみえた最初は、昭和五十二年、父を父としてまみえたのも昭和五十二年のことであり、二度めにみたのはすでに死に顔であった。母にはついに一度も母子としては会うことがなかった。昭和三十六年にその母の死を、人伝てに聞いた。私は、その翌年、はじめて小説というものを書きはじめたのである。

私は母を知らなかったのでは、ない。母は、私が新制中学にはいった頃から、ときおり養家である京都の秦の家へ顔をみせはじめた。秦の両親はさりげなく迎えていたが、私には客がどのような人であるか、一瞬に理解できた。そして、さりげなく、しかも露骨にその人を避けた。避けて拒んで時には二階から屋根づたいに戸外へのがれた。生母であるらしいその人を、それ故にこそ拒んだ。うそ偽りなくイヤであった。だが、かすかにではあったが、その人を拒み避けとおすことで秦の親たちの意を迎えていなかったとは、言えない。私は四つ五つのころから、近所の人に囁かれて自分が貰い子であることを知り、知りながら、親のまえでは知らないフリをしとおしていた。

母は私に贈物をはこんできた。私がにげれば、中学の門のまえへ来たりした。小使いさんに頼んでたべものを届けて来たりもした。私は拒絶した。手をはらいのけ、繁華の電車道をただ走ってにげたこともある。丸善の包み紙の絵本にはらをたてて河原町の店までつッ返しに行ったりもした。あのころほど、「生まれた（was born）」ことを「受け身」と感じて、

「産んだ」母らしき人のことがイヤでイヤでたまらなかったことは、ない。「貰い子」と人に囁かれ、親にもものかげで内緒話をされていた幼い日々いらいの、えたい知れない憤りのようなものが、あのころほど、ふつふつと身を苛んだことはなかったのである。

いつか、その人は、生母は、私のまえから姿を消していた。なぜ国民学校の頃にはあらわれずに戦後になって訪れはじめたのか、どうしてその後はまた遠のいたのか、私は、なにも知らず分らず、分ろうとも一度もしたことがなかった。

兄がひとり在るらしい、とは空耳にかすかに察していた。だが会うこともなく、微塵も会いたいとは考えなかった。すべては余計なことであった。

父も、また、たった一度であったが、ごくアイマイに秦の家へ顔をみせたことがあった。私はもう大学生であった。秦の母はその人が「ほんとの、お父さん」であることを私にほのめかし、「東京へ連れていってお貰い」などと愛想にもならない愛想を口にしたが、私は聞こえないフリをした。父は幼い女の子をひとり連れ、おもてに車を待たせていた。まったく事情の知れない突然の来訪であったが、私は母親のちがう妹のあるらしいことに軽く胸をつかれた。だが終始私は「父」とも「妹」ともうけいれず、ただ、やり過ごした。父はあのときわずかな金の工面を秦の母にたのんでいたのであったと後に聞いた。母はそんな相手にたいして、いぶかしいほど下手に出ていた。

兄や私の実父と生母とは、夫婦ではなかった。彦根高商の学生であった父の下宿さきの、母はその下宿の主であった。娘一人と息子三人をかかえ、当時すでに寡婦であった。娘は、下宿していた学生、私の父、と同い歳であった。父と母とが出逢ったとき、父は十八歳で母のほうは倍の三十六歳であったという。だが父と母とは愛しあい、兄を産み、京都へはしってまた私を産んだ。そのために母は、亡き夫とのなかに生まれていた四人の子らを、事実上捨てて顧みなかったのである。

　母は近江能登川の阿部家に生まれ、母の父周吉は水口宿（みなくちじゅく）本陣の鵜飼家から阿部へ養子に入って実業の世界にかなりの名を成したあと、隠栖（いんせい）して文人のごとく静かに生きて死んだ。母ふくは三人姉妹の末娘として豊かな暮らしに恵まれ、とにかく「書く」ことの好きな少女時代を「姫（ひい）さん」のように親に愛されて育ち、なぜか隣家に縁あって嫁（か）して四人の母となった。そして夫に先立たれた。実家の親はすでになく、世間知らずの寡婦は思わぬ被害や不運にもあい、おいおいに困窮して彦根に移りすんだ。学生を下宿させ、暮らしを助けた。似た年頃の子沢山な、そんな家へ私の父は下宿してしまったのである。

　多感な学生であった父には、いくらか母にひかれる下地があったのかも知れない。父は自身の母親に生き別れ、さらに死に別れてもいたらしい。寂しい別離であった。京都府下、山城加茂の当尾（とうの）の里に実家吉岡氏を束ねる母親は、二度目の母、継母であった。継母には一人の弟とすでに二人か三人の妹ももう生まれていた。父より上にも三人の同母の姉たちがあった。そんな家庭から単身滋賀県の彦根へ出てきた若い私の父は、下宿の主婦、夫をうしない自分とおなじ年格好の子供たちを抱きかかえた私の母に、容易に「母」を感じたらしい。父は、母を、自分の生き別れ死に別れた母親に肖ていると人に告げていたというが、写真でみれば、いまの私にもそうかなと頷かれるところがある。

ふしぎなのは、母の側の思いであった。

母は、わが娘と同年のしかも下宿の一学生との間に、結果としてふたりも男の子を産んだ。亡夫との間にできた四人の子に、生涯癒えがたい心の傷をのこしながら、なおかつ顧みず、ふり捨てるように故郷の湖国をはなれ、年わかい父を、さらに父の実家の手で密かに他人の家にさばかれていた、いとけない私や私の兄の行方をさがし求めて、ほとんど狂奔した。何が催したことかは、分からない。ただもう兄と私とに執着し執着し、その執着心にすがりつくようにして死ぬまで生きつづけたのである。

京都の太秦辺に隠れすんでいた秦恒平の生母と実父が引き離されると、吉岡家の働きかけで幼い兄弟は京都のべつべつの家に引き取られていきます。秦恒平の生母は、その後、四十代にさしかかってから保健婦養成学校に入り、保健婦として世間の弱者、病者のために献身的な活動に打ち込み《階級を生き直したかのように》生きて死んでいきました。

兄や実父ふくめて血縁にかかわる一切を拒絶しつづけた秦恒平は三十代半ばで生母を亡くします。

母は、既定の事実のように死に、訃報は死の当日よりもおくれて、いわば「後始末」のように届いた。妻子のまえではそしらぬフリをしていたつもりだが、足元が無限に崩れ落ちていったような、魂ぬけた心地に私はふらふらした。夜おそい勤めからの帰り道、畑なかのくらい武蔵野みちを闇にかくれて歩きながら私は大声で泣いた。毎日毎日、泣いた。それしか出来なかった。「死なれた」と思い、取り返しのつかない喪失感をかたく胸に抱いて私は、その一年後、とうとう、小説というものを書きはじめた。だが、しかし、その頃の私は、母に「死なれた」とは思いつつ、ついぞその母を自分が「死なせた」とは気がついていなかった。そのことは、はっきり、書いておかねばならない大事なところだ。

小説を書き始めてみれば、こんなものかと思うくらい私は「死なれた」母にやさしく、反面、どこかで今も生きて家庭をいとなんでいるだろう「父」なる存在に、過度に冷たく当たっていた。それが作品にもあらわれた。おなじ男という立場からも、事情は何ひとつ知ってもいないのに、父を、ゆるさなかった。

父の実家は京都府下、山城加茂の当尾(とうの)の里で大庄屋をつとめてきた、吉岡家であった。私の曾祖父は明治の排仏毀釈の乱暴から、あの浄瑠璃寺九体仏を身をもって守ったり、あの辺のいまは風物風景となっているみごとな柿の育成を、産業として導入したりした人とか。そして父の父親は京都府視学、いまでいえば教育長かそれ以上、の地位にいた。そのまだ年若い長男が、母親ほどの年齢の子沢山な未亡人とのなかに二人までも男の子をなしたとあれば、昭和九年十年当時の世の常からは、いや今日の常識からみても、どれほどの椿事であったか、察しはつく。むろん母方でも驚天動地の大事件であった。まだ十代の四人の子供がとり残されただけでも、母のふるまいは、母の母がわりの姉たちや、親族を、また婚家の縁辺を、当惑させ怒らせ、怒りはおそらく母の死をもってしても消滅しなかったと、後日、何人もの遺族や親族・知人たちに、私自身で会って聞いたかぎりでも、想像される。

秦恒平は、母の死後ようやく異父姉一人、異父兄三人、異母妹二人、実兄に会いはじめました。その経緯は二〇一五年出版した母について描いた私小説『生きたかりしに』の中に書かれています。

生母において特筆すべきことは歌人であったことでしょう。秦恒平がおそらく自裁であったと推測する死の前まで短歌をつくりつづけ、歌文集一冊を出版してから亡くなっています。ここではその歌については書きませんが、胸を衝かれ肺腑をえぐるような歌の数々を読むと、環境が許せば与謝野晶子くらいのビッグネームになっていてもふしぎではなかったと思うのです。秦恒平も、自分の歌は母の歌にはかなわないと書いているくらいです。私小説『生きたかりしに』という題名も《十字架に流したまひし血しぶきの一滴を浴びて生きたかりしに》という死の床の母の歌からとったものです。秦恒平はこの生母から濃厚に文学的才能を受け継いだといえます（幼いうちに生き別れ、四十数年経て再会した実兄も『思想の科学』編集・執筆に関わった評論家、社会運動家の北沢恒彦となっていて、それぞれの息子たちは作家の秦建日子であり黒川創ですから、生母の「書く」遺伝子は子と孫らに濃厚に伝えられたのでした)。

秦恒平は今生で縁薄く生き別れ、死に別れた生母と実父について、ついに次のような感慨を抱くにいたります。

ながいながい告白の結びに、いまは、もう言わずもがなの述懐を付け加えておこう。余の人のことは措くが、少なくも母に、そして父にも、私は、「死なれた」のではなかったのだ。母も父も、私が「死なせた」のだ。母に去られた母方の姉や兄たちも、結果として、私が、私の存在が、「死なせた」に等しいのだ、そうとしか思われない、痛切に。もし自分が「生まれて」いなかったならと、そんな感傷的なことが言いたいのではない。母や父に対し、姉や兄たちに対し、私が責任や悔いや負い目をもつといった意味でさえない。かと言って、人間は所詮互いに加害者として生きるものといった変な一般論へもちこもうとも、つゆ、考えない。

ありていに言えば、「死なれた」とだけでは不十分であった何かが、「死なせた」と自覚したことで、表と裏とが合うように一つになった、その一つになった何かにもし名付けるなら、それが「きづな」というものか…と、私は、思うようになったのである。

私は、しかし、ここで愛ということばは一度もつかっていない。「きづな」は逃れがたいものであろうが、だから愛しているとも言えない。父に「死なれた」とき、遺族に請われて祭壇のまえで「弔辞」を述べねばならなかった。それほどの「他人」として久しく生きてきたことを思い、その事実にも私は泣いた。それゆえに父を「死なせた」と思った。だが、それでも他人は他人なのであった。あの父も、あの母も、いまも、いつまでも、私には「他人」にちがいないのである。愛した記憶もなく今も愛していないのだし、「他人」なのである。寂しいことだが、その寂しさで、私という「存在」が、父や母を「死なせた」のである。どうしようもなかった。何度考えても、何度考えても、私は、ああしか出来なかった。受け入れることが出来なかった。

母に、「死なれ」て、私は、小説を書きだした。小説で、いつか、すこしばかり世に出た。私は書きつづけるうち、あれは「死なれた」という以上に「死なせた」のだと分かってきた。私の文学もすこし様を変えた。…中略…。父のときは、確かに「死なせた」と身を刺すほど感じた。「死なれた」から「死なせた」へ、私の文学は、愚直にゆっくりと歩をはこんできたのである。それを母や父のみちびきで無いと思うほど、私は、傲慢ではないつもりである。創作や執筆の生活が、そのまま、「悲哀の仕事＝モゥンニング・ワーク」であったということだけが、いま、しみじみと思われる。

子どもにしてみれば生まれながらに両親を喪うという災厄以外のなにものでもない環境でしたが、皮肉にもそこは文学者を育てる土壌になったのかもしれません。秦恒平にとって小説とは次のようなものです。

ちょっと冗談めくが冗談でなく、谷崎潤一郎は私が最愛の作家である。彼の作品なら活字に唇をつけてでも美味の滴りをうけたいと少年時代から思ってきたけれども、ただ一つ承服できない若書きの彼の説がある。ま、作中でかるく言ってのけていたのだが、「あるとき、あるところに、一人の男がいて一人の女を愛していた。女も彼を愛するようになった。」小説とは、人生とは、洋の東西をとわずこれに尽きていると。しかしながら、「そして一人が一人に死なれ・死なせて、深く悲しんだ」と谷崎は追加すべきであった。あの『源氏物語』現代語訳の大業を果たし、さながらに源氏物語体験を生きたような晩年の彼ならば、必ずや、そう修正していたに違いない。

《およそ人に「死なれ・死なせ」たことなしに作家に成りきれた人は、ひょっとして数少ない、いや、いないのではないか》と書き、秦恒平は愛読する古典から現代作品までを「死なれ・死なせ」た「悲哀の仕事」としてとりあげて語っていくのです。

第一章はまず、『竹取物語』をどう読むかという秦恒平の「読者の仕事」から始まります。秦恒平はこの有名な「ものがたりの、出で来はじめの祖（おや）」といわれる作品を単なるおとぎ話とは読みません。

…私は、『竹取物語』の真の動機には、作者である誰かしらが、真実いとおしい幼い者と、「死なれた」か「死なせた」か、いずれにせよ本意なく死別したごくプライベートな哀しみ・苦しみがあったものと読まずにはおれなかった。それが子供ごころにも第一感であった。第一印象だった。

秦恒平は、色好みの五人の皇族貴族たち、時の帝、育ての翁も媼も、《人間の人間なるがゆえに拒みがたい欲望のいろいろが、かぐやひめを徐々に「死なせた」のではなかったか》と書きます。

だが人は、人に「死なれる」だけの存在ではないのである。手こそ下さないが、生きてそこに在る、その在るというだけで、人は、人を、「死なせる」存在でもあるのである。

秦恒平は次に『平家物語』の建礼門院徳子を徹底的に「死なれて」生き残った人と呼び《結果として、無数の死を同時代にもたらした、「死なせた」とほかでもない彼女自身に思いこませたとして、それをしも否認しようとは、私は考えない》と書くのです。

根差した理由や事情はいかにもあれ、『竹取物語』が書かれ、また『平家物語』がいわば世をあげ永い歳月をかけて作られていった動機に、私は、この「死なれ」「死なせ」た痛苦の熱塊を想いみるのである。想いみずに、いられないのである。

秦恒平は小説『慈子』についても次のように書いています。

なによりも、この作品ではじめて、はっきりと私は、「死なれた」という言葉を用いて作の動機とした。動機はその後には主題になっていった。妻ある男と夫のない女の出逢いという主題も、もう動きだしていた。生みの母に「死なれた」ことを、その頃にはもう知っていた。「悲哀の仕事」が「書く」という行為をとり始めていたのである。

第二章では漱石の『心』、第三章では『源氏物語』、第四章では『平家物語』や謡曲、第五章では喪った親や夫や妻を嘆くたくさんの短歌の絶唱を例にあげて、「死なれ」「死なせ」た文学作品を語り、「悲哀の仕事」についてこう考えます。

「死なれた」悲しみを逃れるために、と、よく言う。逃れること——逃避は、たしかに「悲哀の仕事」の大半を占める性格であって、意欲的に「悲哀の仕事」のできる人など、いないといっても過言ではあるまい。逃避は逃避なのである。それをどう是非してみても始まらない。

むしろ同じ逃避とはいえ、そこに、強い逃避と弱い逃避との差がある、それを認めてはどうか。強いほうは何らかの意味で創作創出的であり、弱いほうの極限は自殺や狂気にいたる。それはもう逃避の失敗であり、悲しみてあまりある不幸というしかない。しかも、どっちかといえば、だれしもが一時的にもそこへ痛烈に引き寄せられる。死んでしまいたくなる。「悲哀の仕事」は、まさに危険がいっぱいなのである。だからこそ、それの無事な終息は、即ち終戦というにちかいのである。顧みて「悲哀の仕事」には、常に戦闘の要素がつよく、それも、負けるわけに行かない辛い戦（いくさ）なのである。

秦恒平は、《千人には千人の、万人には万人の「悲哀の仕事」がある》と書いて、生母の場合の「悲哀の仕事」をこのように考えるのです。

書きつづったように、私は生みの母に、遠く離れた場所で「死なれ」た。母が私に「死なれた」わけではなかった。しかし、産んでまもない乳呑み児の私や一つ上の兄を、本意なく手放し、その後も粘りづよく兄弟の行方を尋ねていたのだから、ま、一度に子供二人に「死なれた」にも等しかったろう。そして母は、まえにも言ったが、意表に出て、日本でも初の保健婦学校に入学した。四十余歳だった。卒業後は地域の保健活動のいわば草分けのようなところへ身を投じた。

秦恒平はたまたまテレビで放映されていた上原謙、田中絹代主演の『愛染かつら』をみてこう思います。

私の母の「革命的」な進路と、封切りの時期はぴたりと当て嵌まる。どうもあの頃の母の琴線にいちばん響きやすそうな筋書きでもある。ふうん…。それならそれで納得はできるなぁと私は、すこし涙ぐんでしまった。想像のとおりであったら、かりに想像どおりでなくても、つまりはあの頃の母には、そういう進路をえらぶのが即ち「悲哀の仕事」であったのだ。論理的な整合性は有るとも無いともつかないけれど、失った子のかわりに世のため人のため奉仕をと、ま、考えたのかも知れない。ただし故郷に捨てておいた亡夫との間の子供四人は、どうなっていたか、母がどう考えていたかは相変わらず推測しかねる。が、その辺が母の奇妙に非常識なところだとしてしまえば、いくらか符節は合うのである。

母は、ともあれ、その選択により自分を励まして悲しみを和らげ、さらにその選択によって、手放した愛児への功徳とか供養とかいった祈りをこめたかったのだと思われる。ちょっとどころではない。大胆で個性的な発想であり、「悲哀の仕事」としても甚だ強い意思がとおっている。時代と年齢を考えれば、あまり真似のできたことでは、ない。

秦恒平の生母は実家からも吉岡家からも「魔」のように見られていましたが、保健婦の仕事でかかわった人間からはその献身を「仏」のように見られてもいました。ほんとうに稀有の人生を十二分に生き切ったひとであり、私は彼女の「生きたかりし」情熱に対して讃嘆の気持ちさえ湧いてくるのです。

しかしながら、秦恒平にとっては生母も実父も「身内」には成り得ない「他人」でした。それはどういうことか。秦恒平の「身内」観と「島の思想」について書くまえに、少し脱線するようですが私の父について書くことを許していただきたいと思います。

自分の経験と結びつけて本を読むことを正しい読書方法とは思いませんが、『死なれて・死なせて』は秦恒平の思想に共感してもしなくても、読む前と読んだあとに、文学が、人生が、同じものでなくなっているようなそんな作品です。ですから『死なれて・死なせて』が私の人生にどう深く関わるものであったかを書くことは、この作品を語る上でどうしても必要なことに思われるのです。私は『死なれて・死なせて』を、自分の父親を重ねて読まずにいられませんでした。

秦恒平と同じように「醜聞の母」を持つ私の父を語ることは、「身内観」と「島の思想」を創りあげた文学者秦恒平の、「悲哀の仕事」の独創性や強靭な個性をより鮮やかに浮彫りにすることになりましょう。

秦恒平少年がわざわざ会いに来た母親を拒絶する反応が理解できない、大人になってからも避け続けたのは冷たい態度で大人気ないと感じる読者もいるでしょう。子が実の親を探す、あるいは親が実の子を探して涙の対面をするという人気テレビ番組もありました。実際、秦恒平の実兄北沢恒彦は生母と交流を持っていましたからなおさらです。

ひとには、とくに子どもには、自分の気持ちと正反対の行動をとるのは、ままあることだとしても、その気持ちを大人になっても持ちつづける理由は本人にも説明できないほど根深いものがあるだろうと想像するだけです。

秦恒平は二〇一五年、七十九歳で『生きたかりしに』（湖の本124－126）を出版しました。書き上げてから躊躇を重ね、出版するまでじつに三十年もかかった母を描いたこの私小説の中で《母を拒んできた俺の四十年が他人（ひと）にはよく分からないように、突如母亡き跡を訪ね歩き出した俺の思いもずいぶんと訝（いぶか）しかろう》という一文があります。

もちろん私もその行動や心情についてはわかりません。しかしながら、私の場合、秦恒平のこの不可解な拒絶を、子としてあり得る行動と思える素地がありました。なぜなら「醜聞の母」の子である私の父も、同じように成人してからも生母を忌避した人生を送ったからです。

第二章で秦恒平は《さよう、素人の読書は一般にもっと大胆でいいのである。自分の動機にしたがい、深く読んでいいのである》と書いていますが、この作品を繰り返し読み続けることで、私は、父の行動を肯定できなくても、父の感じたであろう親に「生まれた」理不尽への抑えがたい憤りや負い目のようなものがやっと少しわかるようになったと感じています。

私が父の出生の秘密について知ったのは父の死後のことでした。父の生前には決して口外してはならない禁忌であったことを、母が教えてくれました。それは驚愕の事実であり、父があまりに劣等感を抱いていたので気の毒であなたには話せなかったと、母は言っていました。父の秘密を守り通したのは母の根のやさしさかもしれません。

出生の秘密を、父は自分の存在の根幹を崩壊させ全否定する、致命的な屈辱と感じていたようです。こんなに長い間娘に知られなかったのは、大正十三年生まれの父の戸籍が非の打ちどころのないきれいなものだったからでしょう。父は戸籍上は早逝した伯父である本家の長男として届けられていてなんの瑕疵もなく、興信録にも父の欄にはきちんとした両親の名前があり長男と記載されています。父の時代には戸籍は進学にも就職にもついてまわりましたが、父は戸籍による不利益は受けていません。

幼心に父の育った家庭には「何か」ふつうではないもの、秘密らしきものがあると感じてはいましたが、父の両親は早くに死んだと聞かされればそう信じるしかありません。戸籍上の父の両親は実際その通りでした。ところが、父の生母そのひとを、私は遠くから一度だけ見たことがあったのでした。そのひとは私の結婚式に出席していて、父の遠縁といわれていました。おそらく母の配慮で出席したのでしょう。数枚の列席者の写真にピンボケで写っているだけで、自分のことで手いっぱいだった花嫁の印象にはほとんど残っていません。当然口をきいたこともなく話すのを聞いたこともないのです。

恥をさらすことになるのかもしれませんが、父には異父妹が一人、異父弟四人、異母兄弟三人がいるのでした。そのうち二人の子は早くに亡くなりましたが、生母が三人の相手との間につくった六人の子どもたちは、全員別の戸籍に入っています。これだけでもかなりややこしいことでした。次に母からの折々に聞いた話をまとめます。

父は徹底的に生母を嫌悪し拒絶して一生を終えました。生涯許しませんでした。和解はなかったのです。父は生母に自分の家の敷居を一度も跨がせなかったし、やむを得ぬ用事のときには、妻（私の母）だけ生母の家に行かせて自分は玄関の外で待っていました。娘である私は、父の生母が生きていたことさえ知りませんでしたし、父は生母関係のものはお皿一枚、生母の死後も一枚の写真すら家の中に置くことをしないほどでした。

では、父の生母はそれほど不身持な悪いことをしたのでしょうか。女の立場の弱かった時代に、親に逆らえない時代に、あの状況におかれた娘に他にどんな選択肢があったというのか、私は父の生母に同情しています。この生母のお蔭で、父は経済的に大変恵まれた生活を享受することができました。絶世の美女と言われ、博多一の名妓と謳われ、最初の旦那との間に父を産み、二番目の旦那に請われて上京、新橋の芸妓としても売れて一女をもうけ、その後三人目の旦那との間に三人兄弟を産んだことが方便（たづき）であれば、許されないほどの淫行とは、私には思えないのです。

もし生母が芸者という仕事に就かなかったら、生母の母、つまり父の祖母は生活に困ったのです。四人の子持ちの寡婦であった秦恒平の生母が生計のために下宿を営んだように、三人の子持ちの未亡人が長女を芸者にしたわけで、責められるべきは祖母のほうでありましょう。

母からの又聞きですから、どこまで正確なことかわかりませんが、その話を総合して判断すると父の祖母は破天荒に生きたひとです。

祖母は明治の世に恵まれた環境で育ちました。父親は当時の官僚だったようです。東京女子師範学校（現お茶の水女子大学）出の秀才で見事な筆跡の手紙が何通か残っています。父親がお気に入りの姉と一緒に歌舞伎に行ったことに腹を立てると、祖母は歌舞伎座に先回りして待ち伏せして、自分を置いていったのはひどいと大立ち回りを演じたという逸話が残っています。

情熱的なひとだったようで、水も滴る佳い男だった男性と出逢い、親の反対から東京から九州に駆け落ちします。この父の祖父にあたる人は、長崎で通辞をしていました。彼の弟は横浜の大きな病院の医者をやっていたようですから、そこそこのインテリ家庭ではあったのでしょう。このまま行けば幸福な結婚だったはずが、祖父が病気であっけなく亡くなり、祖母は病弱な長男

（父の戸籍上の親）と、二人の娘とともに残されてしまいます。勘当されていた祖母は実家に頼ることも出来ず困窮しました。その時、評判の器量よしだった長女を芸者にするという思いきった選択をしました。某藩主の血筋をひく士族の家系を誇りにしていた祖母ですが、プライドや世間体より実利をとるという大胆不敵さがありました。

未亡人が縫物の内職などをしてつましく暮らすというようなことは、幼い頃から贅沢に馴れて育って来た祖母にはとても耐えられることではなかったのでしょう。絶世の美女だった長女は芸事にも長けていたため、最高の花代を稼ぐ芸妓となって成功しました。祖母の目論見がうまくいって祖母は左うちわになれたのです。

私の母は、父の生母について、六十代の時でも二十代の娘が隣にいてかすむほど、目立ってきれいなひとだった、粋筋のひとというより山の手の上品な奥さまという印象のひとだったと、その美貌について語っていました。

私の父の実父は当時の博多の名士でしたから、昔の興信録や、図書館で地方史を探せば写真や業績の記述を見つけることは簡単です。明治十八年生まれで、あの当時には珍しくアメリカ留学をしました。某石炭会社の社長であり、刀剣鑑定では地方の第一人者として知られていたようです。そして生母の二番目の旦那は、世間によく知られた大企業の創始者であり、小説や映画のモデルにもなり、名前のついた美術館もあります。生母はこの旦那の望みで上京し新橋の芸妓となり、女の子、つまり父の妹を産んでいます。この新橋時代がおそらく生母の花の時代であったでしょう。後藤新平にも贔屓にされていたという話も真偽は定かでなくても、まったくの嘘にも思えません。新橋芸妓時代の源氏名でネット検索すると当時のブロマイドのような絵葉書に父の生母らしきひとを見つけることができます。父の生母は絵葉書だけでなく毛染めなどの宣伝広告にも登場していたと聞きます。

生母が二番目のこの旦那と新橋にいた時代、父は祖母の手によって育てられていたと考えられます。父はこの祖母に溺愛されていたようで、父もこの母親代わりの祖母だけは慕っていました。

二番目の旦那との間の父の幼い妹は、その後子どものいなかった旦那の家に実子として引き取られました。一枚だけ写真が残っています。まだ三歳前後ではないでしょうか。父が「とても美しい女の子だった」と言っていたそうですが、「鈴を張ったような目」が父の生母によく似ていますし、有名人である実父の面差しもよく受け継いでいます。私の推測ですが、妻に芸者の生んだ子を育てさせることと引替えに、この二番目の旦那は父の生母と別れたのでしょう。この妹はひきとられてまもなく病気で亡くなったそうです。残念というにはあまりに縁の薄い妹でした。少年時代の父がこの経緯をどう思っていたのか、その複雑な心情を、私は少し気の毒な思いで想像します。

その後生母は地元の九州に戻り、初めて自分の気に入った旦那を選び（それまでは旦那と周囲が決めた）、老舗醤油屋の跡取りとの間に四人も男の子を産みました（長男は早く亡くなっていますので三人兄弟）。生母には上昇志向とか出世欲のようなものはなかったらしく、どんな実力者の旦那でも選べたのに、結局おっとりしたボンボンが好きでした。

祖母のほうは芸者の娘の稼いだお金で地元で一番格の高い料亭旅館を開いて、毎日のように大好きな芝居に出かけて暮らしていました。父の子ども時代の写真は数多く、写真を撮ることが貴重な時代だったせいかその時々の乳母やお手伝いと一緒に写っています。多くの使用人に囲まれて小さな王様として育てられていたようすが垣間見られます。

祖母が大女将、芸者を引退した生母が女将として経営した料亭旅館は、当時の大スター花柳章太郎や市川右太衛門、片岡千恵蔵などの常宿でもあり、彼らの写真もたくさん残されています。父の生母が真中に立ち市川右太衛門と片岡千恵蔵と手を繋いで写っている写真も、私の家にはもちろんありませんでしたが、父の異父弟が見せてくれました。

父にとっては自分の暮らす料亭旅館は遊興の館のようなものではなかったかと思います。生母の旦那、自分の弟たちの父親が出入りすることは、父には不快に決まっていたでしょう。この旦那は最後のほうでは生母に小遣いをもらうために出入りしていたようです。さらに父の異父弟に聞いたところ、祖母その人も愛人の絶えたことのないひとでした。何番目かの愛人とは結婚式まで挙げていました。異父弟も滅茶苦茶な家庭であったと苦笑するくらい、それは現在の日本でも珍しい家庭であり、いえ家庭の態を成さない道徳的にはとんでもない環境です。

父の死後、父の一番下の異父弟から当時の暮らしぶりを色々聞きました。たとえば子どもがあれを食べたいと言うと、すぐに板前がその材料を使った豪華な料理を幾皿も並べて出してくれるような贅沢ぶりでした。異父弟たちは日舞や琴を習わされていました。そんな女みたいなことやらないと、父だけは柔道をしていました。第二次大戦中でさえ食べものに困ることはなかったといいます。祖母が特攻隊の出撃前の宿にすることにしたために白米でも砂糖でも何でも手に入ったというのですから、生活の質を落とせない祖母らしいしたたかな世渡りでした。父が軍隊にとられていたこの頃、三輪車に乗りはじめたくらいの子供だったこの異父弟は、特攻隊員がみんなトイレで隠れて泣いているのが不思議でならなかったといいます。

祖母は写真で見る限り生母のような美人ではありませんがきりっとして粋な印象です。茶目っ気のあるひとだったらしく亡くなる数日前にも、道で出会った知り合いの町長さんに物影からこうもり傘の柄を出してその首にひっかけるといういたずらをしたそうです。

頭山満（とうやまみつる）に可愛がられていたという逸話もあるくらいで男の実力者に取り入ることはうまかった。父と母の縁談はこの祖母の画策によるものでした。戦後、九州地方の農地改革の責任者として赴任したのが母の父親で、その時たまたま祖母たちの経営する旅館を使っていたのがきっかけです。

やり手の祖母は溺愛する孫である父に、立派な後ろ盾となる家庭との縁組をと願ったのでしょう。祖母は母の継母を口説き落とせば縁談がうまくいくことをすぐに見抜いたのでした。東京の継母に毎月多額のお金を送りさまざまな贈物をしたのです。

母が父と結婚するに際し、父の家庭の事情を知る知り合いから、名家のお嬢さんがあんな複雑な家庭との縁組なんてやめたほうがよいと忠告があったそうですが、父の実家からの逆持参金欲しさに継母が強引に推し進めて、母は父と結婚させられました。母は継母に「売られた花嫁」だったわけで母には災難以外の何ものでもない縁談でした。この義母がいなければ、母には離婚という選択もあったでしょう。

戦前戦中戦後を通して、父の祖母や生母の女の園の目立って派手な生活ぶりが周囲の顰蹙をかっていたことは想像に難くありません。口さがない地方都市で、陰湿な妬みも加わり「芸者の子のくせに」と父が蔑みの陰口をたたかれ続けて傷ついていたことは、容易に察することができます。父の前半生はこの環境から脱出するための奮闘でした。十年程前になりましょうか。祖母はじめとする一族の墓参りをするという異父弟夫妻と一緒に初めて父の生家跡を訪ねたことがあります。料亭旅館は人手に渡って久しいのですが、当時のままの建物も一部残っています。立派な和風建築で祖母たちのあだ花の栄華が見えるようでした。

しかし、私の印象に強かったのは、父がいつも勉強しに行っていたという裏手にある父の友人の家でした。建物はもちろん当時と違っているでしょうが、門と表札は昔のままとのことでした。小さなくたびれた庶民の家です。旅館がうるさいので父が毎日のようにこの家で勉強していたことを異父弟が説明してくれました。

父は「芸者の子」という環境から何としても逃げ出したかったのだということが、胸に迫ってきました。必死で勉強したに違いありません。鬱屈した思いの若き日の父が、ふつうの家庭に毎日勉強に通っていた姿を思い浮かべると、あんなに嫌いな父なのにふと目頭が熱くなりました。当時の父は感受性の強い潔癖な青年だった。勉強して故郷を棄てようと願ったのでしょう。そして父は旧制第五高等学校から東京大学に進学しました。嬉しかったにちがいありません。東京の大学生になってようやく自分が「芸者の子」と知られない環境に身をおくことがかなったのです。

しかしその後、満足し幸せになれたかというと、世の中うまい具合にはいきません。結局父は死ぬまでこの生母ゆえの屈辱感を克服できなかった。だから生母を拒絶した。父は母親に致命的に汚された人生だと感じていたとしか思えません。

父の人生は不本意で不満にみちていつも不機嫌でした。不機嫌でない日は一日もなかった。父は自分が望むように世間から遇されないことに苛立ち、家族に対しても、知り合う人間すべてに対しても救い難いほど居丈高でした。父は、自分が相手より上にいるという安心感、優越感、生涯ただその一事を求めていたのかもしれません。まともな人間関係は築けないひとでした。対等な人間関係で成り立つ世間に父は苛立ち続けました。だから家庭の中では自分より弱い妻子に日常的に暴言と暴力をふるい鬱憤をはらしていました。

父は自分の私生児という負い目を、誰かを攻撃することでかわそうとしていたのかもしれません。ばかにされ続けたという父の劣等感はそれほどに凄まじかったのだと、父の秘密を知ったあとに少し見えてきたように思います。

それは娘には理解できない劣等感でした。父のような出自は恥ずかしい、おぞましいことだったかもしれませんが、世間にはよくある話です。父は飛びぬけた秀才で、片岡千恵蔵から映画にとスカウトされたほどハンサムで、健康で、しかも裕福であったのですから、運も不運も計れば同じ程度でした。転職を繰り返しながらも、公認会計士になり、あの人格で職業も家庭もまっとうできたのは奇跡としか言いようがなく、もし自分を不幸と思っていたとしたら呆れるしかありません。

生母ほどの美貌を周囲の男がほうっておくはずがなく、それは生母の持って生まれた定めでした。父はなぜそのことに嫌悪しかなく生涯生母の呪縛から逃れられなかったのか。拭っても拭いきれない父の劣等感の正体は何か。ふつうの家庭に育たなかったことが、なぜこれほどまでに父を歪めたのか。秦恒平の『死なれて・死なせて』を読みながら私は問い続けてきました。

このような私の父の経緯を書いた上で、『死なれて・死なせて』に戻り、秦恒平の「身内」観がどのように創られていったのかをみていきます。

秦恒平は世界にただ一人放り出された子でした。「醜聞の子」は、実父吉岡家の戸籍にも母の家にも「入(い)ルヲ得ズ」とされ、乳飲み子が自分一人の戸籍を立てられたのです。私はこの戸籍の記述を最初に読んだとき、思わずぎゃっと声を出してしまいました。「入ルヲ得ズ」とはまるでこの世に存在してはいけない赤ん坊がいるような法的措置ではありませんか。強い衝撃を受けました。

『死なれて・死なせて』の中で、秦恒平が出版社の入社試験の面接のときに、戸籍謄本に眼を通した金原一郎社長から「きみはこの生まれのことを気にしているかも知れないが、わたしは、気になんかしないよ」と言われる場面があります。これは裏返せば、問題にする職場であれば就職できなかった現実を物語り、それは私の父の形ばかりは整っていた「戸籍」でも、ないよりましだったことを教えてくれます。

父の異父弟は某私立大学入学試験の面接で、なぜ兄弟全部別の戸籍に入っているのかと問われて、答えられなくて困ったといいます。不合格の一因であったかもしれません。入学試験や入社試験に戸籍の提出が不要な現在は良い時代というべきでしょう。私の父は、秦恒平より十歳ほど年上ですから、戸籍がきれいでも世間に非嫡出子の事実を覆い隠せたはずはなく、差別の身に染みたことは、私も少しはわかってあげなくては父に気の毒なことでした。

それにしても旧民法を支えた思想がいかに個人の幸せなど考えなかったか、この時代の戸籍制度の酷薄さは何事だろうと思います。そこまでして守るべき「家」とは何か、○○家の「戸籍」を汚すわけにいかないという考え方は正義なのか。「戸籍」のあるのは世界でも日本と台湾だけで、韓国では既に廃止されています。たとえばフランスのように最初から「個籍」であれば、このような非道はあり得ません。もしあのような戸籍がなければ、秦恒平は、もう少し明るい世渡りができたであろうと思うと、私は同情を禁じ得ません。家あっての個人という思想が、国家あっての国民という思想の元であり、日本をあの無残な敗戦に導いたといっても過言ではないのです。

親のない一人の戸籍を立てられた秦恒平とその兄は幼くして父方の吉岡家によって他家の養子に「捌(さば)かれ」るしかありませんでした。秦恒平はその環境の中で、親に隠れて夢中で本を読む少年となり、本を読んで考え続け、彼独特の「身内観」を持つようになります。

思えば私の母と父とは、「夫婦」になれなかった。たぶんそのせいもあろうが、「親子」や「兄弟」こそ身内であるとの執着に、いわば生涯を費やした。母も父も、私や私の兄を「子」と思い、自分たちは子の「親」だと思い、親と子とであるからは当然「他人」ではない「身内」だと思っていたようだ。なに不思議もない、世間のどのような人も、読者のあなたも、その通りだと思っておいでだろう、それが常識である。

けれど私には、その常識が疑わしかった。納得できなかった。「親子」も「兄弟」も、元来が「他人」だ、「自分」ではない。そう私は思ってきた。世のもろもろの人間関係を指し示す呼び方、親子、兄弟、夫婦、親戚、友達、知人、師弟、上司と部下、同郷人など、みな、さしあたって「他人」以外のなにものでもない。「身内」というのは、もっと別ものだ。私の、それが基本の人間観となっていた。

私はこう考えた。人間は男と女とに分かれ、さらに自分以外に、世間と他人と身内とに分かれると。「世間」とは「知らない人」のことである。日本人でも外国人でもいい、ひろくは人類。実在することも人間としての尊厳もむろん認めている。だが、しかし、一人一人としては「知らない」遠い存在。それが私の「世間」であった。把握しづらい際限のない実在であった。

その世間のなかから、当然のように、日ごと知り合う相手ができてくる。生きて暮らすとはそんな出会いの積み重ねであり、しかしおおかたは、なにか利害ゆえに、ないし便宜と好都合ゆえに、ないし偶然に、「知って」いる、けれど、「知っているだけ」である。極端な場合名刺を交換しただけの相手である。私はそういう人たちを即ち、「他人」と認めた。そのうえで、親子も兄弟も、恋人や夫婦ですらも、さしあたりは「他人」と思い定めた。そのような呼び名も、ただの呼び名にすぎない限り、いかにはかない関わりであるか、「兄弟は他人の始まり」だの「形ばかりの夫婦」だのということばが、よく暗示している。呼び名に甘えて即ち「身内」と定めるなど、どんなに真実に遠いか、真実感（リアリティ）に乏しいか、親も兄弟もほとんど生まれながら見喪っていた私には、それこそが実感であった。

では「身内」とは。そう、真実「身内」とは何なのかと、私は、そればっかり考えながら大きくなった気がする。少年をすぎ青年をすぎ、人の親になってから私は作家への道を歩みだしたが、その間も、私は私の「身内」観を表現しつづけてきた。人は、時にそれを秦恒平の「島の思想」などと言ってくれる。それを語っておくことは、この本のために、いい足場となり、また私の「こころ」をいちばんうまく言い表せるように思う。

秦恒平には「読者」として運命の出逢いが二つあります。作家では谷崎潤一郎、作品では夏目漱石『心』です。『心』は秦恒平の聖書でした。[*2]『心』は、秦恒平が姉とも慕っていたある上級生から別れのときに手渡された一冊でもありました。

秦恒平はこの『心』を脚色して戯曲『こゝろ』を刊行しています（湖の本2　一九八六）。この戯曲は昭和六十一年俳優座、加藤剛主演で『心―わが愛』として上演もされました。秦恒平は『死なれて・死なせて』の中で戯曲『こゝろ』から引用して彼の「島の思想」を語っています。

K　見ろ…よく見るんだ…ほらあの海に…同じような小さな小さな島が、無数に…ほら…無数に豆をまいたように…（効果で、シンボルの海に、無数の島の感じを点出する…）見えている。……その無数の島という島に独りずつ人間が立っているのが…見えて来ただろう…

先生　あぁ…なんという寂しい景色だろう…。島から島へ…橋は、渡っていない…

K　そうだ渡っていない、どんなに渡りたくても…だ…。君は聞いたことがないか。大学の、何とかいう教授が問題をかかえて鎌倉へ座禅を組みに行ったんだ…

先生　そんな噂は聞いた…何故だ…

K　その先生、いきなり公案を授けられたのが、「父母未生（みしょう）以前本来の面目はいかに」だったって。父も、母も、まだ存在しない以前にもうお前に備わっていた運命は何だ…というわけだ。先生…尻尾を巻いて逃げ帰ったそうだよ、門の扉も開けられなくて…

先生　……

K　あの無数の島という島の上に一人ずつ立っている人間の、運命を見ろよ…。親だろうと夫婦だろうと、要するに本来の面目はアレだ。絶対の孤独だ。独りぼっちだ。島から島へ橋は無い。島には、独りしか立てないんだよ…君には分るはずだ…

先生　分る…。しかし…分りたくない…

K　それだよ、分りたくない…そのきもちが、愛というものじゃないか。耳を澄まして聞くんだよ…あの島から島へ…さまざまに呼びかけ答えている無数の声…（効果…）が聞こえないか……。人間は、絶対に不可能な愛…つまり橋は絶対架からないと知りつつ、しかも愛を求めてああして呼び合わずにおれない……

先生　「世間」という海…「他人」という島……そんなにも、救いはないのか…

K　救いは無い、のが…本来の面目だ…。だが、だから救いを真剣に求める…。それも、人と生まれてきた我々の、はるかな昔から持合わせてきた、本来の運命だろうじゃないか…

先生　…分るように言ってくれ…

K　一人しか立てない島に二人立てるか…

先生　君の質問の中に答は含まれている…立てない。

K　その二人立てない島にだ…、いいかぃ…いつか二人で立っているんだ、立てていると信じられるんだょ、それが…「愛」じゃないか…

先生　錯覚……

K　錯覚さ。しかし高貴な錯覚だ…。「愛」とは、これ以上はない価値ある錯覚なんだよ…その錯覚の途方もない価値を真実わかち合いたくて、人は、絶対の孤独という条件を忘れて…愛する人を求め、呼びかわしかわしている…

先生　「絶対の人間関係」が…それ…か。

K　二人と限りゃしない。一人しか立てないはずの島の上に、「愛」ゆえに十人でも、百人でも、その小さい島にみな一緒に立てるんだ。…いいかい…一人しか立てない島に一緒に立てている、と信じ合える同士が、それが…おれの考えていたお互い「身内」というものなんだよ…

先生　だが…錯覚…

K　だが、真実だ。覚えているか…お嬢さんは「倶会（くえ）一処」だと言った。「倶（とも）に一処に会はん」その不動の意思が「身内」の愛なんだ、運命を倶にする「一処」とは…君…あの、島さ……島に一緒に立とう、立っている…という確信が「愛」だよ…。

先生　（つぶやいて…）倶に、一処に…（静（しづ）の影、舞台のそでに立って…消える）

K　そうだ…倶に、一処に会うんだ…（歯嚙みするように）それしか…おれには、無い…

先生　えッ……

＊激しい波音にまじって、夕暮れて行く海という海から畏しくも静かに、沸き立つような…愛を求めて呼ぶ声……が、闇に沈む。

秦恒平はなぜ漱石の『心』をこのように脚色したかについて次のように書いています。

原作にない右のような脚色を、何故、あえてしたか。その答えはハッキリしている。私に、「島に立ちて」の実感を培ったのが漱石の『心』であったからだ。『心』と出逢って初めて、私は、ものごころついて以来、少年の心をかき乱しつづけたつらい「孤独」との「対話」のすべてを手にした、手にすることが出来た、のである。…中略…この作品で幼かった私は「死なれた」者たちの苦しみを初めて目の当たりにしたのだし、しかも、それだけでこれは済まぬ作品であった。

秦恒平が漱石の『心』をどう読んだかについては『漱石「心」の問題』（湖の本エッセイシリーズ17　一九九八）を読んでいただくのが一番よいのでここでは簡単に述べます。秦恒平は「先生」が自殺の年齢は三十七、お嬢さんは二十七、八になるやならずの若さであり語り手の「私」とはせいぜい一つちがいと本文から読み取ります。先生夫妻は、時に誤読されるような五十代、六十代の初老夫婦ではありません。そして、先生は語り手である「私」が現われたことで初めて自分の妻

「お嬢さん」をこの青年に託して死んでいくことが出来たと読んでいます。

秦恒平は漱石の『心』をこのように読み、自分の言葉＝思想を創ることが出来たといえましょう。

> 　死ぬしかないと「先生」は、結婚したときから予感し、予感が実感に育っていって、残る懸念は「奥さん」であった。道連れにする気は毛頭ない。夫に「死なれた」ことで妻の脳裏に陰気に濁った物思いの宿ることも、厳に避けねばならぬ。先々の人生に、安全もはかってやらねばならぬ。「先生」は、おいそれとは死ねなかった。歳月は流れた。「幸福であるべき一対の夫婦」の日々は異様に静かであったが、「先生」は、どうしても「静かな心」のもてない人間に成り果てていたのである。
> 　そんな夫婦の目の前へ「私」が闖入して来た。夫婦はそれぞれにこの気持ちのいい青年に対し、この私のいわゆる「身内」を認めた。「私」も心から望んでそれを認めた。えも言われぬ深い親愛に三者は結ばれ、まさしく『心』という小説の魅力はそこに根差していた。あぁこれぞ「身内」だと、読者である私はほとんど渇仰（かつごう）した。

秦恒平は「私」をKの再来でもあると読みます。

…「先生」は自分が許せなかった。いや、もう、耐えられなかった。その罪ゆえ、愛してやまない妻にもどこか負い目を覚え、反動で妻をも信じられない淋しさで、心はいつも寒かった。あげく自裁は決行された。たぶん「K」の死に様にみごとに倣ったであろう、妻を、若い「私」の手に安んじて委ねておいて。

　繰り返すが「先生」は、おそらく墓参へ追ってこられた最初から、「私」を、墓の下の「K」が現れたかに受け入れていたのだと思う。愛する妻を、自分が死なせた「K」と共有するほどの贖（あがな）いの思いで、「K」の再来の「私」に、「奥さん」を委ねよう…と、そういう気持ちに、無意識に、いつか意識して、「先生」は決死の道をつけて行ったのだ、そうだ、と、この私は、『心』の構図をみて取りたかった。真実、そう読めていたし、そう「読む」ことで、三人の男と一人の「お嬢さん=奥さん」の関わりは、抜き差しならない「愛と死」の重みを頒（わか）ち持つことになる。緊密な「読み」の構図が仕上がる。

　やがて、生き残った「奥さん」と「私」は愛し合い、生活をともにして、子供にも恵まれるだろう。……

「先生」は「私」に真実「身内」の愛と信頼とを得て、やっと安んじて死ねた、自殺して「K」のもとへ行けた、のだ。「私」の登場は小説が求めた必須の前提であった。明治天皇が何人死のうがそれだけで「先生」は死ねはしなかった。

中学生のときに初めて『心』を読んだ私は、このような読み方は到底出来ませんでした。しかし、秦恒平のこの「読み」を知ってからは、陰鬱を極めた『心』がまるで新しい作品に思えたのです。遙かに感動的でした。そしてすっかりこの読み方しかできなくなりました。曲解だと言う学者がたとえ何十人いたとしても、夏目漱石は秦恒平という読者の読みを喜ぶに違いないと確信したのです。

本を読むとは、受け身に筋を読み、情報を入れることではなく、そこから自分の真実を掘り起すこと、自分の物語を、自分を支える思想を創造することではないか、そこに作者と読者の喜びもあると、私は、教えられました。

『死なれて・死なせて』を読み終えたあとに、私は父の敗因を悟りました。秦恒平は、逆境からそれによって生きることのできるような言葉＝思想を創りだすことが出来たのに対し、父にはそれが出来なかったということでした。「身内」は秦恒平の「人生の一語」といってもよいものです。秦恒平は文学を通して、与えられた自分の運命を愛することが出来たのに対し、父は与えられた運命から逃げ、世間が成功と認める人生を自分のものとして生きたかったのです。

鶴見俊輔が「一番になるということは世間に屈服するということだ」とテレビのインタビューで喝破していたのを聞いたとき、私はすぐ父のことだと思いました。優等生というのは結局世間の物差しで生きています。優等生の父はいつも他人の目を気にして優等生の立ち位置から降りられなかった。だから自分の努力ではどうにもならない唯一の弱みである出生事情への劣等感からも生涯逃れられなかったのです。あらゆる意味で世間から認められ褒められる優等生であるべきなのに、生母のせいで男が立たない、生母のせいで世間から後ろ指さされることが堪えられない恥辱でした。父のことを考えると優等生の限界、弱さを思い知らされます。ほんとうに一番が善で成績不良が悪なのか。その根本への問いがないから、無意識に一番という常識にしがみつくのです。優等生ほど自己肯定感が低いという説を読んだことがあります。

父は、本は大事にするひとでしたがそれは優等生の性(さが)で、カントでもケインズでもただ知識を仕入れるように文章を読むだけでした。世間から優秀と評価されるための読書です。それはショウペンハウエルのいう自分の頭で考えない読書ですから、そこから自分が起ち上がる物語は創れなかったのです。その生涯において一度も自分を救う言葉=思想を見つけることが出来なかったし、そもそも見つけようと格闘もしませんでした。世間的成功=優等生を基準として、そこに自分を合わせようと生きました。

反対に私の母は優等生になろうなんて考えたこともないでしょう。自分の父親の死を、五十年近く経った今でも嘆き悲しみ、「悲哀の仕事」として『絶えざる微笑』という伝記を書いています。母が、父との恐ろしい結婚生活にも精神を破壊されずにいた理由は、『トロイメライ』に描いた生母や、慈愛に溢れた父親との、愛し愛された「身内」の確信によるものでもありましょうし、母は文学者でなくても、自分の物語を創ることの出来るひとで、自分の言葉で自分を励まして生きることができました。だから父との悲惨な結婚生活にも耐えぬいた。

どんなにつたなくても自分の言葉によってしか、ひとは自分の人生を救うことはできません。自分の言葉がなければ、自分の心の問題を打開するための思想を持つことなど不可能です。自分の言葉のない人間は、結局世間の言葉で生きるしかなく、父の場合はそれが「芸者の子」というラベルでした。それでは絶対自分を幸福にはできないでしょう。真の意味で自由にはなれないのだと思います。ままならない不幸から自分を救う言葉＝思想を創ることが人間の叡智です。自分の言葉のない父は免れ難い生母の存在から逃げ、家庭内での暴力というかたちで、自分の中にふつふつと湧き上がる劣等感や不愉快をまぎらわせることしかできなかった。議論で負けるから叩きのめすガキ大将、外交がなくて戦争をしたがる政治家と同じです。

映画監督オ・ミポが新聞記事のインタビューでこんなことを言っていました。

じゃあ、普通って突き詰めると何か。幸せのことだと思うんです。ごくごく当たり前だけど、その人にとってすごく貴いものが身近にある状態。例えば当たり前のように家族がいることとか。

（東京新聞　二〇一五年一月二十五日）

普通、例えば両親そろった家庭に生まれ育つことが、それだけで幸せであるという指摘は、おそらくオ・ミポ監督が「普通」であれなかった環境から学びとった一つの自分の言葉＝思想でしょう。「普通」の価値は普通でなかったひとにしか見えません。

この発言を読んだ時、私はそれまでのわが身の不明を恥じました。両親そろっている自分の普通の出生にあまりに無自覚に生きてきたのです。私の育った家庭は惨憺たるものでしたが、世間からの見た目は「普通」でした。そんなかたちばかりの「普通」は無意味で、自分が恵まれているとは考えられませんでした。しかし、私は多くの劣等感を抱えていても自分が「生まれた」ことへの劣等感だけは持ち合わせたことがありません。中身がひどくても包装紙は普通であったという、ただそれだけの有難さのあることを思い知らされました。父のような出自の人間には根本にあるべきこの「普通」の包装紙がなかったのです。普通でないことが、父のような心理的奇形を招いてしまうこともあるのだと気づきました。

秦恒平の「身内」やオ・ミポの「普通」、それらは自分ではどうにもできない、ままならない不運や不幸から摑み取った、自分を救う、救うかもしれない、父の持てなかった自分の言葉＝思想でした。

秦恒平が子ども時代から紡いできた「身内」という言葉を読むたびに、そこにこめられた痛切な哀しみが胸に迫ります。肉親が「身内」に決まっているではないか、それがふつうだ、秦恒平の「身内観」は荒唐無稽の妄想だ、あるいは「島の思想」を悲観的、ニヒルと感じる読者もいるでしょう。賛否それぞれにあると思います。

「普通」の環境にいられた、気楽でしあわせな人間には決して見えないものに触れるとき、私は、父の「普通」の欠落に気づかなかった反省もこめて、自分が可能な限り謙虚でありたいと願います。次のような文章を読むと私は泣けてくるのです。

> 血縁を、つよく否認していた。物語世界の架空の人でもいい。歴史上の人物でもいい。画中の人でも写真の人でもいい。遠い世間からあらわれたアカの他人の中からでいいのだ、私が「欲しい」と思い、同じように向こうでも思ってくれる相手となら、即ち「きょうだい」だ。いや、「きょうだい」などという世の常の呼び名は、年相応の只の便宜。つまり「好きな人」「愛しあえる人」「運命を倶（とも）にできる人」が欲しい。本当の「身内」が欲しい。少年の私は、そう願っていた。
> 　少年らしい空想だと一笑されそうだが、笑える人は幸せである。この少年と同じように願わなくても、すでに願い満たされている人だからである。さもなければ型どおりな人間関係に満たされ、いささかの苦渋も感じていない人である。そんな人が居るのだろうか。いないだろう。

現実に、身近に、私はほぼ一人としてまだ「死なれた」体験も実感ももってなどいなかったのに、文学的な表現をとおして、抜きがたい「死」「死なれ・死なせ」ることへの恐れをすでに身に用意していた。思えば、なんという負担であったろう。ありていに言えば、私は、無意識に、独り生きて行くことが心細くて怖かったのだろう。自分が「死ぬ」のも怖くて泣いたが、それよりも、大事な人に「死なれる」ことを想像するのは、何倍もつらく切なかった。しかも、そんな大事な人を、幼い心にも私は、ひとりとして確認できなかった、身のまわりに。私は、だれも愛していなかったのである。だれを愛していいのか分らずに、ぼんやりと遠い世間から、いつか「身内」の現れ来る日を憧れていたのだろう。

秦恒平の「身内」観も「島」の思想も、自身の血で贖うしかなかった独創的な「悲哀の仕事」でありましょう。秦恒平は絶対の孤独という一人しか立てない島に立ち、常識の意味での身内に「死なれ」「死なせ」ながら、彼独自の「身内」の思想を紡いで自分自身を励まし励まし生きようとしたのです。

しかし、この「身内」の思想が秦恒平を幸福に出来るのか、というと決してそんな安易な解決に至らないことも付け加えておかなくてはなりません。なぜならこの『死なれて・死なせて』出版の翌年に、秦恒平は私小説『逆らひてこそ、父』（湖の本51 二〇〇七）の中で、自身のことである奥野秀樹から娘夏生（なつみ）に次のような手紙、結局投函しなかった手紙を書かせているのです。

いま、私ははっきりと感じている。さきざきの事は分からないが、おまえと私との魂の色は、ちがうと。ちがうものを似ていると強いて思う必要が、どこに在ろう。親子も夫婦も兄弟も「他人」からの出発だと言いつづけてきたが、おまえと父さんとは、遂に「身内」ではなかった。似た者夫婦。おまえの「身内」は内村竹司であってほしいんだ、父さんは。

わたし達三人は、だが、おまえやお前の子らに心の門を、当然のこと、閉めてはいない。それは告げておく。

血をわけるとは、大変なことだね。血をわけてさえいなかったら、私はこんなにおまえを愛したりしなかった。この愛は、しかし、要するに互いに自己愛のようなものだった。それが、よく分かった。

夏生。さようなら。

父　平成五年八月六日　午前三時

娘に「身内」ではなかった、と書かざるを得ない、これほど畏ろしい言葉があるのだろうかと、私は身震いしました。父親の声なき慟哭がきこえます。秦恒平の「身内」とは、ある意味凄まじい思想です。それが彼にとって生きるに値する思想であっても、仮借ない代償が伴うのでした。生死を賭けるほどの覚悟なしに耐えられないことです。あとがきにおいて秦恒平も《「身内」はラクな仲では有り得ないと、「生まれ」ながらにわたしは識って来た》《誤解を招きかねない、場合によって破壊的な猛毒も帯びた我が「身内」の説である》と書いているくらいです。

そして私はこうも考えました。ひとは、容易には秦恒平の意味での「身内」を持つことができない、だからこそ血縁だけはとしがみつくしかない。その唯一の安心できる絆を否定するような思想は、それ故に血にも法律にも守られることのない人間の絶対の孤独を突きつける凶器です。見たくないものを見せる「猛毒」な思想なのです。

血縁が身内とは限らない思想より、遺伝子ＤＮＡという幻想に抱きついていたほうがましでした。絶対の孤独と真正面から向き合わずにすみます。そのほうが遙かに生きやすいでしょう。

私の父は生母の葬儀のときに、初めて棺の前で、かわいそうだった、と泣きくずれたそうです。父に生母のために流す涙のあったことに母はとても驚いたと言いました。父のその複雑な胸中は永遠にわかりませんが、秦恒平が生母の訃報をきいたあとに、泣きながら歩いていた日々に近い「絆」というものかもしれません。しかし、父の場合は虫の良い涙ではないかと思えてしまうのです。

父の祖母が使用人に肩をもんでもらいながらぽっくり死んだあと、生母の代になると旅館経営は急速に傾いていきました。祖母が子どもはたくさんいたほうがよいということで身寄りのない子供を二人養子にしていたのですが、そのうちの一人が旅館の経理をごまかした結果つぶれてしまうわけです。父と異父弟三人は東京の大学に進学し仕事に就いていて旅館の後を継ぐつもりはなかったのがつけ入られたのでしょう。その養子は養家の破産後に自分の大きな旅館を建てていますから、横領というのは明らかでした。

父はすでに社会人になり母と結婚していました。私も生まれていました。母の父親のツテで最初は大企業に勤めていたものの、父はそこをすぐ辞めていました。その後も父は少しでも気に入らないと会社を辞め、転職を繰り返していました。実家の破産で仕送りがなくなると当然困りました。社会人になっても実家からふんだんに小遣いをもらっていたのには呆れますが、この仕送りがあるから父は我慢して一つの会社に勤めることができなかったともいえます。学生時代に他人より一ケタ多い仕送りを受けていたという父を蝕んだものは、この「勤労なき富」でありましょう。生母を拒絶するなら、生母のお金も捨てるべきでしたがそれは出来なかった。父は世間知らずの甘やかされたお坊っちゃんのまま、祖母のように宛行扶持(あてがいぶち)の贅沢を死ぬまでやめられなかった。

父は自分がどんなに幸福か気づいていなかったでしょう。父のように一生不機嫌で生きられたのは僥倖です。毎日不機嫌であることは、ふつうなら許されません。たいていの人間は世渡りのために心にもない笑顔をつくり、御愛想を百も二百も言わなくてはなりませんが、父は生活のために自分を押し殺して働くなどという経験はしなくてすんだのです。父の口癖の一つは「俺は家族の犠牲になんかならんぞ」でした。父は破産した生母にわずかの経済的援助はしてはいたようですが、それすら自分の使いたいお金には手を付けず母に渡すわずかの生活費から捻出させ、実際の面倒はすべて異父弟たちに押しつけ、自分の時間も労力もお金も使うつもりはありませんでした。何もしませんでした。異父弟たちは血縁のない私の母には好意的でしたが、自分たちを見下している父のことは大嫌いでした。父は、世間に対しても家族に対しても、イヤなものはイヤと言い続けて人生を終えられたひとです。しかも父は世間からも妻子からも手痛いしっぺ返しを受けることもなく、思う存分不機嫌を貫き大層恵まれての大往生でした。

父に「悲哀の仕事」はあったのでしょうか。葬儀の時の条件反射的涙だけなのか。父は生母を見ないようにして生きて、見送っただけではなかったのか。私には父の心の奥底がわかりません。生母の死について、父がどのような悲哀の仕事をしていたにせよ、それは忘れるとか思い出さないとかいう逃避、悲しみの弱いものであったと言わざるを得ません。父は棺の生母をみて「泣いた」けれど、父の生活は何も変わりはしませんでした。自宅に生母の写真一枚飾ることのなかった父ですし、生母の墓参りをしたという話も皆無ではなかったかもしれませんが、少なくとも私の記憶にはないのです。たぶん母が寺に定期的に供養料を送っていただけでしょう。父は、祖母や生母たちと一緒の墓には金輪際入りたくないと母に言っていましたから別の墓に入り、死後の世界までも徹した拒絶でした。

父にとっては、生母は、死ぬ前から死んだも同然の存在で、それは実際の生母の死によって大きく変わるものではなかったのでしょう。あえていうなら、生母を見ないことに、生前から死んだことにしていた常態的な不機嫌が父の「悲哀の仕事」であったのかもしれませんが……。

父は負の遺産をただ不幸のままで終わらせてしまいました。不幸を財産に変えられないひとでした。汚点を汚点のまま終わらせました。無駄に不幸なまま不機嫌に生きて死んだのです。大正や昭和初期の日本の家族制度はたしかに非嫡出子に冷酷でしたから同情すべきであったにしろ、単に世間の常識や噂や蔑みに負けたひと、世間からの孤立に耐えられなかったひとでした。秀才であってもついに叡智はもてなかった。

私の父は生母の死に「悲哀の仕事」をしたとは思えませんが、この私も父の死のあとに「悲哀の仕事」をしたと言い難いことは、最後に、公平を期すためにはっきり書いておかなくてはなりません。父も私も、それぞれ親に愛薄き人間であったのです。

父の死後、遺品を整理していて一番始末に困ったのは大量の背広でした。父はほとんど毎月のように遠目からも布地の質が際立つ高級スーツを注文し、おろしたてのものを身にまとっては鏡の自分の姿に見惚れていました。着た切り雀の母を後目に、そのナルシストぶりは娘には見苦しいものと映りました。私は大量のネクタイや靴含めて、惜しげもなく業者のトラックに積んで処分させました。父のものを何一つ遺したいと思わなかった。自分の贅沢な生活を支えるために、父は収入の大半を自分だけの着道楽、食道楽、釣りやゴルフや囲碁などの趣味に費やしました。大量の背広は父の贅沢の残骸でした。

父は母に、給料から到底生活出来ない額しか渡さなかったので、母のお金の苦労は凄まじいものでした。節約のために昼食を抜いていた母は栄養失調に倒れたこともありました。父は娘の学資も「俺は知らん」と出さなかったのですが、足りないなどとひと言でも言えば母は殴り殺されたでしょう。私は結婚して自立してからも、父の死ぬまで毎月、母のための金策に死にもの狂いでした。心休まる日は一日もなかった。母の抱えざるを得なかった多額の借金も肩代わりしました。それはサラリーマン世帯には容易なことではなく二十余年私の生活をいつも苦しめましたが、病弱で働けない母を離婚させてあげるだけの甲斐性のない娘にはそれが精一杯のことでした。入院していた父が危篤になり駆けつけたものの間に合わず、父の死顔を病院で初めて見たとき、私は思わず涙を流したのですが、泣いた自分に仰天しました。なぜ涙を流したのか、自分でも説明のつかないことでした。私は、理不尽に当たり散らして母を思い切り殴る父をみるたび、止めに入って自分もぶたれたりするたびに、父に早く死んでほしいと願っていた娘でした（もっとも父が早く死んだら生活に困ったでしょう。父は自分が死んだあとに妻子にお金がいくなど絶対いやだ、自分が死んだら妻子は野垂れ死にでもかまわないと生命保険にも入らないひとでした）。

あとから考えると、私の中には、結局父と私の関係はこんなものだった、本来愛し愛されるべき血縁なのに、私は父を愛せないままに終わった、そのことに泣いたのではないかと思います。父に娘に対する愛がまるでなかったとは思いません。父は自分を一番愛していて、父の愛の九割は自分に対するものでも、残り一割くらいの愛は妻子にもっていた、そうは思います。父は自分がふつうの家庭をもてなかったせいか、家族に執着していました。父が母と離婚したいと願ったとか、家庭を壊そうとしたことは一度もないのです。父には母と不仲という認識はありませんでした。父は最悪の夫でしたが、小さな浮気をしてもなぜか愛人をつくるということはしなかった。父の異父弟たちも女性関係に堅い人たちでしたが、男女の婚外恋愛に心底懲りていたとしか考えられません。

父は自分が唯一支配できる妻子に身勝手に強烈に依存していました。父は、とくに母に甘えてしがみついていた。病弱な母がどんなに具合が悪い時も、寝込むことは許さず病んだことを罵倒した。常に自分への滅私奉公を強要する、母へのストーカーのようなものでした。だから父の暴力のほとんどは母に向けられていた。父は自分の自信回復の手段として、自分の力が及ぶことの確認のために、不機嫌のはけ口のサンドバックとして、妻が必要で、世間並の家庭がある証明として子どもも不可欠でした。

目が据わり涎をたらして怒りながら、父は私に「育ててやったのに」とよく言い捨てました。私が子どもを産んでからじつに不思議に思うのはこの父の言葉でした。親が自分の子を育てるのは当たり前のことで、育ててやったと恩に着せることではありません。むしろ育てられることを感謝するくらい子どもは愛すべき存在でした、私には。父は自分では妻子を愛していると信じていましたが、愛が自分の何より大切なお金や人生を相手に捧げるものとは夢にも思わなかった。父の愛は、余ったお金と労力があるときにする慈善行為の一つに過ぎませんでした。

私の娘の幼稚園くらいの頃、何かの理由でやむを得ず父と三人で喫茶店に入りました。この組み合わせで喫茶店に入った記憶はこの時一度しかありません。自分のコーヒーを飲み終えると父はすっと立って店から出て行きました。伝票はテーブルに置かれたままです。娘や孫にご馳走してくれなくてもよいけれど、自分の分くらい払ってもよいのにと思いつつ、私は娘がアイスクリームを食べ終えると三人分の会計を済ませて、外で待っていた父のところに行きました。父らしい行動でした。

「育ててやった」と思うのは、本来全部自分のものであるお金を娘の扶養のために割かざるを得なかったという悔しさと施しの感覚なのです。私はクリスマスプレゼントやお年玉や誕生日のお祝いが欲しかったわけではありませんが、そういうものを嬉しそうに子どもに渡してくれる、そんな父親は欲しかった。

父は、生母を破産させた養子のような、他人を陥れる悪人の器ではありませんでした。ただ劣等感と自尊感情に支配されるひとでした。尊く聖なる存在の自分を、自分の望むように崇め讃えない妻子に無性に腹が立っただけです。妻子を虐待をしているつもりはさらさらなくて、自分を「怒らせる」妻子に非があると信じました。父は家庭を愛する良き夫良き父のつもりでした。そして娘は、父が母に辛く当たることを防ぐために、「お父さまは誰よりも素敵、大好き」と反吐(へど)が出そうになりながらのお追従(ついしょう)を日常的に言わざるを得なかった。他人が聞いたら噴飯ものでしょうが、ノーベル賞学者より父のほうが頭が良く、ロバート・レッドフォードやブラッド・ピットより父のほうがハンサムと讃えなければならなかったのです。そうしないと母がひっぱたかれた。時には怒りにまかせてウィスキーグラスを握りつぶす父がただただ怖かった。

「お前のしつけがわるい」と母が殴られないために、暴力への恐怖からおべっかを使う、心にもない嘘をつく、父への忖度で生きる、それを家庭の中で実践することで、私は自分の卑屈さを嫌というほど味わいました。反抗期のある子どもは自分の大きな幸せに気づいていません。私のように母を人質にとられて屈服と屈辱しか選択肢のない子が世の中にどれほどたくさんいることでしょう。

私の人生に欠落しているものは父性愛の経験です。しかし、この程度の欠落で不幸といったら恥ずかしい。父の顔を知っているだけでも幸せなことですし、父に愛されなかった子の話は古今東西のたくさんの本が教えてくれました。人格障害の父親であったことはありふれた不運の一つで、私という人間の生き方を左右する出来事であった、それだけです。信じ難いほど運良く、天の助けか、母は骨折程度で殺されずにすみ、惨めであっても世間的に両親そろった「普通」に見える家庭で成人させてもらえたのですから、ありがたいことでした。

私が父から受け取った最大の遺産は「男」なるものへの絶望だろうと思います。結局「男」は、暴力暴言含めてあらゆる手段で「女」の心も身体も屈服させ支配したい、女に圧倒的「力」をふるい優越でいたい存在以上でも以下でもない、という絶望です。男が女と共に生きることが出来るとしても、女を愛したとしても、それは女が自分より下にいるという安心があってのことで、「男」は永遠に「女」と対等の関係など望まない。私は「男」の「女」への愛を根底のところで見限って信じられない人間になりました。あらゆる「男」は、いつ私の父のような人間に豹変するかわからない危険な存在で、「男」には微塵も希望を抱けなかった。

正確な言葉として記憶していませんが、フェミニストで鳴らすある女性学者が、自分は何度も恋した男に裏切られたが、それでも恋することをやめなかった。それは父親が自分をとても愛してくれたから男に絶望しなかったのだという意味の発言をしていました。父親に愛された娘は男を信じられる女になれるのか、そう知ったとき、私は脳天に一撃を受けたのでした。

その後の人生で、世の中には暴力も暴言もない、信頼や尊敬に値する、愛すべき男もたくさんいることを幸いにも経験することが出来ました。それでも、私は今まで恋に、あるいは男に酔うことだけはなかったと思います。愛の有無とは無関係に、自分の中にある「男」への恐怖心をどうしても拭いはらうことが出来なかった。父は私の魂の何かをあざけり、その見下され続けた何かが私に「男」を信じるなと囁き続けていました。だから「男」に無心に身を委ねることは難しかった。私は男を愛しても男に自分の幸不幸を支配される愚だけは避けたいと願い続け、その結果、「本を読む女」になったのかもしれません。

『死なれて・死なせて』は最後にこのような文章で終わります。

人を愛し、愛しているから「死なれ」れば悲しいのだが、また、いくら悲しくてもその人を愛しているのでやっと堪えられるような死と、我々は向かい合うのである。きわどい危険に満ちた向かい合いだが、さまざまな「悲哀の仕事」が我々をどこかしらへ導いてくれる。悲しみ嘆いた、それほどの人との出逢いが喜びのうちに顧みられるまでに。

そこまで来れば、人が、人にとって何なのか、その人によりけりという微妙な真相のなかに、「身内」を求めてつよく深切に「他人」と交わるという誠意が、なによりも大切なことだと見えてくる。

「死なれて」「死なせて」もなお「愛」が確認できる者は幸せであり、死を真実悲しむことすら出来ない、それだけの人と出逢っていない人は、それこそ孤独である。その孤独は、この世での孤独にとどまらない、あの世へ行ってなお寂しく孤独だということである。地獄とは、その孤独の謂(いい)である。

「死んでからも一緒に暮らせる人、そんな『身内』があなたは、欲しくありませんか」

「死なれて」泣けるほどの人との出逢い、真実の出逢いのために、人は「生まれて」きたのである。愛し、愛され、「死」の悲哀も「死」の恐怖も大勢の人がそれで克服できた。忘れてはならない。

私は物心ついてから、父との日常に泣き暮らしたと言っても過言ではありませんが、父の死後は泣かなくてよくなりました。父の生前に流した涙だけで充分でしたから、ほんとうにすっきりと父のことを忘れて暮らしていました。嫌な思い出は父の大量のスーツのように処分し続けたかった。取り返しのつかない日々を振り返るのは酷でした。血縁の父と共に生きねばならなかった辛さに比べたら、他のあらゆる困難などないに等しいものでした。父のいない世界に生きられるなら宇宙で暮らしてもいいと願っていた少女の姿はぐんぐん遠ざかったのです。

父は、現実の死だけでなく、娘の記憶の中でも死にかけていました。私は父を二度「死なせ」ようとしていました。ところが『死なれて・死なせて』を読んだことで、家族の桎梏（しっこく）から解放されたような晴れ晴れした自由さで父のことを思い直し、語ることが出来るようになりました。たまたま血縁の父であったけれど、私の「身内」ではなかった父を許せるようになったのです。父はあのようにしか生きられなかったし、娘の私も、どう考えても父にあのようにしか関わることが出来なかったのでした。

父と私は「身内」になれなかった。そう父とのことを思い切ることは、父への糾弾ではありません。むしろ私という娘からの供養である気すらしています。私は二度死なせようとしていた父を、あるがままに思い出し忘却から取り戻しました。「親不孝の仕上げ」と嗤うひとが大半だとしても、それでも、厚かましく言うなら、この一文は「今生を分かち合った」父への「悲哀の仕事」の真似事なのでした。

『死なれて・死なせて』を読み終えて、私は何かしらの自由を得たのだと思います。私は「父」

との関係を、静かに、素直に断念できました。それは秦恒平の「身内」の思想をそのまま受け入れたという意味ではありません。私はカトリックの教育を受けてきた人間ですから、神によって自分の人生行路に置かれた誰か＝隣人を決して棄てないのが愛だとどこかで信じてきましたし、その核心は変わらない、変われないでしょう。どこまでいっても私は父を愛せなかった罪を背負うのです。

ただ、身近にいた父を血縁の父であるゆえに愛すべきだという無理、不自然な到達だけが愛だとしたら、そのような愛で私が幸せになれないことは明らかでした。この本を読んで、父への愛薄かった自分を責めない選択肢のあることに初めて触れ得たのです。同じことは父にも云えます。父にも愛せなかった生母から自由になる道はいくらもあったのです。

棄てることと断念することは違うと、私は考えるようになりました。わかりやすく言えば、失恋した相手を断念することは間違っていないということでしょう。血縁の誰かと真の意味の「身内」になれない場合もあれば、夫や妻や友人から裏切られて愛の「身内」ではないと去られる場合もあり、もしそういう愛の試みに敗れたらその関係を断念し、次に進む道もあるのです。一つの扉がふさがったら百の扉が開くという言葉もありました。ひとは死ぬまで、いつも何かを始めるために生きるものでありましょう。

《私の願いは、この本を、ただ著者から与えられて読者は読むといっただけのものでは、無く、あらせたいのである。めいめいに自身の胸に抱いている、そしていつか抱かずには済まない、また抱かせずにも済ませえない「死なれる」という受け身や「死なせる」という加害の「痛苦」の意味を、めいめいに、しかも一緒に、考えてみたいのである》という秦恒平の意図を、読者の私が正しく実行しているとは言えません。しかし、私は生前の父にこの本を読ませたかったと痛切に思います。父を「芸者の子」という屈辱から解放できたかもしれません。父は生母を「身内」と信じたから、「身内の恥」と思ったから、あれほど歪んだ人格になってしまった。私はこの本をあり得たかもしれない父の物語として、父の代わりに読み続けたいと願っています。

現実の父への愛がなかったとしても、私には少なくとも父親を愛したいという願いがあった、そのことを大事にしようと思います。父にも生母を愛したい願いがあったであろうことだけは疑いようはなく、生母と愛し愛される関係のなかった父には心から同情します。父への愛の挫折が私という人間を創ったとしたら、愛を願った関係の喪失、つまり愛に「死なれ」愛を「死なせ」たことを真実悲しめばよいと思うようになりました。父の過ちや弱さが、絶対の孤独を出発点として、それと正々堂々立ち向かい、闘えなかった人間の結末と思い定めると、それはそのまま私にも突きつけられる課題でしょう。

父が死んで何年か経って、デパートの催事場で素晴らしい碁盤と碁石のセットを見かけたことがありました。私はそれを見た瞬間に、毎日のように碁盤に向かっていた、その時だけ機嫌の良かった父のことを思い出し突然涙が溢れ止められなかった。父が碁盤に向かっている時だけは殴られる心配がなかったから、たぶんこの記憶だけが好ましい父の姿として脳裏にあったのかもしれません。

　父に碁盤と碁石の贈物くらいはしてもよかったのではないか、自分は父を嫌いぬいてそんなこともしなかった親不孝な娘だったと思いました。せめて、碁盤と碁石をプレゼントできるくらいの父と娘でありたかった。父の死に真実悲しむことの出来なかった私が、父を「死なせた」ことに心から流した初めての涙でした。

　父と来世を分かち合いたいとは夢にも望みませんが、私はいつか父と和解するしかないでしょう。来世で父に真実の出逢いがあって「身内」のいることを祈りますし、私にもそういう「身内」の実現を祈り続けます。

　私は他人のなかから「身内」と信じられるひとと何人出逢えたのだろう、出逢えるのだろう、そう思うと心細い限りです。どんなに愛しても相手が私を同じように「身内」と認めてくれるかどうかは、一世一代の賭けのようなものです。そもそも「身内」を願って愛するというのは、愛もどきの不純なものです。

「身内」かどうかは、愛の対象に「死なれ」「死なせて」みなければ、つまり愛が死によって強制終了されない限り、決して見えないのです。「死なれ」「死なせ」ることが愛の避けて通れぬ定めであるとしたら、終わることによってしか見えないものが愛であるならば、そのときに私は泣くよりも目を瞠(みひら)いていたいと思っています。私の出来る「悲哀の仕事」があるとしたらそれです。

＊1 秦恒平はホームページ上に「私語の刻」と題する原稿用紙十万枚以上の日録文藝を展開している。書籍化はされていないがこれは彼の重要な文学活動の一つであり、研究資料としても引用すべきものである。http://hanaha-hannari.jp/aisatsu1.htm

＊2 《ちいさな、ごく子供らしい或る手続きをへて私は「姉さん」とその人を呼び、その人もそれを受け入れた。その人は私のマリアとなり『心』は私の聖書となった。》《ながい、四十年ちかい歳月をかけて、私は、私の「聖書」を、『心』を、読んできた。》

十、私と山瀬ひとみの対話5　東西の愛のかたち

私　秦恒平の「身内」観を最初に読んだ時、ああ、とても懐かしいと思いました。忘れていたものを取り戻したような読書体験でした。この「身内」の思想から、私は古来から日本人を支えてきた愛の在り方について考えるようになりました。これは日本人の私の遺伝子に刻まれ、深層に眠っていた愛のかたちかもしれないと。

山瀬　「身内」の思想は、これまで「私」の帰依してきたキリスト教的な愛と似て非なるもので、愛の見え方が少し変わったと言えます。

目指す山頂は人類共通の悲願である愛なのに、自分がどのルートから愛という山頂を目指したいのか、目指せるのか、南側から登るか東側を行くか道半ばで大きく迷うことになりました。つまりこれまで信じていたキリスト教の愛のかたちと日本人の愛のかたちの間で、揺れ動くことになったのです。

私　「身内」は、相手への献身も自己犠牲も、結果としてキリスト教の愛と同じ行動になるのでしょうが、愛という錦の御旗のもとに、神さまのために努めるものではない。千利休のいう「かなうはよし、かないたがるは悪(あ)しし」の世界観なんです。不完全な人間が愛を看板にして、愛したがる、愛されたがるのは、悲しい自己満足ではないか。無理に川の流れを変えようとするような「かないたがる」不自然さがあれば愛はかなわないと。

マザー・テレサのような人間の意志の結果の愛と、『慈子』の中の《遠い昔からの配慮というかはからいというか、血でも約束でもない結ばれの深さ》という肇子の告白の違いは、愛を遂げることと愛がかなうことの違いのように感じられます。愛を遂げることは神の前での単独者の仕事であり、愛がかなうことは人と人との「結ばれ」において成ることです。

山瀬　京都大学前総長の山極壽一氏が、ある雑誌記事で語っていたことがとてもわかりやすい説明だと思うので引用します。

一神教は、神様は一つ。上にいて見えない。そのことを信じている人たちの集まりなので、人と人との接着剤は上にある。でも仏教は、もともとあの世はなくて、人と人の「間（あいだ）」を調和させ、つかさどるものでした。

（京都学派の）西田幾多郎は、この「間」に着目して「間の文化」を提唱しました。日本には、どっちともつかないような、あるいはどっちでもあるような「間」を重んじる文化があると言ったのです。

（『文藝春秋』二〇二〇年二月号）

日本語で表現された一つの愛の思想である秦恒平の「身内」観は、結果としての自己犠牲はあるとしても、キリスト教的なものではない未来永劫「共に生きよう」「倶会一処」という人と人の「間」の、横並びの、双方向の、相思相愛の関係を目指します。秦恒平はこう書いていました。

神は在るでしょう、が、人間はそれを忘れた方がいい。人間は己れの足で立つのです。歩むのです。手を繋ぐべきは神とではない。隣人とです。それも偽善クサイかも知れない。

わたしは「身内」を願いました、神よりも仏よりも。

（『バグワンと私』湖の本107　二〇一一）

キリスト教の「隣人」には神という上の「接着剤」が必ず在るのに対して、秦恒平の「隣人」にはこの「接着剤」はない。互いに「身内」を希求する関係の「隣人」なのです。「私」も「山瀬ひとみ」もそこにキリスト教圏と別の愛のかたちを見出して、愛について新しい視座を得たといえます。

私　簡単に言うと、世界には、一神教の神とむすびつかない愛のかたちがあるということですよね。東西の違い、キリスト教圏と非キリスト教圏の違いといってしまえばそれまでなんですが、「私」や「山瀬ひとみ」の中ではそんな単純に割り切れる話ではない。それは自分が日本人でありながら、カトリック信徒のはしくれでもあるから。

キリスト教の「隣人」という言葉はほんとうに重たいものです。私はキリスト教の愛のかたちを理想として育ちましたが、キリスト教の「己れ自身を愛する如くに汝の隣人を愛せよ」という教えの不可能を身に染みて生きてきました。身近なひとを愛するほうが、他人に奉仕するより難しいものです。「私」には「父」という「隣人」がいましたが、どうしても四十余年母を殴り続ける父を許せなかった。愛さなくてはならないはずなのに、父という厄介な「隣人」を心から愛せなかった負い目、罪の意識は、キリスト教に感化されなければ恐らくここまで深く自覚されるものではなかったはずです。

キリスト教では殴る相手も愛で迎える。イエスに倣い「隣人」の背後に在る神のために、隣人も敵も愛しなさいと教えるのです。もちろん、信者であってもそう出来る人間は多くないので、世の中罪人だらけということにもなります。教会で告解して許してもらうのです。許しを乞う謙遜はとても大事なことなのですが、私は父のほうが悪い、間違っているという怒りを父の死までどうしても捨てられなかった。

山瀬 キリスト教の愛は、死後の生命のために今生の自己犠牲の試練を喜んで受け入れます。独断と偏見と言われるでしょうが、お祈りと天国以外には、血と涙しかないのが、山瀬の考えるキリスト教の愛のかたちと言っても過言ではありません。『レ・ミゼラブル』のように、キリスト教の教える愛は完璧な無私、自己犠牲によってしか成就しないものです。キリスト教では、愛はまず人と神の間にある垂直の関係からはじまるわけで、キリスト教では愛する人の「身内」となるのではなくその人を通してイエスの「身内」となることを目指していると思います。

私 キリスト教の愛のかたちは原則「片想い」だと思います。たとえば私の本好きを決定した人生最初の一冊、アンデルセンの『人魚姫』ですが、人魚姫と王子の関係が一方通行、つまり徹頭徹尾人魚姫の片思いに終わります。人魚姫は王子のために大切な家族も、声、つまり自分の愛を伝える言葉も、命も、死後の魂すら泡と消えることを知っていてすべてを棄てるのに、王子のほうは悪意なく、でもあっさり人魚姫を棄ててしまいます。

自己犠牲の愛はそれが大きければ大きいほど、愛される側からは見えなくなってしまう。人魚姫が消えてしまったことについて、王子さまは心痛みはしたでしょうけれど、王子さまの人生は変わりません。王子さまの魂は人魚姫の死で慟哭することはないのです。王子さまは人魚姫の深い愛について何も知らずに、別の幸せな人生を生き続けるに違いありません。それこそが人魚姫の選択であっても、今生の人魚姫の愛は最初から最後まで片想いの一人相撲であったと言ってもいい。この物語に教えられるのは、真の愛は常に目に見えず秘せられるものであり、神さまだけが愛の証人ということです。結局キリスト教圏の愛のかたちにはどうしても神さまが必要なんです。

山瀬 保坂和志の『季節の記憶』（中公文庫　一九九九）という小説の中に、世界のみんなを幸福にする宗教を作ることを考えている蛯乃木（えびのき）という面白い人物が出てくるんです。《それで、いろいろな宗教団体の集まりに出てはここもダメあそこもダメと言っていた蛯乃木に言わせれば、キリスト教は十字架にかけられたイエス・キリストの苦しみを出発点としているところが良くない。苦しみからはじめて完全な幸福が実現できるわけがない……》という説明があり、イスラム教もユダヤ教も仏教も彼の理屈で全部否定されています。

この蛯乃木という非キリスト教徒の発言には笑ってしまいますが、的を射ていると思うんです。キリスト教の愛は現世の人間の幸福と両立することはまずありません。それは、イエスの十字架の死という究極の「片想い」の自己犠牲を愛の完成としているからで、至極納得の当然なんです。復活があるとしても、その前に血と涙の死が必要なら、現世の人間の価値観による幸福、たとえば徹して現世志向の中国人の理想である「福禄寿」のようなものは実現できません。

私 「身内」の思想をなつかしく感じたのは、なんというか、無理が無理でなくなるまで耐え忍んで、喜びとともに自己犠牲を重ねることで愛に届く、神に近づくという、一種の呪縛から私を解き放ってくれる気がしたからでしょう。「身内」を願えば当然自己犠牲もあるでしょうが、キリスト教のそれとは、まったく別のもののように感じるのです。

山瀬 でも、「身内」の達成が、自己犠牲の愛よりらくに手に入るということにはならないでしょう。より困難かもしれない。なぜなら自己犠牲の片想いに終わる愛は、自分ひとりの意志さえあれば遂げることが可能だからです。身を退く愛、忘れられることを選ぶ愛、そういう場合も、神さまが証人となり、その愛は全うされます。でも、「身内」の場合は、神を介さないのですから必ず自分の愛を受けとめる誰かが必要です。愛する相手から選ばれ、同じように「身内」を望まれなければなりません。

つまり、どちらのルートで登っても、愛の山頂は目指せば目指すほど上昇していって途方もなく高いのです。愛については決してわからないのですから、死ぬまで自分がどのルートを登るのか迷い続けるしかない。

日本の愛のかたちとキリスト教の愛のかたちを考えるには、『春琴抄』と『死の棘』を読み比べてみると分かりやすいというのが持論です。

言うまでもなく、どちらも谷崎潤一郎と島尾敏雄という傑出した日本人文学者による昭和の代表的な名作です。『ロミオとジュリエット』や『嵐が丘』と大きく違うところですが、二作とも恋人関係ではなく、過酷な「隣人愛」の試される夫婦についての小説です。何十年も日常を共にして一緒に過ごす夫婦ほど愛を見失いやすい、恐ろしい人間関係はありません。この二作はその恐ろしい人間関係の中で、夫が「隣人」である妻のために大きな犠牲を払って愛しぬく物語でありながら、その愛のかたちはあまりに隔たっています。

山瀬の考えた表現を使うと、この二作は「共演者」の愛と「同伴者」の愛の相違です。『春琴抄』に描かれているのは日本人の培ってきた、神さまという接着剤のない二人の「共演者の愛」で、『死の棘』に描かれているのはキリスト教の、イエスの十字架の道行きの「同伴者の愛」です。言うまでもなく秦恒平の「身内」の思想は春琴と佐助の「共演者の愛」に近いもので、「私」＝作者島尾敏雄とミホの関係はキリスト教の「同伴者の愛」を描くカトリック文学の絶巓だと思います。

互いに「共演者」であろうとすることは、自分の愛に値する相手への双方向からの献身的行為ですが、誰かの「同伴者」であることは自分の愛が相手に、相手の背後にある神に値するか問われ続ける行為です。もう一歩踏み込むと、「共演者」は自分の意志で相手を代えることは可能であり、「同伴者」は神によって人生行路に置かれた「隣人」を何があろうと受容するという意志によってのみ存在します。

私　この二作の読後感はまるで違いますね。縫い針で自らの眼を突いて盲目になる佐助のほうが、妻と一緒に精神病院に入る島尾敏雄よりも大きな自己犠牲を払ったようにみえるけれど、私にはその犠牲によって佐助は自傷前より幸福になったと思えます。谷崎によってそう書かれています。

山瀬　佐助にとって盲目になることは、自己犠牲というより春琴と溶け合い一致するための、互いに「身内」として生きる最後の手段でした。佐助の、春琴と共に盲目の世界に生きるという決断は二人のこれまでの愛の芝居の完成する瞬間であり、その後の春琴と佐助には共生の安寧と幸福がありました。春琴は自分が晴眼者になれない以上、愛している佐助にも自分と同じ盲目の世界で「共演」してほしいとひそかに熱望していました。春琴はこの願いを決して言葉にしませんでしたが、沈黙の中で全身全霊訴えていた。佐助がそれをしかと受けとめ春琴への愛のために決行し、二人共に幸せになったのです。

ところが『死の棘』で「私」が妻と一緒に精神病院に入る選択は愛の達成にはなりません。これはより多く愛する側である「同伴者」の宿命で、孤独な選択です。インテリではない奉公人佐助の無私に貫けた純愛に比べ、作家であり知識人の「私」は、生計のためにも二人の子供のためにも正気でいなければならない。妻と同じ精神病の世界には入れません。どこまでも個と個の二人です。近づくことは可能でも交わることのない平行線のように、「私」は妻に寄り添い続ける「同伴者」にしかなれません。これからもミホは狂気の愛に渇き続けます。

未来にあるのは希望ではなく、さらなる修羅場です。妻のために精神病院に入るという地獄のとば口に立って、妻の「同伴者」として、愛の底なしの無惨な穴に堕ち続けてゆく、そういう夫として男としての、極北のやさしさと覚悟があるだけなのです。「同伴者」の愛には、自分が相手より優位な立場にいたら喜んで相手の立場まで下りていく、死に至るまで「転落」していくという要素が不可欠です。「共演者」佐助の場合は転落ではなく、むしろ昇華という言葉が近いと感じます。『春琴抄』は今生での完璧な夫婦共演芝居であり、『死の棘』は、生きてある限り終わりのない悪夢から垣間見える感動的な愛の世界です。早く神に召されてほしい、死なせてあげたいと思うような愛です。

私　『春琴抄』と『死の棘』の読書のあとに思わずもれるため息の、その意味あいの違いに、私はいつもさらに深いため息をついてしまう。感嘆のため息と凄まじさに打ちのめされるため息の落差の大きいこと。二人の作家人生を象徴しているみたい。

松子夫人に愛され、手厚く看病されての、満月のように満ち足りた谷崎潤一郎の文豪人生の終焉と、自室が着物に溢れたミホのために簞笥を移動させようと大量の本を運ぶ途中に倒れて、ミホの望んだ無謀な開頭手術の結果の死。茨の冠のあとのように頭が血に染まった島尾敏雄の殉教者さながらの死体（島尾伸三『小高へ　父島尾敏雄への旅』河出書房新社　二〇〇八）を予見しているかのような世界です。

谷崎潤一郎は三回結婚しているし、それ以外にも女性関係は旺盛で自分の望むまま身勝手に生きたひとに見えますが、評伝などを読むと家族の面倒をよく看て、自分が棄てた女でも決して不幸にまではしてないんですね。健康無比に自分の文学を生ききった作家なんです。それに比べると島尾敏雄の家庭は病的で悲惨です。子ども二人は、母の狂気の家庭の中でネグレクトされてとても不幸でした。島尾敏雄の場合は、離婚か別居して子ども二人の心の健全さを守る必要があったと思うのにそれが出来なかった。島尾敏雄は精神を病んだ妻のために、自分だけでなく子どもまで巻き込んで犠牲にし、その状況とカトリックを自分の芸術の肥やしにして名作を書いたと批判されても仕方ない。

にもかかわらず、私は「共演者」佐助より『死の棘』の語り手「同伴者」の「私」＝島尾敏雄の人間性のほうに共感を覚えるのです。作中の語り手「私」が一途にも無私にもなりきれない苦悩のなかから妻への愛に至る道は、フェリーニの映画『道』の旅芸人ザンパノの「同伴者」ジェルソミーナを思い出させます。つまり『死の棘』もイエスの示したような十字架の道行きで、結末は稀有な愛の高みに達しているのです。フェリーニがジェルソミーナではなかったように、現実の島尾敏雄が作中の語り手「私」のような人間だったわけはないんですが、作品の中でそうなろうとしたことは尊いと思います。作家を論じる場合は、語り手ではなく作品を信じるべきでしょう。

山瀬　島尾敏雄は日本人ですが『死の棘』のようなかたちの愛を描かざるを得なかった。それは彼の愛の対象が狂気のひとであった事実が深く関係していると思います。ミホからの「共演」はどうあっても望めない。神と結びつくしかない絶対孤独におかれていました。島尾敏雄の特殊な環境が、キリスト教の「同伴者」の愛を咲かせたと読んでいるのです。

私　気高い自己犠牲の愛にはストーリーとして圧倒的な感動があります。どちらの愛のかたちを望むかと問われれば、やはり十字架のイエスの愛は私の核です。でも、どちらが自分にとって可能か、しぜんかと問われたら、人と人の「間」の、共演者の愛、そのほうが東洋の、日本人の、「私」には自然ではないかと、気づいてしまった……。骨身に染みてそう思い知った経験があるのです。

山瀬　これには長い説明が必要ですね。ドイツ体験の心的外傷(トラウマ)を書かないとわかってもらえないでしょう。

私　私は三十代のはじめにドイツに二年ほど住んで生活したのですが、心臓神経症になって息も絶え絶えに帰国したんです。あと一時間でも長くドイツにいたら死ぬと思うほど追い詰められて帰国しました。よく生きて帰れたと思います。

ドイツに住んで、それまで多くの本で読んできたヨーロッパやキリスト教への理解がいかに上っ面のものだったか思い知らされる深刻な経験をしました。日本の教会やミッションスクールの教育なんてまったく机上の空論にすぎなかった。私のドイツ生活は、無防備な人間がキリスト教圏に生身で放り込まれた被害経験といってもよいくらいです。被害というのは邪悪なものからだけ受けるものではないことを学んだことも大きな発見でした。

忘れもしません。飛行機をおりて、初めてドイツの地、デュッセルドルフ空港に踏みだしたときから、すれ違う老若男女に刻まれた影の深さ、孤独としか言いようのないものに驚嘆しました。日本人には見い出せない表情。ドイツは文字通りの異人さんの世界でした。骨格とか肌の色のような人種の違いではなく、とにかく人間の種類が違うと感じたのです。

山瀬 帰国後に読んだのですが、ドイツ文学者小塩節が『ドイツの森』（英友社 一九七六）のなかでドイツ人を《徹底的に孤独な魂》と、表現していました。《ドイツ人の自我主張の強烈さのかげに、彼らの孤独が黒々と深いことがほのみえて》くる。《うら若い女子学生でも、石造りの一室に一人で下宿し、その家の誰とも交渉も干渉もなしに孤独に耐えぬいて生きている》と。

ヨーロッパ人の石の壁の家、石造りの教会のなかでの孤独は、実に深い。彼らはほんとうにひとりぼっちなのである。その「ひとりぼっち」は、家族や親しいものの肌のぬくもりから離れているから孤独なのではない。神の前にひとりぼっちだ、というあり方で孤独なのだ。この孤独は限りなく深く、しかも硬質である。強靱な個が神の前に存立しうるのである。神と人とが一対一でむかいあって立つことのできる、いや、それだけの可能性しかない人間存在の実相なのだ。教会に集う人のひとりひとりにさえ、今もこういった孤独の相の深さを見て、わたしは震撼(しんかん)させられた。

私 その通りだと思います。家族や友人や恋人だけでは決して埋まらない孤独……石の壁に囲まれて、食器棚や机の引き出しにいたるまで鍵だらけの空間で寒々と、でも強靭に暮らしている……私にはそう見えました。

ドイツ生活は、私に、自分がドイツ人のような、あんな空恐ろしい孤独は、金輪際、経験できないということを教えてくれました。私はドイツに住まなければ、世界には絶対的な神の存在なしには耐えられないほどの孤独があることを知らなかった。彼らの孤独は「神」の媒介なしに人と人が結びつくことは出来ないほど峻厳なものです。神という「接着剤」以外に、人と人は手を繋げないほどの絶対の孤独でした。これは頭で理解したことではなく私の身体全体が感応したことでした。そういう人たちの生きている場所があるなんて、日本にいたら想像もできないことです。

私は思春期にカトリックの学校で教育を受け、大学卒業時に敬愛していた井上洋治神父さまのもとで受洗している信者ですが、このドイツ体験のあとにどうしても教会に行けなくなってしまったんです。これはもちろん信仰を棄てたということではないし、内村鑑三の無教会主義のような信念でそうなったわけではありませんが、なぜ教会に行けなくなったのか考えても考えてもまだうまく説明できる言葉を見つけられない。ただ身体的反応で、教会に行くことがドイツで患った呼吸困難をもたらす神経症と深く結びついてしまった。こうなってしまった複合的な理由を説明するのは到底不可能なので、「山瀬ひとみ」と共に三百枚ほどの小説を書きましたが、それでも語り尽くせなかった。その結果、今は敬虔な信者のかたの前では自分が信者であることは黙っているのです。

このことは、一生の師と仰ぐ井上神父さまに申しわけないというしかないのですが、井上神父さまは私の中のこの「畏れ」や「揺れ」「惑い」を受け入れて必ず待っていてくださると思っています……。なぜなら井上神父さまご自身も日本人であることとキリスト者であることに生涯格闘なさりながら信者を導いてくださった方だから。

私は、私の血肉があの絶対孤独を生きるキリスト教に耐えられるかどうか死ぬまで問い続けるしかありません。私は今でもドイツ人のふとした瞬間に見せる絶望的な孤独の深淵を思い出すと震えあがってしまう。あんな孤独には、自分はなれない。なりたくない。私はあくまで日本人で、ドイツ人との隔たりに耐えられなかったとしか言いようがないんです。私も孤独な存在ですが、決して彼らのようなかたちでの孤独にはなれず、したがって、彼らの信じているキリスト教の「神」、彼らの凄惨な孤独と表裏一体の「神」そして「愛」を知ることはできないと打ちのめされた。それまで私の信じていた「神」は彼らのキリスト教の「神」とは違う顔をしていると感じられました。

山瀬　これはドイツに限ったことではないキリスト教圏に共通することかもしれませんが、フランスやイタリアだったらここまでの事態にはならなかったかもしれません。ドイツ人というのは、他のどんな国民も出来ないほど、どんな些細なことまでも――日本人の年末大掃除レベルで磨き上げる毎日の掃除のように――極限まで徹底してしまう性癖があると思います。孤独においても愛においてもそう……ものすごく深刻で休む場所も逃げ道もない。正面突破しかなくて、ユーモアやエスプリで笑ってみたり、迂回してやり過ごさない、そう見えました。だから極端な善と極端な悪が共存する。極端な美と醜も。
グリューネヴァルトの有名なイーゼンハイムの祭壇画の、死斑や血の一滴までも容赦なく画き尽す執念は本当にドイツ的だと思います。ハンス・ホルバインの『墓の中の死せるキリスト』も絵からはっきり死臭が漂いますけれど、死なら死を、あそこまで徹底的に描くのがドイツの画家なんです。なんて、激越な人たちかと思う。孤独を覆うベールが、何一つない。剥き出しなんです。

ドイツで暮らす前は、中途半端な状況は良くないと思っていましたが、今は中途半端は一つの叡智であると思います。愛に中途半端な領域があることも許されるのです。でも、ドイツ人にはこの《どっちともつかないような、あるいはどっちでもあるような「間」を重んじる文化》の中途半端は、生理的に気持ち悪くて耐えられないでしょう。

イエスの十字架の死について、山瀬ひとみの書いた一文があります。これはドイツ体験を描いた『緑の荒野から』（『ドイツエレジー』という題で電子化、e-Literary Magazine 湖（umi）＝秦恒平責任編輯に掲載中）という山瀬ひとみの処女作である書簡体小説の一部ですが、この中の「私」の強烈な十字架体験を是非読んでほしいと思います。

十一、愛のかたち ――十字架についての考察

山瀬ひとみ

ハンブルクにて（書簡体小説『緑の荒野から』第十信）

私は二度ハンブルクを訪れました。それぞれたった一泊の旅、しかも最初の訪問では頭痛に苦しみ、後の一泊は用向きがありましたので、この北国の美しい街について解説する資格は、私にはないでしょう。それでもこの街で遭遇したことは、今でも夢にうなされるほどの、人生でそう何度も味わうことのない異常なできごとなのでした。

ハンブルクで、私はドイツのもっともドイツ的な面に触れることになりました。極言すれば、私にとってのドイツ体験は、ハンブルクでのことを語ればすむとさえ言えるのです。ハンブルクの思い出は血管の流れを一瞬に止めてしまうほどの力を持っている、そんな場所です。ハンブルクをもう一度訪れる気力が、自分にあるとはとうてい思えません。

当時ベルリンに次ぐ第二の都市であるハンブルクは、人口百七十万、貿易港を擁する国際商業都市として活力のある街で、ベルリンを知らない私にとって、唯一のドイツの大都会でした。道

行く人々もまるでパリのように国籍も階層もさまざまで、急ぎ足です。ドイツらしい美しい街並みですが、大きくなりすぎて、ドイツらしからぬ騒々しさや掃除の行きとどかない汚れた場所もありました。

最初の旅では、私と夫はアルスター湖、市庁舎、聖ミヒャエル教会、ブラームス記念館など、観光客お決まりの場所を、娘をバギーに乗せてのろのろと徒歩で、ときにはバスを使ってまわりました。「飾り窓」で有名なレーパーバーンは、バスを間違えたため偶然車窓から一部を眺めることができました。水清いエルベ河やアルスター湖を囲む古都らしい歴史的建造物や豪華なホテル街と、歓楽街レーパーバーンの毒々しい彩色のどちらもが、ハンブルクという港町独特の陰影に富む魅力を作り出しているのでしょう。この非常に美しいものと、非常に醜いものの混在がハンブルクの特徴だとしたら、私にとって、ドイツ滞在中の最悪の経験と最高の感動を同時に味わった場所がハンブルクだったというのも、納得できることかもしれません。

二度目の訪問は、出張でハンブルクにきた親戚に会うためでした。夕方ハンブルクに着いて親戚と一緒に数時間過ごして一泊し、翌日の午後帰宅という強行軍でした。帰宅する日、私は電車までの時間をエルンスト・バルラハ・ハウスに行こうと提案しました。戦時中ナチスに破壊されたため、今ヨーロッパの美術館が血眼になって残された作品を捜している彫刻家の芸術が、どのようなものか見たいと思ったのです。

観光ルートからはずれた初めての場所に行くのはなかなかたいへんなことです。地図だめ、時刻表だめ、ドイツ語苦手の私は、いつも夫にあそこに行きたい、ここに行きたいと言うばかりでした。夫は優越感たっぷりに地図を広げ、工学部出身らしく、帰りの電車に乗り遅れないように、往復の時間を綿密に算出してから出かけました。切符売り場で多少まごついたものの、何百本と電車の出入りする中央駅のホームで、無事目当ての電車に乗りこみました。それはハンブルクの郊外に向かう電車で、最初は地下鉄で途中から外を走ったと、記憶しています。記憶というのはあてにならないものですが、私はハンブルクの街をこの電車の車窓から眺めた覚えがどうしてもないのです。後に起きたことの印象が強烈で、この間の視界の記憶が欠落したのかもしれません。

固くて坐り心地の悪い座席に腰かけてぼんやりしていると、ある駅で三人の車掌らしき人物が乗りこんで来ました。彼らの周囲には、何か私の気持ちをささくれ立たせる雰囲気があり、私は注意を向けました。彼らが始めたことは、ただの検札でしたので少し安心したのですが、それにしてもこの狭い車両に三人の車掌とはおおげさなことです。よく観察すると、一人は車両の中央の昇降扉の前に仁王立ちになり、他の二人は電車の進行方向の前と後ろに分かれて、一人一人の乗客の検札を行なっていました。中央に陣取っている年配の銀髪の車掌は、車内を厳めしい目つきで見回すだけで、検札はしていません。

私は改めて車内の乗客を眺めました。すいていて、せいぜい二十人ほどの乗客しか乗っていません。日本にいても、私も夫も電車賃を浮かせようという発想などしませんから、まして外国できちんと切符を買わないわけはありません。悠然とかまえていればよいのですが、順番を待つうちに、何か居心地の悪さを感じだしました。車掌たちのあたりを払うようなものものしさに、覚えのない嫌疑をかけられている気分に襲われたのです。

車掌に切符を見せるだけのことなのに、この切符は間違っているとでも非難されそうでなぜか緊張していました。銀髪の車掌の視線がこちらにじっと注がれている感じです。若い車掌は二度も念入りに確認してから切符を返しました。何の問題もなかったわけです。しかしその直後、私達の後ろに坐っていた乗客が車掌に向かって何やらまくしたてました。思わずふり向くと、アラブ系、おそらくイランかイラク方面の容貌の中年の母親と、小学生くらいの兄弟二人の親子連れでした。外国人労働者の一家か、亡命してきたか、あるいは不法滞在のいずれかでしょう。ひどいなまりのドイツ語でしたので、彼女が何を訴えているのか意味不明でしたが、切符を持っていない言いわけを懸命にしていることは明白でした。

中央で車内を睨みつけていた上役ふうの銀髪の車掌が、顎をしゃくらせて、こっちへ来いという合図をしました。それは、司直が罪人を連行する場面でした。

若い車掌に座席を立たされた母親と息子たちは、銀髪の車掌のもとへとひっぱって行かれました。もう一人の車掌も検札を終えていて、大柄な三人の車掌に取り囲まれた母親は、最初の勢いをなくし、口数少なく立っていました。ときおり、弱々しく一言、二言車掌に抗議しているようでしたが、これほど無意味なことはありませんでした。彼女の息子たちは怯えたように母親を見上げていましたが、車掌たちに情けを期待できるはずはありません。次の駅で、三人の車掌たちに引き立てられるようにして、気の毒な親子はうちしおれて降りて行きました。

　このできごとは電車の一駅区間の、わずか六、七分のことでした。車掌が検札に来て、違反者を連れて行く。それだけのことが、突風が吹き荒れたあとのように、車内の様相を一変させました。下車する瞬間の、銀髪の車掌の表情に心底ぞっとしました。彼の炯々と光る目のなかには、してやったりという、言うに言われぬ喜びが溢れていました。彼のしたことは、無賃乗車を摘発するという正義でしたが、それは罪人を捕まえて職業的な義務感を満足させたのではありません。いたぶる獲物を見つけたきわめて質(たち)の悪い快感に浸っている目つきでした。さらにその顔には「この薄汚いアラブ人め」とはっきり書いてありました。彼は強烈な人種差別を露呈していました。彼はドイツ人を摘発しても、少しも嬉しくはなかったのです。人間が本当に悪くなったときの顔というものを、まざまざと見せつけられた気がしました。

　彼が下車する瞬間に、さらに私達のほうに投げかけた、ぎらりと光る目、その一瞥は、今度はアジア人のお前たちの番だぞと語っていました。この電車に乗り合わせたアーリア人種以外の劣った人種、アジアやアラブの乗客はすべて摘発されるべきなのでした。私達が切符を持っていたことは、彼にとっては不本意きわまりない結果だったでしょう。私達は彼の快楽を奪ったのです。私は、車掌たちに追い立てられていく母親と幼い兄弟に、同情を禁じ得ませんでした。

　ハンブルクのような都会に難民や不法労働者がたむろし、犯罪に関係している場合が多いことは事実かもしれません。ドイツ国民はヨーロッパのなかでも、特別寛大な難民政策のもとに、相当の税金を彼らのために割いていることも周知のことです。政治の志は立派であっても、本来秩序と整理整頓の大好きな人間の集団が持つ、異文化拒否、外国人排斥の本音が、正義の名のもとに、この一人の車掌の身体全体から噴出していました。

母親のした無賃乗車が悪いことであるのは、万人の認めるところです。しかし、彼女が好きで異国に暮らしているのではなく、その生活が苦しく切羽詰まっているのも、一目瞭然でした。異国で二人の子供を育てなければならない貧しい母親が、無賃乗車をしたことは、ただ罰金を取ればすむことで、あの車掌の人種偏見に満ちた侮蔑や糾弾に値するほどあくどいことには思えないのでした。悪事といっても、たかがキセルじゃありませんか。盗人にも三分の理という日本の諺(ことわざ)もあります。

それなのに、車掌達の犯罪捜査の手際には驚くべきものがありました。彼らは三人という、狭い車両には多すぎる人数で、摘発に乗車したと同時に作戦を実行します。ぱっと前と後ろと中央に分かれ、不正な者の逃げ道を完全に封鎖しました。電車が次の駅に着く前に、犯罪者が下車するのを防いで、一駅区間内に検札をすべて終わらせる。そのため、三人のコンビは必要、最適の人数なのです。不心得者を逮捕するための、まさに水ももらさぬ検札体制でした。しかも、この車両は日本のものと違い、ドアを開け隣の車両に移動できない種類の連結になっていたと思います。日本のような、行き来が自由な車両をたった一人の車掌が、乗客に頭を下げて検札する方法はざるから水がこぼれるようなものでしょう。

ドイツ、あるいは他のヨーロッパ内での検札の方法がいつもこのように行なわれるものなのかどうか、私にはわかりません。しかし、このコンパートメント式でない、日本でいうところの通勤通学用の電車を、三人で行なう検札は、ドイツ的な、あまりにドイツ的なものでした。キセルを摘発するという確固とした目的のもと、誰一人見逃さないように、徹底的な作戦が実行されるのです。目指すは一網打尽でした。誘拐犯や殺人犯を捕まえるというなら話は分かりますが、たった数百円相当のインチキをする人間のためにさえ、これほどの完全主義でことにあたるのがドイツ人なのです。正義と決めたことに対して、失敗するようないい加減なやり方はしないし、できない。そんな能力と性癖でした。

大柄なドイツ人車掌が三人、計画的に出入口を封鎖して、横柄威圧的な態度で行なう検札は、無実の私達でさえ犯罪者になったような気分にさせられました。車掌達が獲物を捕まえて、満足気に下車してしばらくして、私は膝ががくがく震えてきました。心構えもなく突然に起きたできごとで、数分後に恐怖の波が急激に押し寄せてきたのです。

私が特に恐れたのは中央に立った銀髪の年配の男です。他の二人はまだ年若く、この男の命令を機械のように忠実に実行しているだけでした。銀髪の車掌の投げかけた一瞥は、ドイツ人の恐ろしさを刻みつけました。彼は私が出会った一番サディスティックな種類のドイツ人でした。彼から連想したのは、ゲシュタポという歴史上の集団でした。映画で知る絵空事のゲシュタポではなく、生身のゲシュタポそのものの摘発を、目撃した思いでした。

ドイツに住む外国人であることを呪いたくなりました。捕まる理由もないのに、思わず鳥肌が立ちます。第二次大戦中のドイツには、銀髪の車掌のようなゲシュタポがうろうろしていたわけで、あの時代のユダヤ人の戦慄はいかばかりか、想像もつきません。世の中には死んだほうがましという事態がありますが、ゲシュタポの脅威に晒されるというのは、まさにこういうことです。ドイツ人は拷問にかけても世界有数の能力の持ち主だということを聞いたことがあります。とくに拷問用に犬を訓練することに優れていたとか。当時のような拷問はないにしろ、キセル母子はひどい目にあったでしょう。

ドイツ人の掃除にかける徹底癖は、犯罪者の掃除に向かうときにも発揮されます。まったく彼らの掃除には呆れるくらいやり残しがありません。キセルを検挙する場合でも、これほど用意周到に逃げ道を絶つ方法を取るドイツ人が、あのユダヤ人狩りにどんな恐るべき能力を発揮したかは、言うまでもないでしょう。逃げられたはずがありません。

日本の某銀行会長（仮にK氏と呼ぶ）が興味深いことを書いていました。K氏は昔企業研修でドイツ滞在中の一年間、デュッセルドルフの合唱団に入り活躍しました。それから二十七年後に経団連の代表としてドイツを再訪した際にK氏は、市長主催の晩餐会で驚かせることがあると言われます。そこで見せられたものは、何と二十七年前に合唱団に入ったときの入団許可証の写しでした。そのときはこんな大昔のものをよくとっていてくれたと嬉しかったのですが、後から考えると恐ろしくなります。

こんなたいした意味もない書類など、日本ではとっくに廃棄されていただろう。ドイツ人は味方にしたらこれほど頼もしい国民はなく、敵に回したらこれほど手強い相手はない。そうK氏は書くのでした。ドイツ人の徹底した秩序指向や、物事を整理し記録するという執念にたじろぐのは私だけではないのです。恐ろしいとK氏が感じたのは、日本人なら当然のことでしょう。この調子で記録を保存してあれば、ユダヤ人がその出自を隠しとおすことは不可能に決まっていました。

ミープ・ヒースの書いた『思い出のアンネ・フランク』の中にこんな場面がありました。ドイツ人はユダヤ人狩りのために、ときどきアムステルダムの一角の路地封鎖を行なっていた。日によってその場所は変わる。ある日、封鎖が行なわれ家に戻ると捕まってしまうユダヤ人の老婆が、ミープのアパート前の階段に腰かけて、逃げ場もなく途方にくれていた。そのままでは捕まるのは時間の問題だ。ミープは助けたいが、アンネ一家など八人の命を預かっているうえに、自宅にも一人のユダヤ人を匿(かくま)っていてどうしようもなく、やり過ごしてしまった。当時のアムステルダムには、こういう逃げ場所のないユダヤ人があちこちにいた。

私はドイツ軍の路地封鎖というのが、どんなに厳密に、鼠一匹逃げられないほど徹底的になされたか、確信できます。ある一区画を封鎖する場合、頭のいいドイツ人はたとえ占領した外国領土であっても、抜け道など調べつくして完璧に封鎖できる、救いがたいほどの能力に恵まれているのです。勤勉で努力家だから、見落とすとか、賄賂で目こぼしなんてしない。一所懸命任務を遂行します。

日本では放送されなかったでしょうが、ミープ・ヒースの出演したテレビドキュメンタリーをドイツで観ました。ドイツ人にとってはつらい番組だったでしょう。戦中のアムステルダムで行なわれていたユダヤ人連行の映像などが映し出される衝撃的なものでした。貨車に乗せられる行列の中で泣いている、私と同年代の若い婦人を見たときに、言葉を失いました。

行列の人々は家畜用の貨車に、坐ることもできないほどぎっしり詰めこまれて、収容所に移送されます。貨車の黒い扉には大きく数字が書かれていました。その白いチョークで書かれた数字が貨車に詰めこまれたユダヤ人の数なのでした。一つの貨車にとんでもなく多くの人間が押しこまれたものです。ドイツ人のことですから、数え漏れなどということはなかったでしょう。その数字は堅牢無比に正確だったにちがいありません。貨車から降りたときに一人でも逃げていたら、その貨車に乗っていた全員を銃殺にしたそうですから。仕事能力も度を越すと、結果は歴史の語るとおりの、空前絶後の物凄さにしかなりようがありません。

車掌達を見送った後、私は悟りました。もし今後、ドイツで日本人狩りが始まれば、私たち一家はけっして生きて帰れない。サルトルの戯曲の題名のように「出口なし」の状態になるわけです。窒息してしまいそうな息苦しさでした。どこにも逃げ場がないという恐怖の感覚は、帰国して数年経ても、夢のなかにときおり現れ、私を夜中に寝汗とともに目覚めさせたものです。世界には私の想像もつかなかったような、おぞましさ、確として動かぬ「悪意」が存在していました。

私は夫に目的地に着いたことを知らされて、やっと何のために電車に乗ったのか思い出すことができました。沈んだ気持ちとはうらはらに、外は爽やかでドイツにしては珍しいほど、雲一つない青空が広がっていました。エルンスト・バルラハ・ハウスはイェーニッシュ公園のなかにあるとガイドブックに書かれています。駅の近くの公園はすぐにわかりましたが、なかなか見つかりません。案内板はあったのに、その先にあるべき建物がなくて、いつの間にか広い公園の奥まで迷いこんでしまいました。

人通りのない公園では尋ねようもありません。美術館は見つけやすいはずなのに、三十分近くも無駄に歩いてしまいました。帰りの電車の時間が気になってあせりだした頃に、ようやく最初に見た案内板の背後の木立に、埋もれて隠れるように建っているバルラハ・ハウスを捜し当てることができました。想像していたよりずっと小さい、白くて四角い平屋建ての建物で、見逃すのも無理はありません。ナチスに厳しい迫害を受けたバルラハ（一八七〇－一九三八）にふさわしい、森の隠遁者の住居のようなひっそりとした佇まいでした。

ナチスによる作品の破壊が相当なものだったのか、バルラハのために作られたこの美術館ですら、館内の作品数は多くはありませんでした。小品が多く、ガイドブックの白黒写真で見ていた作品が、ガラスケースにも入れられずに陳列されていました。芸術作品の評価は、しょせんそれを味わう人間の好き嫌いがものを言う世界です。ナチスがバルラハに頽廃芸術家の烙印を押し、嫌悪した理由はいろいろあります。共産主義国のロシア人を題材にした作品が多いが民族主義に反する。ドイツ人を誇示したり美化せず、愛国的でない。姿勢が人道的、厭戦的で、ナチスの好戦的ヒロイズムと相いれない。どれもがいいがかりなのですが、四百点近い作品、彼の重要な作品のことごとくが美術館や教会から撤去され、叩き壊されたり溶かされたりしました。なるほど陳列作品は、どれもこれもナチズムに目の敵にされるような精神性と世界観を顕していました。

バルラハの彫刻を説明するのに、彼がある画家を評して言った言葉を借りましょう。《人間は静かにしていることもできるのだし、静けさが大砲の轟音よりずうっと大きな音を出すことがしょっちゅうあるものなのに、彼はそれを知らずにいる》（宮下啓三『人間を彫る人生　エルンスト・バルラハの人と芸術』国際文化出版社　一九九二）

バルラハの彫刻は大砲ではありません。思わず耳を澄まして、もの言わぬ彫刻たちの声を聞きたくなるような、そんな静かな、祈りのような作品なのです。私の愛する天才ミケランジェロやロダンは、豪奢で流麗で見る者を激しく揺さぶり、圧倒的な感動を与えます。ところがバルラハの素朴で骨太な輪郭は、見る者の心を静かに貫くのです。

「母と子」「説教するキリスト」「笑う老女」「凍える老女」などの代表作が並び、ガイドブックの白黒写真に載っていた「再会、キリストとトマス」を見ました。私は写真のこの作品に魅せられ、日本ではあまりなじみのないバルラハの作品をわざわざハンブルクのはずれまで、見に来たのでした。

キリストにしがみつくトマスと、トマスをそっと支えるキリスト。トマスの目は光で眩んだか、まるで盲目のように見当違いの視線のまま見開かれました。それは目があっても神をみることのできない人間を表現しているようでもあります。トマスは見るのでなくただ全身をぶつけてキリストの存在をたしかめようと試み、そして全霊でキリストを感じ、歓喜に包まれています。トマスは肉体としてのキリストに再会しただけでなく、復活という奇跡に直面して、その魂がうち震えていました。細部の装飾を捨てて、これ以上削らなければ輪郭を失う極限までの単純化された造形のなかに、「再会」の本質がすべて表現されています。トマスの、かなわぬ願いがついに真実のこととなった、その至福がしみじみと伝わってきました。私の心のなかはゆっくりと温かさに充たされていきました。

バルラハ「再会、キリストとトマス」(1926) *1

ナチス美学は、絵画はリアリズム、彫刻は古代ギリシア彫刻ふうのダイナミックな肉体表現をもてはやしました。ですから、よぶんなものをいっさい削ぎ落としたこの作品は、二匹の猿と呼ばれていたようです。しかし、巨大な権力によって完膚なきまでにこきおろされた作品が、今私達の目の前にあるということは、驚くべきことだと思います。

徹底癖のあるドイツ人が、バルラハの作品を全滅させようとすれば、簡単だったはずです。事実多くの作品が破壊されたなかで、代表作が残ったというのは、危険を冒してまでバルラハの作品を守った勇気あるドイツ人の存在を証明するものです。バルラハを敬愛する人々、表現の自由を奪おうとする独裁者に抵抗するドイツの良心も命がけだったことは容易に想像できるのです。ドイツを吹き荒れたファシズムの嵐が強大であればあるほど、その力に屈伏しないドイツ人の勇気も不死身なのでした。

親が鑑賞に没頭しているのをいいことに、背伸びをした娘が、「再会」のトマスの衣服の裾を好奇心いっぱいに、人指し指で触っていました。

「ママ、これ木？」

彼女は目の前の彫刻が不思議でならなかったようです。本当に油断も隙もありません。人類の文化遺産に手を触れるなど、とんでもないことでした。こら、と叱り急いでやめさせました。

二十世紀の彫刻では石膏から型をとってブロンズ像をつくる方法が複製も作りやすく、主流をしめていました。しかし、バルラハは労力と時間のかかる、硬い木材を彫った作品を多く残しています。木材はブロンズよりも自然にちかくて温かみがあります。木肌のぬくもりが「再会」のテーマを表現するのに、適していると考えたのかもしれません。娘が人指し指で触れた木の感触をずっと覚えていたら面白いのにと、不謹慎にもそんなことを思いました。

そろそろ帰らないと電車に遅れるよ、と夫がうながしました。心を残しながら帰ろうとしたそのとき、私の目はある一隅の陳列作品のなかの、キリスト磔刑（たっけい）の像に釘づけになりました。時間を気にかけながら急ぎ足で鑑賞していたので、ひっそりとした一角の、ガラスケースに入っていたこの作品を観ていませんでした。今、バルラハ・ハウスのカタログを見てもなぜかその作品はどこにも載っていません。「再会、キリストとトマス」のような木彫ではなく、白くて石膏のような材質でした。原型ではなく複製か鋳型だったのかもしれません。バルラハの傑作と言われるマールブルクのエリザベート教会にある十字架像と関係があるものという推測も成り立ちますが、その像自体から受けた衝撃があまりに強かったので、題名を見たかどうかも記憶にないのです。ともあれこの場合、その作品の出所や題名などあまり重要なことではありません。それが、キリストの磔（はりつけ）の像だという事実がすべてです。キリストの最期の姿を刻んだ極限のような彫像の前で私は動けなくなりました。

　バルラハの十字架上のキリストは、ナチスに嫌悪されるにふさわしく、神の子の威厳や栄光にはほど遠くて美男でもありません。骨と皮だけの痩せさらばえた姿で、烈しい肉体的苦痛に顔を歪め、呻きながら、断末魔の荒い息づかいをしていました。これ以上哀れで悲惨なキリスト像は、私にはちょっと思いあたりません。それはグリューネヴァルトやホルバインの描いたイエスの死に相通じる凄絶がありました。しかし、それだけなら私はこの像からすぐ目をそらしたくなったはずです。バルラハのこのキリスト像には、視神経にとげのように突き刺さり、人の心に切迫した意味を呼びさます「何か」がありました。私は胸がつぶれる思いで、苦しく立ちはだかるキリスト像と向きあいました。

驚いたことに、微かに開かれたイエスの口もとは、喘ぎながら、私に向かって必死に何かを訴えかけていました。私は絶え入るばかりのイエスに囁きかけられていました。信じてもらえるでしょうか。数分して、私はその言葉をはっきり理解しました。声にならぬその言葉を、聞きとることができたのです。その言葉は日本語に訳すことはほとんど不可能に思えました。ドイツ語で伝えなければ、なまぬるくなります。バルラハのキリスト像は十字架の上から、一語、一語、渾身の力をふりしぼるように、私に向かって、

「Ich Liebe Dich（イーヒ リーベ ディッヒ）」

と言いました。この絶望的な囁きの重さは、ドイツ語のもっとも厳しい表現です。それは肺腑を抉るような言葉でした。自分を裏切り、命を奪おうとする恩知らずの人間の代表であるこの私に向かって、イエスは怖ろしい言葉を吐きました。痛苦と孤独のきわみに追いやられながら、息も絶え絶えに、「Ich Liebe Dich」と言い切って死んでいくのです。この世界のどこに、そんな愚かなまでに優しい存在があるでしょうか。イエス以外に。

私はこのとき、愛するという行為のはての酷薄で非情な結末に慄然としました。「Ich Liebe Dich」という言葉は、このような、血を吐くような思いでしか語れない言葉なのか。真実の愛は、自分の愛を受けるに値しない人間、自分を傷つけ苦しめる人間にこそ与えるもの。愛とは自分の人生すべて、命までをも与えて与え尽くすことなのか？　愛という言葉は、金輪際、幸福な

笑顔で語ることのできないものでした。恋人たちが「愛している」と誓う時、それは「愛したい」という希望、楽観的な予測にすぎないのでした。自分を手ひどく裏切る相手に、見返りを求めずただ愛していると告げるとき、初めて愛が貫徹されるのです。痛みが深ければ深いほど、愛はかろうじてその本当の姿を現すのでした。恐ろしいことです。

イエスの、苦痛と悲しみをたずさえた臨終の言葉、愛しているという意志を放射された私の心は、痛みの激しい場所を突かれたように疼きました。愛は、自分に報いることのない人間のために、一生を棒にふることに他ならない。苦難を背負い犬死にすることそのものだとしたら、そのような身の毛もよだつ愛は人間には不可能なことではありませんか。ところが、イエスはまさにそのとおりに愛したのです。イエスの全生涯は不可能な愛を、一身を賭して実現するためのものでした。

「Ich Liebe Dich」と死の瞬間まで、訴え続けるものだったのです。

昔、私の妹がまだ中学生の頃、なぜイエスがあんなかわいそうな死にかたをする必要があったのかと訊ねては、私を困らせました。ミッションスクールで教理を習っている身としては、そのたびにむにゃむにゃと答えてはいましたが、正直なところ私自身もイエスのあれほど無惨な刑死について、説得力のある解答を見つけることはできませんでした。人類の罪の償いといっても、もう少し別の方法はなかったのか。心優しい人が見たら、あの磔刑の持つ毒々しい残虐さに、生理的嫌悪を覚え、耐えがたく思うのも当然のことです。妹がクリスチャンにならなかった最大の理由は、イエスが十字架上であのような凄惨な死にかたをしたのが、納得できなかったせいだと私は推察しています。妹は旅行で行ったイタリアで、ダ・ヴィンチの「最後の晩餐」を見た瞬間に畏敬の念に打たれました。イエスがどういう人間であったか、百万の書物を読むよりも、鮮明に理解できたそうです。そのせいで、よけいイエスが十字架で死んだ不当が許せないと感じたのでしょう。

しかし、バルラハの磔のキリスト像には、なんと、長年の妹の疑問も氷解するような、みごとな答えがありました。妹の強烈なダ・ヴィンチ体験と同様に、バルラハの十字架像は私に、電撃が走るような、大きな啓示を与えてくれました。バルラハはイエスがなぜ十字架で死んだかを、彫刻という手段以外では、絶対に表現できないようなやりかたで、提示していました。私には、初めてイエスが十字架で死んだ意味が理解できました。十字架というかたちが、キリスト教の根幹をなすことが、とうとうわかりました。

過去に見た数多くの磔刑の彫像、絵画、壁画で見えていなかったものが、突然見えたのです。思わず、「ああ、これしかなかったんだわ」と呟いていました。イエスは愛を伝えるために、是が非でも死ななくてはならなかったし、磔以外の刑、首切りとか、縛り首とか、毒殺とかそんな死刑では駄目なのです。イエスは十字架の苦悶のうちに死ぬことなしには、彼の生まれた意味や人生の真価を、世界に伝えることはできなかったでしょう。死は人生の完成される瞬間です。イエスが十字架で死んだのは、救い主としての人生を決然とまっとうした瞬間でもありました。

バルラハは物の姿形を見ることより、そこに造形的価値を見ることが、たいせつだと考えた彫刻家でした。普通の目で十字架上のキリストを見れば、そこには肉体の苦痛に歪む一人の若い男が見えるだけです。では造形的価値とは何か。十字架に釘づけになったキリストの身体は、両手を大きく広げています。その両手を広げた造形に、全地球がかかるほどの意味があることを、バルラハは教えてくれました。

人間が言葉や行動でなく、その身体で「愛」というものを表現するとしたら、どういう形になるか。それは、愛するものを胸に抱きしめようとする瞬間の、両手を大きく伸ばした姿、それ以外にあるでしょうか。駆けよってくる子供を抱こうとするとき、恋人を迎えいれるとき、人間の身体は大きく両手を広げます。たとえ相手が刃物を持って自分を刺そうとしても、まったく無防備な状態、つまり自分の生命を相手に差し出している姿です。自らの死を覚悟で、相手を受け入れ、抱こうとする形態は、究極の「愛のかたち」なのです。

死にいたるまでの長い道のりで、イエスは全身の血が燃えるような、塗炭の苦しみに喘ぎながらもずっと両手を広げ続け、そのままのかたちで死の瞬間を迎えました。イエスはあらゆる人々、自分を裏切り、嘲り、陥れた人間、自分の脇腹を槍で突き刺す人間でさえ、両手を広げて迎え入れたのです。それゆえにイエスはあらゆる苦難のやさしい隣人なのでした。イエスの人生は、その言葉も行動もただ「愛」を伝えるためにありましたが、それが不可能になった死の場面でも、「愛」をかたちとして残しました。両腕を大きく広げる姿は、すべてを許し、すべてを愛する、究極の愛の造形でした。

イエスは死ぬこと、そして死のかたちによって、彼の人生の本質であるところの「愛」を教えました。十字架の死という造形以外に「愛」を伝えるかたちはありえない。その発見は私のキリスト教観を一変させてしまうほどの感動でした。キリスト教とはなんと凄い宗教であることか。神父さまもシスターも教えてはくれませんでしたが、十字架はキリストの苦難の象徴ではなく、壮絶な「愛のかたち」だったのでした。

私のこの感じ方が牽強付会でないことは、帰国後読んだ、『ヨーロッパ・キリスト教美術案内』（P・ミルワード、岡田勝明ほか　日本基督教団出版　一九九二）のなかの一節でも証明されるでしょう。岡田勝明氏がバルラハのマールブルクの十字架像について、短くこう書いています。


十字架の横木に長くのばされた腕は、キリストの苦悩よりも、むしろあらゆるものをすくいとる、開かれた愛の表現のようにみえる。


一人の天才の存在は、神の存在を証明してくれるものです。バルラハはキリストの生涯の意義を摑みとった結晶のような十字架像を彫りました。彫刻という手段をとおして、「愛のかたち」を見せてくれました。バルラハは人間界から天界への橋渡しをしてくれたのかもしれません。

バルラハの十字架上のイエスに命がけの「Ich Liebe Dich」という言葉をかけられた私は、とても冷静ではいられませんでした。自分がイエスの愛に値しない人間であるという痛切な想いがわっと押し寄せていました。

ハンブルクからの帰りの電車のなかでも、バルラハの十字架像の残像は、私の胸の底にどすんと沈んだままでした。車窓から、真赤な夕日が血の塊のように落ちていくのが見えました。それは目眩(めまい)のするほど強烈な色を放っています。思わず目を閉じると、瞼の裏までもほのかに充血していくような痛みを感じました。

そろそろ、私がママにドイツのことを手紙に書こうとした本当の動機について、告白しなくてはなりません。

ことの始まりは、私の人生からママが消えてしまう日が近づいているという胸苦しい予感でした。去年の八月に手紙を書き始める少し前から、私はママの病気を漠然とですが感じていました。くるべきものが近づいている。何度か検査して大丈夫と言われていたにもかかわらず、娘の直感は悪いほうへ悪いほうへと傾いていました。そのころのママの顔色、急な痩せかたや疲れたようすを見るにつけ、私はある覚悟を迫られるように感じていました。C型肝炎のママにやはり肝臓癌という結末が訪れるだろう……。

私は弱い人間で、ママを失うという悪夢に青ざめていました。私の心は悲鳴を上げました。しかし私は、ママが私以上に怯えていることにも気づいていました。自分の身体を文字どおり楯にして、父親の暴力から娘達を守りぬき、あらゆる困難に対して毅然としていたそのママが、初めて娘にとり乱した表情を見せたのです。死の痛撃を目前にした人間の当然の反応であっても、私は目をそむけたかった。ママのなかの脆い部分を見るのがつらすぎて、どうすべきかうろたえ、混乱していました。

私はドイツで神経症の発作に苦しんでいた日々のことをまざまざと思い出しました。それは死をこれまでの人生で一番身近に感じ、震えていた日々です。私の三十数年の人生のなかで、あの暗鬱な日々だけが、ママの苦痛に似ていました。その頃の生活を、もし手紙というかたちでママに語ることができたら、私はママの恐怖や孤独に寄り添うことができるかもしれない。ふとそう思いました。惨めに怯えていた自分の姿をさらすことで、ママの人生により深く関われるかもしれない。そうできたらと願いました。気の晴れる内容の手紙が書けないことはわかっていました。それでも気休めの笑顔や、嘘に塗りこめられた励ましをみせるより、真実のほうが必要な刻(とき)がきてしまいました。

手紙のなかのドイツの物語が、ひとときの間だけでも、病気のママを別の世界に連れていくことができればいいのです。旅行など許さんという夫に仕えた結果、ヨーロッパどころか熱海にさえ行くことができなかったママのために、私は書きたい。ママの愛したシューマンやカロッサの国の真実を。ママの目となり耳となり、私の感じたまま、考えぬいた結果のドイツの姿を書いていこう。私のドイツはママのドイツでもあるのです。

そんな決意で長い手紙を何通も書くうちに、私は今まで経験したことのない事態に出逢いました。手紙のなかで語られているのは、過去の回想なのに、そのなかで私や賢一さんや瑠璃子が生きていて、ママも息づいているのです。語りかけられる存在のママは、手紙のなかでは病気の苦痛もなく、何より不幸ではありませんでした。私は手紙を書きながら、たしかにママの深い眼差しを感じていました。ですから、私は手紙を書いている間だけ、ママとの別れの予感に、辛くも耐えることができました。


癌検査の前には底知れぬ不安に慄(おのの)いていたママですが、先月の最終的な告知の後は凜として揺るぎませんでした。私は、ママがきわめて冷静に身辺の後始末をはじめたことに目を瞠(みは)りました。ひとたび覚悟を決めてしまうと、母親とは何と潔いものでしょう。

「パパは生命保険に入ることを考えたこともない人だから、薫と綾に自分の財産を残したりもしないでしょう。だから、せめて私の保険金だけでもあなたたちにあげたいと思って」と言い、ママが自分の生命保険証書と遺言状と実印を差し出したその晩、私は号泣しました。ママは夫からろくな生活費を渡されていませんでした。可愛い人だったのに、美容院に行くお金もないほどで、ささやかな女の楽しみも捨てて生きてきました。そんなママが、どれほど苦労して娘に残す保険の掛け金を捻出していたかと思うと、こみ上げてくる感情を抑えることができなかったのです。

ママの結婚には、異常人格というものに触れたことのない人には想像もつかないほど、惨憺たる日々がありました。不幸といえば、これ以上不幸な結婚も珍しいのです。私は少女の頃から、ママをあんな生活から何とか救うことができないか、そればかりを考えてきたように思います。日本では一年に百人以上の妻が、夫の暴力によって殺されているという統計があります。ママは、その統計に入らない、潜在的な被害者でした。不運のきっかけは、ママが夫に蹴り倒されて肋骨を骨折し、その折れた骨が肺の一部を傷つけたせいで、緊急手術を受けたことにあります。手術の際の輸血で運悪くC型肝炎になり、そして肝臓癌という致命的な病気が待ち受けていました。

四十年ちかい年月、ママは幾度もあの人間から逃げ出そうと思ったにちがいないのに、それができませんでした。ママの両親が早くに亡くなっていて、帰る場所がなかった。経済的に締め上げられていて、電車賃にも事欠いた。身体が弱くて、仕事をもっての経済的自立は無理だった、などというのも理由ではありましたが、一番の理由は、二人の娘を手放すことができなかったことにあるのでしょう。夫が弁護士では、親権や養育費を争っても勝ち目はありませんでした。

父がどのようにして異常人格へと変貌していったのか、その原因を知ることは難しいことです。ママの言うように父は「若いころはあんな人ではなかった」わけで、少なくとも、ママが二人の子供を生むくらいまでは、癇癪持ちの傾向はあっても、やさしいところのある「普通」の範疇に入る人間でした。それが子供たちの成長につれて、異様に恐ろしく、暴力的で偏執的な人間へと、徐々に歪んでいきました。

社会に不適応な父は、家庭のなかで毎日荒れ狂って、うさ晴らしでもしていたのでしょうか。父の唯一の喜びは、妻子を支配し、責め苛(さいな)むことにあったのかもしれません。今さら、父が何をどうしたと書いても仕方のないことですが、凄まじい虐待の日々でした。ママはあの人の理不尽な要求や生活費をほとんど渡さないという経済制裁に、口答えもせずに耐えました。殺されることよりも、娘が殺人者の子供になることが怖いのだと、言いました。ママは娘二人の防波堤になりました。もちろん私たちもよくびんたはくらいましたが、ママがいなかったら、あの人の暴力はもっと烈しく娘に向けられたにちがいないのです。

自分の収入の大半を、自分の贅沢のためだけに使いたかった父は、高校を出た娘に働けと言いました。ですから父に土下座して借金するママがいなければ、娘二人はとうてい大学など進学させてもらえなかったでしょう。結婚することも不可能でした。娘二人の幸福は、ママが毎日戦ってくれた結果なのでした。ママは異常な人間を伴侶としたために、自分の四十年の人生を棒にふったのでした。

「Ich Liebe Dich」という言葉に凝集されたイエスの人生は、じつは凡庸で無名のママの人生のなかにもみつけることができました。他人の目にはどのように映ろうとも、私にとってママが生きてきた姿には、バルラハの十字架像と同じような痛ましい愛がありました。一緒に生活したいような夫ではなかった。仕方なく結婚生活を続けた。それが事実であったとしても、あの異常な人格を必死で受け入れて、四十年も傍にいたということが、夫から逃げなかったということが、その耐え忍んだ痛みの歳月が、それこそがひとつの愛のありかたなのだと私は思いました。ママはC型肝炎を発病したときも、癌になったときも、一度として夫のせいだとは言いませんでした。服従することが習慣になっているだけだと言う人もいるでしょう。でも私にはわかるのです。ママは夫を受け入れたように、従容として病気を引き受けた。毒薬であろうと、神が与えたものならば最後の一滴まで飲み干す。ママはそういう人間でした。

ナチスに迫害されて失意のうちに死んだバルラハは、どのような思いであの十字架像を彫り上げたのでしょうか。救いようのない悲惨を与える脅迫者に対して、自らを破壊されずに戦う方法はただ一つしかあり得ず、それは愛の翼で覆うことなのだ。バルラハはそう考えたような気がしてなりません。望んだことではなくても、結果としてママも、愛の翼を広げたのだと思います。

バルラハの十字架上のイエスに命がけの「Ich Liebe Dich」という言葉をかけられた私は呻いていました。じつは愛しているという言葉ほど深く心を抉り、回復不能なくらいに人を傷つける言葉はないのです。私の父親が十字架のイエスの愛に値しない人間であることは明白ですが、私もまた徹頭徹尾イエスに愛される価値のない人間でした。

ママには黙っていましたが、私は一度本心から父を殺そうと思ったことがあります。ママが肋骨を折られて傷が内臓に達してたいへんな手術を受けていた間、私は待合室で一つの妄念にとり憑かれていました。殺してやる。心臓から血が噴き出すように、私のなかに抑えがたい殺意がわき上がりました。父への憎しみのあまり、息苦しくなるほどでした。「もし、ママが生きて手術室から出てこなかったら、私は絶対に父を許さない。父に復讐する」。ママがいない家庭に戻るくらいなら、刑務所のほうがずっと心地よいとさえ思えました。私は包丁で父をメッタ刺しにしてやるつもりでした。殺人なんて誰にでもできる簡単なことに思えたのです。

さいわいに、ママは生きていましたから、私は父を殺さずにすみました。そのあと、私は自分の手を汚してまで、父を殺そうとは思わなくなりましたが、父が早く死んでくれないかと、発作のように願って暮らすようになりました。世間は父親の死を望む娘を非難するでしょう。それでも私は父の死を願ってやみません。

私は父が死んで、父の柩を火葬場の火のなかに送りこんだ瞬間の自分を、いく度も想像しました。想像のなかで、私はじつに晴れ晴れとしていました。満面の笑顔を浮かべています。これほど爽快な解放感は二度とは味わえないと笑っていました。火に包まれた父の遺体は、生き返って家族を苦しめることはありません。胸の腫れ物がつぶれていくような快感に浸るのでした。

父親も父親なら、娘も娘でした。周囲の人は、賢一さんでさえ、私のことを何の悩みもない、幸せで温和な人間と見ているのに、真相は忌まわしく冷えびえとしています。私は父親の死に心から笑い、良心の呵責など感じません。息も凍るほど冷たい人間でした。

私のような人間を愛するから、イエスはやつれた姿で十字架に釘打たれ、血の汗を流して苦しみ悶え、凄まじい悲惨のなかに死ななくてはならなかった。そういう声が響き、私の胸ははり裂けるようでした。私は聖書の一節を思い出しました。《主は「わたしは、けっしてあなたを離れず、あなたを捨てない」と言われた》（ヘブル・十三・五）。イエスは、父親に死んでほしいと願う業の深い娘の隣で、憂いに沈んだ目をして立ちつくしているのでした。

先週、ママを病院にお見舞いに行ったときのことです。入院してからは「底なし沼に沈むようにだるい」「よく眠れない」と嘆いていたママが、珍しく私の入ってきたのも気づかずに、静かな寝息をたてていました。私はママを起こさないように、そっとベッド脇の椅子に腰かけました。ママは、胸の上に小さなピンクの子ブタのぬいぐるみを抱えたまま寝ていました。そのぬいぐるみは、瑠璃子がお見舞いにもってきたプレゼントでした。ママはその六百円の子ブタをとても喜びました。ピンクの子ブタの鼻先が、ママにすり寄るようにして、なついてみえました。ママの胸が呼吸で上下するたびに、抱きしめたピンクの子ブタもかすかに揺れていました。ぬいぐるみを抱きながら、孫のことでも考えているうちに、気持のよい微睡みに入ってしまったのでしょう。

ママの肌は黄疸で黄ばんでいましたが、その寝顔はすこしも苦しそうではありませんでした。ママの寝顔は、まるで天国の夢でも見ているみたいにきれいでした。口もとには、童女のようにあどけない微笑みが浮かんでいます。私はママの傍に坐ったまま、うっとりとママの寝顔を見つめていました。見つめれば見つめるほど、その表情に幸福が溶けこんでいました。ママの寝顔のどこにも、長い不幸な結婚生活の汚れがついていないのです。透きとおるように無垢な安らぎがありました。

修羅場のような結婚生活の中で、ママが望んでかなえられた願いなどほとんどなかったのに、今病室に横たわるママの姿はふんわりして、満ち足りていました。父がその生活すべてに自分の欲求を満たそうと、我慢忍耐を一瞬もしないで生きてきて、それでも何ひとつ満足できずに、眉間に険しい表情を刻んでいるのとは対照的でした。

ところが、ママときたら瑠璃子のくれた六百円のピンクの子ブタで最高に幸せなのでした。ママの求めた幸福は、ほんとうにささやかなものでした。暗い結婚生活を送るママのまわりには、小さくてもきらきらする喜びがあふれていました。道端にひっそりと花を咲かせるすみれや、ペットショップでふてくされるペルシャ猫の姿や、娘の弾くピアノの音色。ママはそこに無限の幸福をつかみ取ることができたのです。

私はママがこのまま、心和むような眠りを続けてくれたらどんなにいいだろうと思いました。ママの病気が治らない以上、一分でも長く、うららかな春のような夢に漂っていてほしかったのです。私は半時ほど、ママの傍にいてママの眠りを見つめました。それは、たとえようもなく美しい時間でした。私は、父の長年にわたる常軌を逸した虐待が、ママの喜びのほんの一部分すら奪いとることはできなかったことに、ようやく気づきました。バルラハの作品がヒトラーの強大な権力によってさえ抹殺されなかったように、ママの魂もあの異常人格に破壊されることはなかったのでした。

病室はしずかでした。私はママの澄みきった寝顔を見つめながら、かつてないほど平安な心で祈りました。物心ついてから初めて、憤りを持たずに祈るということができる気がしました。

以前の私はママについて祈ろうとしても、最後まで言葉が続きませんでした。父のことが頭をよぎり、悪寒がするほどの憎悪と悔しさで、祈りのかわりに呪詛の言葉しか出てこなかったのです。私は「汝の敵を許せ」という神の意志に従うことなど、断じてできませんでした。父を許せというのなら、神は先にママを救ってくれるべきでした。

それが不思議なことに、父に対するいっさいの感情が消えていました。私はただこんなふうに祈りました――。神様がどうしてもママの命をお望みになるのなら、ひとつだけ私の願いをお聞き届けください。どうかママを今のような平和な眠りのうちに、天国にお召しくださいますように。長い間さまざまな困難や病気と闘って、充分苦しんできたママが、晴れやかな夢のなかで、虹の橋をわたるように私達と別れることができますように。もし私の願いをきき入れてくださるならば、私は忌み嫌う父とかならず和解することをお約束します。今すぐ父と和解することは無理ですが、この先いつの日にか、私に与えられた父親という存在を受容し、父の異常な人生も認めることを誓います。私は父を許す資格のあるほど、心正しい娘ではありませんが、けっきょく最後は父と和解しなければならないことを知っています。なぜなら、この私自身も、罪を許されなければならない人間の一人だからです。ママが幸福の輝きのなかで、深い眠りをねむるとき、私はそのときこそ父を憎悪することをやめられるかもしれません。憎しみには何の力もないことがわかりました――。

ママが目を開けて、最初に見たのはピンクの子ブタでした。それから、ふっと私のいることに気づいて、ママは花びらのようにやさしい微笑みをみせてくれました。

冷たい雨の降る一月　ある月曜日　自宅にて

＊1　photo by Rufus46 2006 https://commons.wikimedia.org/w/index.php?curid=5614833

十二、私と山瀬ひとみとの対話6　愛のつたえ方

私　ドイツに行く前は、欧米の夫婦や親子が始終愛してると言うことが、単なる習慣のように見えていました。何で胸から胸に伝えるしかないことをわざわざ言い合うのか。甘い言葉で愛が保証されるのかという気持もありました。でも生活してみるとはっきり言葉にして「愛してい

る」と言い合わなければ孤独地獄の彼らはとても生きていけないだろうと分かりました。親子が川の字に寝て育つ日本人と違い、赤ん坊の頃から別室に一人で寝かされている彼らは、強いものだけが生き残るという容赦ない適者生存の世界に生きていて、孤独であるという人間の運命の在り様がもっと剝き出しで苛烈でした。

私にとって、ドイツは骨身に染みて寒い国でした。彼らはどうしても「愛している」と言葉にして、凍てつく孤独を暖めあう必要があるんです。「愛していない」と言われたら、それはそのまま「死ね」と言われるに等しいことだと思う。孤独な彼らの、ひとを求める愛執も、日本人には想像もつかない命がけのものです。愛執が強すぎるから、孤独にならざるを得ないともいえます。だから死ぬ瞬間まで十字架上で腕を広げて迎え入れてくれた、人生の絶対の「同伴者」のイエスの存在、自分の善行の証人で永遠の話相手のキリスト教の神、唯一無二の常に愛してくれる存在がなくては生き難いのだと思い知りました。もちろん神を信じない人たちもいますけれど、神を棄てることと最初からいないことはまったく違いますから、この東西の亀裂は永遠に埋まらないでしょうね。

山瀬 日本語とドイツ語で作品を書いている多和田葉子が新聞のインタビューで、日本語の「思わず」にぴったり当てはまるドイツ語はないが、理由は《日本と違い、すべての行動は意識的であり、結果に責任をとるという考え方があるから》（東京新聞　二〇一八年六月三日）と言っていました。ドイツ語では「思わず」愛してしまうのではなく、自分の「愛する」という言葉＝意志から愛が始まるんです。自分が責任をもって愛を始めるんです。愛は契約です。それが絶対孤独から愛に至る道で、キリスト教の同伴者の愛のかたちになる。

最も崇高なかたちでの彼らの「愛している」という告白は、決意の表明なんです。「愛している」は甘い言葉では絶対にない。彼らの「愛している」は「愛します」という宣誓というとわかりやすい。次に書こうとするミラン・クンデラが《ドイツ語は**重々しい語**の言語である》（太ゴチック原文ママ。以下同）と書いていたように、彼らの愛の伝え方は重々しい。

しかし、日本人には愛することに宣戦布告のような決意の区切りはなくて、いつの間にか、しぜんに、あるいは「思わず」、双方で寄り添い愛しあう、しぜんに「共演」しているという愛のかたちです。日本人の夫婦愛は意識的に言葉で伝えるものではなく、ある種の伝染のように相手の心に届けるものだと思う。

私　日本人は愛を、中途半端な、言葉のいらない曖昧な領域のままにして、愛のような空気の漂う中で生きられるのではないでしょうか。愛はもともと言葉を超えた沈黙の中に在るのだから「愛している」と言葉にしてもしなくてもいい。言葉で迫る必要がない。幼い頃から言葉で自分を徹底して表現できなければならないドイツ人との何たる違いか。これは幸福とも不幸ともいえますが、とにかく《どっちともつかないような、あるいはどっちでもあるような》言葉にしないグレーゾーンのあることで、おそらくドイツ人のようなかたちの孤独にはならないというのが今のところの私の考えなんです。

山瀬　極論を言うと、日本語はドイツ語と違って、イエスかノーか決断しないでいられる場所のある言語だと思います。お茶を飲むか飲まないかということにおいてさえ、たとえば「うん、ちょっと」と曖昧にする、先延ばしすることができる。すぐに結論を出さずに行ったり来たりできるという「間」のある、本当に中途半端な領域のある、興味深い、ある意味凄みの思想の、面白いけれど翻訳の難しい豊かな言語だと思います。西田幾多郎の「間の文化」の言語です。例えば英語なら、立場を決めなければ、責任をとらなければ、一行の文章だって書けない。イエスかノーだけでなく、イエスかノーか決めないという立場も明言しなければ先に進めない。

私　日本人もドイツ人も、人間の絶対の孤独という運命は変わらないけれど、日本人の孤独は、天上の神ではなく、互いの、人間同士の、秦恒平の云う「高貴な錯覚」の「神聖な愛」において乗り越える性質のものだと思う。「高貴な錯覚」を私の言葉でいうと「愛の気配」でしょうか。『枕草子』の中で清少納言が定子皇后に「いはで思ふぞ」という手紙をもらって機嫌を直したことが描かれていますが、この「いはで思ふぞ」は日本人には本当によくわかるし、くどくど愛していると言われるよりずっと胸に迫ります。それはなんだかんだいっても言葉を使わずに静かに寄り添うだけで以心伝心、「愛の気配」を互いに察して温めあえる人間関係の世界なんです。夫も妻も「いはで思ふぞ」で互いの愛を信じている。ドイツ人には想像もつかない世界だと思います。愛しているかいないか言葉にして白黒突きつめなくてもいいのですから。

山瀬　日本語にはキリスト教のことばでは表現し得ない愛が在る。『死なれて・死なせて』を読んで以来、このことを考え続けています。言語によって世界の見え方、「愛」の捉え方がこんなにも違うことを思い知らされます。

言語の違いは孤独の違いで愛のかたちの違いにも繋がる、その事実を前にして、日本とキリスト教の狭間にいる「私」と「山瀬ひとみ」はこれからますます自分の愛のありようを揺さぶられ悩みぬくのでしょう。日本人の、日本語によるキリスト教受容の問題に生涯をかけて格闘した文学者たち、内村鑑三や遠藤周作の生死を賭けた苦闘に比べれば、吹けば飛ぶような凡人のあがきなんですが、日本人のキリスト者なら誰でも避けて通れない問題です。読書とドイツ体験から引き出したこの深刻な「問い」には答えがない。生きている限り解決不能のまま抱えていくしかありません。

私　「私」はキリスト教を身に抱いてきましたが、ドイツやドイツ語を経験することでかえって鮮烈に日本の姿を見出した。日本と出逢いました。そして日本の文芸に象徴される日本語の愛である「詩」が、キリスト教によっても書き換えられないことを強く自覚したのです。

秦恒平の『死なれて・死なせて』のなかの「身内」の思想との出逢いは、ドイツで打ちのめされた「私」が「日本」と必然の再会を果たした重要な経験でした。人間は単線で生きたほうがらくですが、「身内」の思想は「私」をいつのまにか複線にしてしまったのです。

山瀬　あらためて日本文学に目をやると、泉鏡花や谷崎潤一郎や秦恒平、もちろん鷗外や漱石や露伴や藤村もそうですが——彼らの作品はキリスト教の影響をほとんど受けていないと思います。

言うまでもなく、古今東西の万巻の書物を読み考えぬいていた天才の彼らは、山瀬ひとみが足元にも及ばぬほど知的にキリスト教の神髄を理解しているはずです。その上で、彼ら日本の文豪たちは自身の文学世界を断然キリスト教と無縁で通したのだと思います。日本文学の本流、古典の正統を受け継ぐ文学者としての、叡智ある選択であったのではないでしょうか。彼らの文学は日本文学の先行作品への答えともいえます。

《芸術には、すべてを通じて、血統というものがある。巨匠をみれば、つねに、その巨匠が先人の長所を利用していて、そのことが彼を偉大にしているのだ、ということがわかる。ラファエロのような人たちが土台からすぐ生いそだつのじゃない。ちゃんと、古代および、彼ら以前につくられた最上のものの上に立脚しているのだ。その時代の長所を利用しなかったら、彼らが大したものになるわけがない》（エッカーマン『ゲーテとの対話（上）』山下肇訳　岩波文庫　一九六八）というゲーテの言葉の通りで、日本の文豪たちにとってキリスト教は土台になかったからその血統に脈打つ作品は書かなかった。彼らにとってキリスト教、つまり聖書の伝える十字架の「愛」は彼らの日本語の「愛」とは異なる相貌をしていました。

キリスト教を拠り所としない彼らの日本語には日本人に内在する思想、魂の核があります。彼らの日本語に、キリスト教の言葉と角逐できる日本人独自の霊的な愛の世界があると言ってもよいかもしれません。日本語礼賛という意味ではなく、どのような信仰を持とうと日本語以外のものになれないのが日本人で、日本語にはキリスト教文化圏にない可能性も限界もあることを明らかにしてくれているのが、日本語で書く優れた詩人、知識人たちだと思います。彼らは素晴らしい日本語で日本人の愛のかたちを描いてきました。

私 内村鑑三の著作から島尾敏雄の『死の棘』や遠藤周作の『沈黙』や『死の河』に至るカトリック文学の名作はキリスト教圏に出て行く大きな世界文学になりましたが、日本文学史の中ではどちらかというと孤立した仕事です。カトリック文学は日本が長い鎖国と禁教を経て、この信仰に窓を開いたことによって生まれてきた新しい文学領域で、これからの日本文学に、たとえば須賀敦子や若松英輔のような後継者が続くのかが問われることでしょう。谷崎潤一郎はじめとする文豪たちの伝統に根差す系統発生的な日本文学に比べて、カトリック文学は今のところ個体発生的なものだと感じています。

しかし、カトリック文学の書き手たちは、日本と西欧との深刻な思想的闘争に命がけで挑んで、日本や日本語の鉱脈から何かを新たに掘り出してくれているとも言えます。私は、彼や彼女らの熱い読者として、自分の抱える矛盾や葛藤を生きていくのだと思います。

「私」は自分が常に二つの世界の間で揺れ惑っていると感じています。両方の愛のかたちが二つの定点になっていて「私」の生き方を歪んだ楕円のようにしています。「私」はどちらの世界にも軸足をかけられないできました。

山瀬 あらゆる葛藤は人生からの贈り物、はかりしれない恵みになり得るものです。ひとは他言語や他宗教や多くの思想に学び、大きく揺さぶられることによって、初めて自分の母語や風土に咲く愛のかたちをより深く生きることが出来るのだと思うのです。

キリスト教的自己犠牲の「同伴者」の愛も、互いに「共演者」である「身内」の愛も対立するものではなく、「愛」への道のりが違うだけなのですから、今はこの二つの愛の世界に右往左往していることをそのまま続けるしかありません。

世界中でそれぞれの言語の文学者たちが自分たちの言語でなんとか愛を知りたい、伝えたい、実現したいともがきながら書いています。愛は、世界中の人間が和解できる領域にある唯一のものだと考えていますが、どの言語においても伝達不能で、名作によってもその姿を透かし見ることしかできません。この地球のすべての言語が愛への登頂ルートを模索している。

愛はとにかく詩的なアプローチしかできない、永遠に手の届かない何かです。愛はあらゆる言語で広義の「詩」として創作する以外に顕すことのできない、決して分からない何か……。だから日本語には日本語の愛のかたちがある。世界中の「読み・書き・考える」人間が、言語の壁を突き抜けて「愛」を訴え続ける試みこそ、人間が人間であり続けることだと思うのです。

そもそも旧約聖書にバベルの塔の話があるのは、多様な言語＝思想こそ神の望んだことと考えられますでしょう。言語の数だけ愛のかたちがあることを想像してみたら、愛の高みに達するには色々な道があることも自明です。一つの言語世界だけでは、不充分なんです。外国語を勉強する意味はそこにあると思う。

だからこそ世界中の六千とも七千ともいわれる多様な言語＝思想による愛の在りかたを守らな

ければと思います。愛について、もし或る言語による一枚岩の定義が存在するなら、拒絶か受け入れるかの二者択一しかない勧善懲悪の、お涙ちょうだいのB級娯楽映画になってしまう。

愛は言葉を超えた神秘の領域のもので、人間の持ち合わせている言語では到達できないのが定めだからこそ、その不完全さを、人類の持てる限りのあらゆる言語で少しずつ補い合って、語り、書いて、翻訳して伝え続けなければ……。そうすることで人間世界から「愛」の焔を消さないようにしていくしかないと思います。言語が多様なことは、愛がさまざまなかたちで世界中にちりばめられている証明なんです。

私 「私」は「山瀬ひとみ」と一緒になって、キリスト教と「日本語」を共存させながら「愛」という究極に至る道を必死に探している大混乱の渦中ですが、そういう遠回りはやむを得ないこと。むしろ遠回りでなければたどりつけない場所があるということでしょうか……。

世界には色々な言語圏の愛のかたちがあるからこそ、生きる甲斐ある素晴らしい場所になり得る。キリスト教によらない愛の在り方も世界に必要だし人類に貢献するものだと思うようになりました。

山瀬 愛は一つの宗教でも思想でも言語でも表現しきれない究極の何かです。自分が一つの宗教に属し、思想や言語あるいは所属する国を一つだけ選ばなければいけない必要はどこにありますか。マルグリット・ユルスナールは、自分はいくつかの宗教に属していると語っていたそうです。自分が一つの愛のかたち、一つの価値観を絶対と思いこむことこそむしろ恐れるべきではないかと、最近考えるようになりました。
秦恒平にこんな言葉があります。

きれいに割り切れるものに真実は宿っていない、それは真実の滓でしかない。撞着や矛盾があればこそ真実なのだ。

（秦恒平ＨＰ「私語の刻」二〇〇一年九月十七日）

矛盾も撞着も抱えずに、きれいに割り切れるものを唯一の真実と信じる時、人間は絶対に正しく在れません。人類がたとえば、愛を英語だけで、一つの宗教や思想だけで語り得ると舵取りしたとき、恐ろしい全体主義がやってきます。

アメリカの極右集団オルト・ライトについての或るドキュメンタリー番組を観たとき、彼らの指導者が、世界にイスラム教徒が増えすぎたので核兵器を使用して数を減らさなければならないと語っていました。潜入したジャーナリストが隠し撮りしたその映像のなかの、指導者の無表情には背筋も凍る恐怖を感じました。

多くの場合、「私」も含めて人は、漠然と自分は正しい側にいると信じている。しかし、正しいと思い上がっている限り、人間は無意識に何かに隷属していて、魂の高貴な自由を喪っているのではないでしょうか。愛の神秘に対して自分が深く謙虚であれたらと祈るような想いでいます。

私　自分の信じる何かは、それが本当に正しいのかという深刻な問いと共にあるとき、初めて信じるに値する何かに近づくのかもしれません。揺れる自分の矛盾のなかにこそ「私」の核が、真実が、存在している。すぐに明解な答えが出るものを求めると真実から遠ざかる。大切なのは、自分の抱えた激しい矛盾をしっかりつかまえて深めていくことかもしれない。「私」は「私」のやり方で自分の愛のかたちを見極めたい。二つの愛のかたちをいつか自分の中に調和できるように、自分の経験と統合できるように……。それは「私」と「山瀬ひとみ」の共同作業のこの創作となり、私が私になること、いのちを全うすることになると思います。

山瀬　次にミラン・クンデラの『存在の耐えられない軽さ』について書いてみようと思います。このラブストーリーは自分のために書かれた小説だと思うくらい好きなのです。なぜ愛読してきたのか考えてみると、この作品の中に、「私」や「山瀬ひとみ」の抱えている東西の愛のかたちの融和を感じるからではないかと、この対話をしながら思い至りました。

私　『死なれて・死なせて』のあとがきに次のような言葉が書かれています。

　よく見るがいい、人を深く感動させてきた小説や演劇・映画のすべては、わたしの謂う「身内」を達成したか渇望したものだ。根源の主題は、愛や死のまだその奥にひそんだ、孤独からの脱却、真の「身内」への渇望だ。

秦恒平はキリスト教圏の愛もこのように読んできた文学者です。『親指のマリア』のような宣教師シドッチを描いた渾身の作品を読めば、彼がキリスト教や聖書を実によく勉強していることがわかりますが、彼はキリスト教を生きているわけではない。「日本」の文学者としてキリスト教を描くことで、むしろ「日本人」や「日本語」を照らそうとしている。キリスト教を自分の文学世界に引き寄せて統合させて、書いたと思います。

『存在の耐えられない軽さ』の場合は、どのようなかたちで東西の愛のかたちの融和が描かれていると思いますか。

山瀬　チェコスロヴァキア出身であるクンデラはもちろんキリスト教圏に生まれた作家ですが、『存在の耐えられない軽さ』のなかで度々ニーチェの永劫回帰への言及があることからも、この物語をキリスト教的価値観だけでの解決には導いていないと読んできました。

主人公のトマーシュは《宇宙にはすべての人がもう一度生まれてくる惑星がある》と考えていて、人間は死ぬと次々に別の惑星に生まれ変わっていくというのです。死後の世界は惑星であって、唯一絶対の神の国ではない。最初に読んだときに、東洋の輪廻転生思想と響きあうものを感じました。

この作品で特に重要なのは、言葉をもたない動物、犬の存在だと思っています。共演者でも同伴者でもない第三の道といえるかどうかはわかりませんが、異種間の愛も描かれることで、この作品はほんとうに深い愛の「身内」の物語にもなっているのです。

クンデラが手にしようとしたのは、思想や宗教を超えたあらゆる命の高貴な自由でしょう。それは彼が祖国のコミュニスト政権下で、キリスト教はもはや何の力も持たず、徹底的に自由を収奪されてきたこと、検閲との闘いに辛酸をなめたことと深く関係していると考えています。著作が発禁処分になり、結局フランスに亡命していますが、彼は二つの国、二つの政治体制、二つの言語で生きざるを得なかった。しかし、どちらも彼の真実生きる場所ではなかった。彼の死闘は、トマーシュとテレザという、クンデラの分身、自分の住んでいる人間世界と決して和解できなかった男女の軌跡になりました。

もちろん「翻訳」で読んでいますが、日本語と異なる言語空間における、「同伴者」の自己犠牲の愛と「身内」の達成という両方の愛のかたちとしても読めて、いつも溢れる感動を与えてくれる名作です。

十三、愛は種を超えて　クンデラ『存在の耐えられない軽さ』

私の恋愛小説ベストテンを選ぶとしたらその中に必ず入るのがミラン・クンデラの『存在の耐

えられない軽さ』（千野栄一訳　集英社　一九九三）です。ただし、この小説は恋愛小説のかたちをした「思想小説」といえるので、たとえば「存在の耐えられない軽さ」の意味を考えるような作品論が正攻法の「読者の仕事」かもしれません。しかしながら、この創作を書きはじめた動機は、色々な本を「読んで・書いて・考えて」きた中から立ち現われる、まだ見ぬ自分に出逢いたいというものですから、私は一読者の身勝手とも偏愛とも自由ともいえる「読み」を書きたいと思います。世間に数多ある恋愛小説の中で、この名作の個性を際立たせている、私の読みとった「愛のかたち」について是非書きたいと願うのです。

この小説は作者である全能の語り手の視点で物語が進み、痺れるような名言、たとえば《小説は著者の告白ではなく、世界という罠の中の人生の研究なのである》や《媚態(コケットリー)とは保証されていない性交の約束である》などが随所にちりばめられているのですが、私がこれから書こうとしていることに関係している語り手の言葉を一つあげます。

《天国》への憧れとは人間が人間ではありたくないという強い願いなのである。

『存在の耐えられない軽さ』において、クンデラはこの《人間が人間ではありたくない強い願い》を抱かざるを得ない、人間が人間であるがゆえに背負っている宿命的な何かについて、人間の男女と人間ではない一匹の犬を通して描いているといえます。

この小説は主人公テレザとトマーシュを軸に、サビナとフランツという二組の男女の愛の軌跡が描かれると共に、もう一人、いえ一匹、テレザと飼犬カレーニンとの関係が、重要な役割を担っています。

テレザとトマーシュの結婚生活は仔犬のカレーニンを飼うことから始まり、最終章「カレーニンの微笑」のカレーニンの死に導かれて終幕に向かいます。作者クンデラがこの悲劇的なラブストーリーに、どうしても単なるペットを超えた存在の「犬」を登場させなければならなかった必然を読みとらなければなりません。

人間でない「犬」が鍵を握る作品は、聖書やデカルトの、人間は「自然の支配者にして所有者」というキリスト教文化圏では珍しいことではないでしょうか。聖書の世界では人間は神の似姿に創られ、すべての動物の上に君臨する万物の霊長なのですから、犬のような動物への愛は、人間どうしの愛より格下のもの、あるいは人間関係のうまく築けない者の逃げ場所のようにとらえられているように思うのです。ペットロスは衣食足りた人間の、ある意味贅沢な嘆きで人間の死ほどには同情されません。

私の限られた読書経験では、犬を題材にしたチェーホフの名作『カシタンカ』やジャック・ロンドンのような小説はあっても、人間どうしの愛と人間と動物の愛を並列して描いた西欧の恋愛小説はこの作品の他に思い浮かびません。犬がここまで主人公たちの生死と深く関わる小説は滅多にないでしょう。クンデラがこの作品にあえて犬を重要な存在として登場させた根底に、先にあげた作者の言葉、《人間ではありたくないという強い願い》即ち、人間への呻きのような深い絶望を感じずにはいられません。

『存在の耐えられない軽さ』（一九八四年刊）以前に書かれている『別れのワルツ』は、クンデラの著作がチェコスロヴァキアで発禁処分中の一九七一年に書かれたもので、クンデラがフランスに出国後、一九七六年にフランスで出版されました。この作品についてクンデラは『小説の技法』（西永良成訳　岩波文庫　二〇〇六）の中でこう言及しています。

『別れのワルツ』の中では、人間はこの地上で生きるに値するのだろうか？「地球を人間の牙から解放すべきではないか？」と問われています。

クンデラは、『存在の耐えられない軽さ』でも『別れのワルツ』と関わるテーマ、人間がこの地球に生きるに値しない何か「人間の牙」を、「犬」という非人間を登場させることによって描いているといえます。作者クンデラは動物と人間との関係を次のように書きます。

創世記の冒頭に、神は鳥や魚や獣の支配をまかせるために人を創造されたと、書かれている。もちろん創世記を書いたのは人間で、馬ではない。神が本当に人間に他の生き物を支配するようにまかせたのかどうかはまったく定かではない。どちらかといえば、人間が牛や馬を支配する統治を聖なるものとするために神を考え出したように思える。そう。鹿なり牛を殺す権利というものは、どんなに血なまぐさい戦争のときでさえ、全人類が友好的に一致できる唯一のものなのである。

その権利は、われわれが階級組織のトップに位しているので、われわれには当然のことのように見える。しかし、たとえば他の惑星からの訪問者のような誰か第三者をこのゲームに登場させて、神様がその者に「すべての他の星の生き物を支配すべし」といったとしたらどうであろう。創世記のもつ当然性というものが、急に問題となってくる。火星人の車を引っぱるためにつながれた人間や、あるいは銀河から来た生き物に串焼きにされた人間が、自分の皿の上でよく切っていた子牛の骨付きあばら肉のことをもしかして思い出し、牛に(遅かりしだが!)謝るかもしれない。

このような思考は八百万の神のいる日本人には抵抗はなくても、キリスト教会の人間観ではありません。クンデラの視線は西欧を超え、東洋も超え、地球のかなたの惑星にまで届いています。《人間は支配者ではなく、いずれはこの管理に責任をとらなければならなくなる単なる惑星の管理人である》というのです。

この作品には人間が地球に生きるに値しない理由、人間への糾弾とまでいかなくても、愛想尽かしはたっぷり描かれていると思えてなりません。

犬のカレーニンはこの深刻な愛の物語の中で、人間どうしでは持ちえない、人間社会には免れがたい俗悪＝キッチュとは無縁の生きかたを教えてくれます。もしこの小説にカレーニンの存在が描かれなかったら、人間であるテレザとトマーシュの、男と女の愛の普遍的な悲喜劇の本質に、ここまで肉迫できたでしょうか。

クンデラはさらに踏み込んで犬と人間の愛についてこのように書くのです。

こうした思いつきのはっきりしないごたまぜの中から、テレザには打ち消すことのできないふざけた考えが浮かび上がってくる。というのは、カレーニンとテレザの愛は、彼女とトマーシュとの間のそれよりもよいという考えである。よりよいのであって、より大きいというのではない。テレザはトマーシュのせいにする気も、自分自身の責任と思う気もなく、**もっと**愛し合えるだろうと断言する気もない。どちらかといえば、テレザに思えるのは、男と女の愛はアプリオリに人間と犬の愛（少なくともその最良の場合）より、より悪い種類のものとして作られており、神は人間の歴史にそのような奇妙さを計画してはいなかったろう。

犬への愛は無欲のものである。テレザはカレーニンに、何も要求しない。愛すらも求めない。私を愛している？　誰か私より好きだった？　私が彼を愛しているより、彼は私のことを好きかしら？　というような二人の人間を苦しめる問いを発することはなかった。愛を測り、調べ、明らかにし、救うために発する問いはすべて、愛を急に終わらせるかもしれない。

もしかしたら、われわれは愛されたい、すなわち、なんらの要求なしに相手に接し、ただその人がいてほしいと望むかわりに、その相手から何かを（愛を）望むゆえに、愛することができないのであろう。

また、このようにも書きます。

　しかし、主なることは、どんな人間でももう一人の人間に牧歌という贈り物をもたらすことができないことである。これができるのは動物だけで、それは《天国》から追われていないからである。人間と犬の愛は牧歌的である。そこには衝突も、苦しみを与えるような場面もなく、そこには、発展もない。カレーニンはテレザとトマーシュを繰り返しに基づく生活で包み、同じことを二人から期待した。
　もしカレーニンが犬でなく、人間であったなら、きっとずっと以前に、「悪いけど毎日ロールパンを口にくわえて運ぶのはもう面白くもなんともないわ。何か新しいことを私のために考え出せないの？」と、いったことであろう。このことばの中に人間への判決がなにもかも含まれている。人間の時間は輪となってめぐることはなく、直線に沿って前へと走るのである。これが人間が幸福になれない理由である。幸福は繰り返しへの憧れなのだからである。

人間は時間が前に進む生を生きるという、キリスト教圏の作者の語る《人間が幸福になれない理由》ほど、私の胸にすとんと落ちる説明はありませんでした。人間にとって一番難しいことは幸福になることとも言えるでしょう。この小説には、このテレザとカレーニンの「牧歌」の関係とテレザとトマーシュの愛し合っていてもどうしても幸福になれない関係が対極に置かれています。

トマーシュとテレザの関係は愛し合っていても、互いに互いを不幸にする生き地獄でした。トマーシュはプラハの有能な脳外科医で女にもてる男、そして女への性衝動をまったく抑制できないどうしようもないプレーボーイでした。次々とテレザ以外の女との性交渉を持ち続けました。「叙事的女好き」トマーシュの「性愛的友情」はテレザへの愛とは全く違うものでしたが、そんな彼の理屈がテレザに（どんな女にも！）通じるはずはありません。束縛を嫌悪する愛人サビナだけが理解者でした。トマーシュは貞節なテレザが嫉妬に苛まれる姿が重たく、彼女に自分の愛が伝わらないことに失望しています。

トマーシュはテレザが他の女たちと違う特別な存在であることを証明するために正式にテレザと結婚し、テレザの苦しみを少しでもやわらげようと仔犬を贈りました。トマーシュからのプレゼントであるカレーニンと名づけられた犬は、二人の結婚の最初からこの男女の悲しみのいくばくかを背負わされていたのです。

《だがカレーニンの応援も彼女を幸福にさせることはできなかった》《テレザに絶望の瞬間がや

ってくると、カレーニンのために耐えねばといいきかせた》と作者は書いています。テレザは髪の毛に他の女のデルタの臭いをさせて帰宅するトマーシュに苦しみ続けます。《彼女の身体がトマーシュのための唯一の身体となりえないなら、人生で最大の戦いに敗れたことになるので、その身体は行くところに行けばいい！》

愛している男の唯一の身体となりえない女の絶望を、男はそういう絶望が在るかもしれないと想像することしかできません。それは殺される側の絶望を殺す立場からは経験できないことと同じです。テレザは自分の存在を耐え難いと思ったに違いありません。性は男女を刹那的に一つにしますが、継続的には男女を分かつ底なしの深淵です。

トマーシュはまたこうも思った。愛を性と結びつけるということは、創造者のもっとも風変わりな思いつきの一つであった。

そして、さらに次のようなことも思った。愛を性というばかばかしいものから守る唯一の方法はわれわれの頭の中の時計を違ったふうにセットして、ツバメの姿で興奮するということであろう。

そういう甘美な思いと共にトマーシュは眠りについた。眠りつく境界の、観念が混乱しているその素晴しい地域で、トマーシュは突然、あらゆる謎の解決法、秘密への鍵、新しいユートピア、天国をまさに見出したことを確信した。それは人間がツバメの姿を見て興奮し、性という攻撃的なばかげたものにさまたげられることなく、テレザを愛することのできる世界である。

彼は眠りに落ちた。

女の幸福は、自分が愛する男にとっての唯一の身体であり続けることだとすれば、では男の幸福とは何か。自分の愛している女が、他の女とのセックスを許してくれること、性的に自由にさせてくれること、そして裏切り続ける自分を一点の曇りもなく一途に貞節に愛してくれることです。つまり男の幸福は女の幸福と対極にあります。性と愛の風変わりな結びつきさえなければ男と女はもっと安らかに生きられるはずでした。ツバメに欲情でもしない限り、人間の男と女はどこかで折り合いをつけるしかありません。

犬のカレーニンは、テレザとトマーシュの折り合い地点であったといえるでしょう。カレーニンはテレザの苦しみを救うことは出来ませんでしたが、不幸なテレザの傍らで「幸福」であり続けることのできた唯一無二の存在です。人間には成し得ない「牧歌」という天国の住人として、テレザを支えることで、トマーシュも、支えました。

テレザとトマーシュの運命は、作者クンデラと同じように「プラハの春」という容赦ない時代の渦に巻き込まれてさらに大きく狂いだします。政治的混乱の中、トマーシュとテレザは自由のためにソ連軍占領下の祖国を棄ててチューリッヒに逃げます。優秀な外科医であるトマーシュには仕事がありましたから可能だったのです。しかしそこでもプラハと同じトマーシュの激しい女関係が繰り返されます。トマーシュの唯一の身体になれないことに絶望したテレザは遂に別れを決意して、カレーニンを連れて、ひとり共産党支配下のプラハに逆戻りしてしまうのです。

ここでトマーシュは決定的な愛の選択をします。テレザの後を追いかけて、独立を喪失した自由のない祖国、戻れば二度と出国できないプラハに帰るのです。テレザを追ってプラハに逆戻りしたトマーシュは《自分の中にいかなる同情も感じなかった。ただ感じたのは胃の中の圧迫と、もどってきたことに対する絶望であった》のでした。

中部ヨーロッパの共産主義体制は、犯罪者によって作り上げたもの以外の何物でもないと考える人たちは、根本的真実を見逃している。犯罪的体制を作ったのは犯罪者ではなく、天国に通ずる唯一の道を見出したと確信する熱狂的な人びとである。その人たちは勇敢にその道を守り、それがために多くの人びとを処刑した。後になって、そんな天国は存在せず、熱狂的であった人びとはすなわち殺人者であることが誰の目にも明らかになった。

そのときになって人びとはみな共産主義者に向かって叫び始めた。あなたがたが国の不幸（貧しくなり、そして、荒廃した）に、独立の喪失（ロシアの手に落ちた）に、不正な判決による処刑に責任がある！

告発された者たちは答えた。われわれは知らなかった！　われわれは欺かれた！　われわれは信じていたのだ！　われわれは心の底から無罪である！
争いは結局次の一点に集中した。本当に知らなかったのか？　それとも、知らなかったふりをしていたのか？

不幸な知識人トマーシュはこう考えました。

知っていたか、知らなかったか？　は根本の問題ではない。知らないからその人が無罪？というのなら、玉座にいるばかは、ばかであるがゆえに、あらゆる責任から解放されるのであろうか？
…中略…「知りませんでした！　信じていました！」というそのことに、取り返しのつかない罪があるのではなかろうか？

悪は犯罪者だけが成すものではなく、思考停止＝無知で騙される人間の成すものであることは、ハンナ・アーレントに学ぶことですが、第二次大戦に突入していった日本における善意の無知、純真な愚劣のもたらす熱狂集団の惨状をみても明らかです。クンデラの指摘のように人間は自分の無知に責任があります。理想社会を実現するプロパガンダの先には凄まじい強制収容所が待ち構えていました。無知は心底恐ろしいのです。

プラハに戻ったトマーシュは、「知らなかった」という罪についてオイディプースの例をあげ、暗に共産党員と政府批判と目される文書を書き、その撤回を拒否したために、脳外科医として働くことができなくなります。彼はその後も続く自分への転向要請から逃れるために、当時の心あるインテリ達と同じく自発的に社会的階層を下降していき、病院を辞め窓拭きの仕事人に、ついには田舎のトラックの運転手という最底辺にまで身を落としていきます。プラハの春のソ連軍侵攻をカメラで撮影し続けたテレザもまともな職にはつけません。《共産主義の国々では、市民の評定とチェックが、主なるそして止むことなくたえず続けられる社会活動で》あり市民の日常生活すべてが監視され《「市民の政治的プロフィル」》が好ましいと判断されなければ良い職も良い生活も得られないのです。

ロシアの軍隊がトマーシュの祖国になだれ込んできてからの五年間というもの、プラハは大きく変わった。トマーシュはかつてと違う人たちと通りで出会った。彼の知り合いの半分は亡命し、残った半分のうちの半分は死んだ。ロシアの侵入後の年月は葬式の時代で、死亡の頻度は他の時よりはるかに大きかった。このことはいかなる歴史家によっても記録されることのない事実である。ヤン・プロハースカのように、死に追いやられる（どちらかといえば稀（まれ）な）ケースだけを私は話しているのではない。ラジオが毎日彼のプライベートな会話を放送した二週間後に、プロハースカは病院へと去った。おそらくもう以前から彼の身体に巣くっていた癌が、突然バラの花のように開いたのだろう。警察の立会いの下で手術が行われたが、警察はこの小説家が死を宣告されていることを確認したとき、彼に関心を持つのを止め、妻の手に抱かれて死なせるままにした。しかし、直接には迫害されなかった人びとも死んだ。国土を捉えた絶望は心から身体へとしみ込んで、それを破壊した。ある人たちは、自分たちに栄誉を与え、新しい支配者と並んで姿を見せるように強制する体制側の好意から必死になって逃げ出した。こんなふうに共産党の愛からの逃亡で死んだのが詩人のフランチシェク・フルビーンである。文化大臣は、彼から必死に逃げるフルビーンを追いまわし、ようやく棺の中にいるところを発見した。大臣は棺の前でソ連に対する詩人の愛について演説をした。おそらくこのとんでもない話でフルビーンを目覚めさせようとしたのであろう。しかし世の中はとてもひどいところなので、死者は誰もおき上がろうとはしなかった。

テレザはトマーシュをプラハに戻してしまった責任を痛感し、窓拭き人になっても相変わらずのトマーシュの手あたり次第の女関係にはなんとか嫉妬を抑えようとします。しかし、その際限なしの裏切りに耐え続けるほど強くはなれません。

テレザは酒を売るホテルのバーで働きながら、ふとした心の隙に魔がさすように自分の窮地を救ってくれた技師と一度だけ関係を持ちます。しかし、自分の窮地も、自分を救ってくれた男もすべてが秘密警察の仕組んだ罠であったことに気づきます。同じホテルのフロントに勤務する、職場から追放されたかつての大使はこう説明するのです。

大使はいった。「それは秘密警察の者だな」

「でもスパイならスパイらしく目立たないようにしなければ」と、テレザは同意しなかった。

「もし秘密でなくなったら、何という秘密警察なの!」

大使はソファベッドに座り、ヨーガのコースで習ったように両足をあぐらをかくように身体の下に入れた。彼の頭の上では額縁の中でケネディが微笑んでいて、大使のことばに特別な祝福を与えていた。

「テレザ夫人よ」と、父親のような調子でいった。「秘密警察の連中にはいくつかのやり方があるのさ。第一のは古典的なもので、人びとがお互い何を話しているかに耳を傾け、そのことについての報告を上司にする。

第二番目の役割は脅しで、われわれを意のままにすることなぞ造作もないということを見せつけて、われわれが恐れることを望んでいる。これが、あんたのいうはげが腐心したことさ。

第三番目の役割はわれわれの評判を落とさせるような状況を作り出す努力をすることにある。今日ではわれわれを国家に対する陰謀で告発することに関心のある人はもういない。なぜなら、そうすればわれわれはいっそうの同情を集めるだけだろうから。それよりわれわれのポケットにハシシを見つけるとか、十二歳の女の子に暴行したと証明しようと努めるだろう。それを証明するような女の子ならいつでも見つかるからね」

テレザは再び技師のことを思い出した。どうして、もう二度と来なかったのであろう？

大使は説明を続けた。「あの連中は自分たちの任務に引き入れるために、人を罠にかける必要がある。その人たちの協力で次の人たちに次の罠をしかけ、そうして順番に全国民から情報提供者の単一組織を作り上げるのさ」


テレザは客に扮した秘密警察、「はげ」と「技師」の二人に自分の弱みを作られて、バーの酔客についての密告を強いられる立場に立たされたかもしれないことを知るのでした。それでも大使は《「あなたのケースは特に危険だというわけではありませんよ」》とテレザにいうのですから、この罠はチェコで日常茶飯の出来事なのでした。

監視と密告が網の目のようにはりめぐらされた市民生活は《プライバシーの完全な破壊》で《この世が強制収容所に変わったということ以外の何を意味するのであろうか？》と、テレザは悟るのでした。誰も信用してはいけない、そんな国家という強制収容所の閉塞の中で生きることの恐怖は読んでいて背筋も凍るものです。がんじがらめの二人の状況は息苦しくて、私は耐えられなくなるたびに本を閉じては休み、ため息をついては気を取り直して、読み進むしかありませんでした。

トマーシュは最初の結婚で一人の息子をもうけましたが離婚によって手離し、愛していたテレザとの間にさえ二度と子どもを望みませんでした。テレザのためにトマーシュは子どもではなく犬を選びました。なぜか。最初は子どもという束縛と重い責任を嫌ったのかもしれませんが、少なくともプラハに逆戻りした後には、彼は、子どもを産み育てるに値する何ものをも祖国に見出せなかったでしょう。

それはもちろん、全体主義政治体制への絶望がありましたが、それ以上にどうしても幸福になれない人間という種へのもっと根元的な絶望があったと感じます。カレーニンを描くことで、クンデラは幸福になれない人間の謎を読者に問いかけているのでした。追いつめられた二人が、社会の底辺へ底辺へと転落し続けて行く中で、カレーニンだけは別次元のいのちを生きていました。

カレーニンにとっては目覚めの瞬間は幸福以外の何物でもなく、ふたたびこの世にいる、そしてそのことを心から喜んでいるということを、素朴に無邪気に驚いていた。テレザのほうはこれに反していやいや目を覚まし、夜をのばし、目をあけたくないと願いながら目を覚ました。

出口も救いも希望もない生活の中でも、カレーニンだけは毎朝二人のベッドに飛び乗り、買ってもらうロールパンをご機嫌にくわえながら散歩し、バーで仕事をするテレザの足元にずっといて、幸せな犬として二人に寄り添い続けてきたのです。カレーニンは人間とは別世界を生きる幸福の輝きであり、絶対に裏切らないかけがえのない真実の友でした。

テレザとトマーシュは醜悪な人間集団とのおぞましい妥協を拒否し、必死に逃げ続け片田舎にまで流れ着きました。そんな二人の傍らでカレーニンだけは「人間の牙」から解放された素晴らしい自由を生きて、飼い主である、決して幸福になれない二人を慰め励ましていました。テレザもトマーシュも、この無垢に幸福な、人間ではないカレーニンがいたからこそ耐えがたい日常を生き続けることができたと私は考えています。

この二人と一匹は、国家の中の究極の少数派であり、決して他者から魂を歪められ悪用されることのない一組のチームを作っていたのでした。この結束の強いチームは、狂った世界で最後まで正気を保つことができました。テレザはテレザであることを、トマーシュはトマーシュであることを、カレーニンはカレーニンであることを、自由であることを守りきりました。

テレザとトマーシュの愛の結末は、この小説の半ばくらいで明かされ、二人が事故死したと簡単にトマーシュの息子からの手紙でサビナに報告されています。主人公二人の非業の死が間接的に描かれているのに対して、「カレーニンの微笑」と題された最終章で作者はカレーニンの最後の日々、犬と人間の別れを哀切に書きこんでいます。物語の最後に犬のカレーニンの死を置いたことで、作者クンデラはテレザとトマーシュの最後の真実を書きおおせると考えたに違いありません。

二人は犬を見て、またカレーニンは笑っている、笑っている間はたとえ死の病に犯されていようと、依然として生きようという意志があると思った。

翌日カレーニンの病状は本当によくなったように思えた。みなで昼食をとった。それは二人が、犬をよく散歩に連れていく、自由な一時間であった。そのことを犬は知っていて、いつも落ち着かずに二人のまわりを走りまわった。しかし、今回はテレザが鎖や口輪を手にしても、ただながながと二人を眺めて、動こうともしなかった。二人は犬に向かって立ち、いくらかでもいい気分にさせようと、(犬を思って、犬のために)陽気に振る舞おうと努めた。やがてしばらくしてから、まるで二人を気の毒に思ったかのように、三本の足で二人に飛びつくと、口輪をはめさせた。

「テレザ」と、トマーシュはいった。「お前がカメラをきらっているのは知っているけど、今日は持っていくんだ!」

テレザはいうことをきいた。つっこんだまま、忘れていたカメラを探すために戸棚を開けた。そして、トマーシュは続けていった。「いつか写真を撮ったことをよかったと思う日が来るよ。カレーニンは僕たちの一生の一部だったからね」

「どういう意味、**だった**というのは?」と、テレザは蛇に嚙まれたかのようにいった。カメラは彼女の目の前の戸棚の底にあったが、身をかがめようとはしなかった。「持っていかないわ。カレーニンがいなくなるなんて、考えるのもいやよ。あんたったら過去形でいったのよ」

「ごめんよ」と、トマーシュがいった。

「怒ってはいないわ」と、テレザは優しくおだやかにいった。「私は何度もカレーニンのことを過去形で考えているのにびっくりしたわ。何度も自分をどなりつけなけりゃならなかったの。だからカメラは持っていかないわ」

二人は無言で歩いた。話さないことが、カレーニンを過去形で考えない唯一の方法であった。犬から目を離さずに、いつも一緒にいた。いつ犬が笑うかと、二人は待っていた。しかし、犬は笑わず、三本の足で歩くだけだった。

「私たちのためにだけ歩いているのよ」と、テレザはいった。「散歩には出たくなかったの。私たちを喜ばせるためだけに来たのね」

彼女のいったことは悲しいことであった。だが、二人は意識しなかったが、幸福であった。悲しみにもかかわらずではなく、悲しさゆえに幸福であった。二人は手をつなぎ、目には二人とも同じ画面、二人の十年間の生活を示す、足をひきずる犬を見ていた。

刻々とカレーニンの最期が近づいたとき、二人はある決心をします。

せめてトマーシュが医者でなかったら！　誰か第三者のかげにかくれることができたであろう。獣医のところに行き、犬に注射を一本うってくださいと頼むことができたであろう。死の役割を自分で引き受けることはぞっとすることである！　トマーシュは自分では犬に注射は一本もしないし、獣医を呼ぶと、長いこと主張していた。しかし、そのあと、人間には許されていない特典をカレーニンにかなえてやれること、カレーニンを訪れる死は、カレーニンが好きだった人びとの姿でくることを理解した。

カレーニンは一晩中クンクン悲し気に鳴いた。朝トマーシュが犬に触ってみて、テレザにいった。「もう待つのはよそう」

朝であった。間もなく二人は家を出ることになっていた。テレザは部屋に入りカレーニンのところへいった。犬はそのときまで何も気にとめず横たわっていた。（ちょっと前にトマーシュが調べたときでさえ、何らの注意も払わなかった）が、ドアの開く音をきくと頭を持ち上げ、テレザを見た。

テレザはその目付きに耐えられなかった。おびえたといってもいいくらいだ。カレーニンがトマーシュをこんなふうに見たことはなかった。そんな目付きをするのはテレザに限られていたが、これほど熱をこめて見たことはなかった。これは絶望的なものでも、悲しい目付きでもなかった。そうではない。それは恐ろしいほどの、耐えがたいくらいの信頼の目付きであった。その目付きは熱望の問いかけであった。生きている間中カレーニンはテレザの答えを待っていた。そして、今（他のときよりもいっそう緊急に）テレザに真実を知る用意ができていると知らせていた。（何もかもテレザから出てくるものはカレーニンにとっては真実である。たとえ、「お座り！」とか、「ふせ！」という命令でさえも、それを真実とみなし、犬の生涯に意味を与えるのである。）

その恐ろしいほどの信頼の目付きは長くは続かなかった。すぐそのあと、カレーニンは頭を自分の足の上に置いた。テレザには、**こんな**目付きで彼女を見る者はもう誰もいないということが分かっていた。

そしてトマーシュとテレザはカレーニンを安楽死させますが、カレーニンはその直前までテレザに笑いかけていました。最終章が「カレーニンの微笑」と名づけられたように。その場面を書き写すと私はどうしても嗚咽してしまいますし、もう充分でありましょう。原作を読んでいただいたほうがずっといい。

大切なことは、カレーニンの死がもたらしたものを読み取らなくてはこの愛の物語を読みそこなうだろうということです。カレーニンの死がこの小説の最終章に置かれた理由を考えなくてはいけません。カレーニンの死はまさに二人の死への導火線なのです。

サビナへの手紙で二人は交通事故死したと告げられているのですが、私の「読者の仕事」はこの説明の先をこう読むのです。

そもそもカレーニンという名前はテレザの愛読書『アンナ・カレーニナ』からのものでした。トマーシュと共にいると決意して田舎町から初めてプラハに出てきたテレザは《その本をまるでトマーシュの世界への入場券のように手から離さなかった》のです。アンナ・カレーニナがどのように死んだかは言うまでもありません。こういう名前をつけたことは、田舎娘でウエイトレスをしていたテレザが、愛の果てに自ら死ぬことを懼れぬ女であることを示しています。そしてカレーニンと名付けられた犬にもその与えられた役割があるのです。

カレーニンは二人の結婚生活の始まりと共に登場し、最終章で二人の不幸を全部引き受けて逝ったと言ってもよいでしょう。カレーニンの死を経てしばらくして、テレザはとうとうトマーシュの愛の真実に目が開かれます。

テレザはずっとトマーシュが自分をちゃんと愛していない、自分の愛には非の打ちどころがないのにと思ってきた間違いに気づきます。トラックの修理をするトマーシュの灰色の髪、疲れきり、二度とメスを握ることのできない姿に老いを感じ、自責の念にしめつけられるのです。自分にもっと大きな愛があればチューリッヒにとどまるべきだった。トマーシュから逃げ出した。それは彼を自分という重荷から解放するためだと信じてきたが、実際にはテレザは彼があとを追って戻ってくることを知っていたのではないか。自分は何度もトマーシュの愛を試すかのように呼び寄せてとうとうこんな田舎まで来てしまった。先へ行けば行くほどより低いところへ彼を呼び寄せた。トマーシュが自分を愛していると信じるためにここまで来る必要がほんとうにあったのか。移動の自由のない体制下で、トマーシュもテレザもこの田舎以外に、もう外国にもプラハにもどこに行くことも許されない。結局テレザはトマーシュにたいしてずっと自分の弱みを利用してきたのだ。自分の弱さは攻撃的で、テレザはトマーシュに強くあることをやめさせ野菟に姿を変えさせてしまった。そう気づくのです。

テレザは踊りながらトマーシュにいった。「トマーシュ、あなたの人生で出会った不運はみんな私のせいなの。私のせいで、あなたはこんなところまで来てしまったの。こんな低いところに、これ以上行けない低いところに」

トマーシュはいった。「気でも狂ったのかい？　どんな**低いところ**について話しているんだい？」

「もしチューリッヒに残っていたら、患者の手術ができたのに」

「そして、お前は写真が撮れたね」

「その比較はよくないわ」と、テレザはいった。「あなたにとって仕事はすべてよ。でも、私は何でもできるわ。私にとっては何でも同じよ。私は何も失ってないわ。あなたは何もかも失ったの」

「テレザ」と、トマーシュはいった。「僕がここで幸福なことに気がつかないのかい？」

「あなたの使命は手術することよ」と、彼女はいった。

「テレザ、使命なんてばかげているよ。僕には何の使命もない。誰も使命なんてものは持ってないよ。お前が使命を持っていなくて、自由だと知って、とても気分が軽くなったよ」

彼の正直な声を疑う理由はなかった。今日の午後の光景がふたたび思い浮かんだ。トマーシュがトラックを直すのを見た。そしてテレザには彼が年をとったように見えた。行きたいと思っていたところに来た。だって、年をとってほしいと思っていたのだから。ふたたび自分の子供部屋で顔に押しつけた野菟のことを思い出した。

野菟になるってことは何を意味しているのであろうか？　それはあらゆる力を失うことを意味する。それは誰もが誰に対しても力を持たないことを意味する。


クンデラは愛についてどのように考えていたか。作中でサビナとフランツが交わすこんな会話があります。


サビナはいった。「で、なぜときにはその力を私にふるわないの？」

「なぜって愛とは力をふるわないことだもの」と、フランツは静かにいった。

《誰もが誰に対しても力を持たない》つまり誰かが誰かに対して力をふるわない関係が愛だと、クンデラはいうのです。またこうも書きます。

人間の真の善良さは、いかなる力をも提示することのない人にのみ純粋にそして自由にあらわれうるのである。人類の真の道徳的テスト、そのもっとも基本的なものは（とても深く埋もれているので、われわれの視覚では見えない）人類にゆだねられているもの、すなわち、動物に対する関係の中にある。そして、この点で人間は根本的な崩壊、他のすべてのことがそこから出てくるきわめて根本的な崩壊に達する。

テレザが最初にロシアに恐怖を抱いたのは小さなニュースでした。

若い雌牛たちが牧場で草をはむ間、テレザが切り株に腰をおろすと、カレーニンは身を寄せてきて、頭を彼女の膝にのせた。そして、テレザはかつて、十年ほど前に、新聞で二行ほどのニュースを読んだのを思い出す。そこには、あるロシアの町で犬が一匹残らず射殺されたことが書いてあった。この目だたない、見かけ上意味のないニュースが、初めて彼女にあまりにも大きい隣国に対する恐怖の気持ちをおこさせたのである。

クンデラは『小説の技法』の対談の中でもこの事件についてこのように語っています。

だからこそ、私の小説が語っている歴史的な出来事はしばしば歴史書では忘れられているのです。たとえば、一九六八年のロシアのチェコスロヴァキア侵攻後の数年間、国民にたいする恐怖政治に先立って、政府筋によって組織された犬の大量虐殺がありました。これは完全に忘れられたエピソードで、歴史家、政治学者にとっては何の重要性もないものですが、素晴らしい人間学的な意味合いがあることですよ！

犬の身に起きたこのニュースは人間に起きることの前触れです。弱い個人は犬と同じようにいずれ国家に潰される存在になるのです。力の行使は愛の抹殺に他なりません。クンデラは圧倒的な力をふるい人間を支配する存在を、たとえば独裁政権の圧政を、愛や自由の対極にあるものと告発しているのだと思います。

このニュースがそのあとにきたことすべての前兆であった。ロシア侵攻の最初の数年はまだテロルについて語ることはできなかった。ほとんどの国民が占領体制に同意していなかったので、ロシア人たちはチェコ人の間に新しい人たちを見出し、その人たちを権力の方へと押し上げねばならなかった。しかし、共産主義への信仰と、ロシアへの愛が死んでしまっているとき、それらの人たちをどこで探したらいいのであろうか？　ロシア人たちはそれらの人間を、人生に何かの理由で復讐（ふくしゅう）したいと思っていた人たちの間で探した。その人間たちの攻撃性を統一し、育成し、いつでも役立てるように保っておかねばならなかった。まず間に合わせの目的でその攻撃性を訓練する必要があった。その目標となったのが動物である。

新聞は当時一連の記事を掲載し始め、読者の手紙を組織し始めた。例えば、都市で鳩を絶滅することを要請した。そして、鳩は絶滅させられた。しかし、主なるキャンペーンは犬に向けられていた。人びとはまだ占領という悲劇に絶望していたが、新聞、放送、テレビは犬以外のことは何も語らなかった。犬は歩道や公園を汚し、子供の健康を害し、役立たずで、しかも養わなければならない。敵意をかき立てられた下積みの人間たちがカレーニンに危害を加えるのではないかとテレザは恐れた。やっと一年たって蓄らされた敵意は（そのときまでは、訓練のたまもので、動物に当てられていた）本来の目標である、人間に向けられた。

クンデラがデカルトの「自然の支配者にして所有者」という人間観、聖書の創世記に書かれた人間観から離れたのは、政権にとって殺される犬程度の意味しかなかった国民の一人として、過酷な支配に喘いだことと無縁であるはずがありません。聖書もキリスト教会も祖国の恐怖政治、全体主義体制の一部に成り果てました。

一九六八年「プラハの春」で指導的役割をはたして以降、クンデラの著作はすべて国内で発禁処分でした。クンデラは収入の道がなく生活は困窮していくのですが、好運にもフランスのレンヌ大学に招かれ一九七五年にフランスに出国、一九七九年にチェコスロヴァキア国籍を剝奪され、一九八一年フランス市民権を獲得しました。一九八四年にこの『存在の耐えられない軽さ』が出版できたのは、亡命の結果に他なりません。母国語で自分の小説が存在できず、本来の読者を奪われた絶望感はいかばかりであったかと思うのです。彼は夥しい、犬の虐殺をふくめた非業の死と自分の小説の死も経験し、人間がこの地上で生きるに値しない例をあまりに多く見なければならなかったのです。

この小説の題名『存在の耐えられない軽さ』とは何か。百人が百通りの答えをもつでしょう。クンデラは『小説の技法』の中でこんなふうに言います。

人間は「自然の支配者にして所有者」というデカルトの有名な文句の行く末について私が考えたのは、『存在の耐えられない軽さ』を書きながら、いずれも何らかの形で世界から身を引く人物たちに触発されてのことでした。この「自然の支配者にして所有者」は科学や技術の分野でいくつも奇蹟を成し遂げたあと、突然みずからが何も所有しておらず、自然の支配者でもなく〈自然は地球から徐々に退却していく〉、〈歴史〉の支配者でもなく〈歴史は人間の手を逃れていく〉、じぶん自身の支配者でもない〈人間はじぶんの心の不合理な力にみちびかれる）ことに気づいたのです。しかし、もし神が立ち去り、人間がもはや支配者でないとすれば、いったい誰が支配者なのか？　地球は支配者がいないまま虚空の中を進んでいる。それこそまさに存在の耐えられない軽さでしょう。

私は自分がクンデラのこのような思索にどこまでついていけているのか自信がありませんが、この題名にこめられた作者の問いかけを読者として真摯に考え続けていきたいのです。《読者の想像力が自動的に作者の想像力を補完する》というクンデラの言葉を自分に都合よく解釈することを許してもらえるなら、今の私に言えるのは、存在が重たいものより軽いもののほうが「力をふるわない」気がするということだけです。テレザもトマーシュも「自然の支配者にして所有者」から《身を引いた人間》であることはわかります。これは二人が誰に対しても《力をふるわない》存在になることと言いかえられましょう。

人間支配の社会ではまったく軽い存在でしかない犬、独裁政権の全体主義国家では（あるいは民主主義国家でさえ）吹けば飛ぶようなテレザやトマーシュたち国民の人生、そんな軽い存在の、力をふるいあうことない関係にこそ、悲しみの極まる愛の存在することを、全身全霊で訴える言葉が「存在の耐えられない軽さ」ではないかと感じながら読んでいます。

トマーシュの息子からサビナに届いた訃報の手紙には、テレザとトマーシュは時々となり町のダンスホールに行き安宿に泊まっていた。その帰り道に、二人の乗ったトラックが高い崖から滑り落ちて二人の身体はこなごなになって死んだと書かれていました。トラックのブレーキがひどい状態であったこと、それだけが二人の死因についての説明です。

私は、テレザとトマーシュの事故死は、自発的な死、あるいは車の故障に便乗した限りなく心中に近い死であったと考えます。カレーニンを終わらせたようにテレザとトマーシュは自分たちを終わらせたのです。

ピアノとバイオリンの音にあわせ、テレザは頭をトマーシュの肩にのせ、ダンスのステップを踏んでいた。霧の中へと二人を運んでいった飛行機の中に二人がいたとき、テレザはこのように頭をもたれかけていた。今、同じように奇妙な幸福を味わい、あの時と同じ奇妙な悲しみを味わった。その悲しみは、われわれが最後の駅にいることを意味した。その幸福はわれわれが一緒にいることを意味した。悲しみは形態であり、幸福は内容であった。幸福が悲しみの空間をも満たした。

カレーニンを看取って、カレーニンに死なれてはじめて、二人はたどりつくべき《最後の駅》についたのです。《最後の駅》という言葉は二人の間近に迫る「死」を感じさせます。愛しあっていてもどうしても幸福になれない二人が死なずにこられた大きな理由の一つは、カレーニンの存在であったと思います。

そしてカレーニンのいなくなった今、二人の未来にあるのはどちらかの先を争う死だけです。テレザが先に死んでもトマーシュが先に死んでも、遺された片方が生き続けることはできないでしょう。二人の行先は一つしかありません。悲しみに満たされた幸福の場所です。それが明らかな以上、とうとう辿りついた幸福の場所で二人一緒に死ぬことは必然の選択でした。しかも二人には、運転手の仕事用に政府から与えられていた廃車同然のトラックの故障という千載一遇の好機があった。さらに深読みすれば、壊れる寸前のトラックそのものが、体制に従順でない二人に与えられた政府からの間接的な死刑宣告であったともいえます。

少なくとも二百人以上の女と寝てきたトマーシュにとってテレザがただ一人の愛する女であった理由は、実はこの小説の始まってすぐ、二人の二度めの出逢いで作者が明らかにしていました。

するとと突然、彼女の死が耐えられないというはっきりした感情がわきおこってきた。彼女のそばに身を横たえ、彼女と共に死にたいと思った。

トマーシュは事のはじめからテレザと一緒に死にたいと願っていたのです。彼が他の女たちには決して想わなかった愛のかたちです。画家サビナは二人の死の知らせを読んでこんなふうに考えました。

彼女は自分の絵の一枚になっているようなトマーシュを見た。前面ではナイーブな画家によって描かれた見かけだけの装飾のようなドン・ファン、その装飾の裂け目からはトリスタンが見えた。トマーシュはドン・ファンとしてではなくトリスタンとして死んだ。

カレーニンが家で待っていたなら、トマーシュはトリスタンを、テレザはイゾルデを全うして死ねなかったでしょう。カレーニンを遺して死ねるはずがない。トラックから飛び降りても生きて帰ろうとしたはずです。カレーニンを看取ったことで、二人にはもはや生き続ける理由はなくなりました。強制収容所と化した政治体制の中でも生きてきたのは互いの存在のため、そしてカレーニンへの愛以外にありませんでした。

この物語の最終章でカレーニンは二人より先に旅立って、テレザとトマーシュを安心して死なせてあげる、二人の「存在の耐えられない軽さ」の悲しみを終わらせる役目を担っていたと考えるのは、犬を愛する私の牽強付会と笑われるでしょうか。

崖から滑り落ちるトラックの中で、テレザとトマーシュはこの上もなく幸せであったろうと思います。私はこう想像しているのです。

ブレーキが効かなくなったトラックの中で、テレザは運転しているトマーシュの腕にそっと触れます。テレザを見つめ返すトマーシュは、テレザの瞳に愛の焔を見つけ「今よ」というテレザの無言の訴えを聴きます。トマーシュはかすかに頷くと崖に向かってハンドルを切り、二人は至福の中で人間である自分たちを処断しました。キッチュなこの世界から、誰からも力をふるわれない場所へと自由にはばたくために……。二人は「人間の牙」からとうとう解放されたのです。

二人の魂はカレーニンを連れて、存在の軽やかさに歓喜しつつ虚空に飛翔したであろうと、私は信じているのです。テレザとトマーシュ、二人の命の最期に、愛の結末に、私は「遂に終わった、おめでとう」と言う言葉しか思いつきません。

テレザもトマーシュも互いに悲惨な愛の自己犠牲を重ねましたが、二人は唯一無二の愛の勝利も手にしました。私にとってこの小説は、テレザとトマーシュの愛とカレーニンとの種をも超える愛の身内、魂の血族の物語なのでした。何ものにも侵されることのない愛の領域「身内」は、人間の間だけに成立するのではなく、地球のすべての「いのち」と共に在るものでした。

十四、私と山瀬ひとみの対話7　ファシズムへの道

私　私にとって『存在の耐えられない軽さ』は至極の愛の「身内」の物語であると同時に、共

産主義国家についての戦慄のルポルタージュでもありました。私はこの作品を読まなければ、全体主義（ファシズム）に無知であったとさえ言えます。「自由」がないという地獄を頭でだけ理解していたものが、肌身に迫る恐怖としてありありと迫ってきたのです。

山瀬　それでも二十年前に読んだ時には、ファシズムはどこか他人事であった気がします。「私」は幸運にも、「もはや戦後ではない」民主主義憲法の下の日本に生を受けたので、戦争もファシズムも本や映画で知る歴史的事実であったり、他国で起きている対岸の火事でした。しかし、思想や言論の自由を奪われることなく、民主主義の根幹である基本的人権の尊重や国民主権、平和主義に守られた安全な場所にいるという根拠のない安心が、なんとおめでたいものだったか。

私　今はこの作品をわが事として、不安に押しつぶされながら読まなければならない。人を恐怖で支配しようとするファシズムの足音は、一市民の私だけが感じていることではなくて、広く社会に認識されていることでしょう。ロシアは結局ソ連が名前を変えただけだし、チェコもポーランドもハンガリーも民主化に逆行する国家になりつつあります。アメリカも暴徒の議会占拠など民主主義国家とは信じられない事態が起きましたし、香港で起きていることも、台湾に起きるかもしれない脅威も、ミャンマーで起きていることも肌が泡立つように恐ろしいのです。何より日本が太平洋戦争に突入していく時代の様相に近づいていると指摘する人々の少なくないことを憂慮します。まさか戦後生まれの自分が現在進行形でファシズムの再来を経験しつつあるとは想像したこともありませんでした。

山瀬　オルテガの有名な言葉に「私は、私と私の環境である」がありますが、人間は自分の置かれた環境と一蓮托生です。ファシズム体制になったら、「私」のなかの「山瀬ひとみ」は決して存在を許されないでしょう。「私」は「山瀬ひとみ」を棄てなければ生きのびることは出来ません。

「山瀬ひとみ」は、決して褒められるような存在ではないし、むしろ毒かもしれないけれど、「山瀬ひとみ」なしに「私」は「私」であれません。生物的に生きのびることと人間として存在することは違う。

私　クンデラの書いていたように《共産主義の国々では、市民の評定とチェックが、主なるそして止むことなくたえず続けられる社会活動》です。テレビで観ましたが、旧東ドイツで、いつも学校帰りにソーセージ一本食べていた高校生が、たまたまソーセージを二本食べただけで「あれは何の合図だ」と何日も厳しく尋問を受ける社会、そんな密告する・されるの二つの立場しかない社会では、心が窒息してしまう。「私」も「山瀬ひとみ」も自由に「読み・書き・考える」ことを奪われる。

山瀬　ファシズム体制のなかでは、クンデラの書いていたように犬ですら幸福ではいられません。全体主義国家というのは、「牧歌」を生きる動物さえ巻き込んで、容赦なく利用して殺してしまう。

『存在の耐えられない軽さ』や『小説の技法』のなかで言及されていた、政府筋によって組織された犬の大量虐殺の話は事実とは信じられないほど馬鹿げていて、人間はここまで堕ちるのかと思い知らされる怖い話です。ソ連には犬の身体に爆薬をつけて遠隔装置で起爆させるドイツ相手の「対戦車犬」までいたらしいのですが、同じような話は日本でもあったことをすぐに思い出しました。第二次大戦中の政府の犬猫供出命令です。ソ連のような極左でも戦時中の日本のような極右でも、全体主義国家の行きつく先は同じ集団犬殺しと思い知らされて、人間にはほんとうに幻滅します。クンデラのいうように「人間の牙」から地球を解放しなければと思ってしまう。

私　当時の「犬の献納運動」のポスターを見たことがあります。「私達は勝つために犬の特別攻撃隊を作って敵に体当りさせて立派な忠犬にしてやりませう」「何にが何んでも皆さんの犬をお国へ献納して下さい」とあります。さすがに猫の特攻隊は無理と判断したんでしょうが、こんなことが終戦の一年前から大真面目に実行されたんです。正気の沙汰ではない。殺処分の理由が狂犬病を防ぐ、空襲時の犬害を防ぐという理由なら賛同できなくてもある程度は理解できますが、ペットだった犬の特攻隊とか、寒冷地で戦う兵士用の毛皮コートをつくるから家庭で飼っている猫も差し出せなんて滅茶苦茶な話です。

ペットを利用しなければならないほど武器も兵士も物資も窮乏した国家が戦争に勝てるはずはないんですが、国民は泣く泣く従わざるを得なかった。どんな無理難題でも逆らえば憲兵に連れていかれるという状況はたぶん私を含めた今の日本人にはわからないと思います。国民全員が恐怖の坩堝の中にいたんです。母は当時まだ子どもでしたけれど、両親がいつも世間に対して非常に気をつけてものを喋っていたことや、爆撃より憲兵のほうがずっと恐ろしかったことを何度も言っていました。

山瀬　規模においては多分ソ連以上の犬猫の大量殺戮だったでしょう。諸説ありますが北海道で集められた犬の毛皮が一万五千から三万枚、猫の毛皮が四万五千から五万五千枚だそうです。戦後すぐに資料が処分されてしまったので、全国の実態がどうであったかは闇の中です。隠蔽したくらいですから、やましいことをした自覚が当事者たちにあったことはわかる。

軍用にならない犬と猫で毛皮のコートをつくるというのは、本当の目的ではなかったのかもしれません。クンデラを読んでから、国民を絶対服従させるほうが主目的だったのではないかと、考え直しています。

少し調べたら、やはり剥いだ毛皮がどこまで利用されたかはわからないようです。早稲田大学文学学術院の真辺将之教授（日本近現代史）によると「飼い犬や猫の供出は実質的な必要性よりも、人間でさえ生活に困る中で国民の鬱憤のはけ口や、国への貢献度の誇示、忠誠心の引き締めに用いられたのではないか」（毎日新聞　二〇一五年八月十二日）と。目的は毛皮でも犬の特攻隊でもなく、泥沼の戦況をごまかして国民支配を一層強化するものだったということでしょう。日本政府は戦時中のこの政策について犬猫の慰霊をして飼い主にも公式に謝罪すべきです。

私　こんな政策を思いついた人間たちには地獄に堕ちろと言ってやりたいですね。もしわが家の猫を供出しろと言われたら、私は獣医に連れていって安楽死という選択をすると思う。若い猫なら深い森の中にでも放して生きるチャンスを与えられるけれど、もう老猫だから逃がしても野良猫で生き延びることは出来ないだろうし、捕まれば終わり。知らない環境で、恐怖の中で他人に殺されるより、私の腕の中で痛みなく看取ってやりたいと思う。自分が家族の一員を殺した罪を死ぬまで噛みしめるためにもその道を選ぶべきだと思う。最期を見届けることが飼い主としての最低限の義務で敬意でありましょう。

山瀬 あの当時犬猫の安楽死の選択をした日本人ももちろんいました。隠したり逃がしたりした人もいました。供出を堂々と勇気をもって拒絶した人の話も読みました。でも供出した側の多数を責められるでしょうか。国は用意周到で、殺す予定だとはおくびにも出さず事前に各戸の飼犬飼猫の登録をさせて数を把握していました。ごまかせない。逆らって「非国民」のレッテルを貼られることは、そのまま村八分ということだし、「非国民」扱いされることは食糧の配給を減らされる深刻な飢えにもつながりました。ナチに「ユダヤ人」あるいは「叛逆者」と認定されることと似たような恐怖だったと思います。

もし猫を安楽死させたら関わった獣医にも災難がふりかかるかもしれない。投獄されて銃殺や拷問などの暴力による死は誰でも一番怖い。国家が本当に求めていたのは犬猫の死体ではなく、ソ連ではポレズニ・ドゥラクという、命令に絶対服従する「便利なばか者」なんです。全体主義国家は、奴隷であり愚民であることを証明しろと日常生活の細部にいたるまで国民に迫るんです。

平和な中ではどうにでも言えるけれど、非常識が常識になる狂った社会で命令にそむいて安楽死させる勇気が自分にあるというのは思い上がりかもしれません。人間は恐怖の中では、自分の飼犬や飼猫ですら守れません。そもそも自分の夫や息子や兄弟を戦争に送りだす状況であれば、前途有為の若者を特攻隊や戦艦大和で犠牲（いけにえ）にする状況であれば、犬猫を救えるはずがないんです。戦時中の犬猫供出について書いた本は井上こみち『犬や猫が消えた』をはじめとして何冊も出ていますが、未だに手を出せません。泣いて泣いて読めないにきまっています。銃弾が不足していたから、犬も猫も撲殺されました。なぜそんな残酷なことが出来たのか。

ハンナ・アーレントは《善良な人間が最悪のことをする》と書いていました。霊長類学者の河合雅雄は《太平洋戦争で残虐なことをした知人が、終戦後に善良な田舎のおじさんになった。こうも豹変する人間とは何か》を解明したかったから霊長類の研究に身を投じたと語っていました（東京新聞　二〇一九年七月六日夕）。戦争や全体主義国家の中では、保身や恐怖から自分が最悪の加害者になることを肝に命じるべきだと思います。

私　そういえば、スターリンにはうるさかったという理由だけで近所の盲導犬を射殺した逸話がありましたね。犬にすら情をかけられない人間が、敵国人だけでなく同胞をも粛清しまくったのは必然の結果だったかもしれません。

アレクシエービッチの『チェルノブイリの祈り　未来の物語』（松本妙子訳　岩波書店　二〇一一）の中でも、犬猫、色々殺す猟師の話が出てきて胸が痛みました。人間による犬猫の災厄は終わりがないんです。

猟師たちは伝染病を防ぐという名目の命令で、実際は放射能に汚染された動物たちを処分したんです。当初は三日だけの緊急避難といわれていたので、住民は戻れるつもりでペットを置いていった。結局住民が帰還できないまま無人にされた村で、猟師は鉛で玄関の封印された家の窓の向こうに猫がすわっていても飢え死にをどうすることもできない。犬も忠実に飼い主を待ち続けていた。しかも運命を知らず人なつこく猟師たちに近寄ってくる。やがて空き家に泥棒が入って家が壊されだして、犬猫が自由にうろつきだす。そんな状況で猟師たちが犬猫をどんどん撃ち殺す。一日の最後にハンターが二十人もいたのに弾が尽きてしまって小さな黒いプードルが一匹だけ残ってしまった。とどめをさしてやれなかった。廃棄物処理の穴に落として生き埋めにした、いまだにかわいそうだと語る、ほんとうに切ない話でした。

ソ連は多くの核実験でどういう被害が起きるか知り尽くしてましたから、被曝地のペットを野放しにすると汚染が拡大して大変なことになるという判断だったと思いますが、何の責任もない動物に、またも罪深いことをしています。本当は被曝の生き証人たちも同じように処分したかったのかもしれませんが、人間にはさすがにそこまで出来ない。そこで事故後五年で利権を温存したままベラルーシとウクライナをソ連から分離独立させるという荒療治で、人的被害を徹底隠蔽し莫大な補償の責任も回避しました。被爆者を歴史の闇に葬り見殺しにする政策で、バンダジェフスキーのような真実を語る医学者は投獄してしまう。悪事について手際がいいのも、ファシズムの特徴です。

国民が大切にされていない国家においては犬猫の命も尊重されないのは当然で、思い出すと、クリント・イーストウッド監督の映画『硫黄島からの手紙』でも主人公の相棒兵士の話が犬絡みでした。憲兵だったその青年は、一軒の家で吠えている飼犬を殺せと上司から命じられるんですが、その家の子どもたちや奥さんの必死の目を見ているとどうしても殺せなくて、空砲を撃って殺したふりをする。でもあと少しというところで犬が吠えてしまって嘘がばれてしまう。結局犬は上司に殺され、自分はやさしさが仇となって激戦地送りです。硫黄島で犬みたいに殺されました。もちろんこれはフィクションですけれど、当時の日本を取材した中で実際あった話だからこのようなストーリーが出来たと思います。

長い歴史の中で人間は、動物の中でも特に犬や猫と共に生きて、種を超えたかけがえのない友情を育んだわけですが、彼らを殺すという選択をしたとき人間は卑怯千万な裏切り者に豹変する。究極の「弱いものいじめ」に手を染める。「弱いものいじめ」はあらゆる悪の中でも最低最悪のもので、愛の対極の行為で、人間の品性は地に堕ちる。

山瀬　国家が公然と犬猫を処分し始めたら、間違いなく近い将来自分たち人間も同じように処分されると覚悟しなければなりません。クンデラが書いていたように《人生に何かの理由で復讐したいと思っていた人たち》を利用するのが独裁政権で《その人間たちの攻撃性を統一し、育成し、いつでも役立てるように保っておかねばならなかった。まず間に合わせの目的でその攻撃性を訓練する必要があった。その目標となったのが動物である》という指摘には鳥肌が立ちます。動物の次には「便利なばか者」以外のすべての国民が標的になるのですから。

昨今の日本のヘイトスピーチの横行は、このならず者たちの集団が形成されはじめたとみるべきでしょう。ヘイトスピーチが充分取り締まりされていません。その証拠に二〇一八年国連人種差別撤廃委員会の対日審査において、日本政府は差別禁止の取組が不十分と批判されました。特に公職にある人物のヘイトスピーチを国民が無関心に放置したら大変なことになると思います。

現在の日本はペットブームで犬猫があまりに愛されているから、さすがに表立って犬猫を攻撃対象にはできない。その代わりとして在日や沖縄やＬＧＢＴＱへの差別が煽られているのかもしれません。世間にヘイトスピーチが目立ってきて、それを糾弾する世論が封じ込められているとすれば、途方もない特権を得ようとする誰かが、人生に復讐したい人間たちの邪悪な攻撃性を国民支配に利用しようとしている前兆だから大変危険です。

ヘイトスピーチをしたり、それを喜んだりする人間たちは、弱い者いじめが生き甲斐。弱者を見つけて蔑(さげす)むことで、人生うまくいかない自分が偉くなった気分になれるからです。大きな力をふるう錯覚に興奮する人種です。弱い者相手にとにかく小皇帝となった優越感で威張りたい。彼らの卑しいところは自分より強いものには決して逆らわない事です。使い走りのいじめっ子が親分の権威をかさにきて徒党を組んでいる。

残念ながら、人間社会は将来もそういう人間をゼロには出来ないでしょう。しかし、私たちがそういう人種に決して大きな顔をさせてはならないことだけは間違いありません。ヘイトスピーチ集団は悪しき為政者の「便利なばか者」となり国民を監視しながら地獄に追い立てる凶器となります。その危険に無知で無関心で傍観する市民も同罪です。黙認したらいずれ表向きは正義の顔をした邪悪な支配集団の手先となって、一般国民に牙を向けてくる。憲兵やゲシュタポのように歴史はそれを教えてくれます。全体主義体制では、犬猫も平気で殺せる無慈悲な人間が、まともな大多数の市民を支配してやがて戦争や強制収容所というかたちで殺戮していくのです。クンデラが書いていたように《愛とは力をふるわないこと》なのに……。

私　このままだといずれ支配層からみて役に立たない高齢者や病人、障害者、性的少数者、子どもを持たない未婚者やジャーナリストあるいは左利きまでも馬鹿げた攻撃の対象となるかもしれません。犬猫についても保証の限りではない。自分は関係ないという無関心が蔓延している。

マルティン・ニーメラー牧師の有名な言葉「ナチスが最初共産主義者を攻撃したとき、私は声をあげなかった。私は共産主義者ではなかったから。社会民主主義者が牢獄に入れられたとき、私は声をあげなかった。私は社会民主主義ではなかったから。彼らが労働組合員たちを攻撃したとき、私は声をあげなかった。私は労働組合員ではなかったから。そして、彼らが私を攻撃したとき私のために声をあげる者は、誰一人残っていなかった」を、民主主義を標榜する国家で反芻しなければならない日がくるとは思っていませんでした。

人生経験を重ねると賢くなるんじゃなくて、わが身の不明を恥じるというか、自分の愚かさが想像以上の底なしだということがわかってきます。私たち市民はいつも地獄のとば口に立っているのにそれを忘れている。見たくないものを見ないのかもしれない。真実より、都合のいい嘘を信じたい。自分は安全で正しいと安心していたいのです。

山瀬　「見る」という言葉はとても重たい言葉です。「見る」「見極める」ことは、時に残酷で、痛みを伴う。だから、人間の大多数は視覚的に見えないわけではないけれど、肝心なことは見ないですませてしまいます。

『存在の耐えられない軽さ』の中で、トマーシュは、オイディプースが、知らずに父を殺し、母と寝ていたことを知ったときに、自分に罪がないと思わなかった、自分が知らなかったために起きた不幸を見ることに耐えられなかった、その結果自ら目を刺し盲目となってテーバイを出ていったと書きました。このトマーシュの文章は、共産党政権批判と目されて職を失ったわけです。日本の国会でも「記憶にございません」というお決まりの答弁がありますが、記憶になければすべて許されるのか。トマーシュの言に倣うと、記憶にない、忘れた、そのことに取り返しのつかない罪があることになります。

私　「知らなかった」「騙された」「記憶にない」という言い訳を自分自身に許さない人間であるためには、自分の言動に責任をとる真っ当な大人でなければならないけれど、その大人のやせ我慢が出来る人間は多くないでしょう。人間の保身願望は生存本能と結びついているから根深いもので、私も例外ではない。一体全体どうすれば市民が、つまりこの「私」が時流に飲みこまれずに犬猫殺しのような最悪のことをしないで生きられるでしょう。

山瀬　「私」も「山瀬ひとみ」も自分の無知にもかかわらず、エラそうに生きていると常に自覚している必要がありますが、人間なかなか謙虚にも聡明にもなれません。「見ない」「見えない」自分でいないために、毎日心して生きたい。真実を見極めようとする意志を持ち続けたいと願うばかり。全力で「読んで・書いて・考え」自分の「言葉」を喪わない人間でありたいと切望しています。

私　それはアーレントのいう無関心という悪に加担しないということでもあるのでしょうね。無関心は、言い替えれば見て見ぬふりのことだから。

自分の能力を考えると難しいことですが、それでも無関心にならない努力はし続けたい。凡人のあがきであっても、生きている限り何かしなければならないと思うのです。ソクラテスの言う「試されない人生は生きるに値せず」だから。

山瀬　日本社会はファシズムの危険水域に近づいています。ですから、ファシズムの激流に投げ込まれながらも、そこに何とか堰を立てようとした、最後まで絶望的な闘いを全うした、敬愛する人々の書きのこしたものについて考えてみたいと思っています。これが検閲なしに自由に書ける最後のものになるかもしれないという深刻な危機感をもって、「私」と「山瀬ひとみ」の共創する、次世代の若者への遺書ともなるものにできれば幸いです。

私　内村鑑三の言葉、世の中への贈物である「高尚なる勇ましい生涯」を生きた人びとの殿堂には有名無名のたくさんの人物がいますが、誰について語るのでしょう。

山瀬 アンジェイ・ワイダ監督について書きます。ミラン・クンデラとアンジェイ・ワイダは、作家と映画監督という違いはあるものの、大きな共通点があります。クンデラは一九二九年、ワイダは一九二六年生まれの同世代。大国に蹂躙され続けた歴史をもつ東欧のチェコスロヴァキアとポーランドに生まれ育ち、共に第二次大戦の惨禍とその後のソ連支配下の共産主義政権の陰鬱を極めた言論弾圧、公的自由のない国家の中で、芸術家として極限の生を生きざるを得ませんでした。

ガンジーのあまりに有名な言葉に「あなたがすることのほとんどは無意味であるが、それでもしなくてはならない。そうしたことをするのは、世界を変えるためではなく、世界によって自分が変えられないようにするためである」がありますが、自由のない国家で常に検閲の圧力を受け続けながら、彼らは想像を絶する勇気をもってペンとカメラで闘いました。粘り強く自分の芸術を彫琢し続け、悪政の枠を突き破りあれほどの作品を達成した二人に、私は畏敬の念を抱かざるを得ません。

彼らの作品は明るく楽しい色彩にはなりませんが、それはおそらく真実というものがそういうものだからでしょう。戦争やファシズムが絶えず襲いかかろうとする世界で、彼らの作品は自分が変えられないための不屈の、人間愛と呼ぶしかないものを教えてくれるものです。

私 私の信じていた日本の自由も平和も、大きな亀裂の入ったグラスであり、自分も彼らの闘っていた怪物と無関係に生きられないことを痛感しています。これから訪れる日本社会は、たとえば通信傍受網「エシュロン」のような新しいかたちの憲兵が跋扈する息苦しいものになるかもしれない。

山瀬　ワイダ監督は「闘いなしに愛は生きられない」と言いました。彼らの闘いを次世代に伝えていくことができなければ、人間の未来に希望はないでしょう。もし自分がまともな人間の側にとどまりたいなら、愛に生きたいなら、自分は無力で役立たずと諦めずに、少数派の詩人や知識人を孤立させずに、彼らの闘いに「読者」として参戦し支えなければならないと思っています。たとえ勝てないとしても、彼らの仕事が「死なない」ことを伝えたい。読者の愛の仕事を後世に遺したいと切望しています。

Ⅲ　「考える者」であること

秘密

あなたと出逢ったのはもう二十年くらい前のことになる
新しい小説を書くために、網膜色素変性症という難病の本を何冊も読んでいた
患者たちの証言と手記のなかに、まだ入社して間もない青年だったあなたがいた
あなたはこう書いていた

見えなくなったことなど何でもない
秘密を持てなくなったことが一番つらい

見えていたのに
視界がだんだん狭められ
治療法はないと言われ
ある日まったく見えない生活に突き落とされる
日常生活すべてに誰かの手助けが必要になる

移動も電話も食事も着替えも
銀行も郵便局も買物も
読み書きさえひとりではむずかしい
他者の介入で自分の秘密が、毎分毎秒剝き出しにされていく

あなたがとうとう失明してしまったとき
あなたが、トンタンと呼んでいた同僚が会いに来た
あなたとトンタンはおしゃべりをして
他愛ない冗談も言いながら、一緒に食事をした
彼女はあなたから何か言われるのを待っていたかもしれない
何かを言いたかったかもしれない
あなたは何も言わせなかった
あなたは食事が済むと彼女を見送った
じゃあ、と

わたしは図書館の中でぐしゅぐしゅに泣いた
最初から最後まで、あなたの手記に

好きという言葉は一度も出てこない
でも読んでいたわたしにはわかる
あなたはトンタンが大好きだった
そしてあなたは彼女を手放した
これが最後と決めていた

こんな何もない最後のデートは
小説には書けないだろう
わたしは
自分を深く恥じた
あなたの手記は
トンタンに読まれることはないけれど
ひそかにトンタンに宛てた手紙
あなたが言葉にしない
あなたの胸の奥の
視力とおなじように断念した想いは
わたしの魂を震わせた

あなたが、自分の秘密を一つひとつ失くしていく
その悲嘆は
痛い
それでもあなたは
好きという、最後の、最大の秘密だけは
とうとう守り抜いて
晴れやかにトンタンと別れた

あなたに出逢えたことをよろこぶ
わたしはあなたの手記の読者となり
あなたの愛を見届けた
それほどにあなたに愛されたトンタンのしあわせも
わたしは知っている
読むことは、書かれ得なかった秘密を見つけることだから

あなたのむごい病気は

不意打ちのようにやってきて
あなたの秘密を奪った
人生の色を変えた
しかし、それはいつかわたしにもやってくるだろう
ファシズムという名の
人間に永遠につきまとう宿痾が
大きな口をあけて
待ちかまえている

それは晴眼者が日に日に盲目にされていく病
渡される処方箋には
諸君、ガラス張りの世の中で裸になりたまえ
決して見るな、見られていろと書いてある
このうえもなく透明な社会の実現のために
あらゆる秘密は禁止だ
個人の秘密は社会の害毒である

権力の眼は
どこまでも追いかけてくる
何を食べたか、酒を飲んだか、
貯金はあるか、借金はないか
誰と会ったか、何を話したか
恋人はいるか、セックスしたか
ポルノを観たか、自慰をしたか
健常者か、病人か
禁書を読んだか、手紙の挨拶は暗号か
ネットで何を呟いたか、批判を拡散したか
自由という不埒な夢を見ていないか

盗聴・盗撮・監視・検閲
すべては投獄・拷問・処刑のための社会機構（メカニズム）
絶え間ない強迫色の空気は
毒ガスとなって世の中に充満する
すべてのひとは、ただ秘密を見られるために生かされ

時がくると、鶏のように骨と皮と肉に捌かれる

隣人からは当たり前に
友人からはこっそりと
密告される
家族から日記も読まれるだろう

人間の究極の秘密は
あの人を、あの詩を、あの歌を、あの思想を
自分の命のように愛する想い
秘密こそわたしの真実
わたしが、わたしであるためのもの

誰でもないものの
わたしの秘密さえ許されない強制収容所がやってくるとしたら
わたしは、あなたの生涯ただ一度のトンタンへの手紙を思い出す
あなたが核心の秘密を守り抜いたように

わたしも、わたしの愛の秘密だけは
最期まで決して明かすまい
あなたのように
秘密を抱いたまま
黙って消えていく

十五、愛の死　ワイダ『カティンの森』考

アンジェイ・ワイダ監督について書く前に、先ず映画『カティンの森』を観た時の私の日記の記述をここに置くことをお許しください。私のこの映画から受けた衝撃や混乱を出来るだけ当時のなまの感情のままに伝えたいのです。私にとって、ワイダが如何なる監督であったか、その一端をお伝えできたら幸いです。

×月×日　昨夜遅く、たまたまつけたテレビで『カティンの森』を観てしまった。瞬く間に画面から伝わる異様な緊迫感に釘付けになり、今観ているものがカティンの森虐殺（一九四〇）についての映画と気づいたときには、手も足も出ない状態で全身硬直していた。

結局最後まで見届けることができなかった。これ以上観ていたら頭がおかしくなる。正気を失いそうで耐えられなくてテレビを消した。到底寝つけるとは思えなかった。映像が蘇ってうなされるのがわかっていたので、海外旅行用にもらっていた睡眠導入剤を飲んで強制的に寝た。映画の終盤の言語を絶する凄まじさ！　未だかつてこれほど恐ろしい現場を観たことはない。

自分が後頭部に銃撃を受けたような脳髄の痺れをありありと感じた。これまで感じたことのないこのズシンと脳の痺れる感覚は、一夜明けてもまだ私の体内に残っている。この映画が日本で公開された時に岩波ホールで観なかったことを幸いに思う。もし大画面で観ていたら、間違いなくラストシークエンスで気を失って救急車のお世話になっていたに違いない。

凄まじい地獄変である。殺されたことのない人間が殺される瞬間を思い知る。

これは映画であることを超えて私の実体験になってしまったのだ。二度と味わいたくない致命的な「経験」だ。

映画はカティンの凄惨な虐殺のありさまと、その真相を隠蔽する共産主義政権の嘘を徹底して暴く。虐殺はカティンだけではなかった。戦後ポーランドでカティンの真実を語ろうとした人々への容赦ない処刑という日常的国家犯罪についても、観客は現在進行形で「経験」してしまう。何百回もの死を「経験」しながら私を含めた「観客」の肉体は幸いにも殺されずに済んでいただけである。

×月×日　今日も『カティンの森』のことを考え続けている。映画があのような終わりかたをするとは想像したこともなかった。しかし殺された将校たちにとってはあれこそ真実の体験であった。私は震撼する。

観るに堪えられなくなった終盤十五分とも三十分ともいわれる映像の中でどれだけの数の男が殺されていくのか。脳漿の飛び散るような残虐な映像はない。処刑の瞬間は銃声でわかる。でも殺される寸前の将校たちの、身に憶えのない理由で殺害されてゆく、そのあまりに人間的な恐怖の顔と思わず囁かれる祈りの言葉に胸がかきむしられる。なんと効率的な屠殺のありさま。カティンを含めた三か所で二万二千人[*1]が家畜のようにして屠られていった。銃声の度に観ている私の後頭部にも鈍い音がずどんと響き、喉がからからになり頭が痺れていく。

この迫真の、殺戮につぐ殺戮の場面こそ、アンジェイ・ワイダ監督のそれまでの生涯の、抑えに抑えていた父母の死への憤怒、瞋恚（しんい）の爆発ではなかったか。徹底して打ちのめされる。平気で見通せる人間がいるとは思えない。

私の逃げ出した、見尽くせなかった映画の結末はこの夥しい殺処分のまま暗転。まったくの無音で終わるらしい。カティンの森の殺戮地獄のあとに流せる音楽など、世界のどこにもない……。これはもはや映画の終わりかたではない。一筋の光明もない。そもそも、監督に観客に感動してもらう意図など微塵もなかったろう。このジェノサイドを見尽くせ、スターリンがポーランドに何をしたか、人間が人間に何をしたか、人間はここまでする、してしまう。暴力がいかに愛の息の根を止めたのか、さあ直視しろ、正視しろ、徹してそう突きつけている。

銃声だけが響く中、処刑が静かに淡々と進行していく。さらに、見続けるうちに、一度も表情を映されることのない殺害する側の兵士たちへの感情を抑えられなくなる。あまりにむごい。殺されるという最悪の経験は、何の慰めにもならないが、それでもただ一度で済む。だが、殺すという体験は何百回でも可能なのだ。ソ連兵士の中で、降伏した無抵抗な捕虜を望んで殺した人間がいたとは思えない。殺すことを拒めば、自分も簡単に消されるのをよく知っているから仕方なく次々と殺すしかなかった。彼らはすでに自国での恐るべきスターリンの大粛清を経験していた。殺害を強制された彼らも、「罪を赦したまえ」と祈りながら殺されていったポーランド将校たちと同じ主の祈りを、弾丸を打ち込むたびに切実に祈っていたであろうと思えてくる。彼らは恐怖のうちに加害者集団であることを強いられた。虐殺を実行した彼らの罪悪感が救われる日が来るとは到底信じられない。気が狂う人間もいたに違いない。これまでカティンの森にいたというソ連兵士の証言を読んだことがない。口封じに絶滅必至の最前線へと送られてしまったのか。処刑人の彼らもやがて処分されたのか？

私は、クンデラのように《人間はこの地上で生きるに値するのだろうか？「地球を人間の牙から解放すべきではないか？」》と深刻に人間存在を厭悪した。《人間が人間ではありたくないという強い願い》を抱かずにこの映画を語れるか。どんなに凶暴といわれる熊でも虎でも、生きるために生きる動物たちのなんと美しいことか。動物がここまでの邪悪に堕ちることは絶対ない。地球に人間はいらない、観客はその考えを一瞬でももたずに映画館を出ることはできないだろう。もう人間をやめたい、それ以外の言葉が出てこない。

映画を観た直後の衝撃から一週間ほどたってからの日記の記述は、少し落ち着いてきます。私はカティンの「経験」について次のように考え続けていました。

×月×日　ワイダ監督がこの映画に命を賭けたのは言うまでもない。入魂の、その覚悟のさまは、カティンの森で殺された将校とその遺族たちの霊が、彼に憑依していたのではないかとさえ思う。

なんと凄まじい両親へのモゥンニング・ワーク（悲哀の仕事）が完成したことか。観客は、遺骨すら確認されていない父ヤクプ・ワイダ大尉と、四十九歳で死んだ、夫を待ち続け戦後五年しか生きられなかった母アニエラへの、息子アンジェイからの声なき慟哭をきく。

独ソによる分割占領の密約の下、両軍から挟み撃ちにされたポーランドは、一九三九年九月の侵攻から一か月余で陥落してしまう。今では明らかなことだが、スターリンはポーランド占領にあたり、武装解除したポーランド軍の兵士は解放し、将校のみを捕虜として強制収容所にいれ、この捕虜たちが消息不明になった。なぜスターリンの粛清した被害者が将校だけであったのか。それは当時のポーランドの徴兵法による。大学卒の知識人は予備将校であり、戦時には将校として招集するシステムをとっていた。つまりポーランド軍将校を全員捕虜にすればそのまま大学卒のポーランド人をほぼすべて逮捕できたのだ。

　ポーランドの植民地化に際して、抵抗勢力の中核となる高位の軍人、知識人階級は最も邪魔な存在になる。スターリンはこのポーランドの指導者層を一掃する千載一遇の機会をつくり実行した。そしてソ連赤軍に命じたのがカティンの森での大量虐殺である。この虐殺は、ヒステリックな狂気の所業ではなく、最初から周到に計画された邪悪だ。

　しかもソ連に侵攻したドイツ軍が、一九四三年に大量の射殺死体発見を報じると、スターリンはこの虐殺をナチスの犯罪ということにし続けた。英米にもこの虐殺を黙認させたその手腕は、ヒトラーより何倍も上手（うわて）の極悪人と言わざるを得ない。チャーチルもルーズベルトもスターリンよりましというだけで、結局英仏は侵攻の始まりからポーランドを見殺しにする悪に加担した。

　宣戦布告もなしに侵略して捕虜にした、二万二千人の無抵抗で非武装のポーランド将校を、家畜のように屠（ほふ）り、あげくその罪をナチスになすりつけ、戦後この犯罪を糾弾もされず天罰もあたらず、絶大な権力を握ったまま死んだスターリン。スターリンとは、はたしていかなる悪魔であったのか。そしてこの悪魔を収拾のつかないほど大きな怪物にした市民の沈黙、保身、無関心という凡庸な悪の集積は、いかにこの化け物と一緒に最悪の加害者集団をつくったのか（虐殺を認めたのは五十年後、ゴルバチョフ政権下の一九九〇年だった）。

第二次大戦下のフランスにいた彫刻家高田博厚は早い時期に予見していた。《左であろうと右であろうと、スターリンという男はヒットラーが及びもつかない、たいへんな奴だよ。狂言の甘さの代りに、鉄みたいに冷たく堅い人間だよ……戦争に勝つ負けるの賭はともかく、辛抱強さで勝つ奴だ……》（『分水嶺』　岩波書店　二〇〇〇）

『カティンの森』を「経験」したあとに思い知るのは、この歴史的犯罪が決してよその国の過去の特殊なホロコーストではない事実だ。人間はカティンの森を度々繰り返してきた。ヒトラーのゲシュタポは言うに及ばず、スターリン、毛沢東やポルポトが自国民に何をしたか。赤軍、紅衛兵、クメール・ルージュという教養なき「便利なばか者」に知識人やブルジョワを殺させた。そして今現在も世界中で殺戮は続き、そして未来においても形を変えてカティンの森が再現されていく。

バルザックも松本清張も小さな悪は滅んでも巨悪は生き延びるという思想を持っていたが、世界には正真正銘の巨悪が存在する。たぶん今この瞬間も世界を牛耳っている。巨悪にとっては市民は奴隷集団としてのみ役立つ。生かさず殺さずに使う道具である。詩人や知識人は決して便利な道具にならない「人間」だから絶滅処分の対象だ。

国家が恐怖政治と戦争というかたちで国民に牙を剥いたとき、いかにまともな個人が無力であるかを思うと絶望しかない。そもそも恐怖の中で私は集団に埋没しない「個」でいられるか。オスカー・シンドラーのように「世界に変えられないために」ひとり「まとも」でいられるのか。私は集団に隠れて卑怯に沈黙し傍観するのではないか。「便利なばか者」として自分だけは安全な場所にいようとするに違いない。そうやって殺す側の集団に属し、やがて殺される集団に属して終わるだろう。自分が巨悪に渋々加担するその他大勢の加害者であり被害者になるというこの予想はますます私を絶望させる。勇気ある個人となって闘わない人間はすべて血塗られた悪に同化するのだ。

×月×日　映画『カティンの森』は観客に絶望しか伝えないのだろうか。イエスでありノーであろう。この映画は自分が「人間をやめたい」とまで思わせる。これは絶望。しかし、ここにはたしかな「人間」が、加害者集団に属さない「まともな個人」も生きていた。「男たちの帰還を待つ女たち」である。待つというのは女の男への無上の愛で、これはやはり希望ではないか。スターリンには勝てないが、断じて屈服しないという希望。

ワイダ監督は、《この映画が映し出すのは、痛いほど残酷な真実である。主人公は殺された将校たちではない。男たちの帰還を待つ女たちである》と述べている（映画『カティンの森』パン

フレット　岩波ホール　二〇〇九)。ワイダ監督は将校たちの死と共に、コミュニスト政権の嘘ではなく真実を選んだ女たちを描いた。私にとって『カティンの森』は、「live or lie」と問われて断じて嘘 lie を選ばない、加害者の列に入らない女たちの話でもあった。

この映画で、男たちは顔のない、無名に埋没する被害者集団として殺される。しかし、主人公の女たちにとって彼らは、人生のただ一つ、ただ一度の真実であり愛の対象の「個人」であった。女の「愛」は男を被害者集団にせず、自分自身も加害者集団に与(くみ)しない。

大将夫人ルジャは、ドイツ占領下のクラクフでドイツ情報機関から夫の死を知らされ、そこでアウシュビッツ送りだと恫喝されながら、大将夫人としてソビエトを非難する声明を読み上げるように強要され強く拒否する。夫への愛ゆえに恐怖に打ち勝つ。しかし、別室に連行されてカティンの死体の山の記録映像をみせられ真実を知る。その大量の死骸の中に、あるいは夫の骸骨もあるかもしれない。帰路、ついにはりつめていたものが切れて、道端に崩れ落ちてしまう。戦後、彼女はカティンの真実を語らぬイェジ少佐(後に自殺)を批判し、ポーランドの街を孤独に壊れた姿で彷徨い歩く。

ソ連の占領地域にいたアンジェイ大尉の妻アンナは捕虜の妻という身分のために、ドイツ占領地域の自宅クラクフに戻れず同じく捕虜となった実兄の妻の家にかくまわれていた。そんなアンナの危機に赤軍将校、ロシア人大尉が秘密を打ち明ける。アンナのようなポーランド将校の家族は僻地送りになり死ぬ運命にあること、アンナの夫たちはもう生きていない、自分と偽装結婚すればソ連の追求を逃れられると助けを出す。しかし、アンナは夫の死を認めず、自分は結婚していると言い助かる道を拒否する。アンナはそれでも彼に匿われ逃げのびて夫の生還を信じて待ち続ける。

　ワルシャワ蜂起（一九四四年八月の市民による対独蜂起は、ソ連に裏切られる形で二十万人の命と全市壊滅という犠牲を出した。ソ連は翌年廃墟となったワルシャワを占領すればよかった）の生き残りのアグニェシュカは、兄の墓碑に「１９４０年４月。カティンにて非業の死」と刻んだために逮捕され、カティンはナチスの犯罪であると認めろと強制される。ポーランド政府人民委員に「生きるのが嫌か」と脅されると、彼女は怯むことなく「私はドイツと五年間闘った。その私を五分で説得できるとでも」「教えて、私はどこの国にいるの？」と答え、死の地下室へと連行されていく。地下に向かう階段をおりながら、彼女は数秒立ち止まりこの世の見納めのように頭上を見上げ、二度と地上に戻ることはなかった。ソ連の傀儡政府と折り合いをつけている姉に向かって「私は殺される側の人間とともにいたい。殺す側ではなく」と言ったとおりの道を、彼女は選んだ。

　戦争という究極の暴力が許されない理由は大量に人が殺し殺される非道という言い方では到底言い尽くせない。戦争とは、人間が顔のない、物言わぬ加害者か被害者でしかなく、たとえばアンジェイやアンナという名前のある唯一無二の魂でいられなくなること、結果としてあらゆる愛の存在しなくなることだ。彼女たちの「個」としての愛の描かれることなしに、邪悪な権力による知識人の処刑であったカティンの歴史的犯罪の真実をあぶりだすことは不可能だったにちがいない。

個人が加害者集団か被害者集団の一員であることを強いられるとき、すべての愛は息絶える。愛は集団において可能なものではないから。集団がたとえばアンジェイという一人の人間を抱きしめ、人生を共にすることができるか。千人、一万人の集団がもし一度にアンジェイに愛を語るとしたらそれは洗脳と強制以外の何ものでもない。ひとは個であることによって、一対一でのみ真実愛することができる。

愛を死なせないために、弱い個人に出来ることはあるか。個人はどうあがいても被害者集団であることを避けられない。広島や長崎の市民が原爆投下に対して一体何が出来たというのか。それでも個人が愛のために最後にできる選択が一つだけある。それは加害者という立場を棄てることだ。アンネ・フランク一家を助けていたミープ・ヒースのようなオランダの市井の人々、ドイツ人のオスカー・シンドラーがそうだ。リトアニアでは杉浦千畝が、そしてハンガリーではラウル・ワレンバーグが。ポーランドのイレーナ・センドラー、コルチャック先生、コルベ神父……。

×月×日　岩波ホールでの『カティンの森』を観たひとから聞いた。映画が終了したあとに映画館は恐るべき沈黙に支配されたと。館内が明るくなり出口に向かう観客の中で口を開いた人間は一人もいなかった。ふつうは映画がすんだら感想を話し合ったり、お茶でもしようかなどという観客たちの会話でざわめくロビーなのに誰もが押し黙り、階下に向かうエレベーターの中でも観客は終始無言であった。観客は言葉を失っていた。それは自分の肉体が死なないだけの処刑死の「経験」だったから。

私の愛する作家ジョゼフ・コンラッドはこう書いた。《あらゆる叫びが途絶えた後には真実という恐ろしい沈黙が残る》。彼は英国に住んで死ぬまで正しい発音で英語を話さないまま、英語で書いたポーランド人である。彼は未来の祖国が「真実という恐ろしい沈黙」に耐え続けることを予見していたのだろうか。

＊1　カティンの森で虐殺された将校の数については、諸説あるが、ここではＮＨＫ番組「アンジェイ・ワイダ　祖国ポーランドを撮り続けた男」で監督自身が語った数字をとった。

十六、私と山瀬ひとみの対話８　詩人・知識人と読者

私　岩波ホール総支配人の高野悦子がいなければ、日本人はアンジェイ・ワイダ監督をよく知らなかったかもしれません。興業利益という点では多くを望めない世界の名画を紹介し続けた岩波ホールの奮闘のお蔭で、日本人はワイダ監督を知り、彼を敬愛していました。

山瀬　高野悦子は映画についての「読者の仕事」のお手本のような人でした。『ソーネチカ』のときにも話しましたが、作品を見極める「読者の仕事」はあらゆる分野に必要とされていると思います。美術の鑑賞者や茶道具などの愛好者、音楽や演劇、映画の観客も広い意味での「読者」です。

バルラハはじめとする「頽廃芸術家」の作品はナチスに多くを壊された。でも全滅は免れ作品が命存(ながら)えています。名もなき誰かが価値を信じて守りぬいた。スターリンに抹殺されていたはずのロシア・アヴァンギャルド美術は、サヴィツキーという愛好家の生涯を賭けた蒐集によって壊滅していない。絵を所持していることだけでも危険な時代に、画家でも美術評論家でもない素人が、一人でスターリンに叛逆し、なんと美術館まで創ってしまったんです。この史実をテレビ番組で知って感動で胸がいっぱいになりました。

共産主義政権に潰されて当然のワイダ監督の映画が存在出来たのも、ワイダの天才の力はもちろんのことですが、彼の映画を支えたポーランドの観客、そして高野悦子のような世界中の観客の「読者の仕事」が不可欠でした。彼の作品はこれからも「読者の仕事」によって真実生き続けることができるのです。

私　二〇一六年にワイダ監督の訃報が飛びこんできたときの喪失感は言いようがないくらいでした。一つの時代の終わりのような、地響きのするような衝撃でした。私は必ずしも彼の映画の良き観客ではなかったけれど……だって、彼の映画は日本未公開のものも多いですし、よく上映したのは私には不便な岩波ホールくらいでしたから……。スターリンのような巨悪を命がけで告発し抵抗し得たのは誰かと考えると、まず最初にアンジェイ・ワイダ監督を思い出さずにはいられません。ワイダ監督は現代の詩人・知識人の巨星であり、全体主義に立ち向かったほんものの闘士でした。

「私」がワイダ監督の訃報に一つの時代の終わりを感じたのは、ハリウッド映画が席巻する大衆消費社会の中で、今後「読者の仕事」によってしか支えられない映画が今までのような影響力を持って存在できない不安を感じるからです。刺戟の強いアクションや高速のストーリー展開で退屈する間もない娯楽映画のなかに、もし彼のような芸術としての映画作品が登場しても、知る人ぞ知る特殊な作品、深刻さ、重さに敬遠される作品にならないか。映画の観客による「読者の仕事」の変質と衰退が避けられなくなっていることは疑いようもなく、とても憂慮しています。ワイダ監督の死は大きな時代の転換点を象徴するものに思えるのです。

山瀬　ワイダ監督に代表されるような、世界の少数派の詩人や知識人の仕事が享受され、評価される領域が、日々狭められているというのはとても重要な指摘だと思います。

ここで云う「詩人」とは広義の意味の詩のひと、あらゆる芸術文化の優れた担い手のことで、「知識人」はE・サイードのいうような《知識人とは亡命者にして周辺的存在であり、またアマチュアであり、さらには権力に対して真実を語ろうとする言葉の使い手である》（『知識人とは何か』大橋洋一訳　平凡社　一九九八）、つまり、権力に物申す人のことです。あらゆる宗教の叡智ある聖職者も入ります。

詩人と知識人はなぜ世界に存在しているか。彼らは人類から不可視の詩と真実の「言葉」を託されている存在だと思います。文学に限らず、さまざまな表現活動を通して「究極」への架け橋となってくれます。彼らは言葉を持たないひとたちの、身を屈することのない「言葉」となり、各々の人生に深く関わり、その力を呼び起こし奮い立たせて世界に奉仕する。「詩と真実」という言葉は詩人と知識人のことでもあり、山瀬ひとみの最も愛する言葉のひとつです。

詩人・知識人の仕事は不滅です。なぜなら、彼らに共振する「読者」が過去、現在、未来に存在するから。詩人・知識人を世界に生き生きと存在させるのは名もなき「読者」たちの波紋の広がり以外ありません。天才でも闘士でもない凡人が「詩人」や「知識人」の作品を深く生きようと「読者の仕事」をすることで、初めて彼らの仕事は国家も時代も超えて命を繋いでいく。古今東西の名作が存在してきたのは、無数の、名もなき「読者」たちの共生の結果の、途方もない偉業なんです。「読者」こそは「詩人・知識人」の生きる場所といえましょう。

私　「読者」が消滅したら「詩人・知識人」も滅んでしまうというのですね。「読者」は「詩人・知識人」が種を蒔く土壌のようなもの。蟷螂（とうろう）の斧どころか、「詩と真実」の伝播に、継承に、成長に、必要不可欠な存在という考えですね。

山瀬　そうです。この世界は、詩人や知識人にとって良い場所であった試しがありません。だからこそ作家でも編集者でも批評家でもない、素人の「読者の仕事」が彼らを支えるのです。「読者の仕事」がじつは世界の在り方を決め、遂にはファシズムや戦争の巨大な潮流を止められることに、どうか気づいてほしいと思います。「衆愚」政治は、国民が思考停止になって、権力者の描く、わかりやすいただ一つのストーリー、大声の、集団の嘘に乗ってしまうことから始まると、歴史は教えてくれています。

　権力や武器や才能を持たない個人でも、たった一人でも、荒れ狂う時流のなかで出来ることはあるはずです。というより何が何でも「ある」と信じなければいけないでしょう。そう信じないと、世界は本当にますますひどい場所になります。個人は、まして「読者」は決して無力ではないのです。「山瀬ひとみ」の、恐怖政治への抵抗のかたちは、「小さな努力、小さな勇気、小さな愛」をもって日々「読者の仕事」をすることなのです。

私　その「小さな努力、小さな勇気、小さな愛」の「読者の仕事」とは具体的にはどういうことなの？　なんだか最初から志が低すぎないですか……。

山瀬　そう言われると身も蓋もないんですが、小さな努力は忍耐力、小さな勇気は行動力、小さな愛は共感力と言いかえることも可能で、日常のあらゆる瞬間を「読者」として心をこめて生きたいという願いに他なりません。凡人は大きな努力も勇気も愛も持てませんが、少しずつなら、小さなことなら、出来ることはあります。

どんなに本好きでも、読みにくいものはあるでしょう。むしろ、名作ほど、たとえば『魔の山』のセテムブリーニとナフタの難解な議論みたいに、必ずそういう部分があるといってもいいのですが、それでも投げ出さずに毎日毎日開いた頁だけでも読み続けていく。この「小さな努力」が続くと、いつか作品世界に夢中になってどんな大作も読破している。読みにくかった部分も少しわかった気になる。これは古典全般にもいえます。平安時代の『夜の寝覚』なんて本当にわかりにくかったけれど驚くほど面白かった。

「小さな勇気」は、世の中の出来事に対して受け身の傍観者でいないということです。山瀬ひとみの場合は日々書くことで実行できるように心がけています。ある本や文章を読んで感じたこと、考えたことをとにかく書いておく。著者や出版社に感想を書いて送ってみる。アマゾンのレビューに書いたり、本に入っている読者カードに記入して送り返すだけでもいい。テレビ番組や新聞に抗議するのも悪くありませんが、優れた言論に対して良かったという声を届けるのはそれ以上に大切ではないかと思います。創作者と書籍の出版に関わった編集者などを励ます仕事は必要です。尊敬する仕事をしている著者やジャーナリストや研究者に応援のメッセージを送ることも、インターネットの時代ならとても簡単です。手紙や日記やメールやこの創作も、書かなければゼロ、世界に存在しない。とにかく、上手に書けなくても、小さな力でも、何か行動することが、大海の一滴の個人のつとめです。

本をなるべく書店で買うことで書店をこれ以上つぶさないように支えることや、名作でも「売れない」という理不尽な理由で書店の片隅からも消えつつある本を、文化を守る気概で買い続ける。財布を睨みつつ本に優先的にお金をかける。これは「本を読む女」の、「小さな愛」をこめた心意気です。

私　誰でも出来そうなことばかり。ゼロじゃないという以外に取り柄がない努力で勇気で愛ですね。エジソンにもガンジーにもマザー・テレサにもなれないのはしかたないとしても、その程度の「小さな努力、小さな勇気、小さな愛」による「読者の仕事」がほんとうに全体主義や戦争への巨大な潮流に対して何か出来るのかしら。力不足すぎて妄想の域を出ないのでは……。

山瀬　妄想というと悪い意味に使われることが多いのですが、世界には絶対必要な妄想があると思うのです。内田樹は自身のウェブサイトの記事「民主主義をめざさない社会」で、《「主権者」とはどういう人間のことか。私はこれを「**自分の個人的運命と国の運命の間に相関がある（と思っている）人間**」と定義したいと思う》として次のように書いています。

「自分の生活を変えることと国を変えることが一つのものであると信じられること」それが民主制国家における主権者の条件である。

自分のただ一言ただ一つの行為によって国がそのかたちを変わることがあり得るという信憑を手離さない者、それが民主主義国家における主権者である。だから、主権者は「自分が道徳的に高潔であることが祖国が道徳的に高潔であるためには必要である」「自分が十分に知的な人間でないと祖国もまたその知的評価を減ずる」と信じている。遠慮なく言えば、一種の関係妄想である。だが、**このような妄想を深く内面化した「主権者」を一定数含まない限り、民主制国家は成り立たない。**

（「内田樹の研究室」二〇二〇年三月二十六日）

選挙に行っても何も変わらないから無駄と考え棄権する、主権を放棄した人間集団より、自分の熟慮の一票が国の運命を左右するという「妄想」を持つ主権者が多い社会のほうが、よりましな、より正しい民主社会が守られ、独裁者と熱狂集団の登場を阻止できるのは自明のことではないでしょうか。

「読者」もこの関係妄想を持つ文化の「主権者」として、作品を見極める必要があると思います。数多の作品の中から自分が愛するものを選び、学んで、伝えていくのです。それは世界をより善くまでは出来なくても、より悪くしないことは出来るはずです。ドストエフスキーの作品（『未成年』）のなかに「金はあっても理想のない社会は崩壊します」という言葉がありましたが、詩と真実という理想を棄てたら日本も世界も終わりです。

私　要するに、自分の小さな力を無力に貶(おとし)めないこと、微力でも自分は世界に関与していると いう妄想を抱いて理想に殉じること。自分が「便利なばか者」の一員にならないように考え続け、 抵抗すること。そう生きないとわが家の猫すら守れなくなるということ。

山瀬　大統領や総理大臣は「大きな努力や大きな勇気や大きな愛」があるからその地位を得たん ですか。まさか！　彼らはただ大きな権力を手にしているだけです。権力とは何か。それは弱者 集団を作り出して力をふるうシステムにすぎません。権力とは自分を強く大きく、時には怪物に 見せる芝居です。はったりみたいなもの。その力に実体はない。権力はそれ自体で自立するもの ではない。無知、無関心な集団がなければ絶対成立しない。

もちろん例外的に優れたリーダーシップ、ステイツマンシップがあることはたしかですが、こ と政治における権力者は、基本的に悪しき私利私欲の権力者か、ましな権力者かの二種類だと思 っています。この権力者は、常態として集団にのしかかる重荷で、社会の土台を支える強靭な生 活者ではない。集団なしには、詩人や知識人のような「単独者」としては決して世界に存在出来 ないのです。

権力は金銭や薬物と同じで、手にすればするほど人間は強烈に執着する。依存性が出てくる。 独裁政権が長続きするのはそのせいです。権力を持つほど人は悪くなり、権力者は日夜国民の力 を削ぐことに励む。弱いものをより弱くする方向に、自分に力を一極集中させる方向で動きます。

国民を無力だと思わせることに執心する。狡猾な仕掛けや暴力で、個人を起ち上がらせない。彼らは「便利なばか者」の集団を作り、都合よく熱狂させることで、ふつうの市民を羊の群に貶める。権力者は、集団を弱いものにする能力に長けている。

詩人や知識人は権力者と正反対に動きます。彼、彼女らこそ「大きな努力、大きな勇気、大きな愛」のひとです。自身の言葉の力を、読者を通して世界に拡散させる方向に動きます。言葉を奪うものと与えるもの、力の独占と力の共有という彼我の違いです。

市民は詩人や知識人のように不屈にはなれないとしても、「小さな努力、小さな勇気、小さな愛」を日々重ねながら「読者の仕事」を全うするのです。彼らとあるべき世界の姿＝理想を共有し、彼らの言葉を自身のなかに活かすのです。

私　権力者がその力を、たとえばスターリンやヒトラーや毛沢東のように悪用することは、言論の自由の支持される世界では、つまり詩人や知識人が本来の場所を得ている社会では不可能ですね。彼らは市民がどう扇動されようと、その熱狂の渦から自由に生き、愛のために勇気をもって権力と対峙し、世界に起つことの出来る単独者です。坑道のカナリヤのように命がけで危険をいち早く警告する。そして独裁者の専横を阻み平和を希求する力になろうとしてくれます。

世界中どこでも権力者の天敵は外国の軍隊ではなく足元の詩人と知識人ですね。だから独裁者であればあるほど焚書（ふんしょ）や検閲や発禁、報道規制、強制収容所のような投獄や拷問や処刑に熱心でした。

山瀬　詩人や知識人はいつも言論に命を賭けています。彼らが自由に発信できる社会、彼らの言葉が体内の血液のように隅々まで循環する社会こそが市民にとっても良い社会なんだと思います。軍医だった森鷗外も《学問の自由研究と芸術の自由発展とを妨げる国は栄えるはずがない》と「文芸の主義」の中で書いていました。そして詩人の芸術の自由、知識人の思想の自由を支えるのは個人の「読者の仕事」です。

いのちの最期の瞬間まで「詩人」を歓迎し、「知識人」の存在を活かす「読者」の一人であり続けたいと思います。無名の、誰でもない存在として生きる「読者」こそ「詩人・知識人」の生存環境を支えているんです。人間の精神的なリーダーは、生涯富にも権力にも仕えない、「詩と真実」に献身する世界市民である詩人と知識人です。

私　「読者」は「詩人・知識人」に「あなたは闘えるか」と問われているのかもしれない。言論の自由のない場所では彼らの言葉は世間に出回らず届けられなくなるわけですから、「読者」は彼らのために闘う必要がある。独裁者の暴走を止められるのは「読者の仕事」ではないでしょうか。

山瀬　一人読者が増えるごとに、詩人や知識人もその分生き延びる。過去の詩人や知識人の友となり、現在の詩人、知識人と共に生き、未来の彼らの場所を創る。世界という荒野に黙々と書物の木を植え続けていくのが一人ひとりの「読者の仕事」です。そうやって広大な森をつくるんです。勝馬に乗らない彼らはどうしても少数者になるので、市民は詩人と知識人の魂を伝えのこしていくこと、勝てなくても何が何でも諦めず「読者」を繋いでいくこと、屈服しないことが大切です。一にも二にも良い「読者の仕事」によって、少数派の詩人や知識人の血と涙の闘いを共に生きなくてはならないと思います。

私　詩人も知識人も、どうしても現実を牛耳る権力に「もの申す」存在です。果敢に発信する彼らが消えたら、市民は言葉という最強の武器を失い丸裸の状態で権力に屈服させられてしまう。バカでいろ、物言うな、聞くな、見るな、従え、働け、殺せ、死ねと、監視、密告、恫喝されるほど恐ろしい社会はないと思う。

でも理想の闘士は権力者に勝ちようがない。詩人や知識人は自由社会の市民のためのスケープゴートの役割かもしれない。戦争と強制収容所という死体工場で真っ先に死んでいくのは闘う詩人と知識人です。こういうハリケーンが襲う時に闘士はいとも簡単に殺されてしまうし、闘士に協力すれば投獄や処刑が待っている。個人が正攻法で闘えば潰されるだけとしたら、「読者」であることはあまりに無力な営みだと思いませんか。

山瀬　闘士になれなくても、したたかに生きのびることが大切な「読者の仕事」で、使命だと思うんです。ハリケーンが来たらとりあえず逃げる、何度でも逃げるんです。古代ギリシャのデモステネスの言葉に「逃げた者はもう一度戦える」がありました。庶民が絶対悪に対抗するにはしたたかさも必要でしょう。疎開、脱走、亡命でも難民でもかまわない。逃げる。ただし、わらしべ長者のように転んでも何かをつかんで立ち上がって逃げる。

まず自分の血肉である言語、そして自分にとって価値ある一冊の「本」を携えて、身一つで逃げないことが大事だ思います。この場合の「本」は、象徴的な意味での本です。文学でも絵でも音楽でも舞でも科学技術でも料理でもいい。とにかく日本人の美徳とか日本語や日本文化のなかにある「詩と真実」を運ぶのです。「読者」はあらゆる言語の「詩と真実」の運搬人なんです。逃げぬいて運がよければ自分も「本」も生き残ることができます。自分が生きられなくても、言語と「本」を誰かに託せればそれは自分の愛したものが、魂が、生き続けることになる。「読者」によって生き存えた「本」が積み重なるうちに、次世代の新しい詩人と知識人が誕生して、再び自由と愛の闘士となってくれます。

死ぬまで「読者であれ」、それが「私」と「山瀬ひとみ」の人生の命題でしょう。

私 私たちはこの世界をより良いかたちで次世代に渡していく責務があると今さらながら痛感します。より善きものを見極めて次世代に遺していかなくては……。その試み、営みはいつか私の人生も創っていく。

体制に与(くみ)しなかった詩人や知識人が百パーセント敗北しなかったのは、色々なかたちで、目利きの「読者の仕事」が時流に叛逆しながら働いたからだと確信します。たとえ少数でも、たった一人によるものでもサヴィツキーのような正しい「読者の仕事」が成されれば恐怖政治に抵抗する種がのこりいつか芽が出る。

山瀬 それは歴史の泡と消えてゆく凡人たちの勝利です。プロとして生計を立てていないからこそできた素人（アマチュア）の、無欲で猛烈な愛の仕事であり、品格ある達成なんです。次にワイダの自伝をとりあげるのは、この一冊のなかに詩人・知識人の側からの読者＝観客への強い訴えかけがあるからです。

十七、「観客」の仕事　ワイダ『映画と祖国と人生と…』

アンジェイ・ワイダについて書くなら彼の数々の名画について語るのが本筋かもしれませんが、私は彼の自伝『映画と祖国と人生と…』（西野常夫ほか訳　凱風社　二〇〇九　原題は『自伝――映画と映画以外の世の中のこと』）について、自分の「読者の仕事」が出来たらと願っています。（以下、同書引用内における映画名に使用の《　》と割注は原文ママ）

　この自伝は、彼の映画ほどは広く知られていないでしょうが、「訳者あとがき」に書かれているように《祖国ポーランドを心から愛し、ポーランドの自立・自律をめざして「格闘」してきた一知識人の個人史であり》《いわば正史にはない「真実」を描いた優れた自伝》で、《ワイダ監督の「遺書」と言っても過言ではない》作品です。私にとっては座右に置く愛読書となりました。

邦訳に際し巻末に加えられた二〇〇五年の渡辺克義によるインタビュー含めて、最初から最後の一行まで、アンジェイ・ワイダという稀代の芸術家の濃厚な原液のような一冊で、線引きと付箋だらけにしてしまいました。

ワイダ監督の半生が語られる自伝ストーリーを期待して読むと、彼の私生活について筆の及ぶことはほとんどありません。両親についての少しの記述はあるものの、たとえば、三度の結婚についても、子どもがいるかどうかすらも書かれていません。彼の映画の成功と失敗の話、厳しい検閲との闘いや祖国民主化への道のり、出会ったさまざまな出来事や人々についてが、溢れるような情熱をもって活写されているのです。その中でも、私がこの本から受けた最も印象深いものは、ワイダ監督による映画の「観客」についての言及でした。

私はこの一冊を、「映画論」と対になった「観客論」として読んでみたいのです。観客に真摯に向き合い、観客からの熱い支持を得る、この相思相愛の関係が、アンジェイ・ワイダを真のアンジェイ・ワイダ監督にしたと言えます。これは多かれ少なかれどの監督にも言えることでもありますが、とくにワイダの映画は「眼光紙背に徹する」「観客」＝「読者の仕事」が不可欠なところに大きな特徴があるといえます。

公的自由のないポーランドにおいて、優れた目利きの「観客」なしに、ワイダ映画の成功はあり得なかった。画面の奥に隠された真実を見抜く「観客」は、彼の映画の生殺与奪の権を握っていたのでした。「観客」が彼の人生の、映画の、もう一つのキーワードである、と私は考えました。彼はこの自伝の序文の中でこのように書いています。

今日、万人のための映画などないが、かといって、選ばれた者のための映画は私には受け入れがたいし、そうした作品は完全な失敗作に終わるだろう。映画の古い伝統に育った私はいつも、他人に理解されることを求めて観客に語りかけてきた。「地獄とは他人のことだ」［伊吹武彦・訳。ジャン＝ポール・サルトルの戯曲「出口なし」の登場人物の台詞］というサルトルの考え方は、私には文学的比喩にすぎないように思える。他者と私が合わされれば、そこに力が生まれるのだ。映画芸術の神髄は、つまるところ創作者の秘密の部分に存在しており、芸術家たる監督に対して観客は余分な付け足しの役割しか持っていない、という意見があるが、私は同意できない。

映画には監督と観客の双方向の働きが必要というワイダ監督の信念の表出でありましょう。それは化学反応ともいえるもので、足し算ではなく掛け算の素晴らしい結果をもたらします。ワイダ監督は「観客」を重んじていました。つまり、「観客」に自分と角逐する想像力や感受性や知性を求めていたとも言えます。

私は常に観客を信じてきた。だからこそ、わが国の真実をいちばんよく知っているこれらの人々の前で私の映画が上映されるかどうか、いつも不安でならないのだ。

なぜ「不安でならない」のかは周知のように政治体制によるものでした。ポーランド人民共和国という共産主義体制国家のもとで映画を撮り上映にまで至ることがどれほど困難を伴う作業の積み重ねであるかはこの本の通奏低音であり、ワイダ監督は映画を通して観客と連帯しつつ、自由への闘争に明け暮れたのでした。《人民共和国時代は、映画は国家による独占の枠内でのみ製作・公開することができた》《国家すなわち実質的には党が文化を独占するのは、文化を規制するためである。最も効率のよい検閲効果を生み出すのは、出版物では印刷用紙の割当量削減、映画ではフイルム調達先の厳重な規制である》、さらに、説明は続きます。

ポーランドでは、映画を作るには政府による承認が必要だったが、承認を得る手続きは一度だけではなかった。私の場合、まず短い計画書を提出し、それが承認されてから脚本執筆に取りかかった。完成した脚本は、党員と映画関係者で構成された専門委員会か、同委員会廃止後は、映画産業のトップにいる人間と複数の顧問で構成された委員会が審査した。前者には委員構成にまだ透明性があったが、後者の場合は透明性に欠けていて、最悪だった。多くは党の警戒心を体現した委員で、着想が少しでも大胆だと不許可とされた。トップにいる者に助言した顧問が誰なのかが不明なままであるのも、何とも不愉快だった。

脚本が審査に合格すると、いよいよ映画製作に取りかかる。それ以後は、製作プロダクションの芸術監督が私の行なうことを監視した。製作プロダクションは映画関係者による自治組織である。複数のプロダクションがあり、所属をどこにするかは選択することができた。映画が完成すると、映画産業を担う役所に提出した。誰が映画を審査し、審査会が何回開かれるのかは、映写室の技師に尋ねるしかなかった。私の場合、ポーランド統一労働者党中央委員会の映写室や会議室など、これ以上踏み込めないという所まで踏み込むことがよくあったが、答申が出るまで、何週間も待たされた。

映画を映画館で公開させるか、上映禁止にするかどうかについても審査会が決めるが、その審査に先立ち、検閲当局や党中央委員会文化部との審議も秘密裡に行なわれた。政治的に望ましくない場面の削除など、映画の運命を決定するのは、その審議だった。審査では普通、検閲済みの映画が映写された。審査委員長は党の上層部から映画に対する承認、もしくは批判をあらかじめ伝えられており、他の審査員の意見は、委員長の決定に部分的に影響を及ぼすにとどまった。

うんざりする煩雑な手続きを乗り切り映画を完成させても、映画館で上演されるためにはカフカの『審判』を地で行くような不可解な判断を待たなくてはなりません。そんな検閲体制をかいくぐり次々に映画を撮り続けたポーランドの映画人たちの奮闘は尊敬に値しますが、そうまでして検閲制度を維持しなくてはならない無気味な国家体制は最も憎むべき人間支配の在り方です。
ワイダ監督は、しかし、ある戦略をもって検閲に抵抗し続けました。

どんな思想であれ、言葉によって表現される。したがって、検閲が最も重点的に制限を加えるのは、スクリーンから響く言葉に対してである。だが、映画は映像芸術であり、まさにその特徴を利用して、反体制派の映画監督は検閲官の頭越しに観客との意思疎通を模索するのだ。

彼は「観客」を最大の味方として検閲を乗り越えようとしました。自分の映画を観る「観客」の洞察や想像力を深く頼み、信じていました。「観客」が彼の映画を完成させる最後の一手だったのです。

映画監督にとって政治映画を作る際の最大の問題は、検閲の介入を容認するかどうかということではない。大事なのは、検閲そのものを無効にしてしまうような映画を作ることなのだ！　検閲できるのは、検閲官の想像力に収まるものに限られている。本当に独創的なものに接すると、検閲官は思わずハサミを手から取り落としてしまうのだ。

ワイダの目指したのは観客の力を借りつつ《検閲そのものを無効にしてしまうような映画》でした。言葉を隅々まで検閲される文学者であるクンデラは亡命を余儀なくされましたが、映画という映像芸術では、ワイダ監督の戦法が可能でした。ワイダ監督は「観客」に敬意を抱き、下目にみることがありませんでした。彼の映画の「観客」であることはワイダと志を同じくして共に生きる「同志」になることでした。

《地下水道》の製作に取りかかる際、こうした真実をスクリーンから主張するのは無理だということを、私が認識していたかどうかというと、もちろん、認識していた。それどころか、真実を蜂起兵のドラマの陰にできる限り深く隠しおくことが映画製作の条件であることも知っていた……。私は知らないふりをした嘘つきなのだろうか。何を当てにしていたのだろうか。審査委員会の映画批判者と同じことを考えていたのだと思う。彼らは、観客の反応を正確に割り出していた。ただ、彼らは観客の記憶を怖れていたが、私は観客の記憶に賭けていた。

映画がある国の政治状況に影響を及ぼすのは、その国の社会が主体性を喪失し、芸術が、たとえ不器用にではあれ、民主主義という政治制度を代弁している場合だけである。ポーランドの映画人はこのことを知っていたので、民主主義と自由に一歩一歩近づいていることを確信しつつ、政治的変革に関与した。その場合、映画は、押し付けられた政府に対する個人の抵抗を表現したものであっても、映画として（良俗の観点から）認められないようなエロティックなものであってもかまわなかったのだ。

さらにまた検閲の存在が、結果としてポーランド映画の成功の一因となった。観客は検閲規制の厳しさを知っていたので、スクリーン上に映し出される映像の意味するものを、それだけ注意深く追究した。映画が細かい箇所まで検査されているのを知っているので、これこれのテーマ、状況、小道具がなぜ出てくるのか、といった疑問を解き明かそうとして、映画を仔細に分析せざるを得なくなるのだ。今日、このような態度で映画を見る人がいるだろうか？

ワイダ映画を支持する「観客」は、画面を本のように読んで考える「読者」でもあったといえるでしょう。ワイダ監督の映画を支えた「観客」は、現在の映画館にいる「観客」とはまったくの別ものであることがわかります。では、一体彼が「観客」というとき、どんな観客のことをいうのかについて、ポーランド映画局局長であったイェジ・レヴィンスキが興味深いことを書いていて、その一文をワイダ監督は引用しています。

一九五九年九月、ヴェネツィア映画祭に、コンクール外作品として上映するつもりで、

《灰とダイヤモンド》を持っていった。このことは政府のあずかり知らぬことだった。公式に出品したのは、カヴァレロヴィチの《列車》だったからだ。《灰とダイヤモンド》の上映は大成功で、監督が上映会場にいることがわかると、監督は観客から拍手喝采を浴びた。映画は映画連盟批評家賞を受賞した。ポーランド政府はこれに腹を立て、私は映画局局長を解任された。

ヴェネツィア映画祭の後、アマナティ会長が私に手紙をよこした。第二次世界大戦後の十大映画をテーマにして、ヨーロッパを講義して回ることになった、という知らせだった。《灰とダイヤモンド》がその中に入っているということだった。映画は「ポーランドの問題」がテーマになっているが、世界中のすべての、ものを考える人間に理解される作品だ、とアマナティ会長は断言した。それで、私は彼に映画のコピーを送ったのだった……。

文化活動に政府があまり介入しない時期に映画局長のレヴィンスキが独断で『灰とダイヤモンド』の製作許可を出したものの、映画完成時には政治情勢が激変していました。『灰とダイヤモンド』の公開を許可した彼は解任されるという経緯を辿ることになったわけです。それでも、良い「観客」でもあったレヴィンスキ含めて、心ある支援者たちの働きでワイダ監督の映画は世界に羽ばたいていきました。

ワイダの映画を理解し支持した「観客」は、アマナティ会長の言うように《世界中のすべての、ものを考える人間》から生まれるものでした。ポーランドの悲劇に無関心をきめこまず、自分にも深く関係のあることと受けとめるのが「ものを考える人間」です。映像に直接描かれなかった何か、秘せられた何か、台詞の奥にあるものを見極めようとする、映画と思索的にかかわろうとする「観客」こそ真の意味でのワイダ監督の「観客」といえましょう。本を読み捨てにする消費者ではなく、繰り返し読み続けて理解を深める「読者」と同じような「ものを考える」「観客」が求められていたということに他なりません。

ワイダは、ポーランド人民共和国が崩壊するまで、つまり人生の大半において自由に自分の望む映画がとれませんでした。《私の四五年のキャリアで実現しなかった企画を集めたら数百になるだろう。映画になった作品一作に対して、五つから七つの企画が不採用になっているわけだから》と書いています〔筆者注　この自伝は『パン・タデウシュ物語』製作時までの記録であり、『カティンの森』等の重要作品はまだ撮られていない〕。検閲以外にも脚本家に人材がいなかった理由などがあったとはいえ、政治的自由のない場所での映画製作の困難は筆舌に尽くし難いものがあったことは推察されます。

さまざまな干渉を乗り越えて完成させたにもかかわらず、結末から重要な墓地の場面の削除を強いられるかたちでようやく上映にこぎつけた『大理石の男』について、ワイダ監督は《もっとも、私にとっていちばん重要なのは観客からいただいた手紙だった。その借りはいずれ返さなくてはならなくなった》と書いて、観客からの次のような手紙を引用しています。

一九七七年三月三十一日、ヤシェン

アンジェイ様、

こんなふうに呼びかけるのをお許しください。でもついこう書いてしまいました。数日前、ジェロナ・グラの映画館「ヴェヌス」であなたの映画《大理石の男》を見ました。私は、この映画を作って下さったあなたに感謝しています。あなたはこれまで「不可能」とされていた障害を克服してきました。誰も取り上げなかったテーマに最初に取り組むのはいつもあなたであることを、この新作で再び証明されました。完成した映画は金の無駄遣いに終わりませんでした。上映の最中、ビルクトが「意外な」告白をするあの裁判の場面で、観客は立ち上がって拍手したんですよ。どうか、想像してください。私も拍手をした一人でした。もう少しで、本当にもう少しで全員が歌い出しそうでした。

…中略…でも、あなたの映画のおかげで理解しました。戦うことは必要であり義務でもあるんですね。これは素晴らしいことです。重ねてお礼申しあげます。

このうえない敬意と親愛をこめて　ベネディクト・ナファルスキ

一九七七年四月二十四日、ルブリン

…略…何が私をこれほど感動させたのでしょうか？　答えは明らかです。真実に打たれたのです。ひそかにしか語られることのない真実です。そして青春時代のあの歌。忌わしくとも、青春でした。燃え盛る情熱！　そして……今日の状況になんとよく似ていることでしょう！今日でも、恥知らずにも、黒を白と言ったり、白を黒と言ったりします。罪を他人になすりつけるんです（言いすぎをお赦しください）。（中略）上映中に泣き、トロリーバスの中でも泣き、家に着くと声をあげて泣きわめきました。一体どうしたことか、恐ろしく感傷的になってしまったようです。翌日は病気になりました。本当です。そして……一週間後、もう一度体験するために、もう一度映画館に行きました。（中略）なんと的確な配役なのでしょう！なぜ役者に見えないのでしょうか？　ビルクトの顔つきと言ったら！　あれは役者ではありませんせん、本物です。映画などとは、とても思えません。ありのままの人生を盗み撮りしたものです。あの見事に演じている顔といったら！

敬具　　　　　　　　女性簿記係、四四歳

不本意な改変を受け入れるしかなかったワイダ監督ですが、このような観客からの手紙にどれほど励まされたことでしょう。観客は検閲を超えて監督の意図を理解したのです。彼を表現の自由のない世界の不幸な監督だったと一概に言い切れないのは、このようなほんものの「観客」を得ていたことです。皮肉なことにポーランドの厳しい検閲がそういう観客を生んだともいえます。ポーランドの観客は検閲済みの画面から、描かれ得なかった真実を見出そうとする、能動的に自分の頭で「ものを考える」最良の「観客」足り得たのでした。ワイダはポーランドの観客のために映画を創作することで、世界の「アンジェイ・ワイダ」になったのです。

一九八一年ポーランドの悪夢の戒厳令のあと、一九八二年に映画製作者協会会長職を追われフランスに出国していたワイダ監督は、ロシアのノーベル賞作家ソルジェニーツィンが自身の脚本の映画化を、ワイダ監督を指名して望んだときの状況を次のように書いています。

この映画を撮ることは可能だった。うまく撮ることも可能だった、とさえいえる。脚本がすばらしかったからだ。だが、決断するのをためらった。もしそういう映画を撮ったら、帰国の道が閉ざされてしまうことがわかっていたからだ。当局が私を大目に見てくれるわけがなかった。生きているうちに全体主義が崩壊することなど、夢想だにできなかった。アメリカかフランスで外国人映画監督にでもなるしかないだろう、と思われた。《灰とダイヤモンド》がアメリカで公開されていたから、外国人監督になることはできた。すべて一から始めることもできた。「ポーランドで踏み出したのだから、これからはさらに遠くに出ていけばよい」と自分に言い聞かせることもできた。しかし、背後にいつもポーランドの観客を感じていた。ヨーロッパの映画監督、ひいては世界的な映画監督になれるのは、ポーランドについて語ることによってである、と信じ込んでいた。そう考える根拠はあった。《地下水道》と《灰とダイヤモンド》以後は、特にそう考えていた。

外国に住んだ場合、何について語れるというのだろう。どんな照明係や撮影助手でも、亡命者の私よりは、その国の現実について多く知っているだろう。すぐに、つまらない企画を引き受けざるを得なくなり、その企画のレベルもどんどん下がり、三流映画を作ることになるのがオチで、果てはテレビの連続もの専門の監督にでもなるしかないだろう。ところが私は、自分をそうした、職業として映画監督をやっているだけの人間、と考えたことはないのだ。そこまで仮定の空想を押し進めた時、頭が混乱するような気がした。

観客に語りかけるタイプの芸術家がいて、観客もその芸術家の声を必要としている。私は自分をそういう芸術家であると考えていた。そのように考える根拠のようなものは、《地下水道》《灰とダイヤモンド》《大理石の男》《約束の土地》《婚礼》といった映画に対する観客からの反応にも感じたものだ。私には、自分はポーランドで必要とされている、と判断するだけの根拠があったのだ。

ワイダ監督は結局ソルジェニーツィン作品の映画化に魅力を感じつつも断念し、祖国に戻り制約の中で映画を作り続ける選択をしました。彼は《観客に語りかけるタイプの芸術家》であり、ポーランドの「観客」の存在が彼の亡命をひきとめたといえます。

ポーランドの映画評論家ボレスワフ・ミハウェックの『静かなる炎の男　アンジェイ・ワイダの映画』（今泉幸子、進藤照光訳　フィルムアート社　一九八四）の「日本語版刊行にあたって」の中でも、ワイダ監督が《私の映画はつねにポーランドの観客を対象としたもので、私の国の現実、その歴史と現在、その希望と挫折、ディレンマと深く結びついたものであることを自覚してきました》と書いているように、ポーランドを描くことがワイダ監督の熱塊の動機でした。

ミハウェックはこの評論を次のように書き始めています。

> 映画史を眺めると、そこには作品が一目瞭然に理解できる監督たち、つまりその言わんとすることが容易にわかる範囲で普遍的テーマを追求する監督たちがいる。しかし一方では、氷山の一角のように、作品が部分的にしか見えない監督たち、つまりその真の広がりと相貌を明確に把握するためには、努力を惜しまず知識や想像力を駆使しなければならない作品の監督たちがいる。そのため往々にして、前者だけが注目に値する作品とみられ、後者は単なる相対的な価値しかないとみなされているのではないだろうか。このような、解説書なしでは理解しにくい事例のひとつがアンジェイ・ワイダの映画である。その主な理由は、彼の作品のテーマが、あまり知られていないポーランドの複雑で悲劇的な歴史——第二次大戦の苛酷な苦難と闘争、とくにごく最近の時期——から、絶え間なく汲みあげられていることにある。彼の映画においては、なによりも歴史は、ドラマの単なる舞台背景ではなく、まさに映画の中心テーマなのである。

ワイダ監督の作品は、《努力を惜しまず知識や想像力を駆使》する教養ある観客が前提でした。

《作品が一目瞭然に理解できる監督たち、つまりその言わんとすることが容易にわかる範囲で普遍的テーマを追求する監督たち》の代表的な巨匠がスティーヴン・スピルバーグ監督でしょう。ワイダ監督は『シンドラーのリスト』のクラクフでの撮影時のスピルバーグ監督との出会いについても書いています。

　スティーヴン・スピルバーグが《シンドラーのリスト》を撮っている時、クラクフで会った。二人が会う前に、レフ・リヴィン［ユダヤ系映画プロデューサー（一九四五年生まれ）。五九年よりポーランドに定住］が、《シンドラーのリスト》はモノクロにすべきだとの私の意見をスピルバーグに伝えていた。スピルバーグは私に、なぜそうすべきだと思うのかと尋ねた。私は、ある論法で説明したが、どうやら即座に彼を納得させたようだった。

「ヨーロッパのユダヤ人の悲劇を映画にしようと思うなら、あなたのこれまでの映画とはまったく違った作品にする必要があります。そういう作品によって初めて観客は、あなたが何か今までとは別の訴えたいことがあるのだと、悟るでしょう」

　スピルバーグは納得したように私を見つめ、「シンドラーが青い目をしていたのはご存じですか」と言った。「存じています。私も《シンドラーのリスト》を撮ることになっていたので。同じ脚本を私も持っています……」と答えた。するとスピルバーグは、テーブルの反対側にいたプロデューサーのほうを向いて、言った。

「もし映画を全部モノクロで製作し、シンドラーの目だけを青くしたらどうなるだろうか」

数千メートルに及ぶフィルムで、シンドラーの目が青くなるようにカラーリングし、他はモノクロのままにしようとすれば、ポーランドの映画産業数年分の予算に相当する資金が必要になるだろう。しかし、プロデューサーは異議を唱えなかった。スピルバーグは、SS［ナチス親衛隊］の制服の襟の横線を赤くすることにも関心を持っていた。ただし、これは実際は黒だったことは間違いない。だがしばらくすると、スピルバーグはそんな話のことも忘れたようで、私ともっぱら、映画のどの部分の撮影場所をクラクフにするのが適当なのかを話し始めるのだった。

目の前にいたのは、不可能なことなど何もない、万能の人間だった。もちろん資金次第だが、どの映画監督もある程度までは神であるというのは本当だ。だが、私がクラクフで見たのはまぎれもない映画の神だった。その神が知っている言葉は「生まれでよ」［旧約聖書「創世記」第一章の、万物を創る神を連想させる言葉］だけなのだ。

ワイダのスピルバーグ監督へのこの記述は、二人の監督の相違が鮮明に浮かび上がる場面ではないでしょうか。資金力においても集客力においてもスピルバーグ監督は圧倒的な力を持つ《映画の神》で、ワイダはそうではない。

私は、もちろんスピルバーグ監督に代表されるようなハリウッド映画を否定するものではなく、その手の映画も好んで観ている観客の一人です。映画館で呻くような作品より、面白かったと出てこられる映画を観たいのは正直なところなのです。テレビに押されている映画産業のためにも、興業的利益の大きいことは望ましいことでしょう。しかしながら、私は『シンドラーのリスト』をワイダ監督が撮らなかったことを残念に思っています。

スピルバーグ監督の『シンドラーのリスト』はアカデミー賞をとりました。観客はモラルの勝利に気持ち良い涙を流して、カタルシスが達成されたかもしれません。ここには万人に納得のいく「希望＝勝利」が描かれていて、人間は棄てたもんじゃないと思えます。しかしこの映画は殺されない側、安全な場所からの人助けを、わかりやすい美談に仕立てて描いている印象がつきまといました。

オスカー・シンドラーという青い瞳の男は、善人というより稀代の叛逆者でした。政治的祖国、安全な加害者の足場を棄て、敢えて拷問死覚悟の被害者側に入り、単独で、命がけで、途方もないやり方で、怪物国家と闘ったのです。ユダヤ系のスピルバーグにとって決して他人事の題材ではなく、思い入れも強かったはずですが、この一本を撮らずに死ぬに死ねないというような、シンドラーが命がけであった狂気のような何かが、叛逆者の矜持が、私には感じられませんでした。

二十世紀の名ソプラノ、エリザベート・シュワルツコップの言葉に「リート（歌曲）を聴く前と聴いた後では、その人の人生は変わっていなくてはなりません」があります。同じ第二次大戦下の別の虐殺事件を描いた、ワイダのライフワークともいうべき『カティンの森』は、それこそ私の人生を変えてしまう映画でした。叛逆者シンドラーを、もしワイダ監督が撮れば同じ脚本でもまったく別の、魂を震撼させる真実に出逢ったかもしれない。《真実なるものが流れ出す》映画は、観客の人生の、手痛い「経験」となってその人生を変えてしまうものだと、私は考えています。

ワイダは、自分の作品がもはや世間の関心をひかず《ポーランド派の墓穴から姿を現わした亡霊であり、誰もができるだけ早く記憶から消してしまいたいと思っていることを思い出させるものに見えたのだ》と書いていますが、それでもスピルバーグのような監督になることは望まなかったでしょう。万能の《映画の神》であるより、誰かの人生を変える忌まわしい《亡霊》であるほうを選ぶのです。映画を観る前と見た後に「観客」の人生が変わっていることを願うのです。スピルバーグにとっての観客とワイダの「観客」はまるで別の人種なのでした。

ワイダ監督は、私たちに、あなたは真実を求める「観客」ですかと問うています。私は彼の映画に、自由と尊厳のため闘った無名の人々への連帯、「観客」と連帯する意志を感じてきました。ワイダ監督は、全体主義国家に対して映画を武器として闘いを挑み、「観客」と共にポーランドの政治に関与し、祖国の民主化に貢献しました。それを自負もしていました。

芸術家は国家の状況、とりわけ政治・社会状況について語る義務があります。私は一連の事件に関係してきたし、そのことにいつも満足しています。自分の力量に応じてポーランドの自由化とその運命の決定に関与したと思っています。

しかし、ワイダの悲願であった共産主義政権の終焉は、彼の新たな敗北の始まりとなりました。自由化は監督と「観客」のいわば相思相愛の共生関係にも大きな変化をもたらしたのです。第十七章「検閲がなくなった、観客もいなくなった」というワイダ監督の述懐は、共産主義政権下の検閲との闘いどころではない、大変な衝撃でした。非人間的体制はなくなり、《悪夢のような検閲》がなくなったのに、ハッピーエンドは訪れませんでした。ポーランドの自由化は、ワイダ映画の支持基盤の「観客」の衰退、ハリウッド映画の、スピルバーグ監督の圧倒的勝利を意味したのでした。

八〇年代の終わり頃、私は毎夕のように映画館に通っていた。見た映画はどれもこれも似たり寄ったりで、映画館を出るとたちまち忘れてしまった。だから、比較したり、何らかの評価をしたりする必要もなく、次の映画を見に行くことができた。興味深かったのは観客の実相だった。戒厳令布告後しばらくの間、知的な観客は映画館からすっかり姿を消し、かわりに戻ってきたのが、《少林寺》［チャン・シン・イェン監督の香港映画（一九八二年）］に惹かれてやってくるような、まったく別種の観客だった。戒厳令を布告した政治権力からすれば、理想的な展開だった。政治映画に関心を持つ知識人が映画館の観客席から消えてくれたわけだ。映画に嫌気がさした彼らはもはや戻ってくることはなく、やがて年を取り、自宅のテレビの前から動こうとせず、映画館の上映作品よりはるかに細かな管理下に置かれているテレビ番組を見るしかなくなったのである。

一九八九年以後の自由市場がその仕上げをして、わが国を西側諸国にそっくりなものに変えてしまった。一五歳から二五歳の人間の若者にはおあつらえ向きの映画が当時、ポーランドの映画館のスクリーンに大量に流入してきたのだ。アメリカ映画は若い観客を虜にし、映画館が今日、満員御礼になっているのは、ひとえにアメリカ映画のおかげなのである。

今日、人々は自分と他人を比べて劣等感を感じたりするということがない。映画館の観客は自分の水準に見合った娯楽を求め、スクリーンを見て、満足げに大笑いしている。自由な国民、自由な観客、教養の低い社会。観客に楽しみを与えるために、また自分の気分転換として、若い映画人が娯楽映画製作の誘惑に屈したとしても何の不思議もない。だが、私はもはやこの現状に対して責任を感じることはない。映画館の数が七〇〇に減ったために、観客はもはや世論を形成することもなく、何をも左右しない。テレビの馬鹿げた番組のほうが、国内で起きる出来事に対して、比較にならないほど大きな影響を与えている。

ウッチ映画大学の学生だった頃、大学の正門の所に「映画は私たちにとっていちばん大切なものだ」という標語が掲げられていた。このスローガンはもはやない。ソ連が消滅し、映画は、あらゆる芸術の中で最も重要なものではなくなった。特にヨーロッパではそうだ。「映画の観客」という言葉を聞くと、アメリカの娯楽映画に育てられた、そう多くはない観客のことかと思う。彼らは、風俗的・政治的・言語的な自由を、というより勝手気ままを、望んでいるだけなのだ。そうした観客のために身を捧げるのは無意味だ。しかしそれ以外の観客層が存在するわけではない。

『ツァラトゥストラ』は刊行当初、読者に恵まれず、哲学者ニーチェはこの著作の最後の部分である第四部を四〇部だけ自費出版することにした。しかし、この本は周知のように世界を揺るがした本の一つに数えられることになった。もちろん私は、こうした事例を忘れているわけではない。ただ本の場合は、あとで読み返したり、その価値を新たに発見したりすることも可能だが、映画は違う。映画館で見た後は、「芸術作品」として特別に再上映される場合にしか見ることができないし、再上映もされない場合は、映画フィルム保管所の倉庫で、はっきりした目的もなく、保管が続けられるだけの話だ。

ワイダは《映画は蝶の寿命ほどの生を生きるにすぎず、それ以上長い生命を保つことは稀だ》とも書いていますが、芸術映画は、刊行されても瞬く間に絶版になる純文学作品と同じく、公開されてしばらくの間のもので、現在映画館で観られない過去の名画を数え上げたらきりがありません。ワイダを支えていたような、真剣に映画と向き合った「観客」層の観たい映画が上映されないため、彼らがあきらめて映画そのものを観なくなり老いて消えていく。この循環は、現在の出版不況と若者の本離れとまったく同じ道と言えるでしょう。至れり尽くせり面白く作られたハリウッド映画で育った若い世代は映画で「ものを考える」「観客」には育たないのです。

私たちは何から自由だったのか。この問いに答えるのは簡単だ。かつてポーランド映画は観客から自由だった。観客は私たちが作るものに影響力を持たなかった。ポーランド人民共和国政府は、政府以外の誰かがポーランド映画について意見を表明するのを望まなかったからだ。観客が勘定に入れられていなかったおかげで、ポーランド映画界から、ポランスキの《タンスと二人の男》、ザヌーシの《結晶の構造》、クルリキェヴィチの《徹頭徹尾》といった映画が生まれた。それらの映画に観客が入らなかったというわけでは、まったくない。それどころか、一部の熱狂的な支持者を獲得し、私自身もその一人だった。だが、それらの作品が作られる際、誰がそれを見るのか、といった疑問が映画の生死を決するほどの重要性を持つことはなかったのである。

かつてのポーランド映画は観客の好みを顧慮しなかったが、今日では批評すら無視している。映画批評家が書くのは映画についての批評ではなく、自分自身のことであり、映画評の読者は映画批評家たちである、という状況だ。映画館に行く価値があるか、という観客の根本的な問いに、映画評は答えていない。映画評を読むのは知識人である。その知識人がかつてはわが国の観客の中核だったため、批評家は知識人に向かって、「この映画を見るのはあなたの義務ですよ」と書いたのだった。かつて批評は検閲に束縛されていたので、批評家について、「この批評家はあのことは書けなかったのだ」とか、「この批評家はこのことを書かざるを得なかったのだ」などと言われたものだ。そのため、批評は次第にわが国の映画界の周縁へと押しやられていった。今日映画を作っている者の大多数は批評家の声などは無視している、というのが私の印象だ。

検閲から自由に映画が撮れるようになったとき、皮肉にも「観客」の質は大きく変わっていたのです。映画も本と同じように文化財から消費財になり、「観客」の中核から《努力を惜しまず知識や想像力を駆使》する知識人がいなくなりました。ワイダ監督は、アメリカの娯楽映画に育てられた《何はなくとも快楽を味わいたい》という種類の観客を最後に、《映画館に行きたいと考える観客は全滅する》と考えていました。

映画館に行くと、下品な言葉が発せられるたびに反応して大笑いする観客がいる。もともと半分くらいしか理解できない台詞に観客が反応し、ふざけたように笑う。そのような光景に出くわすと、一九八一年以後私の意識に起こった最も重要な変化を思わずにいられない。私はその年まで、ポーランド社会のことを、この国の市民の一人として、皆と連帯するつもりで考えてきた。むろん、ポーランド社会が多様であるのは承知していたが、私の映画を見たいと望む人がこんなにも大勢いるという事実をもとに、ポーランドには自分と同じように考えている人が大勢いる、と考えていた。それ以外の人々がいるとしても、それは、学校の教科書にうそを書き、新聞、ラジオ、テレビでうそをつき、社会に思想教育を行なう体制の責任である、と思っていた。社会はやはり真実と自由を渇望している、と信じていたのだった。今の私は、もはやそのような幻想は持っていない。

これほど苦い告白はそうそうあるものではありません。

エンタテインメント映画自体は少しも悪いものではありませんが、それが人間の劣化に、ひいては「凡庸な悪」に加担する場合もあるというのがワイダの自伝から私の学んだことです。戒厳令下のポーランドで実行されたように、娯楽映画は飴を与えて泣く子を黙らせる権力機構のめくらましに利用されることを、心の片隅であっても常に意識していなくてはいけないでしょう。

娯楽は権力と折り合うことが可能で、権力にとりこまれる危険と常に隣り合わせです。目先の娯楽のための映画で描けるのは主人公の心地よい勝利の快楽で、正義はあっても敗北する側の真実は描けない。スターリンを告発することなど論外でした。

観客＝読者は、常に気晴らしか真実かの選択を迫られています。そして、ひとは、私を含めて、日常的には悲痛な真実より気晴らしを求めるものですから、娯楽映画には多くの観客と興業利益の成功があります。それでも、気晴らしだけで満足する人生があるとは思えません。誰も、何も、愛さない結果の、血の涙を流すことのない人生は気楽ですが、幸福とは言い難いのです。

年を重ねてますます人生が興味深いと感じることの一つは、敗北は最悪を招いても、この負け戦を経なければ決して届かない人間の高みがあることを思い知ることです。成功者には近づけない聖域があります。勝利とは、スパルタクスのような叛逆する敗者の真実を放棄した結果の、俗物の達成するものでした。

ワイダ監督の失望は映画の観客のみならず、民主化を遂げたはずのワレサ政権についてにも及びます。

「連帯」のワレサを支持していたワイダは、ワレサとマゾヴィェッキ首相との対立、一九九〇年のいわゆる「頂上戦争」を経て、ワレサに失望し《善良なる神は、レフ・ワレサがこの時に踏み出した一歩をけっして赦されないであろう》とまで書いています。彼はワレサとその周囲の変節の結果をこう書きます。

この時、その後のポーランドの運命が決定され、私たちは大衆迎合主義のほうへと押しやられてしまったのだった。ポーランド史上の危機的時代には、常に教養が重要な役割を果たしてきたが、そうした教養がもはや必要とされなくなったことが急に明らかになったのだ。

それを雄弁に物語っていたのが、国会の新しい議員構成だった。むろん、高等教育を受けている者がわずか七パーセントにすぎない社会であるから、高等教育を受けている議員の比率が極端に高くなるはずはないのであるが、学歴を持つ国民の割合がさらに少なかった三国分割時代においてすら、知識人層はもっと大きな役割を演じていた。

ワイダは《理性と真実が勝利》し《より善き者たちが言いたいことを言えるようになる》夢見た国ポーランドの実現どころか、隠れたあまりに多くの旧体制協力者たちの存在を、《この国の本当の支配者が誰なのか》を思い知り、《極めて大きな苦痛》の中《自信も、観客に対する信頼も失い、疲れ果て、倦怠感におそわれていた》と書くのです。

ワイダ監督の映画から従来の「観客」が消えたとき、彼の理想の国の実現もまた潰えたといえます。大衆迎合主義、ポピュリズムは結局新たな独裁政治の温床でしかありません。現在のポーランドの、元の木阿弥ともいうべき政治状況をみれば明らかでしょう。「教養」のない人間たちに国が乗っ取られるほど恐ろしいことはないのです。そんな国家の行先には形を変えた戦争や強制収容所があることは、歴史が教えてくれます。詩人・知識人がその役割を果たせない社会は、皮肉にも全体主義体制の崩壊後にさらに露骨になったといえます。

ワイダのこの発言にある「大衆迎合主義」批判や「教養」の尊重は、「詩人・知識人」の矜持ちならない思い上がりで、芸術は広く大衆にこそ愛され理解できるものでなければならないという正反対の思想信条も当然あるでしょう。芸術家が鑑賞者に教養を求める姿勢を不遜とみるか、相手への敬意とみるかは意見の分かれるところです。

ワイダは、観客を、接待する必要のある「お得意さん」ではなく、自分の「親友」「戦友」と遇していたと思います。楽しませてほしい、感動させてほしい、あるいは退屈しないわかりやすいものを見せてほしい、そういう受け身で思考停止の観客に彼の関心はなく、モノ・コト・ヒトを自分の頭で考え判断する、教養の基盤のある「観客」、自分の人生の同伴者を求めていたのでした。

彼は《映画に描かれる人生から真実なるものが流れ出すようにすることが自分の仕事の目的である》という信念を持ち、「娯楽以外のすべてを拒絶する観客」ではなく、映画から努力して「真実」を読みとる力のある「観客」、鑑賞と理解に「個性ある観客」を常に求め続けたのです。彼にとって教養は、真実に近づくための、より善く、より正しい判断をするための、思考活動を支える底荷であったに違いありません。

彼は西側の、民主主義国家の公的自由についても、ほんものの自由とはほど遠いことをよく理解していました。フランス人ジャーナリストたちとのインタビューについてこうも書いています。

しかし、私が「なぜ検閲のないフランスで、アルジェリア戦争やパリの一九六八年五月〈五月革命〉など、多大な社会的・政治的影響を及ぼした出来事を主題にした映画ができなかったのか」と問うても、誰も答えられなかった。かの地では、政治的検閲のかわりに、内側からの検閲がそれほど効果的に機能していたということなのだろうか。

政治的自由を手にしているのに扱わない、扱えない主題がある、つまり内的検閲がかかる現状を、ワイダのように堂々と指摘する映画監督は少ないと思います。この題材は資金が集まらない、あるいは観客が入らない、儲からない、アカデミー賞などの権威ある賞がとれない等という創作者の無意識の規制、つまり観客から自由になれない内的検閲の毒は、全体主義体制下の検閲より人間を深く蝕むものかもしれません。

目に見えないかたちで精神の自由を奪われている自縄自縛に無自覚であることは、芸術の衰退に繋がります。芸術の俗物化です。コマーシャリズムによる内的検閲の影響で二十一世紀の芸術はあらゆる分野において小粒になっていると感じるのは私だけでしょうか。市場原理の支配下で、真実自由な精神が、ほんものの天才の仕事が、黙殺され埋もれていないでしょうか。

《芸術はどこにおいても闘争するように宿命づけられています。東では政治と、西ではコマーシャリズムとの闘争です。映画の真の自由は、そこにあるのではないのです》（聞き手＝山田宏一「キネマ旬報」五二四号　一九七〇年六月上）と語っていたように、ワイダ監督は政治にもコマーシャリズムにも屈せず、闘いを諦めることなく芸術映画の道を極めんとしたひとでした。

岩波ホール支配人高野悦子は、一九八七年京都賞受賞の際のワイダ監督との対談（『ワイダの世界―映画・芸術・人生―』岩波ブックレットNo.107　一九八八）の中で「フランスの友人が、いま世界で命をかけて作品をつくっている真の芸術家は、ワイダ監督一人だと私にいいました」という発言をしていました。彼は高野悦子に《監督には観客にたいする責任があります。それは、観客に嘘をみせない、真実をのべるのだということです》と言いきっています。

彼が「観客」にたいする強い責任感を持ち、真実をのべることに徹した集大成ともいえる仕事が、『カティンの森』でした。政治的圧力を恐れたり映画の興業利益を顧慮しては出来なかった映画です。撮るまでに五十年という長い構想時間が必要でした。ポーランドの民主化以前、カティンの森の黒幕がスターリンと口にしただけで誰でも処刑された時代に、スターリンの犯罪の映画化が許されるはずはなく、ワイダ監督は政治情勢の好転、つまり検閲の廃止を忍耐強く待ち続けなければならなかったのです。《この作品にかける自分の力と健康とエネルギーが残っている最後の瞬間に撮られた》と語るように八十歳でようやく完成させることの出来た世界を揺るがす歴史の再現映像です。

ワイダのこの自伝原書は彼の映画『仕返し』（二〇〇二）以前に刊行されたものですから、当然『カティンの森』（二〇〇七）についての言及はありません。しかしながら、この一冊には後の『カティンの森』に繋がる言葉が随所にみられます。

何年も前から、「カティンの森の映画を作ってはどうか」といった話がぶり返している。

> 実際、映画化は私の義務である。ヤクプ・ワイダ大尉[*1]が、カティンかミェドノイェの集団墓地のどこかに埋葬されているのだ。

ワイダ監督の父ヤクプ・ワイダ大尉とほぼ同世代でホロコーストを生き抜いたハンナ・アーレントは、フォークナーの「過去はけっして死にはしない、過ぎ去りさえしないのだ」という言葉をよく引用していました。そして《歴史的真実を求めるのに用いられる諸々の方法は、検察官の方法ではない。そして事実を守護する人びとは、諸々の利益集団の役人たち——たとえ彼等の主張がいかに合法的であろうと——ではなく、報道記者、歴史家、そして結局は詩人なのである》（エリザベス・ヤング＝ブルーエル『ハンナ・アーレント伝』荒川幾男ほか訳　晶文社　一九九九）と書いたように、詩的な思考力を持てる人間こそ歴史的事実を守れると考えていました。

ワイダの『カティンの森』は実際に経験できない過去の事件から、「詩人」の想像の翼を借りてその真実に肉迫する恐ろしいまでの歴史の再現でした。

再びアーレントを引用すると、彼女は《事実は、たとえそれがどんなに恐ろしいものであっても、「われわれが忘れないように」ではなく、われわれが判断できるように保存されなければならない。保存と判断は、過去を正当化するのではなく過去の意味を明らかにする》（同）と考えていました。

ワイダは『カティンの森』で単なる戦争「映画」を撮ったのではなく、非情なまでにカティンの歴史的事実の「保存」に徹したといえるでしょう。この映画は映画の領域を超えた「何か」の経験と私が感じたのも当然のことなのです。

あるドキュメンタリー番組で、ワイダ監督は、街角で見知らぬ老婦人から「カティンで本当は何が起きたか教えてくれてありがとう」とお礼を言われたことを語っていました。彼は一部の人間が記憶から消してしまいたいカティンと政治の嘘を描く「亡霊」でしたが、この映画において紛れもない歴史の実相を「観客」に届け得たことを実感したでしょう。

ワイダはこのカティンにまつわる歴史を再現し保存し、彼の信頼と尊敬に値する「観客」に最終判断をゆだねます。真実はこのようであった、あなたはこの恐るべき歴史にどういう判断をくだすのか、これを観終えてからあなたはどう生きるか。「live or lie」と、「観客」に永遠の問いを突きつけるのでした。そしてワイダ監督の「観客」ならば必ずliveと、そう答えるでありましょう。

彼の映画は「観客」の仕事によって永く生き続けるものですが、彼自身も「観客」としての重要な仕事をしています。この自伝の中にワイダと日本との関わりについて書かれた「花の自由」という、第十九章があります。私はこの章に書かれたことこそ、ワイダ監督の日本についての「観客」の仕事=「読者の仕事」であると考え、深い感銘をおぼえるのです。

一九八七年、ワイダ監督は稲盛財団から、世界の優れた科学者、芸術家に贈られる京都賞、精神科学・表現芸術部門の受賞者に選ばれました。彼はその時の賞金三十五万ドル、約四千五百万円を迷うことなく全額ポーランドに日本美術館を建設する資金として寄付したのです。

現在の日本においても高額な賞金ですが、一九八〇年代のポーランドの深刻な経済状況を考えたら、それはとんでもない大金で、彼はこの高額の賞金でかなりのことが出来ました。思い通りに新しい映画を創る潤沢な費用にもなったでしょう。しかし、彼は賞金を自分のために使うことをしませんでした。

前述の京都賞受賞時の高野悦子との対談においての彼の言葉を引用します。


今回、京都賞というすばらしい国際賞をいただくことになり、たいへんに幸せだとおもっております。いま、私の思いは、まだ大戦中の一九四四年、ナチス・ドイツの占領中のポーランドの古都クラクフで開催されました日本美術展にさかのぼります。

当時、私は十七歳でしたが、将来は画家になりたいという希望をもっていました。そのような私にとって、日本の喜多川歌麿（きたがわうたまろ）とか葛飾北斎（かつしかほくさい）、さらには武具をはじめとする工芸品との出会いは、強い印象を残しました。それは、私にとって初めてのほんとうの芸術との出会いともいうべきものでした。

しかし、その後、それらの作品は一度も展示されることなく、現在にいたっています。

これらの作品は、今世紀初頭にポーランドの資産家のヤセンスキが、パリなどで浮世絵を中心に熱心に買い集めたもので、国立博物館に寄贈されておりました。ヤセンスキは、収集品は残しましたが、展示する場を残しませんでした。じつに、一万点以上の日本の美術品が、六〇年以上も眠ったままになっています。先ほどもお話しましたように、私にとって真の芸術との出会いでしたので、以来、つねにあのコレクションのことが頭の中にあったのです。

それが、今回思いもかけずに京都賞をいただくことになり、その賞金を、収集品を展示するための日本美術館の建設資金にしたいとおもいました。全額（四五〇〇万円）を美術館建設のための資金の一部として寄付することとし、この問題のイニシアチブをとったわけです。私は人生の中で、そんな山のようなお金を手にしたことはありません。芸術家はお金をもちすぎてはいけないとおもいます。非道徳的になる可能性があります。しかも、いただくお金は日本からのものです。それが日本美術館建設のための基金の一部となるならば、日本とポーランドの新しい友好関係にも役立つのではないかとおもっております。

この高野悦子との対談では十七歳と語っていますが、完成後のこの日本美術館のパンフレットでポーランド語に併記された英文解説によると、画家志望であった十八歳のワイダ青年は、ナチス占領下の街でいつ連行されるかわからない危険の中、偽造の身分証明書類をポケットにいれ、たまたま開催されていたヤセンスキのコレクション展示を観に出かけ、その時に日本美術に強い感銘を受けたのです。[*2] 未来のワイダ監督の心を捉えた日本美術の魅力は何か。ワイダ監督が東日本大震災のときに日本に寄せたメッセージ（共同通信配信）の中にそのヒントが感じられると思います。その一部を引用します。

日本の友人たちよ。

あなた方の国民性の素晴らしい点はすべて、ある事実を常に意識していることとつながっています。すなわち、人はいつ何時、危機に直面して自己の生き方を見直さざるをえなくなるか分からない、という事実です。

それにもかかわらず、日本人が悲観主義に陥らないのは、驚くべきことであり、また素晴らしいことです。悲観どころか、日本の芸術には生きることへの喜びと楽観があふれていま す。日本の芸術は人の本質を見事に描き、力強く、様式においても完璧です。

日本は私にとって大切な国です。日本での仕事や日本への旅で出会い、個人的に知遇を得た多くの人々。ポーランドの古都クラクフに日本美術・技術センターを建設するのに協力しあった仲間たち。天皇、皇后両陛下に同行してクラクフを訪れた皆さんは、日本とその文化が、ポーランドでいかに尊敬の念をもって見られているか、知っているに違いありません。

ドイツ占領下という深刻な危機の中で、若き日のワイダは日本美術の中に、悲観主義に陥ることのない世界観、「生きることへの喜びと楽観」を見つけ、慰められ励まされたのだと私は想像します。ヤセンスキが好んで蒐集した浮世絵は、江戸時代という二百年以上の平和の中に花咲いた芸術です。戦争の絶えたことのない西欧世界でこれほど長い間平和を享受している東洋の国の、その平和の国の美術は、シーボルトを魅了したように一つのユートピア、桃源郷にも感じられたはずです。ワイダ監督は京都賞受賞を、ヤセンスキの日本美術コレクションの展示場所を創る一生に一度の機会と考えたのでした。

しかし賞金寄付だけで天然自然に大事業が動くものではありません。ワイダ監督の目的達成への強固な意志と手腕がなければ、この日本美術館建設は到底不可能でした。そもそも、彼が粘り強く効果的な戦略を立てられる人間でなければ、検閲の煮え湯を飲まされ続けながら、亡命することなく、殺されることなく、祖国で映画を撮り続け九十歳の天寿を全うすることは不可能だったでしょう。

ワイダ監督が賞金をあえて日本美術館のために使おうとしたのは、日本への親愛と京都賞への感謝が前提でしょうが、それ以外の動機も推察できます。

第一に《芸術家はお金をもちすぎてはいけないとおもいます。非道徳的になる可能性がありま す》という、芸術家が大金=権力を持つことでコマーシャリズムに取り込まれ俗物化することへの警戒心、第二は、状況が少し改善されたとはいえ、まだ独裁を脱していない当時のポーランド政権でその意向に沿うように大金を使うことを望まなかったのだと思います。日本美術館を創ることは、《生きることへの喜びと楽観》を許さない政権への一つのレジスタンス行動でもあったと考えるべきでしょう。

民主主義国家で、ノーベル賞受賞者の賞金の使い道について国家が干渉するという話は聞いたことがありません。生活費に使っても賭け事に使っても、どこかに寄付してもそれは受賞者の自由です。しかし、ポーランド政府がワイダ監督の京都賞の賞金の使途について指図することは明白で、ワイダ監督はそれを見越して、賞金をコミュニスト政権下にあるポーランドの銀行に預金することはせず日本に残していました。

案の定ワイダ監督は賞金で日本美術館ではなく、クラクフ市の国立美術館の換気装置設置のための寄付を求められたのです。その上、ナチス支配下で開催された日本美術展を、十八歳の青年アンジェイがボイコットしなかった過去に対する批判まで受けました。私はクンデラの作品で読んでいたとはいえ、過去に遡ってまで国民の思想信条を管理しようとする共産主義政権の徹底した支配の一端にふれて驚くしかありませんでした。

ワイダ監督は百戦錬磨で政権の圧力に屈する人間ではありません。ここでも剛腕を発揮したのです。ワイダ監督の志に応じて日本側が動いて監督を強く後押ししました。ワイダ監督夫妻が発起人となった京都クラクフ基金に日本側からの多額の資金が入りました。高野悦子を中心とした呼びかけで多くの日本人、JR東労組が募金活動に参加し（一三八、〇〇〇人から）多額の寄付金を集め、日本政府も資金を出しました。この頃の日本はまだ文化事業にも寛容でした。[*3] さらにクラクフ市は無償で土地を提供し、グッゲンハイムミュージアムなどで知られる世界的な建築家、磯崎新が無償で美術館の設計を請け負ったのです。これはふつう建物価値の十パーセントを得る建築家としては破格のことですし、完成写真を見ていただければわかりますが、ワイダ監督の希望をいれて、北斎の浮世絵を想わせる波をイメージした屋根の美しい立派な建物をみれば、それが真摯な仕事であることは明らかで感動を覚えます。

この美術館設立について、彼は《そのことは大変誇りに思っているし、またとても幸せなことです。このような企画は生まれても、実現することはそうそうないのですから》とインタビューで語っています。この建設期間中に政治情勢の好転があり、ワイダ監督は「連帯」から出馬し上院議員にもなりました。ワイダ監督たち闘士のたゆまぬ歩みがポーランドの民主化を達成しつつある時期でした。

一九九四年晴れて完成したこの日本美術館の正式名称は、邦訳すると「クラクフ日本美術・技術文化センターMANGHA（マンガ）館」と言います。「マンガ」という名前はワイダ監督が北斎漫画からとってつけた名前ですからもちろんアニメのことではありません。ワレサ大統領、日本からは高円宮ご夫妻臨席のもとに開館式が行われました。すぐれた日本美術が異国の地で命存え生き続けることは、日本にとってこれほどの大きな激励はなく、胸が熱くなります。

ワイダ監督は日本とポーランドの文化交流の大恩人、日本の真の友といえるでしょう。当時の美智子皇后の二〇一六年の十月の誕生日に寄せての一文の中にもワイダ監督の逝去に触れて「この九日、文化の力でポーランドの民主化に計り知れぬ貢献をされたアンジェイ・ワイダ氏が亡くなりました。長年にわたり、日本のよき友であり、この恵まれた友情の記憶を大切にしたいと思います」と、言及がありました。

ワイダ監督は日本美術、日本に対する大変重要な「観客＝読者」の仕事を成し遂げてくれました。それはまた、彼の興業的利益の難しい映画を日本に紹介し続けてきた「観客」高野悦子の功績でもあるのです。彼女がいなければワイダ監督の京都賞はありませんでした。高野悦子は「映画」への献身的な愛でワイダ作品のような数々の芸術映画を支え、大きな果実をもたらしてくれたのです。そして、高野悦子の岩波ホールの理念を愛し、この映画館を存続させていた日本の名もなき「観客」が（私も、と小さな声で言います）一定数いたことも忘れてはなりません。[*4] 彼らはワイダの映画を支えたポーランドの「観客」と同じ力となりました。世の中のこのような見えざる多くの働きこそ、もっと注目され重要性を理解されるべきものではないかと、私は考えています。

『ロトナ』（一九五九）という作品の中で、ポーランド騎兵隊がドイツ軍戦車にむかって突撃する場面があると読んだことがあります。題材となった〝九月の戦い〟にそのような事実はなかったそうですが、ワイダ監督にとっての詩的な真実を伝えるにはこの場面がどうしても必要だったのでしょう。残念ながら私はこの映画を観たことがないのですが、それでもこの場面を想像することができますし、映画史上最も美しい映像の一つではないかとすら思うのです。史実だけが真実を伝えるとは限りません。勝てない相手であっても怯むことなく勇猛果敢に戦車に立ち向かっていく騎兵隊の姿は、周囲の大国に蹂躙され続けてきたポーランドという国と国民の在り方でした。負け戦に挑む彼らがいなければポーランドという国はとっくに地球上から消えていたでしょう。ワイダ監督はこの騎兵隊に歴史上のポーランドの騎士像も重ねて（私はドン・キホーテも思い浮かべます）、誇り高きポーランド、そして人間の不屈の魂を描きたかったのだろうと思います。

人生の大半を《イデオロギーの囚人》となり強権政治との闘いに費やさざるを得なかったワイダ自身も、映画という馬を乗りこなす現代のポーランドの騎士の一人、戦車に挑みつづけた騎兵に他なりません。二〇一六年十月の訃報は、世界から最強の騎士＝「闘士」がまた一人去っていったことを伝えるものでした。

世界を地獄にしないためには、人間は常に戦車に立ち向かう騎兵隊であり続けなければなりません。今の私は、自分が騎兵隊の最後尾についていく名もなき一兵卒として、「観客」＝「読者」として、誇りある最期を終えられたらと願っています。騎兵隊を選ぶ人間が滅ぼされ尽くすことはなかったから、人間はまだ地球に存在していると信じたいのです。私はワイダ監督のこの自伝を読み続け、彼の長い苦しみの闘いに敬礼します。

＊1 父ヤクプ・ワイダについて、本自伝中に「中尉」と「大尉」、両方の記載が見られる。
＊2 「MANGGHA JUST LIKE THAT」日本美術・技術センター　マンガ館パンフレットによる。
＊3 同書によると建設費は五五〇〇万ドルで、不足分は日本政府から三〇〇万ドル、残りはＪＲ東労組や一般寄付によりまかなったとある。
＊4 岩波ホールは一九六八年開館以来、約半世紀にわたり世界の多様な名画を公開してきたが、観客減少による経営悪化のため惜しまれながら二〇二二年七月閉館。

Ⅳ

「名もなき者」として生きること

十八、私と山瀬ひとみの対話8　アマチュアの仕事

私　「私」は何者にもなれなかった人間です。そんな自分を不甲斐ないとずっと思い続けてきましたが、何者かになろうとしたかと自分の胸にきいてみると、正直、世間に認められる職業についてはしご上りをしようと考えたことがないことに気づきます。母親の体質をひきついだのか、人並み外れて体力がなかったので、世間に出て何者かになる野心は持ちようがありませんでした。卒業すると同級生の大半が専業主婦になる時代でしたから、今でいうワンオペ家事育児介護をフーフーいいながらしてきました。

ただ、本が好きで読むことだけはしてきたので、本を書くひとになってみたかった。子育てが一段落した頃、在宅で出来る仕事ということもあり、思い立って職業としての小説家を養成する教室に通ってみたことがあります。当時は何かのプロにならなくてはいけないと思いこんでいました。そこは小説の書き方を教えてくれる教室ではなく、プロの作家や編集者が実作を読んで講評する教室で、多くのプロを輩出した実績もありました。私はとにかく自分の書きためたものを読んでくれる編集者が欲しかったのです。ある編集者は、あなたはこれこれの欠点を直せばプロになれると言ってくれました。

それでもプロになれなかったのは、努力も才能も足りなかったのが主な理由ですが、その欠点を直すことが出来なかったし直す意味を感じなかったという理由もありました。

山瀬 アンジェイ・ワイダの自伝の中で、賞賛された成功作よりも失敗作の中にはっきりした自分の独創性や個性があった、《自分の欠点は独特のものであり、長所は平凡であるということを理解した。これは重要で正しい発見だが、自分の欠点に惚れ込みすぎてはならないという条件がつく》という言葉を読んだ時に納得しました。欠点を直す方法では、ある程度上手い読み物は書けても、それ以上のものは書けません。売れるほど面白い小説なら、自分が書かなくても、もっともっと上手に書くひとはたくさんいます。

私 あの教室に通っての一番の収穫は、自分が職業としての小説家になりたいと願っているのではないと気づいたことでした。他の受講生と同じように佳いものが書きたいと願っていましたし、それが本になって読者に読まれることを切望していたのですが、ある受講生が「小説家にならずには死ねない」と言ったときにはびっくりしました。私には、この創作含めてこれを書かずには死ねないと思う主題はあるのですが、それは彼女のいう職業としての小説家にならずには死ねないことと同じではなかったんです。プロとして売れる小説を書く小説家になるのは素晴らしいことだと思いますが、プロになる能力と書く能力は少し違うんだとはっきりわかって辞めました。私は部外者でした。

私は「私」でなくては書けない何かを書きたかった。たった一人でもいい、その読者が身近において繰り返し読んでくれる本、人生最後の一冊になってもよいと思ってもらえる本、そんな本の書き手になりたかった。もちろんそれは身の程知らずの願いと承知していますが、そのような「死なない仕事」を理想にして敗北することのほうが職業として認められることより意味があった。そのために百でも二百でも、志ある失敗作を書き続けたいと思った。詩や評論も最初から書こうと思っていたのではなく、その流れでしぜんに書いていました。私はただ「私」になりたくてあがいてきたと、人生後半戦を迎えて渋々ながら認めざるを得ません。

山瀬　それは良くも悪くも「アマチュア」を選んだということでしょう。プロの立場で見たら、なんて甘っちょろい道楽だと嗤われる。紙の無駄遣いしながらお好きなだけ自己満足のものを書いていていなさいと。

私　「下手の横好き」ということわざもあるくらいで、たしかに素人芸はお気楽で軽侮の対象かもしれません。プロの厳しい世界を生き抜くことでしか到達できない高みのあることは当然知っています。ですが、命がけでする道楽なら許されると思いたいのです。最初から実利や成功に関心のない素人は、内的検閲と無縁で理想の追求のための無謀な挑戦もいとわない。自由だから自分の是非の判断が曇らない。アマチュアとはフランス語の「アマン＝愛人」と同じ語源を持つ言葉だそうで、とにかく損得ぬきに愛する人間なんですね。愛以外なにもいらない世界です。たとえば「読者」は職業ではない、ただただ本を愛しているアマチュアです。「山瀬ひとみ」のアマチュア仕事はそれなりのものでしかありませんから、弁護する気もないし脇に置いておくとして、良い意味での「アマチュア」は、俗物になることを免れることが強みでしょう。アマチュアはアウトサイダーでいることに耐えられる。適切なたとえかどうかわかりませんが、プロフェッショナルは金メダルが頂点であってそのための戦略と実力のある者が成功する。目に見える勝利を手にします。アマチュアの頂点は世間的成功にはないので、その仕事は大抵惨敗と失笑に終わる。ですが、ごく稀にその仕事が大化けして金メダルを凌駕する。ある分野の世界を一変させることもある。

山瀬　リルケに「人生の意味は、より大きな失敗をしつづけることにある」という言葉がありますが、アマチュアの生き方もそうでしょう。

前にも書きましたが、E・サイードの《知識人とは亡命者にして周辺的存在であり、またアマチュアであり、さらには権力に対して真実を語ろうとする言葉の使い手である》にあるように、「アマチュア」という指摘は、現在の世界で特に重要だと思っています。市場原理という権力に対して真実を語るためには、まず金儲け、次に栄誉や成功を考えないこと、つまり俗物でない、純粋な「アマチュア」でなければならないのです。内的検閲を無効にしてしまう力は、目に見える金メダルに無縁の「アマチュア」しかもてない。儲けにならないけれどやらねばならない仕事をする。不可視の「詩と真実」に近づくためには、最高の「アマチュア」、猛烈な「アマチュア」でなければならないのです。

私　秦恒平が自身のことを「私家版作家」として始まり「私家版作家」として終わる、自分はアマチュア作家である、とウェブサイト上の日録「私語の刻」で書いていたことがありました。偉大な才能にもかかわらず、ある時期から彼の仕事は世間でほとんどとりあげられることなく黙殺されてきました。贔屓の引き倒しと笑われるかもしれませんが、彼の文業は世俗的に説明すると、文化勲章相当であり、翻訳されれば三島由紀夫や村上春樹のようにノーベル文学賞の候補になってもふしぎではない。彼の受賞歴は文壇デビューのきっかけとなった『清経入水』の太宰治賞ただ一度です。それも彼が私家版として出版した本が円地文子や小林秀雄の目にとまり太宰賞候補にされたもので本人が応募したものではない。その後も芥川賞や谷崎潤一郎賞も候補になっただけです。当然芸術院会員などの褒章の対象にすらならないできた。信じられません。

山瀬　山瀬ひとみが以前書いた秦恒平論の題名は「遅れてきた文豪・早すぎる天才」というものでした。彼は時宜を得ぬ才能でした。あと十年早く生まれていたら川端康成のような文壇の重鎮として崇められていたでしょう。彼の最盛期は「文豪」という言葉が死語になるような、出版界が文化財としての本から消費財の本へと大きく舵を切った時期に重なりました。文化財としての本を作っていた出版社が次々に倒産し、愛読者はいても数が売れない純文学は出版が困難になっていった。出版社はとにかく経営のための大量に売れる本、ベストセラーの増産に邁進しました。出版社は売れない本を、芸術としての文学を容赦なく斬り捨ててきました。

何より秦恒平の不遇を決定的にしたのは、〈湖（うみ）の本〉という作家本人による個人出版です。これは純文学作家である自身の旧作が出版社の都合ですぐに絶版になって、読みたい読者に届かない状況をなんとかしようと始めたものでした。現在では作家の個人出版も珍しいことではありませんが、当時としては早すぎる断行で、本人も書いていたように出版業界への叛逆とみなされた。出版業界としてはビジネスモデルを変えようとする仕事、作家が個人で出版する潮流など出来たら困るわけで、それ以前は毎年何冊も単行本が出版されていたのに、芸能人が芸能プロダクションから独立して干されるような状況になってしまった。現在の文学賞は出版社が本を売るための戦略にもなっていますから、市場原理の外に出た彼があらゆる賞の栄誉と無関係なのは当然です。

秦恒平は自身のウェブサイトの中で《我が「湖の本」の場合、既成の文芸出版社の露骨な敵意にも堪えねばならなかった》《いわゆる「出版資本」の固陋な認識やバッシング意識は想像を絶して根強いのである》《出版社会はもう叛逆者のわたしを受け入れてくれまいが、幸い「書く」ことは出来る》と書いています。

秦恒平自身はもちろん出版業界と対決する気はさらさらなかったでしょう。その証拠に〈湖の本〉刊行後も、原稿の注文があればプロの作家として応じてきました。個人出版はビジネスではなく、ただ読者に本を届けたいという純粋な動機だけでした。純文学作家の暗い未来を早くに見極めて、時代を先取りしすぎた結果ともいえます。

彼は、「作家さよなら」と徐々に〈湖の本〉という個人出版とウェブサイトを主要な文学活動の場に移したのです。二〇二〇年には美しい装丁の個人選集全三十三巻を限定百五十部の寄贈本として六年がかりで完結させています。東工大教授時代の収入と退職金をすべて注ぎ込んだということですが、「自分の願いのままに創作し構想し出版したい」それだけで生きてきた。現在の出版不況をみれば、彼の文学者としての自由を最優先にした選択は間違ってはいなかったと思うものの、秦恒平が世間的な評価においてここまで力量に見合わぬ不遇に徹しているのは、日本文学にとっても読者にとっても恥であり不幸なことです。

すべては彼の選んだ文藝への純粋な愛を貫く良い意味での「アマチュア」、サイードのいう「アマチュア」としての生きかたでありましょう。幸いなことに、この〈湖の本〉は三十六年間続いていて彼、八十六歳の現在、一六〇巻が刊行されています。偉業といえるのではないでしょうか。

私　数は多くなくても、必ず購入するという一定数の読者がいなければとても一六〇巻まで続けられなかったと思います。秦恒平は自身の文学の追究と「読者」以外は、カネも名誉もすべて棄てたんでしょう。「読者は命の滴」と表現しているくらいです。

〈湖の本〉読者層は小さなサークルでしょうが、秦恒平の文学活動のパトロンとして機能してきました。創刊以来毎回三冊ずつ買う読者もいるとか。誰の機嫌もとらなくていいアマチュア読者集団だから出来たこととも言えます。

山瀬　彼の読者の数が多くならないのは、端的に言うとムズカシイからでしょう。読者の中には秦恒平を「学匠文人」と呼ぶひともいます。古典の素養がない人間にはハードルが高い。もちろん読みやすい作品もたくさんあって、山瀬ひとみはそのなんとか読みこなせそうな作品を読みこなせなくても愛読してきたわけです。ひとは簡単に分かるものならそもそも繰り返し読んだりしませんし……。でも、小野道風の国宝「秋萩帖」を扱った『秋萩帖』などはお手上げでした。秦恒平自身も読めるひとが今の日本に何人いるだろうと書いていたくらいです。秋萩帖に造詣の深い、これを読みこなせるひとにとっては大変面白い、そういうタイプの作品なんです。森鷗外の『渋江抽斎』を思い起こします。この名作は読みにくくて新聞連載時に新聞社が連載中断を冀（こいねが）ったという逸話があるくらい。でも今でも熱烈に愛読する読者層があり、私も末端の一人です。秦恒平は「読みだすと興奮して眠れなくなる文体の魅力」と書いています。

難しいものは作者の自己満足に過ぎなくて、大衆蔑視で、作品価値はないという立場も当然あるでしょうが、以前はとにかくこんなとっつきにくい本でも、読める、読みたいひとのために出版されていました。森鷗外だから現在でも『渋江抽斎』は出版されていますが、もし現在の新人であったらこの作品が出版できたかと考えると結果は明白です。この手の本を好んで読む「読者」は、生涯にわたり本を買い続ける手堅い読者層となります。こういう小さな集団を無視した結果が今の出版大不況でありましょう。出版社は一番肝心の顧客を育成せずに、自分の首を絞めるように読書社会を崩壊させてきました。

秦恒平は、樋口一葉や石川啄木など純文学作家がらくだった時代は一度もないと書いていましたが、あのヴァージニア・ウルフでさえ、自作を出版してくれる出版社を苦労して探し歩いているんですね。古今東西、芸術の追究は経済的な苦戦なのです。採算がとれるのは百年先で、芸術家は市場原理の敗者です。秦恒平もその列に加わりあくまで芸術家の王道を行く。文学の「アマチュア」である読者の存在だけが彼らのいのちをつないでいくのだと思います。

私　アンジェイ・ワイダの、観やすくない映画を支えていた「観客」と、〈湖の本〉を支えている「読者」には共通するものがあると思います。受信するアマチュアとして、発信する側の、サイードのいう、亡命者でアマチュアの、「知識人」たちと共生する役割を担う。

私は一流のプロフェッショナルの仕事を尊敬していますが、それと同じくらい素人の無欲で清潔な判断を尊いと思うのです。アマチュアの仕事の質がプロの仕事の是非を決めると言っても過言ではない。素人の自由な目が正しくモノ、コト、ヒトを選んでいる場合が多いことは間違いありません。ですからアマチュアのレベルが下がれば真実価値ある仕事は世間に知られず葬られてしまう。

フジコ・ヘミングというピアニストは国際的有名コンクールの覇者でもなく、聴力を失うという不運もあって無名の、おばあさんのピアニストとして市井に埋もれていたわけですが、たまたまNHKの番組にとりあげられてその演奏が大反響をよび遅咲きデビューを果たしました。番組制作者はこの番組を一度放送中止にしようと思ったくらいで、このような展開は想像もしていなかったでしょう。番組を観た素人集団が圧倒的な支持で押し出したわかりやすい例で、毎回会場を満席にできるその後の活躍ぶりをみても、素人は侮れません。肩書重視の世間やプロに黙殺されていた才能を見出したんです。

山瀬 世の中は「ただ働き」を続けているアマチュアが、目に見えないかたちで支えているから、華々しいプロの仕事が成り立っていると言えるかもしれません。しかしながら、こういう「アマチュア」層が絶滅危惧種になりつつあるのもたしかでしょう。アマチュア層の弱体化は、評価されるべきものが不当に扱われる事態を招きかねません。ワイダ監督も書いていましたが、かつて存在した「知識人」を支える、詩と真実を愛する素人集団、つまり「観客」層が高齢化と共に減少し、若い世代が変質していっているのは厳然たる現実なんです。秦恒平も力強い支援者であった福田恆存先生含め次々に〈湖の本〉の良い読者に「死なれて」きたと書いていました。当然〈湖の本〉の購買者も先細っている。次世代の「観客」「読者」層が育っていないのです。市場原理は文化の継承者を育てそこねました。

私 このようなものを書きたいと出版社にお伺いをたて、許可が出たものを雇い主の出版社に有り難くも本にしていただくというかたちで書いている、さながら非正規の派遣社員のような職業作家は、売れるかどうかという基準で外的検閲を受けていますが、それ以前に本にしてもらいたいという自身の内的検閲の囚人であり、コストパフォーマンスの下僕なのです。そんな状況で、ほんとうに革新的な新しい文学が生まれるとは思えません。プロとして活躍できるひとたちは滅多にない才能に恵まれたひとたちなので、その才能を買い叩かれることなく、妥協しないで大事に育ててほしいのです。「読者」は似たようなものの再生産は読みたくない。

こんなことを平気で言えるのも「私」や「山瀬ひとみ」がアマチュアだからかもしれないんですが、詩人も知識人も出版社という権力に対してもっと物申したらいいのにと思うのです。彼らは優れた編集者と協同して、経営者に働きかけて文芸を守り育てていかなくてはと思う。もし、より良い仕事のために「物申す」ことが出来ないとしたら、彼らはその分俗物になったということです。サイードは《現代の世俗権力は、知識人を、かつてないほどまるめこんでしまった》（前出『知識人とは何か』）と書いていましたが……。

山瀬 目先の経営はもちろん大事ですが、出版はやはり百パーセント商売にしてはならない文化の砦であってほしい。言葉や物語を消費するだけの著者と読者であってはいけないと思います。売れるものを作ると同時に、今此処の利益をあきらめても、新しい才能や地味でもほんものの仕事を百年先を見通しながら支えていく。出版社は売りにくい本を守る努力をして、芯になる手堅い読者層を忍耐強く育てるべきでした。

深川製磁の深川太一さんが新聞のインタビューで《売ろうと迎合するばかりではいずれ自分を見失う。すべてでなくても、二、三割くらいは完璧なものづくりをする。それが継承できれば生き残れる》（「万国博覧会と美術」日本経済新聞　二〇二一年一月十七日）と話していましたが、これは出版業界にもあてはまることです。

ファッション業界が世界に数百人しか顧客のいない、ほとんど利益の上がらないオートクチュールを未だ棄てないことを見習ってもよいと思います。最高のものを提示することが業界全体を活性化し底上げする。経済ではなく文化こそトリクルダウンが可能なのです。もっとも近頃のファストファッションの隆盛をみていると、この状況がいつまで持ちこたえられるかわかりませんけれど。

量産することが主流になると本物が駆逐されてしまいます。その結果「詩人・知識人」は世間の隅に追いやられ「読者」もいなくなり、紙の本までいらない社会になることは予測できたはずです。でも残念ながら今はこの段階に限りなく近づいています。悪循環を断つのは現存する読者層が可能な限り踏ん張り、時流に逆らい、次世代の頼もしい「読者」を育てることしかないように思うのです。

私 最近読んだ本の中で最も衝撃的だったのは認知神経科学者メアリアン・ウルフの『デジタルで読む脳×紙の本で読む脳』（大田直子訳 インターシフト 二〇二〇）です。この本は、「山瀬ひとみ」の言葉でいうところの「読者の仕事」が消滅しかねない未来を描いていると思います。

メアリアン・ウルフは、デジタル社会の到来で、ソクラテスの口承文化からアリストテレスの書記文化へ移ったとき、さらにグーテンベルクが現れたときよりも大きく《これから数世代にわたる途方もなく大きな変化の出発点にたっています》と書き、このままでは人間の思考の本質が変容する危険性を指摘しています。画面媒体と印刷媒体を読む時の脳の働きが違うからです。せわしなく目を動かして、画面の情報を斜め読みして結論に突進する大人や若者は内容を深く読んでいない。つねに注意散漫であり、複雑さや退屈にたえられず、類推や批判的思考、熟考や内省といった紙の本を読む時の脳の回路を使わない。

デジタル画面上のこの読字習慣は、知らず知らずに紙の本を読むときにも影響を与えて、画面と同じように浅い読み方をしてしまう傾向が出てきている。現在売れている紙の本もこの読書傾向に見合うものになってきている。一日の大半を電子機器に触れて過ごす若者たち、アメリカの文学部の学生たちは、十九世紀、二十世紀前半の文学、メルヴィル『白鯨』やジョージ・エリオット『ミドルマーチ』といった過去の名作を読む認知忍耐力がなくなってきている。

ホモ・サピエンスの、遺伝子を超越した最も重要な功績のひとつである、この後天的な読み書き能力、紙の本を熟読してきたような読字脳回路を守れなければ、人類は、あらゆる分野で知的要求水準の高い形の言語からの撤退を始める。それはフェイクニュースやプロパガンダに扇動されやすい、思考しない市民を生み、多様性と共感力を喪失し集団的知性と良心の維持できない、野蛮でむごたらしい世界に繋がるだろうと警告します。《社会の良い読み手は、そのカナリア――メンバーにとっての危険を察知する――であり、なおかつ共通する人間性の守護者です》と書いて、良い読み手が民主社会を守る計り知れないほど重要な役割を果たすと結論しています。つまり「読者」を増やすことは出版不況を救う以上の、人間の命運を決めるほどの重要性があるということが書かれていました。

この本について語りだしたら本が一冊書けそうなくらいです。未読のひとには今すぐ読んでほしい、ネット環境下の現代人の、とくに子育て中の親の必読書ということを伝えたいです。

山瀬　アマチュアであっても、良い読み手＝「読者」は人類の宝を守り育てる地の塩の役割があります。良い読み手はつねに「読んで・書いて・考え」ています。ハンナ・アーレントが《善悪を判断する能力は思考活動の副産物であるから、思考活動は悪行をしないように人間を仕向けることができる》と考えていたように、思考しない集団が多数派になると社会に悪が《表面を覆うカビのように広がる》のです。「空気を読む」無思考な集団をつくってはいけません。もう一つアーレントの言葉を引用すると《社会的非同調性（ノンコンフォーミズム）は知的達成にとって必須条件（シネ・クワ・ノン）である》（以上、前出『ハンナ・アーレント伝』）というのがありました。空気を読む姿勢を続けていると罪深い愚者になる。戦争も強制収容所も、思考しない集団の作り出した絶対悪です。

　全体主義的支配体制のもとでは、市民は体制側に都合の悪い言論は読めませんし、自分の頭で考える個として存在することは許されない。洗脳集団に取り込まれてしまう。これは歴史に学ぶ事実です。「読書」しない人間は、その悲惨な歴史を知る機会すらもてませんから、心地良い嘘、歴史修正主義者にコロリと騙される。クンデラの云う「無知の責任」があり、最悪の罪を犯す。

　民主主義は、損得抜きの「詩と真実」を求めるアマチュアの「読者の仕事」の、一定の質と量がなければ維持することが出来ない不安定な制度で、無批判に時流に乗ると、人間はいとも簡単に独裁者の駒にされる。

私　親世代は次の世代により良い社会を手渡さなければなりません。つまり世界を良識の支配する場所にし、知力と共感力と善行の能力とをあわせもつ健全な人間を増やす大きな責任があると思います。そのためにはアーレントのいうように、物事を吟味して決断することに長けた、思考活動をする「読者」……本をたくさん読むという意味ではなく、価値ある一冊を深く読むという意味の「読者」を増やさなければ危機的状況になる。

ＳＮＳ上では三割の人間が全体の意見を決定しているという研究もあります。つまりネット含めて世間に流通する手垢のついた「現実的」らしい言説や情報を疑わない生き方は、多数決にすら届かず正しくない結論になる可能性がある。無責任な集団の、間違った空気を読まないためには、自分が常に紙の本を「読んで・書いて・考える」ことが不可欠です。

自分では自分がどのような人間であるかはわかりませんが、世馴れた利口な人間、協調的俗物、思考停止の凡人、富や権力等の奴隷、こういう種類の人間にだけはなりたくありません。損をしないために自分の判断をしない、自分の言動に責任をとらない、バートランド・ラッセルの言葉のような「愚者の楽園の住人」[*1]になりたくありません。私自身が充分俗物で、当然こういうイヤな要素がいっぱいあるから、尚更「空気を読む」上手な世渡りの誘惑に負けたくないんです。愚者の楽園の住人は、あるべき世界のために闘うことをしない。高みの見物をしながら無知・無関心という最悪の加害行為を平然と行う。

山瀬　「私」と「山瀬ひとみ」がアーレントやメアリアン・ウルフから学ぶことは、アマチュアとして「読者の仕事」を全うすることの意味だと思います。可能な限り「良い読み手」＝読者であること、それが社会の「カナリア」となり、「人間性の守護者」の一端を担うとしたら、小さな力であってもその責任を果たしたいものです。生きている限りアマチュアの「読者」に徹しなければなりません。

読書は集団では不可能な、一人でしかできない孤独な仕事で、「読者」は「独者」です。「読む」ことは見極めて生きることであり、「書く」ことは自分の問いを生きること。「考える」ことは、答えのない状況に耐えて、屈しないで生きること。詩と真実は「読んで・書いて・考える」過程のなかに、垣間見えるものでしょう。

「良い読み手」という名もなきアマチュア、社会のカナリアを育む社会にしなければ遠からず地獄がやってきます。私たち人間は、結局「愚者の楽園の住人」つまり肉屋に並ぶ豚になるか、「読者」になるか、二つに一つの選択しかないのです。

私 何者にもなれませんでしたが、「私」は自分が「読者」=「良い読み手」であろうとしています。「私」が「私」になるためにどうしても必要なことだからです。「読んで・書いて・考える」ことによって、「私」は著者と魂の交流をする。この一対一の真剣勝負によって、「私」は「私」だけの物語を創り、「私」であるところものに導かれていく。「私」は自分の人生を自分で決断し、自分のいのちの責任を果たし、自分の愛を遂げて、生きて・死んでいきたい。

山瀬 「私」と「山瀬ひとみ」にとって「読んで・書いて・考える」ことはソクラテスの云う「魂の世話」だと思います。ひとは何者かであっても、何者にもなれなくても、ソクラテスの云う自分の「魂の世話」だけは他の誰でもなく、必ず自分でやらなければならないし、そのためにこそ生まれてきました。

この創作の最後に石原吉郎の『望郷と海』、フランクルの『夜と霧』の二作品について書きます。悲惨の極みの強制収容所にありながら「魂の世話」を貫いた詩人と知識人の、胸抉(えぐ)られる「遺書」です。「もはやなにもない」残酷な運命の中から「まだなにかある」と訴える「インビクタス」＝屈服しない人生でした。彼らの死なない仕事を、死なない仕事として読み続け共に生きること、そういう名もなき「読者」として生きて・死んでいくことは、私のこの上ない幸せでもあり、そのことを娘への手紙にしました。

＊1　愚者の楽園の住人　バートランド・ラッセル「自由人の十戒」より。《愚者の楽園に暮らす人々の幸福を羨ましがってはいけない。それを幸せだと考えるのは愚か者だけだからである》（松下彰良訳）

十九、これからの世界をつくるあなたに　『望郷と海』『夜と霧』

どんな親も、子にとっては愛の迷惑を実践してしまいます。たとえば、あなたに向けて書こうとしているこの手紙も、そうならないことを願ってはいますが、大いなる迷惑かもしれません。それでも、人生の少し先を行くひとりの友人からと思って、あなたがこの手紙を読んでくれる日がきたらこんな嬉しいことはありません。

あなたを産んだときまず思ったのは、トニオ・クレエゲルがダンスで失敗しても笑わないような、心やさしい「金髪のインゲボルク」になってほしいということでした。良い読み手であってほしいけれど、私のような「本を読む女」になってほしいとは願わなかった。

私は父親が暴力で支配する暗鬱な家庭で育ちましたから、自分の娘には、私が憧れていたような、屈託のない明朗な魅力にみちた美しい少女たち、インゲボルクの一人でいてほしかった。トニオ・クレエゲルのように詩人になりたいなどと夢にも思わず、彼が渇望したように、生き生きと今此処の素晴らしい実人生をあなたに満喫してほしいと願ったのです。この世界に誕生したばかりの小さなあなたの、私を不思議そうに見つめる澄んだ黒い瞳と出逢ったときの、全身を一気に貫く歓喜を思い出すたびに、あの完全な幸福の瞬間のまま、祝福のまま、あなたに元気でしあわせでいてほしいと祈り続けてきました。

しかし、幸福とは一体なんでしょう。こんな曖昧模糊とした言葉はありません。幸福はたしかに在りますが、それは夜空にちりばめられた星々のように、儚い瞬間として人生に点在するもので、私たちの人生行路は安心でも安全でもなく、涙とも無縁ではいられません。

ジークムント・フロイトが著作の中で興味深いことを書いていました。精神分析は病的に不幸な人びとを正常の不幸に変えるものだというのです。この指摘は、新鮮な発見でした。人間はもともと不幸が常態であって、そこに正常な不幸と病的な不幸、つまり行き過ぎた不幸とありふれた不幸があるということではないかと、理解したのです。

人間はもともと不幸であることが当たり前だと考えると、少し肩の荷がおります。しゃかりきに幸福な人生を目指す必要がありませんし、母が娘に、つまり私が無意識にあなたを幸福の鋳型にはめるような思考から自由になれるからです。

幸福になろうとすることは尊いことですが、フロイトの指摘を受け入れるなら元々この世に存在しない幻想の幸福状態を追い求めるのは意味がない。不幸が誰にとっても当たり前のことだとしたら、その不幸を増幅させ病的にしないように聡明につきあっていくべきでしょう。幸福とは不幸でない状態をさすものでは、絶対ありません。

最近新聞小説で読んで、このひとの「読者」になりたいと思った中村文則という若い作家がいます。彼の「基本的に、小説家なんてみんな不幸です」「小説を書いている人なんてほぼみんな不幸です」という発言をある記事で読んで思わず苦笑し、そして納得しました。不幸を抱えていなければ文学に手を染める人間はいません。詩人は、詩人を目指すトニオ・クレエゲルは間違いなく不幸です。

小説家も詩人も「病的な不幸」を、書くことで「正常な不幸」にしようとしているのでありましょう。その目的はほとんど達成されないとしても、彼らにとって書くことは唯一の治療法なのです。本を書いている人間が不幸であるのですから、本を読む人間も、その不幸と同伴しながら生きざるを得ません。文学者ほどではないとしても、読者も自分が不幸だから読んでいる。あるいは自分の不幸がすでにありとあらゆる書物のなかに描かれているから本を読むといえます。「読者」として生きるということは、著者と同じように、世間に不適応で、不幸な少数派となることとほぼ同じです（本を娯楽ではなく、生きる必然としている「読者」は人口比率で考えても多いはずがありません）。彼らと共に少数派でいる人生は、金輪際居心地の良い場所ではない。あなたに「本を読む女」を望まなかったのは、私のような生き辛さを抱えてほしくなかったからだと気づきました。

しかし、私は誰かに強いられて「読者」になったのではありません。読書は自分が好きで好きで選んだ不幸でした。私が本と共に生きる人生を愛しているのは、自分で選んだ、価値ある「不幸」の顔をした「幸福」でした。私は本を読むことで、自分の中の行き過ぎた不幸と和解してきましたし、これからもそうするでしょう。

私は、もし「幸福」というものが真実あるとしたら、自分の「選ぶ不幸」を生きている状態をいうのではないかと考えるようになりました。

不幸には自分で「選べない不幸」「選ばない不幸」「選ぶ不幸」があります。そして不幸はほとんどが、選べない、選ばない、選ぶ、の順番の通りに在るものです。言いかえると「選べない不幸」は抵抗できない不幸、「選ばない不幸」は抵抗しない不幸、「選ぶ不幸」は抵抗する不幸です。人生は大概、闘えない、闘わない、闘う、の混在です。

自分で「選べない不幸」とはどういうものか。じつは「不幸」というものは基本的に自分で選べないかたちでやってくるものです。どの時代、どの国に生まれるか、どの親のもとに生まれるか。自然災害であったり、戦争や貧困や飢餓であったり、不治の病であったり、身体的障害であったり、誰かの奴隷であったり、愛するひとに「死なれ・死なせる」ことであったりと、自分の意志と関係なく、残酷な運命として、災厄として、起きてしまうのです。

「選ばない不幸」は私たちのふつうの日常生活のことと言えます。それは抵抗しない生き方、不平不満に苛まれるままストレス状態の中で生きることです。こうすべきだとわかっていても今の生活を保つために実行しないことは誰でも山のようにある。「現実を見ろ」「長い物には巻かれよ」とばかりに世界の悲劇にも身近な悲惨にも無関心のまま動かない。選挙に行かないことなどは実にわかりやすい「選ばない不幸」を招くものです。無思考に、何も決断せず、責任もとらず、さまざまな事をやり過ごす、この現実適応のありふれた状態は不幸の中で最も性質（たち）の悪い不幸、罪悪に近いものと言えます。

では自分の「選ぶ不幸」とは何か。簡単に言うと、それは自分の決断の結果の不幸です。人生のさまざまな局面における選択を、強制されるのではなく、自分の意志で決めるということ、自分の理想のためにこうむる不幸を選ぶことです。正義を選ぶ人間は、正義以外はすべて失うのが常です。最もわかりやすい自分の「選ぶ不幸」は、誰かを、何かを、愛するという行為でしょう。愛は幸福の瞬間を数多くもたらすものですが、いつか必ず終わりを迎える限りある命で、苦しみ悲しみのない愛はありません。その別れの日を覚悟した選択は自分が「選ぶ不幸」で、ひとはその不幸を生き続け、それがいつか大いなる喜びになるように懸命に努めていくしかありません。

マザー・テレサは神の奉仕者として、命がけの愛、命がけの正義をもって、茨の道の自分の不幸を選んだのです。到達し難い理想に向けて現実の不幸と共生することは、矛盾するようですが、人間にとっておそらく唯一可能で最高の「幸福」のかたちだと思います。

私自身は世間にざらにある、不幸な家庭という「選べない不幸」から、「選ばない不幸」の生活に泣き暮らし、身近にある本を読むというささいな行為に慰められ、励まされ、読者という人生の仕事、自分が「選ぶ不幸」を見つけました。

私にとっての「選ぶ不幸」は毎日の「本」の選択の中にもあります。『トニオ・クレエゲル』を読むことはトニオ・クレエゲルの不幸を選んで読むことであり、『ソーネチカ』の不幸、『死の棘』の不幸、『春琴抄』の不幸、『存在の耐えられない軽さ』の不幸を自分が選んで読むのです。映画『カティンの森』や『道』の不幸を観る場合も、モーツァルトやマーラーを聴く場合も、それは私が自分で「選ぶ不幸」であり、私だけの、ふしぎなしあわせのかたちです。

私は何者にもなれなかった一市民ですが、この創作の最終章で最も苛酷な人生の記録、石原吉郎の『望郷と海』（筑摩書房　一九七二）とV・E・フランクルの『夜と霧』（霜山徳爾訳　一九五六／池田香代子訳　二〇〇二　共にみすず書房）の二冊の「不幸」を選び、あなたと共に学び、考えたいと願うのです。

この二冊は、最悪の運命として起きた「選べない不幸」から「自分が選ぶ不幸」を取り戻して、その「選ぶ不幸」をつよく生き直そうとする詩人と知識人の、痛ましくも気高く自由な魂の物語といえます。強制収容所という言語に絶する不幸に翻弄されながら、決して身を屈しなかった彼らの言葉を読み、彼らの語り得なかった、沈黙の彼方にあるものを感じたい。そして、未来に無知と無関心のディストピアをつくらないためにどうすべきか、これからの世界をつくるあなたのために、私の考え続けていることを少しでもあなたの胸に届けられたらと願います。

この二作品について書く前に、まずこの二作品を自分の「選ぶ不幸」として「読んで・書いて・考える」ことの出来る現在の好運に感謝しなければなりませんね。スターリンやヒトラーのような支配者の下であれば、この二冊は禁書であり読むことは犯罪となるでしょう。戦争やファシズム下での人生は「選べない不幸」と「選ばない不幸」の集積で成り立っています。自由の完全な喪失から始まる不幸です。

アウシュビッツについて書かれたフランクルの『夜と霧』は最も有名な書物の一つですが、石原吉郎の『望郷と海』は現在の若者たちにはあまり読まれていないかもしれません。第二次大戦が終結した後の関東軍の夥しい死者たち、スターリン体制ソ連による日本人捕虜への不当なシベリヤ抑留[*1]があったことを、学校でも、戦後生まれの親からもほとんど教えられていないと思います。

石原吉郎がスターリン死後の恩赦により戦後八年間のシベリヤ抑留から帰国したのは一九五三年、フランクルの『夜と霧』霜山徳爾訳が日本で出版されたのはその三年後の一九五六年で『望郷と海』はさらに十六年後の一九七二年に出版されました。『望郷と海』は石原吉郎の『夜と霧』への「読者の仕事」とも言えるでしょう。

私は『夜と霧』を霜山徳爾訳の旧版と池田香代子訳の新版両方で読んでいます。池田訳の刊行は二〇〇二年ですから、故人の石原吉郎は当然読んでいません。フランクルが前作を少し書き直した部分もあって、池田香代子があとがきで《僭越(せんえつ)は百も承知で改訳をお引き受けした》と書いていますが、原文の忠実な日本語への再現を目指した旧版と若い人への読みやすさに重点をおく新版という印象で、どちらも良い翻訳だと思います。翻訳書は翻訳者の思想や言語センスによって同じ内容でも違う印象になります。身勝手な読者の特権で、ここでは両者を比べて自分の考えを伝えやすいと思うほうを選んで新旧両方の訳文で引用することにします。この二作品は付箋だらけになって本棚のすぐ手にとれる場所にあり、繰り返し読みながら私の人生に同伴する本です。

『望郷と海』の中で、石原吉郎は『夜と霧』のフランクルの言葉を度々引用していますが、私は次の引用が重要な鍵となると思っています。

すなわちもっともよき人びとは帰っては来なかった[*2]　フランクル『夜と霧』

これは『夜と霧』のなかでもよく知られた一文であり、人間の発した最も痛烈な言葉の一つと言えます。フランクルは《毎日のパンの闘い、あるいは生命を維持するためのこの戦いは、いつもただ余りに厳しいものであった。すなわち容赦なく自分自身の関心事のために戦われたのである》と書いていますが、収容所においては日々生存のために、なりふり構わぬ争奪戦が行われていたのでした。

石原は《もっともよき人びと》が帰らなかった理由についてこう書いています。

いわば人間でなくなることへのためらいから、さいごまで自由になることのできなかった人たちから淘汰がはじまったのである。

適応とは「生きのこる」ことである。それはまさに相対的な行為であって、他者を凌いで生きる、他者の死を凌いで生きるということにほかならない。この、他者とはついに「凌ぐべきもの」であるという認識は、その後の環境でもういちど承認しなおされ、やがて〈恢復期〉の混乱のなかで苦い検証を受けることになるのである。（「強制された日常から」）

これは私の想像ですが、石原吉郎もフランクルも自分たちが《もっともよき人びと》ではなかったことを痛感していました。彼らが生きのこったのには大変な幸運があった。それは間違いない。しかしながら運だけではなかった。彼らは自分が望まなくても、他者を凌いだ結果生き延びたことを自覚していたでありましょう。《もっともよき人びと》は「選ぶ不幸」の結果帰還できなかったのに、自分たちは「人間」であることを時に「選ばない不幸」を経て生き延びた。生きて帰ることの出来た彼らは、人間として《最も高い責任感》を持つゆえに自分のなかに許せないものを感じ続けたのでした。

石原吉郎は《生き残ったという複雑なよろこびには、どうしようもないうしろめたさが最後までつきまとう》と書きます。彼らは自分たちが単なる「被害者」ではなく他者を凌がざるを得なかった「加害者」でもあったことを認識していました。加害者を選ばなければ死すべき被害者になる状況においてもなお、彼らは目醒めている。生きのびた結果に責任をとろうとする。

『夜と霧』に描かれるアウシュビッツ、『望郷と海』のシベリヤの、収容所の酸鼻を極めた状況は酷似しています。アウシュビッツについては、ドキュメンタリーや映画で多くの映像が残されているので目にする機会は多いでしょう。ここではほとんど映像化されたことのないシベリヤ収容所がどのようなものであったかを、一例を引用して想像してみてほしいと思います。
《スターリン時代の最後の時期のソ連の囚人生活（もし生活というものがあるとすれば）が、どんなに陰惨なものであったか》その一端を『望郷と海』は生々しく描いていますが、〈走る留置場〉と呼ばれるストルイピンカ（拘禁車）、つまり囚人輸送列車車両は、次のようなものでした。

…ストルイピンカでは食糧は支給しない。私たちは刑務所を出発するさい三日分の黒パンと塩漬けの鱒を一匹支給されたが、その夜一泊した民警（警察）の留置所でたちまち平げてしまった。

いつ盗まれるかもしれないという不安と、輸送中は労働がないという安心からでもあったが、なによりも満腹感が味わえるという狂喜に近いものが私たちの分別を奪ったのである。

…中略…

三日分の黒パンと塩鱒一匹をまるごと平げた結果は、発車直後の猛烈な渇きとなってまずあらわれた。どの留置室からも渇きを訴える声がきこえ、次第に哀願に近いものに変って行った。二、三時間おきの停車時に備付けの三つのバケツで、順番に留置室へまわされる水は、おりかさなるようにして口をつける囚人たちによって、あっというまになくなった。飲みあらそってバケツをひっくりかえした留置室へは、つぎの順番が来るまで水は支給されない。警乗兵に口汚くののしられながら、這いずるようにしてバケツにしがみつく同囚のあいだで、私はほとんど目がくらみそうであった。

　こうした混乱をくりかえしながら、すこしずつ渇きがおさまるころから、私たちははげしい尿意に悩み出した。前夜の三日分の食糧をまたたくまに消化した胃腸は、さらに容赦なくその排泄を私たちに迫った。ストルイピンカの便所は大小一つずつしかない。許されてそこへ行ける者は、順番に一人だけである。かろうじて順番にありついた者は、おそらく翌日までその機会がないことを考えて、できるだけ全部の用をすまそうとして、最大限の時間をそこでねばる。そこには同囚の苦痛にたいする顧慮はすでにない。その結果、私たちの目の前で何人もの囚人が、用もすまないうちに便所から引きずり出されて留置室へ追いこまれた。

　こうして、二十四時間にかろうじて一度まわってくる順番を、鉄格子にひしめきながら待つうちに、私たちはしだいに半狂乱に近い状態におちいった。こらえかねて留置室の床へ排便した者は、ただちに通路へひきずり出されて、息がとまるほど足蹴にされたのち、素手で汚物の始末をさせられた。


読みながら糞尿に塗(まみ)れる臭いまで感じます。石原は《人間は飢えにはある程度耐えられても、渇きと排泄にはほとんど耐えられない》とも書いていました。強制労働や飢餓は当然として、排泄物や蚤虱(のみしらみ)等の不潔、不衛生はアウシュビッツも同じことで強制収容所の囚人への刑罰の一つでありました。人間を極限まで蔑(さげす)むための施設は驚くほど同じ顔をしています。

『望郷と海』の白眉は、友人の鹿野武一（かのぶいち）について書かれた章「ペシミストの勇気」です。彼は《人間でなくなること》《他者を凌いで生きる》ことを拒否し「人間」でありたいという自ら「選ぶ不幸」を生きました。石原自身が《書きたいと思って書いたのは、鹿野のことだけですよ》（『石原吉郎全集 Ⅲ』花神社 一九八〇）と語っていたように、この章は鹿野武一への弔辞であるともいえるでしょう。

おそらく加害と被害が対置される場では、被害者は〈集団としての存在〉でしかない。被害においてついに自立することのないものの連帯。連帯において被害を平均化しようとする衝動。被害の名における加害的発想。集団であるゆえに、被害者は潜在的に攻撃的であり、加害的であるだろう。しかし加害の側へ押しやられる者は、加害において単独となる危機にたえまなくさらされているのである。人が加害の場に立つとき、彼はつねに疎外と孤独により近い位置にある。そしてついに一人の加害者が、加害者の位置から進んで脱落する。そのとき、加害者と被害者という非人間的な対峙のなかから、はじめて一人の人間が生まれる。〈人間〉はつねに加害者のなかから生まれる。被害者のなかからは生まれない。人間が自己を最終的に加害者として承認する場所は、人間が自己を人間として、ひとつの危機として認識しはじめる場所である。

私が無限に関心をもつのは、加害と被害の流動のなかで、確固たる加害者を自己に発見して衝撃を受け、ただ一人集団を立去って行くその〈うしろ姿〉である。問題はつねに、一人の人間の単独な姿にかかっている。ここでは、疎外ということは、もはや悲惨ではありえない。ただひとつの、たどりついた勇気の証しである。

そしてこの勇気が、不特定多数の何を救うか。私は、何も救わないと考える。彼の勇気が救うのは、ただ彼一人の〈位置〉の明確さであり、この明確さだけが一切の自立への保証であり、およそペシミズムの一切の内容なのである。単独者が、単独者としての自己の位置を救う以上の祝福を、私は考えることができない。

鹿野武一について書かれた「ペシミストの勇気」はこれを書かずには死ぬに死ねないという、詩人石原吉郎の書いた収容所(ラーゲリ)エッセイの最高傑作ともいえるもので、私の人間理解の原点といってもよいくらいです(前の章でアンジェイ・ワイダ監督『カティンの森』について書いた山瀬ひとみの日記の中に「個人が愛のために最後にできる選択が一つだけある。それは加害者という立場を棄てることだ」と書きましたが、「加害者」という言葉を使うとき、私の中にはこの石原吉郎の文章がいつも念頭にあります)。

シベリヤで《「生きる」という意志は、「他人よりもながく生きのこる」という発想しかとらない》。囚人たちは《一日だけの希望に頼り、目をつぶってオプティミストになるほかない》にもかかわらず、鹿野は例外的にペシミストであることを選びました。《鹿野と私の絶対の相異は、私がなお生きのこる機会と偶然へ漠然と期待をのこしていたのにたいし、鹿野は前途への希望をはっきり拒否していたことである》。鹿野の場合、受け身の「諦め」ではなく能動的な「拒否」であることが重要でしょう。《誰かがペシミストになれば、その分だけ他の者が生きのびる機会が増すことになる》からです。

石原吉郎が《ここではただ数のなかへ埋没し去ることだけが、生きのびる道なのである》と書いたように、アウシュビッツにおいても囚人たちが数のなかへ埋没し去るために、行進の際に列横帯の真ん中になろうとしたというフランクルの次の記述があります。

> われわれは犬の攻撃を逃れ、少しでも暇があれば草を食べるということだけを欲する羊の群のようなものだった。そして羊が恐れて群の真中の方へ飛びこんで行くのと丁度同様に、われわれも五人の列の真中へ行こうとし、またもしできるなら全中隊の真中に立ちたいと努めた。なぜならば列の真中ならば縦隊の横からの殴打を避けられるし、中隊の真中ならば中隊の先頭と後尾に進む看視兵から脱れられたからである。そして又この真中に立つということは、風を防ぐという少なからざる利点も持っていた。かくして強制収容所における人間が文字どおり群衆の中に「消えようとする」ことは、環境の暗示によるばかりでなく自分を救おうとする試みでもあったのである。五列の中に「消えて行く」ことは囚人がまもなく機械

的にすることであったが、「群衆の中に」消えて行くということは彼が意識して努めるのであり、それは収容所における保身の最高の掟、すなわち「決して目立つな」ということ、どんな些細なことにでも目立って親衛隊員の注意を惹くな、ということに応じているのである。（霜山訳）

厳寒のシベリヤの場合も、凍てついた地面を歩く横帯列の端にいれば足を滑らせただけでも兵士に射殺される危険がありました。《なかでも、実戦の経験がすくないことにつよい劣等感をもっている十七、八歳の少年兵にうしろにまわられるくらい、囚人にとっていやなものはない。彼らはきっかけさえあれば、ほとんど犬を射つ程度の衝動で発砲する》ので、囚人たちは毎日列の中間の位置を奪いあったのです。群れにされた人間集団の共通性に愕然とします。

犠牲者は当然のことながら、左と右の一列から出た。したがって整列のさい、囚人は争って中間の三列へ割りこみ、身近にいる者を外側の列へ押し出そうとする。私たちはそうすることによって、すこしでも弱い者を死に近い位置へ押しやるのである。ここでは加害者と被害者の位置が、みじかい時間のあいだにすさまじく入り乱れる。

しかし、鹿野武一だけは《どんなばあいにも進んで外側の列にならんだ》のです。おそらく誰かを列の外側に押し出す加害者になるまいと決断し行動していた。石原吉郎の詩の代表作の一つ「位置」を読むときに、この鹿野の隊列における立ち位置のことを思い出さずにいられません。石原吉郎は、鹿野武一の「位置」を悲願としていたともいえるでしょう。群れにあって、自分の「単独者」としての「位置」を命がけで決断するのが〈人間〉の究極の自由と尊厳です。

毎朝作業場に着くと彼は指名も待たずに、一番条件の悪い苦痛な持場にそのままついてしまうのである。たまたまおなじ現場で彼が働いている姿を私は見かけたが、まるで地面にからだをたたきつけているようなその姿は、ただ凄愴というほかなかった。自分で自分を苛酷に処罰しているようなその姿を、私は暗然と見まもるだけであった。

鹿野武一は「加害者」を選ばないことで、「単独者」として《抑留のすべての期間を通じ、周囲から自己を隔絶することによって精神の自立を獲得した》のでした。

鹿野武一は、囚人がただの「人間の肉」となり凄まじく破壊され尽くすシベリヤ収容所において、〈人間〉として在るという理想のために、加害者から離脱するという死に近づく危険な選択、自分で「選ぶ不幸」を貫きました。石原吉郎は鹿野武一の生き方に不器用に共振しました。あるきっかけでハンストを始めた鹿野を思いとどまらせるために自分も食べないと伝えて、彼を翻意させ彼の命を束の間この世にとどめたのです。

フランクルは収容所における人間観察をこのように書いています。

…収容所はその人間のどんな本性をあらわにしたかが、内心の決断の結果としてまざまざと見えてくる。つまり人間はひとりひとり、このような状況にあってもなお、収容所に入れられた自分がどのような精神的存在になるかについて、なんらかの決断を下せるのだ。典型的な「被収容者」になるか、あるいは収容所にいてもなお人間として踏みとどまり、おのれの尊厳を守る人間になるかは、自分自身が決めることなのだ。（池田訳）

鹿野武一は収容所において〈人間〉として踏みとどまる「決断」が出来たごく限られた一人だったといえます。フランクルのいう《外面的には破綻し、死すらも避けられない状況にあってなお、人間としての崇高さにたっした》（池田訳）ひとりです。

「強制された日常から」の章で、石原吉郎は《私たちの行動について最終的に責任を負わなければならないのは、私たち自身である。私たちを支配した環境が、それを余儀なくさせたという弁明は通らない》《よしんば一方的に強制されたにせよ、その強制にさいげんもなく呼応したことは、あくまで支配される者の側の堕落である》と喝破します。自分が〈人間〉であれなかった責任は自分自身にあるというのです。

たがいに《生命をおかしあった》にもかかわらず《全体として結局被害者》《理不尽な管理下での犠牲者》として自分の加害の責任を忘れ、囚人どうしがなれあって、その堕落を許されてはならない。人間の堕落は肉体ではなく精神にのみかかわる問題で、自分たちが《人間として堕落したのは、一人の精神の深さにおいて堕落したのであって》その責任は《一人の深さで受けとめるしかない》。一人の悲惨、一人の責任を問わなければならない。《一人の人間にたいする罪は、一つの集団にたいする罪よりはるかに重い》。私たちは一人ひとりの責任を問わなければならないはずであったが《集団のなかには問いつめるべき自我が存在しない》。《問いつめるべき自我の欠如が》囚人を《一方的な被害者の集団にした》。石原はそう書くのです。

戦争や強制収容所における被害者と加害者は、石原が《加害と被害の流動》と表現したようにいつでも簡単に立場を入れ替わる。他者から強制されて群れる、利害のために自ら群れる、その違いはあるにせよ、どちらも「集団」として大きな同じ輪の中にいる。「弱肉弱食」の世界にほかならない。これは囚人だけでなく軍隊にもそのままあてはまることでしょう。どんな時代のどんな国の兵士も被害集団と加害集団を行き来するものです。カティンでのソ連軍の兵士たちは捕虜の大量処刑を強いられた被害集団でありつつ、上からの命令で動く群れ、自分の責任から逃れた「選ばない不幸」の結果としての許されざる加害集団でした。

ひとが〈人間〉であるためには、被害かつ加害を繰り返すこの円環から《ただ一人集団を立去って行く》以外に道はありません。《問題はつねに、一人の人間の単独な姿にかかっている》のです。集団にはいかなる「決断」もない。「決断」は常に一人の人間の不幸を選ぶ「勇気」にかかっている。そして勇気は愛のない場所からは絶対に生まれない。

石原吉郎は〈人間〉と書き、どこにも愛という言葉は使っていませんが、鹿野武一の《ただ一人集団を立去って行く》《ペシミストの勇気》は、鹿野武一の〈人間〉でありたいと願う、〈人間〉への、人生への愛以外のなにものでもないでしょう。〈人間〉と「愛」は不可分のものです。

鹿野のような〈人間〉は当然アウシュビッツにおいても存在していました。フランクルは《周囲はどうあれ「わたし」を見失わなかった英雄的な人の例はぽつぽつと見受けられた》（池田訳）と書き、ほんの一握りであっても、通りすがりに思いやりのある言葉をかけたり、なけなしのパンを譲っていた人びとがいたことを語っています。

「なけなしのパンを譲る」という決断をすれば瞬く間に死に近づくことになる。しかし、誰かを見殺しにする加害者にはなるまい。これが自分が「選ぶ不幸」の「決断」です。この選択は畢竟「愛」の決断でありましょう。自分は死にたくないから「決断」せずに生き延びるほうを選ぶ。この姿勢は「選べない不幸」に屈服し「選ばない不幸」に隷属することに他なりません。戦時下や強制収容所においての「決断」はフランクルのいうように《存在と非存在》つまり生死に関わる単独者の孤独な決断しかないのです。

収容所生活において決断は存したが、それは突然決められねばならぬ決断であり、存在と非存在とに関する決断であった。囚人にとっては運命が決断せねばならないことを取り去ってくれるのが一番よいのであった。この決断からの逃避は、囚人が逃亡すべきかどうか決めなければならない時に最も明らかに観察された。彼がかかる決断をしなければならぬ数分の間——いつも数分が問題であった——彼は心の内で地獄の苦しみを体験するのだった。すなわち逃亡を試みるべきか、止めるべきか？ 危険を犯すべきか、避けるべきか？ 私自身も内的な緊張に満ちたこの地獄の火を体験した。

（霜山訳）

ここで書かなければならないのは、あなたの身近にいるこの「決断」をした人物のことです。あなたの夫となったひとの父親、ハンガリー人の義父を、ここでジャン青年と呼ぶことを許してください。「決断」をしたとき、彼は本当に若かった。

あなたの結婚前に、彼が八十歳を超えていて私の母と同世代と聞いていましたので、もしかしたらハンガリー動乱と関係があって母国を出てきたかもしれないと漠然とそんな想像はしていたのですが、あなたから彼がハンガリー動乱の時にフランスに亡命してきたひとであることを聞き、その経緯に驚かされました。

当時ハンガリーで兵役についていたあなたの舅のジャン青年は、ソ連傀儡政権により自分の知人含む多くの市民の処刑を命じられました。しかし、どうしても祖国のために起ち上がった同胞を殺したくなかった。命令に従い彼らを殺すか、何としても殺さない道を選ぶか、その時人生を決める「決断」をしました。殺さないために処刑前夜に一人国境を超えて逃亡したのです。見つかれば間違いなく銃殺だったでしょう。一九五六年のソ連支配へのハンガリー民衆蜂起は多数の処刑者と二十五万人ともいわれる難民を出したのですが、ジャン青年もその渦中にあった一人だったわけです。このエピソードを聞いた時、動乱の歴史が映画や本ではなくてこんな近くにあったことに鳥肌が立つようでした。

ハンガリー動乱の中で、ジャン青年が加害集団から離脱して死線をくぐりぬけたことを知り、私はその「単独者」としての行動に感銘を受けました。軍隊も、ソ連も、個人にとって途方もなく巨大な相手です。彼らの命令に従う加害集団にとどまる「選ばない不幸」の選択をすれば命の保証はあったにもかかわらず、自分が殺さない道を選ぶ。それはおそらく突然ふりかかった地獄の苦しみの決断であったでしょう。残す家族への想いもあったでしょう。でもジャン青年は「決断からの逃避」をしなかった。恐怖に打ち勝ち、同胞を殺せという命令を拒絶し正義を選んだ。〈人間〉であるため敢然と加害者の位置を棄てるのは、真の勇気がなければどうあってもできることではない。

ハンガリーの片隅に、〈人間〉であるための命がけの決断をしたひとりの青年がたしかに存在したこと、そして彼が亡命先の異国での生活を生き抜いて、フランス女性と結婚し三人の子どもたちを育て上げたこと、今此処にふつうのしあわせな生活を続けていること、すべてが嬉しかった。『望郷と海』『夜と霧』の読書体験が、現実のジャン青年の「決断」と結びつき、石原吉郎とフランクルの書いていたことが、かけがえのない真実として胸に迫ったのです。「決断」とは覚悟がすべて、しかも常に負ける覚悟の一世一代の賭けです。決断に必要なのは加害者より敗者を選ぶ勇気です。「加害者」に堕落しないために、自ら決断することが出来るか、命を賭ける覚悟があるかないかで自分が〈人間〉であれるかどうかが決まるのでした。私はジャン青年が「決断」したとき、彼は他のどの瞬間よりも生き生きと自分の人生を生きていたと信じられます。

そして、ジャン青年の話をきいた瞬間、私はああ、救われたと感じました。あのアンジェイ・ワイダ監督『カティンの森』の惨劇映像に一筋の光明を見つけたといってもよいでしょう。私は、カティンでポーランド将校たちの処刑を強いられたソ連兵士の中にも、ジャン青年のように逃げた〈人間〉がいたに違いないと……そう信じられるようになりました。逃げた兵士の記録が、権力に都合よく作られる歴史の記述に残っているはずはありませんが、カティンから命からがら逃げた、あるいは逃げる途中に銃殺された兵士だっていたと思うほうがしぜんでしょう。

現在は名誉が復権されていますが、ナチスの殺戮の嵐に抵抗し脱走した、数千といわれるドイツ兵士、つまり〈人間〉であった人たちの存在はよく知られています。〈人間〉であるために、殺さないという勇気ある決断をしたふつうの市民、末端の兵士がいたことは、人類への底なしの絶望を救うものです。

ジャン青年のような一兵卒の決断で捕虜の命が助かることはありません。その抵抗は蟷螂の斧にすらならない。しかし、それは無意味な、虚しい行動では、絶対になかった。決断しなければ、ジャン青年は運命を自らの手に取り戻すことなく殺人マシーンになるしかなかった。彼の決断は殺戮の場所にあって《単独者としての自己の位置を救う》ことに他ならず、世界の中に自分というひとりの〈人間〉の位置を守りぬく、滅多にない勇気で祝福です。自分の人生を「運命の意志なき対象」としてしまうこと、権力や現実の恣意に委ねて、「運命を自ら手にすること、決断することを恐れさせるようにする無感動」に陥ることは、結局虐殺に加担する加害者へのなし崩しの堕落になる。

ガンジーのように非暴力のリーダーとして悪しき権力と正々堂々立ち向かう百戦錬磨の闘士は理想ですが、そう出来ない一兵卒の若者でも、戦争の中でその力の及ぶ限り、加害者にならないために命を賭け、逃げる決断をした。そのことに、私は尊敬の念を抱きます。若き一兵卒たちのこの小さな抵抗がなければ、ガンジーの偉大な勝利を支える大きな潮流も不可能であったでしょう。

ごくふつうの若者が自分の人生を自分の力で決めるために、自分の祖国を去る、家族や友人と別れるという不幸を選ぶ、加害者から離脱するこの「決断」が出来る人間が一人でも増えれば、世界はより良い場所になると思うのです。

フランクルは《この世にはふたつの人間の種族がいる、いや、ふたつの種族しかいない、まともな人間とまともではない人間と》《このふたつの「種族」はどこにでもいる。どんな集団にも入りこみ、紛れこんでいる。まともな人間だけの集団も、まともではない人間だけの集団もない》（池田訳）と書いていますが、私はこれほど納得のいく人間の分類は読んだことがありません。

この《まともな人間》は石原吉郎の読んでいた霜山訳では《品位ある善意の人間とそうでない人間》と翻訳されています。日本語に訳し難いドイツ語だと思うのですが、この「まとも」の意味を霜山訳で補完して理解すると当然「まともな人間」なんて品薄の極上品もいいところです。

おこがましく私の意見をつけ加えると、世界には「まともな人間」より「まともではない人間」のほうが遙かに数が多いということです。「まともな人間」のほうが多ければ、世界から戦争も核兵器も強制収容所もとっくになくなっているはずですが、そんな気配は微塵もありません。

あなたが大学生の頃、私が毎日夕食後に半藤一利の『昭和史』（平凡社　二〇〇四）を音読して一緒に勉強していたことがありました。その中で原爆に関してのこんな記述を覚えていますか。

トルーマンは、原爆は兵器なのだから使うのは当たり前だと言い、アメリカの当時の指導者たちは、日本に原爆を投下することに何のためらいもなかった中で、日本への原爆使用に猛反対したラルフ・バードという海軍次官がいたというのです。

『昭和史』の中の記述を引用します。

ただし、良識ある人がいないわけではなく、ラルフ・バードという海軍次官が日本への原爆使用に猛反対しました。どうしても使用するというなら、前もって日本に予告すべきである、日本人にそれに対処する時間を与えるべきである、と主張しました。

「私は本計画に関与するようになって以来、この爆弾を実際に日本に対して使う以前に、たとえば二日前とか三日前に、日本に対して何らかの事前の警告を与えるべきであるとの考えをいだいてきた。偉大な人道主義国家としてのアメリカの立場、および国民のフェアプレーの態度が、こうした考え方をとる主たる動機になっている」

アメリカは民主主義を標榜する国なのだから、なおさらヒューマニズムを大事にしなければならない、フェアプレー精神の国が歴史に反逆するようなことをやるべきではない、と最後まで頑張りました。ですが無警告投下の政策が決まったのを受けて、バードは辞表を提出し、七月一日に自ら職を離れていきました。

どうも戦争の熱狂は人間を愚劣かつ無責任に仕立て上げるようです。とてつもない強力な兵器を、それも膨大な資金と労力をかけてつくったのだから、使わないのはおかしいじゃないか、と軍人のみならず政治家も含めてたいていのアメリカ人は考えたようです。

半藤一利の本を読むまで、恥ずかしいことに私はラルフ・バードの名前を聞いたことはありませんでした。ラルフ・バードが現在のアメリカでどのような評価を受けているのか、あるいは黙殺されているのかはわかりません。しかし、少なくとも被爆国である日本はこの名を歴史に刻まなくてはならないでしょう。彼はヒューマニズムのために海軍次官の職を棄てて、ただ一人加害者の立場からおりました。彼個人には原爆投下という明らかな人体実験を阻止する力はありませんでしたが、彼のような加害者であることから離脱できるまともな〈人間〉だけが、人類がまだ地球に存在する意味のいくばくかを救済するのだと思えるのです。

「まともな人間」は単独者となり、加害者から意志をもって立ち去る。「まともではない人間」は自分の中の加害性に無関心で、自分が有利でいられる安全な集団に埋没し、「選ばない不幸」を生き続ける。職を賭して理想に殉じてくれたラルフ・バードのような人間がアメリカ軍の多数派であれば、現在の世界はまったく違ったものになっていたと思うと残念無念です。

返す刀で、太平洋戦争時の日本国民は「まとも」であったかを問いましょう。たしかに戦争を始めた首謀者たちほどには加害者ではなかったとしても、端（はな）から被害者ではなかった。恐怖からであっても、嫌々ながらであっても、無知で国家に騙されたとしても、戦争に協力した加害集団であったことは否定できません。飼犬や飼猫を供出した善良なひとたちは強いられた被害者でしたが、犬猫には残酷な加害者でした。

私は歴史から学べば、戦争やファシズムのような恐るべき事態を避ける大きな力になると信じていますし、そのために何より歴史の不幸を知ろうとしない無責任な人間で、母親でありたくなかった。私自身は戦後生まれの戦争を知らない世代の一人ですが、私も夫、つまりあなたのパパも、戦争を体験している両親のもとに育ちました。

戦後生まれであっても身近の戦争経験者の傷跡を残している社会を知っていることと、経済大国などという幻想の中で物質的に恵まれたあなたたち世代とは深い溝があります。ですから、いつもあなたに少しでも戦争とそれを支えたファシズムのことをより身近に知ってほしいと願ってきました。戦争とファシズムは両輪でやってくる絶対悪です。私は自分が次世代と一緒に過去の愚劣と惨禍を学んでいくこと、それを伝えていく大きな責任があると思ってきました。


あなたはあまり観たくなかったでしょうけれど（ついてきてくれてありがとう）、あなたを岩波ホールに連れていき満蒙開拓団の記録映画を観せたこともありましたね。その中で、開拓団の農民たちがソ連兵が迫ってきて逃げるに際し、ゴザを敷いておもちゃや食べものと一緒に幼児を置き去りにしたという証言がありました。置き去りにされた幼児たちのほとんどは狼に襲われて死んだにちがいないと……。その場にいなかった人間に子どもを棄てた親を責める資格はありませんし、とくに何人も子どもを連れて逃げる親にとっては断腸の選択であったろうと胸が抉られるようでした。

私の一八九六年生まれの母方の祖父は『近現代日本人物史料情報辞典』（吉川弘文館）に名前があり、国会図書館にも祖父の名前の文庫が保管されている人物ですが、彼は満蒙開拓団政策に反対していました。母に聞いた話ですが、「あんなところに行ったら生きて帰れない」と家庭の中では言っていたそうです。外で言えば憲兵に連れていかれる時代でした。この祖父は、当時耕作する土地の借りられない小作農家の次男や三男がこの開拓団に行かなくてすむように、地主たちに耕作地提供を交渉しました。実際に彼らに耕作地を貸してもいいという地主もいて、国会で何とか旧来の小作法を改定しようと奔走しました。残念ながらあと一歩で果たせず、最後は満蒙開拓団という国策に表向きは賛同する道しかありませんでした。その苦悩がどれほどのものであったかは想像するしかありません。

精一杯出来ることをして抵抗はしたけれど、ジャン青年より三十四歳年長の祖父には既に妻と三人の娘がいて、非国民になって牢屋に入ることで家族を露頭に迷わせるわけにいかず、現実的な妥協をしたのです。「まとも」であろうとしたけれど、結果として「選ぶ不幸」を生きられず、消極的加害者というふつうの市民だったわけですが、その苦渋の妥協のおかげで母たちは生き延びたともいえます。祖父があの時代に逮捕されてしまえば、おそらく病弱な母が生きのびて私を生むこともなく、あなたも存在しなかった。戦争は祖父のような良識の人間も怒濤の流れにのみこんでいく。戦後、農地改革や故郷福井県の三方五湖（みかたごこ）の干拓阻止に尽力出来たのはせめてものことでした。戦争は人間を、加害者集団か被害者集団にして単独者としての〈人間〉の存在を許さないのです。

私は、この祖父のためにも、満蒙開拓団について知ることを義務のようにしてきました。満蒙開拓団の記録はかなり読みました。それは祖父の憂慮を遙かに超えた、被害者が最悪の加害者になる地獄図でした。自分の乳房に毒を塗って授乳しながらわが子を殺した母たちのことを読みました。逃げる中で周囲の圧力を受け、泣き止まない赤ん坊を置き去りにした母親、殺さざるを得なくなり、気が狂った母親もいました。

わが子さえ殺すのですから、飼犬なんて連れ帰れるはずがない。逃げるためにかつかつ列車に乗れた家族を犬が必死に線路を走って追いかける。車内から遠ざかる犬の姿を見続けた飼い主の少年は生涯二度と犬を飼わなかったという話も読みました。

同じ立場であれば私もその加害行為をしたかもしれないと思うと身震いします。そうせずに済んだのは、たまたま戦後に生まれた幸運に過ぎません。戦争では誰でも被害者と同時に加害者になってしまう。そして、母親たちに子殺しをさせるような満蒙開拓団という「人間の盾」政策、棄民政策を決めた政治家、軍人、実業家の多くは、戦後にその責任を問われず、天罰も当たらず富も権力も保持し天寿を全うした。かくも悲惨な政策の責任に頬被りする社会を、戦後の日本人は心ならずも許してしまった。それは戦後も国民が加害者集団であることを免れないということではないかと思うのです。

戦後は潔白ではない国民が、国という顔のない集団に「騙された」ことにして自分個人の責任をないものとして、ただただ被害者面をするという大転換があったように思います。被害者集団のほうが大きくて力が強くなったからそうしたのです。生きのびた被害者は自分を被害者と宣言する限り糾弾されないから強くなれる。《集団のなかには問いつめるべき自我が存在》せず、正義なき被害者が勝利することも世の中には多いわけです。

私たちは戦前、戦中、戦後の「まともな人間」たちの激越な苦悩を、石原吉郎の言葉にある《最も高い責任感としての罪の意識》をせめて知らなければならないと思います。そうしなければ間違いなく「加害者」集団の一員です。

昨今の歴史修正主義者たちの跋扈には目を覆いたくなります。他の国も残虐なことをした、悪いのは日本だけではない、戦争なんだからしかたない、世界中みんな同罪だから自分たちの加害行為は許される、責任がないなんてことはあり得ない。石原吉郎のいうように、個人は状況の如何にかかわらず、自分の行ったあらゆる堕落に責任がある。集団に強いられたという選択であってもです。悪しき適応、同調は許されない。

第二次大戦中の日本の従軍慰安婦制度を糾弾する韓国政府は、自分たちもベトナムで日本と同じようなことをしていたにもかかわらず、正義の被害者という立場に立っています。日本と同じ穴の狢ともいえますが、だからと言って歴史修正主義者のように韓国の被害者たちに対して日本の加害行為を正当化する理由にはまったくならないでしょう。

『戦争と罪責』『虜囚の記憶』等の著者野田正彰が新聞インタビューで《戦後の六十数年間の無反省、無責任、無教育、歴史の作話に対しても、私たちは振り返らねばならない。戦後世代は、先の日本人が苦しめた人びとの今日に続く不幸を知ろうとしなかったことにおいて戦後責任がある》（東京新聞 二〇〇九年十月三日夕）と語っていました。私を含めた戦後生まれの日本人は果して事実を知るという戦後責任をとっているのかと問われているのです。

『望郷と海』の中で石原吉郎も引用していた有名な言葉があります。

敵を恐れるな――やつらは君を殺すのが関の山だ。
友を恐れるな――やつらは君を裏切るのが関の山だ。
無関心なひとびとを恐れよ――やつらは殺しも裏切りもしない。だが、やつらの沈黙という承認があればこそ、この世には虐殺と裏切りが横行するのだ。

ヤセンスキイ『無関心なひとびとの共謀』

戦前、戦中、戦後を通して真実に無関心な集団は平気で残酷なことをしました。無関心は悪意以上の善の敵となる罪悪です。無関心は、言いかえれば思考停止状態とも言えます。大昔の哲人キケロの「生きることは考えることだ」を持ち出すまでもなく、思考停止は人生という土俵に一度もあがらず、〈人間〉であることを拒絶することです。人間は思考することで抵抗しなければ、加害集団に埋没するしかない。最大の「悪」は、ハンナ・アーレントのいうように思考停止の平凡な人間が行うものです。

歴史上に起きたこと、今世界で起きていること、すべては自分にも深く関係のあることなんだと私は考えていたいのです。カール・ヒルティの「われわれの目に入るあらゆる悲惨を、われわれ自らの恥とすべきだ」という言葉のように。「一人の事件は万人の事件である」というクレマンソーの言葉のように、無力であっても無関心な集団の一員でだけはいたくないと願ってきました。

私もあなたも残念ながら多くの無関心を抱えて生活しているのですが、毛筋一本でも無関心の量を減らす努力をしなくてはいけません。私の場合は読書がその役割をはたしてくれるとせめて願いたいのです。

私が自分の中にこれほど酷い無関心という罪悪があったかと思う記述は、『望郷と海』の次の述懐で、読むたびに泣かずにはいられません。

少し説明すると、石原吉郎たち戦争捕虜は、戦争終結にもかかわらず軍事裁判と無関係のかくし戦犯として拘留され、あげくソビエト国内法によって裁かれました。これは日本人だけでなくドイツ人やルーマニア人等他国の捕虜にもなされたスターリンの極悪非道ですが、石原吉郎たちは、外国人であるにもかかわらずソ連邦の市民権を剝奪されなんと二十五年ものシベリヤ重労働の刑を宣告されるのです。これは当時死刑のないソ連では死刑に等しい最も重い刑罰でした。誰が考えてもシベリヤ収容所で二十五年も生きられるはずがありません。

正午すぎ、私たちは刑務所に収容された。この日から、故国へかける私の思慕は、あきらかに様相を変えた。それはまず、はっきりした恐怖ではじまった。私がそのときもっとも恐れたのは、「忘れられる」ことであった。故国とその新しい体制とそして国民が、もはや私たちを見ることを欲しなくなることであり、ついに私たちを忘れ去るであろうということであった。そのことに思い到るたびに私は、背すじが凍るような恐怖におそわれた。なんど自分にいいきかせてもだめであった。着ている上衣を真二つに引裂きたい衝動に、なんども私はおそわれた。それは独房でのとらえどころのない不安とはちがい、はっきりとした、具体的な恐怖であった。帰るか、帰らないかはもはや問題ではなかった。ここにおれがいる。ここにおれがいることを、日に一度、かならず思い出してくれ。おれがここで死んだら、おれが死んだ地点を、はっきりと地図に書きしるしてくれ。地をかきむしるほどの希求に、私はうなされつづけた（七万の日本人が、その地点を確認されぬまま死亡した）。もし忘れ去るなら、かならず思い出させてやる。望郷に代る怨郷の想いは、いわばこのようにして起った。

故国の命によって戦地に赴き、いまその責めを負うているものを、すみやかに故国は呼び返すべきである。それが少なくとも、「きのうまでの」故国の義務である。私がそのとき、それほど結びつきたいと願ったのは、すでに崩壊し、消滅したはずの、きのうまでの故国であった。すでに滅び去った体制だけが、かたくなに拠りたのむ一切であった。敗戦によって成立した新しい体制は、もはや恥ずべきものとして、私たちを捨て去るかもしれぬ。もし捨て去るという、明確な意志表示があれば、面（おもて）を起してこれを受けとめる用意がある、と私は思った。

シベリヤ抑留者たちは祖国日本に「棄民」されました。戦争が終結してからのこの厖大な犠牲者の数に、戦後社会は、私たちは通り一遍の同情はしたかもしれませんが、無関心であり続けた、こんな理不尽が許されるはずがありません。生きて帰れるはずもない自分たちをどうか忘れないでくれ、その叫びと慟哭を、せめて『望郷と海』の読者だけでも受けとめなければ、一緒に泣かなければ、そして八年間もの拘留に心の底から憤らなければ、私は自分に人間の資格はないと思うのです。

むしろ正式の裁判によって、その存在が明らかにされている戦犯は、とも角も囚人としてまがりなりにも人間らしい扱いを受けたのに対し、これらの闇取引による犠牲者たちは、誰にも知られないままに、最も苛酷な、非人間的な環境に置かれることによって、実質的には最もきびしい戦争責任を担わされたと考えなければなりません。この点が巣鴨の戦犯たちと、シベリヤの戦犯とが絶対にちがうところであり、問われた罪状はきわめて漠然としているにもかかわらず、実刑においては巣鴨の戦犯とは比較にならない程重い戦争責任がシベリヤの戦犯の上にのしかかったわけです。

…中略…「私たちは日本の戦争責任を身をもって背負って来た。誰かが背負わなければならない責任と義務を、まがりなりにも自分のなまの躰で果して来た」という自負をもってそれぞれの家へ帰って行ったわけです。

しかし、私自身が一応のおちつき場所を与えられ、興奮が少しずつさめてくるに従って、次第にはっきりしてきたことは、私たちが果したと思っている〈責任〉とか〈義務〉とかを認めるような人は誰もいないということでした。せいぜいのところ〈運のわるい男〉とか〈不幸な人間〉とかいう目で私たちのことを見たり考えたりしているにすぎないということでした。しかも、そのような浅薄な関心さえもまたたくまに消え去って行き、私たちはもう完全に忘れ去られ、無視されて行ったのです。

ところが、完全に忘れ去られたと思っていた私たちを、世間は実は決して忘れてはいなかったのだということを、はっきり思い知らされる日がやってきました。私ばかりでなく、ほとんどの人が〈シベリヤ帰り〉というただ一つの条件で、いっせいにあらゆる職場からしめ出されはじめたのです。私たちが、私たちの生きる道を拒みつづける人たちの肩へも当然かかったであろうと思われる戦争の責任、それも特別に重い責任を引受けたのだという自負はきわめて無造作に打ちくだかれ、逆にこんどは、きわめて遠まわしにではあるが、またそれだけ骨身にこたえるような迫害をはじめたわけなのです。

「肉親へあてた手紙」

帰郷した石原は、親戚から「アカ」でないことをはっきりさせないとこの先おつきあいはできないといわれました。父母は既に亡く故郷に「よくぞ帰った」という慰めはどこにもなかったのです。《無礼と無理解とを憤る前に、絶望し》たのでした。石原の親戚が極悪人ではなく「ふつう」の無関心な市民であったことに、私は慄然とします。

さらに私は、無名戦士という名称に、いきどおりに似た反撥をおぼえる。無名という名称がありうるはずはない。倒れた兵士の一人一人には、確かな名称があったはずである。不幸にして、そのひとつひとつを確かめえなかったというのであれば、痛恨をこめてそのむねを、戦士の名称へ併記すべきである。

ハバロフスク市の一角に、儀礼的に配列された日本人の墓標には、いまなお、索引のための番号が付されたままである。

「無名戦士」という呼び名を許してよいか。戦後の日本人はこの問いに誠実に答えたのでしょうか。ひとは無関心の結果の「無礼と無理解」によりどこまでも残酷になれるのです。満蒙開拓団の惨劇で死んでいった無辜の幼な子たちにも一人ひとりの名前はあったはずですが、名前はもちろんその数さえもわからない。墓などあるはずもない。調べようもなく、調べるひともない。ここにも《すなわちもっともよき人びとは帰っては来なかった》真実があります。

無関心である限り、ひとは加害者であり、絶対「愛」に届かない。愛する〈人間〉は、常に加害者を棄てた、「見込みのない戦い」を恐れぬ闘士で、自分の不幸を選ぶ「敗者」の中にいます。愛する限り〈人間〉は現実で勝利を手にすることはできません。愛する主体の〈人間〉が消えた後に愛だけが残ることが愛の勝利です。愛したことの見返りとしての、結果としての勝利は〈人間〉が今生で手にするものではないと思っています。

アンジェイ・ワイダ監督は『コルチャック先生』という映画も撮っていました。有名人だったコルチャック先生はユダヤ人ながら自分一人は生き延びる道もあったのに、救いの手はのべられていたのに、ゲットーの孤児たちと共に死ぬ道を選びました。ホロコーストの渦中に、子どもたちの処刑を黙過する傍観者であっても、彼を責めるひとはいなかったでしょう。それでも彼が安全な場所を拒絶し、個として、単独者として存在する道を選んだのはなぜか。愛を亡ぼさないためには父親=孤児院長として加害集団を去る選択しかあり得ないからです。生きるか愛するか、その二者択一を迫られたとき彼は〈人間〉の矜持をもって愛を選び、そして当然のように死んだ。自分の「選ぶ不幸」を生きた。加害集団への道を断ち、〈人間〉として自ら被害集団に入り《帰っては来なかった》。自己犠牲をものともしない愛の極みで凄みです。〈人間〉であるということは、自分の決断した理想の死を取り戻すことかもしれません。自分の「選ぶ不幸」とは、死を含めた「自分の物語」を他者ではなく「自分の力で決める」ことに他なりません。ひとはそれぞれ「自分の物語」を生きるべきなのです。

是枝裕和監督があるインタビューで映画作りにおいて「大きな物語に回収されない小さな物語

を発信していく」ことが大切だと語っていて、ポンと膝を打ちました。集団というのは権力者の「大きな物語」に取り込まれている。この不特定多数の「大きな物語」は大きな嘘なしに成立しません。大きな権力は、カティンはナチスの所業だ、優等なアーリア人種、神風が吹く、そんな都合のいい作り話やエセ科学が得意です。いかに上手く「大きな物語」を作って大衆を騙せるかが、独裁者の力を決定します。ヒトラーは言いました。「いかなるプロパガンダも大衆的でなくてはならず、その知的水準は最も頭の悪い者の理解力に合わせなくてはならない」。そんなばかな者の「大きな物語」に利用され、自分の「小さな物語」への責任を放棄したとき、ひとは道徳的な危機を迎える。善悪の判断を間違える。『カティンの森』にも出てきたような live or lie の世界に生きるほど恐ろしいことはありません。

小田実は「大きな人間」、つまり大統領や首相や司令官、戦争指導者になるような大きな権力を持った人間たちのことですが——彼らは「小さな人間」を使わないと戦争が出来ない。だから「小さな人間」は決して無力ではない、「決め手になる力を」持っている。「小さな人間」は無力と思うのではなく、「小さな人間」が大きな力を持つと信じることが大切だと『終らない旅』(新潮社　二〇〇六)の中で書いていました。是枝監督が小田実のこの「大きな人間」と「小さな人間」という言葉を知っていたのかどうかわかりませんが、二人は同じことを言いたいんだと思うんです。

「大きな人間」は集団であり、「小さな人間」は単独者ともいえます。戦争は「小さな人間」の

「小さな物語」を押しつぶす「大きな人間」の「大きな物語」＝大嘘に他なりません。個人が思考停止のまま無責任に大勢に従い「大きな物語」に熱狂する集団に巻き込まれると、戦争やファシズムや強制収容所のベルトコンベアーのスイッチがオンになる。自分があたかも「大きな人間」のような力をふるう錯覚に酔う大衆が、そのベルトコンベアー上のご機嫌な夢をみていると、必ず悪夢の現実が待ちかまえています。

民主主義とは、「小さな人間」が当たり前に「小さな物語」を生きることを支え、「大きな人間」の「大きな物語」の欺瞞を許さないためのものでなくてはなりません。国を守ることを「大きな人間」たちの「大きな物語」を守ることと履き違えてはなりません。「小さな人間」の「小さな物語」を守ることこそが真実国を守ることなのです。「小さな人間」が「自分の物語を自分の力で決める」自由こそ命がけで守らなければなりません。

クンデラの書いたように《愛とは力をふるわないこと》だから、市民に力を行使する「大きな人間」の「大きな物語」には如何なる愛も存在していない。愛はつねにひとりの「小さな人間」の「小さな物語」のなかに在る。目の前の一人を愛さない人間が、大勢の人間を愛せるはずがありません。詩人や知識人は「小さな人間」を守るために、「大きな物語」に取り込まれることに死力を尽くして抵抗する。集団に属さない少数派として、あるべき〈人間〉の姿、つまり理想の座標軸を示してくれる存在です。

彼らは「最も高い責任感」をもって、「単独者」の、「まともな人間」の「小さな物語」の真実を生きるように人間社会に警鐘を鳴らしてくれるといってもいい。単独者という〈人間〉であること、「小さな人間」であり続けることは人間の勇気の証です。「大きな人間」に従うことに勇気はいりませんが、「小さな人間」であり続けるには「炭鉱のカナリア」でいる勇気が不可欠です。高度な責任感は「単独者」つまり「小さな人間」が「小さな物語」の中で、自身の理想に向かって呻吟懊悩することからしか生まれない。

あるスピーチ映像の中でフランクルはただ一人でも抵抗する、抵抗出来ると訴えていました（私の語学力はあやしいけれど大意はまちがっていないはず）。石原吉郎は《この、無意味な世界を生きるに値するものとするということは、無意味を意味におきかえることではない。無意味とたたかいつづけることである》と書きました。

二人は辛くも収容所から生きのびることで、「大きな人間」に抵抗し、「生きるに値する」人生を生きたまともな〈人間〉存在の証言者となりました。《すなわちもっともよき人びとは帰っては来なかった》惨劇を無意味でないものにする気高い闘いを担うことになったのです。証言者であることは、彼らの「選ぶ不幸」であり、そのことで病的にならざるを得なかった彼らの恐ろしい不幸のいくらかは救われているのだと、そう思いたいのです。

少なくとも、フランクルの場合はかなり達成できたはずです。《私の性分であるオプティミズム》と書いているように、彼には意志的な楽観主義を支える生まれついた特質がありました。残されている映像を観ても、過酷な運命を乗り越えてきた気迫がこわいほど伝わります。フランクルは熱情のひとでした。その性来のオプティミズムの何割かは、精神医学・心理学者として、状況を俯瞰する視点、科学という一種の武器がクッションとして役立ったのではないでしょうか。

詩人石原吉郎には残念ながらその緩衝材はありませんでした。彼は終生癒えることのない傷を抱え、病的な不幸を正常な不幸に戻せたと言い難く、出来たとしてもごくごくわずかです。帰国後も《一種の錯乱状態から、二度発作的に腹を切りそこね》(「「全盲」について」『石原吉郎全集Ⅱ』)と書いていますが、実際にはそれ以上の自傷行為が繰り返されたと想像します。『望郷と海』の中のラーゲリエッセイ群を書くことでアルコール依存症をさらに悪化させ一九七七年、入浴中の溺死、六十二歳でした。これは、戦後最大のドイツ詩人といわれるパウル・ツェランを思い起こさせます。彼もユダヤ人強制労働からの生還者でしたが、両親が収容所で殺されて一人生きのこった自責の中に悶え苦しみ続け、五十歳でセーヌ河に投身自殺しています。

東西の詩人たちのこのような、生きのびた罪悪感、戦後社会への不適応、ある種の脱落を見て、詩人は知識人より堪え得なかったと結論づけるつもりはないのですが、石原吉郎が《苦痛そのものより、苦痛の記憶を取りもどして行く過程の方が、はるかに重く苦しいことを知る人は意外にすくない》と書いていることに関係しているかもしれません。詩人とは私たちの身代わりに傷ついてくれる悲劇的種族だと言えます。詩人は、魂の血を流し続ける呪いに等しい才能を与えられている人間ではないかと、私は思っています。

しかし、石原吉郎の『望郷と海』によって、私は、「選べない不幸」と「選ばない不幸」に屈しない〈人間〉を信じることができるのです。このラーゲリエッセイが書かれなければ、私たちは勇気ある〈人間〉鹿野武一の存在を知らないで終わったでしょう。《帰国した翌年、鹿野は心臓麻痺で死亡した。狂気のような心身の酷使のはての急死であった。彼はさいごまで、みずからに休息をゆるさなかったのである》。この最後の行に、三十八歳の死に、私は瞑目して祈ります。

この長い手紙の最後に、私はフランクルと石原吉郎の残した珠玉の言葉をあなたに贈ります。

人間が生きることには、つねに、どんな状況でも、意味がある、この存在することの無限の意味は苦しむことと死ぬことを、苦と死をもふくむのだ、とわたしは語った。そしてこの真っ暗な居住棟でわたしの話に耳をすましている哀れな人びとに、ものごとを、わたしたちの状況の深刻さを直視して、なおかつ意気消沈することなく、わたしたちの戦いが楽観を許さないことは戦いの意味や尊さをいささかも貶(おとし)めるものではないことをしっかりと意識して、勇気をもちつづけてほしい、と言った。わたしたちひとりひとりは、この困難なとき、そして多くにとっては最期の時が近づいている今このとき、だれかの促すようなまなざしに見下ろされている、とわたしは語った。だれかとは、友かもしれないし、妻かもしれない。生者かもしれないし、死者かもしれない。あるいは神かもしれない。そして、わたしたちを見下ろしている者は、失望させないでほしいと、惨(みじ)めに苦しまないでほしいと、そうではなく誇

りをもって苦しみ、死ぬことに目覚めてほしいと願っているのだ、と。（池田訳、以下同）

人間を鼓舞してやまない美しい思想です。フランクルは《仕事に真価を発揮できる行動的な生や、安逸な生や、美や自然をたっぷり味わう機会に恵まれた生だけに意味があるのではない》、強制収容所での生のような《自分のありようががんじがらめに制限されるなかでどのような覚悟をするかという》その一点において、生きることは意味あるものになると教えてくれます。フランクルのいうように《存在することの無限の意味は苦しむことと死ぬこと》を含むものですが、生きる喜びは、次の石原吉郎の言葉のように必ず悲しみを含むもの、悲しみと共にあるものなのです。

ほんとうの悲しみは、それが悲しみであるにもかかわらず、僕らにひとつの力を与える。僕らがひとつの意志をもって、ひとつの悲しみをはげしく悲しむとき、悲しみは僕に不思議なよろこびを与える。人生とはそうでなくてはならないものだ。

もし〈人間〉の生に少しでも勝ち場所があるとしたら、それは不可避の敗戦を、「選ぶ不幸」を如何に自分の財産に変えられるかにかかっています。《ひとつの悲しみをはげしく悲しむとき、悲しみは僕に不思議なよろこびを与える》という、歓喜の敗戦はあると私は信じているんです。

敗戦を受け入れるというのは、人間が〈人間〉を全うすること、屈服せずに命がけの愛の理想を選ぶことです。そうやって自分の「選ぶ不幸」を生きた人々は、そのことによって「選べない」「選ばない」大きな不幸から遂に飛立った世にも幸福な人間でありました。

私は本を読み続けてきましたが、たしかなことは、本はそうやって崇高な闘いを続け、立派に負けた〈人間〉たちの真実の言葉だということです。未来への遺産である本は「生きのこる」ことではなく単独者として「生きる」こと、無意味とたたかいつづけることを教えてくれる。私は歴史の泡と消えていく凡俗の一人ですが、「読者」として「読んで・書いて・考える」ことで、加害者から決別した敗軍の将である詩人や知識人の、「見込みのない戦い」に加わることができると信じていますし、そうあれたら本望です。

私は、夫と娘を愛する生活者として生きつつ、「読者」として、「小さな人間」の「小さな物語」を生きようとしてきましたし、これからもそうです。本の中には言葉では語り得ぬ究極の何かがあり、「読者の仕事」はその何かを死ぬまで問い続ける旅であり、「魂の世話」なのです。

あなたはあなたの選ぶ、かけがえのない「小さな物語」を生きています。異国の異文化の中でフランス語と英語と日本語で仕事をし生活している。それは私には想像もつかない彩りの世界です。あなたの頭の中にどんな思考が渦巻いているのか、日々大変な闘いだろうと、そんなことをよく想像します。そしてあなたの困難に挑戦する気概と意欲を誇らしく思っています。現実では何の役にも立たない文学少女のまま歳を重ねた私には、まぶしいくらいの嬉しさです。

ジャン青年が「小さな人間」の決断で「小さな物語」の幸福を紡いだように、あなたも「大きな物語」の一員に決して取りこまれないでください。正義の善人集団などこの世にありません。太平洋戦争時、多くの母親が出征する息子に、お国のために立派に死んでこいと送りだしました。その言葉通りに戦死した息子の遺品の中に「出征の日に、僕はただ、お母さんに思いきり抱きしめてほしかった」という手紙を発見し、号泣した母がいました。ひとは小さな嘘に騙されなくても、大きな嘘には騙されやすいものです。国家の大義に献身していた美徳の母が、恐ろしいまでに洗脳された愚かな母親であったことに気づいたときにはすべてが手遅れでした。それはこれを書いている私にも起こり得る陥穽です。

「大きな人間」たちに騙されてはいけません。彼らの語る大義、集団の大きな幸福なんてどこにもないからです。あなたは、世界のどこにいても聡明に、あなたの自由を、あなただけの秘密を、あなたの「選ぶ不幸」を、あなたの小さな生活を、守り抜いてください。あなたの生きるに値するふつうの人生、誰のものでもないただ一度の「小さな物語」を自分の力で存分に生き続けてください。世界に小さな「単独者」として毅然と起って生きてくださいますように。

世界は「大きな人間」ではなく、私たちのつゆ知らない、少数の「責任」を果たす「まともな人間」である「小さな人間」たちによって支えられています。あなたの生きる世界が利他の愛にみちた小さな「単独者」の共同体でありますように。有象無象の思考停止集団、被害、加害の

「大きな人間」集団に決してなりませんように。私からあなたへの、これからの世界をつくるあなたへの、切なる祈りです。

＊1　シベリヤ　今日では「シベリア」と表記されるが、『望郷と海』初版（一九七二）に従い、本文中も「シベリヤ」とした。

＊2　もっともよき人びとは帰っては来なかった　霜山訳は《最も/よき人々/は帰って/こなかった》。石原の原文のまま引用した。

二十、「愛を見たひと」

物語に必ず終わりがあるのはなぜだろうと思っていた少女でした。お気に入りの本を読み終えてしまうことが名残惜しく残念でたまらないのです。いつまでも物語のなかにいたかった。しかし、どんなに終わらないでほしいと願っても、最後の頁はきてしまう。

大人になることは、すべての物事には神の打つ終止符があることを骨身に染みて学んでいくことでした。そしてそれは素晴らしい出来事でした。終わることは、始まることと同じように祝福です。死という終わりがなければ、ひとは一度も生きたことにならない。死は人間の手にする唯一無二の完成でした。

私の小さな物語もいつか必ず終わりを迎えますが、自分の最期の瞬間に思い描くであろうことを詩にしてみました。私が生まれて初めて書いた詩が、この創作を終えるための詩になります。私は名もなき読者であり、思索者であり、詩作者としてこれからも生きて、時がきたら死んでいきたいと願っています。

愛を見たひと

ついにあなたは愛するひとを喪った。緑の荒野にたったひとり放り出された。愛するひとはあなたに別れを告げた。

幸福の記憶は逆流しはじめ、あなたの手足をもぎ取ろうとする。陰気に騒がしい世間の底で、あなたは震えがとまらない。あなたは、喪失の濃霧の中で錯乱する。強いられた断念。涙に切り裂かれる頬。燃え広がる後悔。因業な執着。孤独の蟻地獄。悪夢の繁殖する夜。膿んだ傷口から、あなたの過去と現在と未来とが腐っていく。

あなたはこんなにも愛していた。全身全霊愛していた。今も愛している。しかし、すべては終わった。何千回でも自分を殺したい。せめて狂わせてほしい。正気であることが、狂気よりずっとおぞましいことに、今までなぜ気づかなかったのだろう。あなたは、痛みと絶望に呻き、身も世もない歎きにのたうつ。崩おれる。

愛するひとはあなたの人生の光であった。愛するひとを喪った今、すべてのよきものは消える。拷問の始まる地下牢に突き落とされたように、あなたの視界は漆黒に塗りつぶされる。音もなく、闇の真綿に、喉がじわじわ締めつけられ、肺の奥まで浸食されていく。

しかし、あなたはまだ死んではいない。死ねない。呼吸している。あなたの意識は動いている。泣きつくして涙も涸れた目は、この闇を茫然と見ている。今のあなたに出来ることは、果てしなく続く、この深い闇に在ることだけだ。

闇のなかで、いつかあなたの目はふしぎなものを映しはじめる。そこには愛するひとを喪う前に知っていた暗闇とは、明らかに違う闇が広がっている。愛にときめいている間、あなたはこんな闇のあることを知らなかった。あなたの目は静かに澄んでいく。

とうとう、あなたにもこの瞬間（とき）が降ってきた。
あなたは生まれて初めてその目で愛を見ている。

目の前の分厚い幕は裂けた。愛するひとは、今まであなたの視界をさえぎっていた。愛するひとの輝きの眩しさゆえに、長い間あなたは愛の正体を見ることは出来なかった。あなたはようやく、愛するひとがあなたの外側の光であったことに気づく。

心底愛した果てに、愛に破れ、すべてを喪ったひとにだけ、愛はその姿を見せてくれる。慟哭の中で、真っ黒な壁に取り囲まれているひとに「わたしはここにいる。ここにたしかに、断然生きている」愛はそう訴える。愛を見るとき、ひとはかならず闇の中にいる。この闇こそ、あなたに深い視力を、真の一瞥を与えてくれる。

あなたが母の胎内にいた頃のような、命をやさしく溶かしこむ、なつかしい、安らかな、心鎮まる闇。あなたは本来在るべき場所に帰ってきた。あなたは今、魂の内奥の真実、生命の中核にいる。あなたは「愛」と対峙する。

おめでとう、あなたは愛を見たひと。

命のはじめから、愛はあなたの中に宿っていたのに、愛するひとの去る「その時」まで、あなたには何も見えていなかった。光と信じていた愛するひとは、あなたの内なる無窮の闇にこそ支えられていた。愛するひとの灯が蠟燭のように燃えつきる日が来ても、この闇は決してあなたから喪われはしない。

闇が深まれば深まるほど奇跡が訪れる。闇の底から少しずつ金彩を散らしたように、照り輝いてくるものが姿を現す。何千枚もの花びらをもつ花が、闇の奥からいっせいに咲き始める。愛を見ることは闇の開花の瞬間に立ち会うこと。真昼の陽光（ようこう）の中では見えない満点の星、炸裂する星月夜に出逢うことにほかならない。

世界一美しいというアタカマ砂漠の夜空を想像してほしい。天空を埋めつくす星また星は闌（らん）干（かん）と冴えわたり、その星たちを取り囲む暗闇さえ、眼に見えない無数の星明りに底光りしている。それはあなたが今まで見たこともない瑞光の宇宙、銀河の奔流、荘厳な光の交響曲（シンフォニー）。
あなたは信じられるだろうか。この無限に広がる光耀（こうよう）は、すべて、一つの例外もなく、喪われた過去から発せられた。
今此処にあなたが見つめている星は、遥かな昔に生きていた、在りし日の星の姿だ。かに星雲は七千二百光年前の煌きを、アンドロメダ星雲は、二百三十万光年前の光の矢をあなたに届けている。クェーサーの微光は、百億光年もの旅をへてようやく地球まで到達した。本体はすでに死に絶えているのに、形見として最後の光芒だけを夜空に遺している星も無数にある。

あなたが星と呼んできたものは、光り輝く星の墓標であり、万斛（ばんこく）の涙のあと。死にも破壊され得ない生彩、清冽ないのちの軌跡に他ならない。

星はあなたに訴える。誠を尽くして生きられた愛は、そのいのちの終わったあとにこそ、終わればこそ、時空を超えて烈々と輝きはじめると。

愛されたものと愛したものが世界に融けてしまったあとに、愛だけが生き永らえてその珠玉の姿を顕す。虚空の闇についにあなた自身の星空を見出すとき、あなたは紛れもなく、喪われてしまった愛から届けられる至純至聖の輝きの中にいる。闇の奥深くに咲き匂う星の祝祭こそ、あなたの生きた「愛」の物語、あなたが「愛した」ことへの光の讃歌。

あなたはもう愛の相手さえ必要としていない。愛の記憶に一瞬もしがみつかないでいい。愛の日々はいつか必ず終わる。だから、朝咲いて夜散る花のように、いちずにひとつの愛を生き終えたことを、感謝し喜ぶのだ。あなたの愛は金無垢の核となって、あなたの中に永久（とわ）に在り続けるだろう。

愛はいつも正しいときにやってくる。苦痛に焼き尽くされた愛の終りに訪れる。

二〇一一年三月十一日、日本に巨大な地震が来た。

父と息子は津波にのみこまれた。息子はもがきながら、必死でビルの非常階段にしがみついた。振り向くと、父は濁流の中で懸命に顔を出している。息子は声の限りに父を呼んだ。息子の叫びにこたえて父は大きく手を振った。満面の笑顔で何度も何度も手を振りながら、父は彼方へと流されていった。

家の背後に津波が迫ったとき、老母は咄嗟に娘と孫を車に押し込んだ。「おらはいいから、後ろ向かねえで早く車走らせろ。頑張って生きろ」娘が急発進させた車の後ろから「バンザイ」と老母は明るい声を張り上げた。

あなたは父に死なれた。あなたは母を死なせた。
あなたの夫はよその女のからだの上で死んだ。あなたは捧げ尽くした女に見限られた。あなたは命がけの恋に破れた。あなたは引き裂かれるように身を退いた。あなたは心友に手ひどく裏切られた。あなたは兄弟を見殺しにしてしまった。あなたはどうしても、どうあっても子どもの命を救えなかった。あなたは老い衰えて置き去りにされた。あなたは戦火に、テロに、ファシズムに、家族を、友を、故国を喪った。あなたは……。

そう、あなたもわたしも深傷(ふかで)を負ったひと。愛を見たひと。

ここにもあそこにも、ほら、世界の至るところにあなたと同じ「愛を見たひと」たちが、数えきれない閃光となり、光の使者となって生きている。見るべきものを見て、今日を耐え抜こうとしている。どんな暗夜もかならず朝を迎えるのは、たくさんの愛を見たひとたちが、闇から輝き出てこの世界を照らしているから。

あなたの惨憺たる愛の終りに、それでも尚、おめでとうと言おう。あなたは今、燦々たる愛の場所にたどりついた。

あなたの闇はとうとう輝きはじめた。闇はいつか明け渡る。愛を見た今、あなたは自ら発光する。稀有の境涯に明るんでいく。あなたは夜の虹となり、玲瓏たるあけぼのとなり、凛凛とこの世の美しきものすべてに充たされる。

バンザイ、あなたは愛を見たひと。

あとがき

《実は一人ひとりが自分を特殊な存在につくりあげなければならないのだ》ゲーテ
《結局この私自身を生きてこそほんとうに生きたということができるのだ》石原吉郎

敬愛する文学者たちのこのような言葉に導かれて、私は「自分とは何か」「自分に残されている可能性は何か」を問い続けてきました。

本を読む女のソーネチカのように、私は世間に通用する肩書のない、何者にもなれなかった者ですが、あえて自分の名乗りをつくるとしたら、「読んで・書いて・考える」「読者の仕事」をしている者、散文を試作し、詩作もしながら不断に思索してきた〈思索者〉であると思っています。もとより、私の思索の内容が先人たちの高みに達するようなものとは夢にも思いません。ただこの創作が、他の誰でもない私自身の思索の道程であり、唯一の存在証明で、時間をかけて書き上げられたことに深く安堵しています。

クンデラは『小説の技法』のクリスティアン・サルモンとの対談のなかで《小説には未開拓の形式的可能性が多く残されていますよ》と語っていましたが、はるかに仰ぎ見るクンデラにならい「未開拓の形式的可能性」を追求しようとしたわけではありません。悩み苦しみながら決めた形式（スタイル）、詩や対話やエッセイや評論、小説や日記や手紙を織り交ぜたもの、これら断片の集積が全体を凌駕するような、風変わりな個人史、大きな意味の私小説（オートフィクション）、そして山瀬ひとみの墓標になったらと、それだけを祈りながら書きました。もしこの悲願がほんのわずかでも、針ほどにも、叶えられていたらこれ以上の喜びはありません。

サイードは《現代の知識人は、アマチュアたるべきである。アマチュアというのは、社会のなかで思考し憂慮する人間のことである》と書き《知識人なら誰しも聴衆と支持者がいる》《知識人は権威筋に、専門家としてにじりよるのか、それとも、報酬を得ることのない、アマチュア的良心として接するのか》と問うています。心ある多くの読者と同じように、私も、御用知識人ではなく、アマチュア的良心の側にある知識人（当然詩人も含まれる）の支持者でありたいと切望してきました。

書物の大海に溺れそうになりながら「読んで・書いて・考え」続け、名もなきものとして生きるなかに、私は、山瀬ひとみは、自分のなかに眠る可能性を遂に照らし出すことができたのか。もしその可能性を掘り下げ、深く生きられたらどんなにしあわせなことでしょう。

書き終えた私は、自分が今・此処の自分であるのは、信じられないくらい多くの魂に迎えられているからだと思い知っています。血縁としてかかわった父と母と妹や、父方と母方の祖父母は言うまでもなく、先生とも友とも慕い、尊敬する方々とのつながり、そして偉大な詩人・知識人と、その作品の中に生きる人びと、さらには彼らの価値ある本を現在まで運んでくれている無数の「読者」がいて、今も私の手を取りながら、世界の美しいものすべてと共に生きているのです。

何より、私の「読んで・書いて・考える」アマチュアの自由は、夫との日常生活に支えられてきました。文字通りの企業戦士の荒波を生きながら、いつも明るく機嫌よくいる意志をもち、本が増殖していく室内は気にとめず、私をしぜんに見守ってくれていることは、とても感謝し尽くせるものではありません。生まれたときからこのような母親とつきあってくれている娘にも、ありがとうを伝えます。

最後に、幻戯書房編集者佐藤英子氏には、大量の原稿の段階からこの一冊の完成まで、優れた読み手としても忍耐強く、真摯に伴走していただきました。衷心より感謝申しあげます。

山瀬ひとみ（やませ・ひとみ）

思索者
聖心女子大学英文科卒業

小説
『消えた弔電』（幻戯書房　二〇一七）
［電子版　e-Literary Magazine 湖（umi）］
『復活祭』
『緑の荒野から』（「ドイツエレジー」より改題）
『マーラーの恋』

評論
『遅れてきた文豪・早すぎる天才』

お問合せ　yamase.h.yama@gmail.com

読者の仕事　私を創る

二〇二三年二月一日　第一刷発行

著　者　山瀬ひとみ
発行者　田尻　勉
発行所　幻戯書房
郵便番号一〇一‐〇〇五二
東京都千代田区神田小川町三‐十二
電　話　〇三‐五二八三‐三九三四
FAX　〇三‐五二八三‐三九三五
URL　http://www.genki-shobou.co.jp/

印刷・製本　中央精版印刷

ISBN978-4-86488-266-8　C0095

索　引

人名・作品名

作品中の登場人物名は第二階層とし作品名を参照先とした。太字は見出し／連続項目。

く

け

こ

さ

し

す

せ

そ

た

に

ぬ - の

は

ひ

ふ